BASTEI
LÜBBE
TASCHENBUCH

Über die Autorin:

Andrea Pickens lebt in New York und arbeitet als Creative Director für ein Lifestyle- und Sportmagazin. Sie besuchte die Yale University und besitzt einen Abschluss in Grafik-Design. Seit sie *Stolz und Vorurteil* von Jane Austen las, ist sie fasziniert von der Regency-Zeit und nutzt jede Chance, nach London zu reisen, wo sie am liebsten auf den Trödelmärkten und in Second-Hand-Buchläden stöbert.

Andrea Pickens

GELIEBTE SPIONIN

Roman

Aus dem amerikanischen Englisch von
Jutta Nickel

BASTEI
LÜBBE
TASCHENBUCH

BASTEI LÜBBE TASCHENBUCH
Band 18 750

1. Auflage: April 2010

Vollständige Taschenbuchausgabe

Bastei Lübbe Taschenbuch in der Bastei Lübbe GmbH & Co. KG

Deutsche Erstausgabe

Titel der amerikanischen Originalausgabe: »The Spy Wore Silk«
Originalverlag: Warner Forever, an imprint of Warner Books,
Hachette Book Group USA
Dieses Werk wurde vermittelt durch die Literarische Agentur
Thomas Schlück GmbH, 30827 Garbsen.

Titelillustration: © Franco Accornero via Agentur Schlück GmbH
Umschlaggestaltung: Rainer Schäfer
Satz: Urban SatzKonzept, Düsseldorf
Gesetzt aus der New Caledonian
Druck und Verarbeitung: GGP Media GmbH, Pößneck
Printed in Germany
ISBN: 978-3-404-18750-8

Für Melanie Murray,
meine wundervolle Lektorin,
die an die Merlins glaubte
und half, sie hochsteigen zu lassen

1. Kapitel

Stahl klirrte auf Stahl, die Klingen zuckten wie feuriges Silber in der Nachmittagssonne.

Aber diesmal würden keine Funken stieben, würden keine Flammen aufflackern. Diesmal würde der Italiener mit dem Wolfsgesicht die Stimmung nicht anheizen, bis sie explodierte …

»*Porca miseria!*« Il Lupino bewegte sich schnell hin und her, täuschte an, wich aus. Als ob er seinen Fluch bekräftigen wollte, ließ er die blitzenden Hiebe in wirrer Folge auf sie niederprasseln, so lange, bis der gegnerische Säbel auf das Kopfsteinpflaster des Innenhofs krachte. »Non, non, non, ganz falsch!«, knurrte er. »Sie müssen nach links gleiten und den Gegenangriff mit einer *Punta sopramano* einleiten.«

Verdammt.

»Außerdem müssen Sie tiefer und rascher zustoßen, Volpina. So zum Beispiel …« Es klang wie ein todbringendes Flüstern, als die Säbelspitze des Italieners durch die Luft zischte. Sanft, aber tödlich.

»*Grazie.*« Volpina, wie er sie nach dem italienischen Wort für *Fuchs* nannte, beobachtete die Spitze der Fechtwaffe, die in geschmeidigen Wellen durch die Luft zu tanzen schien.

»Wie ein Mann, der eine schöne Frau liebt.« Er schloss seine Vorführung mit einem Stoß nach vorn ab und brachte seine Waffe in die Ausgangsposition zurück. »Versuchen Sie es noch einmal. Aber ein bisschen leidenschaftlicher, wenn ich bitten darf.« Das halbmondförmige Lächeln, das seine Lippen für einen kurzen Moment umspielte, wirkte wie der spöttische Widerschein des scharf geschliffenen Stahls. Offenbar wollte er sie ganz bewusst provozieren. »Es sei denn, Sie sind zu müde, um weiterzukämpfen.«

»Verdammt unwahrscheinlich.«

Wie er es beabsichtigt hatte, jagte ihr die Herausforderung einen prickelnden Schauder über den Rücken. Es fühlte sich an, als ob tausend kleine Dolchspitzen auf ihrer zarten Haut tanzten. Einen Moment lang flammte Wut in ihr auf, angeheizt durch ihren verletzten Stolz. Aber dann rief Volpina sich die Worte ihres Meisters ins Gedächtnis.

Du musst das Feuer mit Feuer bekämpfen.

Volpina schnappte sich den am Boden liegenden Säbel. Nur für den Bruchteil einer Sekunde kreuzten sie die Waffen zum Gruß, bevor Volpina mit einem furiosen Angriff begann und Il Lupino bis an den Rand des Kreidekreises drängte.

Der Italiener parierte die Attacke mit Leichtigkeit. Aber als er seine Stellung behaupten und den nächsten Stoß mit gesenkter Klinge abwehren wollte, wirbelte Volpina plötzlich herum und rammte ihm das Knie in den Unterleib.

Woooof. Il Lupino krümmte sich, fiel dumpf zu Boden.

Schweigen breitete sich im Innenhof aus, mit Ausnahme des schabenden Geräuschs des Leders auf Stein.

»Bella! Bella!« Der Italiener schnappte nach Luft, bis er wieder sprechen konnte. »*Magnifico*, in der Tat.«

Er stieß die stählerne Spitze des Säbels von seiner Kehle fort, ordnete seine Gliedmaßen und setzte sich auf.

Die Zuschauer zuckten mitfühlend zusammen. Aber ein oder zwei unter ihnen hatten trotzdem Mühe, sich das Lachen zu verkneifen.

»Machiavelli wäre stolz auf Sie.« Seine Stimme klang rau vor Schmerz, obwohl die untergründige Ironie ihn ein wenig sanfter erschienen ließ. »Eine Lady sollte niemals zu fairen Waffen greifen.«

»Sie nehmen es mir also nicht übel, Signor Da Rimini?« Die dunkelhaarige Schöne, die nur Siena genannt wurde, stützte die behandschuhte Hand auf die Hüfte und wischte sich den Schweiß aus der Stirn. Es schien, als würde ihr das Feuer immer noch durch die angespannten Muskeln tanzen, bis es sich schließlich mit einem zaghaften Lächeln in die Mundwinkel einnistete. Immerhin hatte sie den bösen Wolf mit seinen eigenen Waffen geschlagen.

»Im Gegenteil. Es verschafft mir das größte Vergnügen, dass ich sehen darf, wie eine meiner Schülerinnen ihren Meister in der Kriegskunst zu übertreffen beginnt.« Das spöttische Grinsen in seinen Mundwinkeln schien sich für einen Moment zu verflüchtigen. »Ich habe den Eindruck, dass Sie mit einem angeborenen Talent gesegnet sind, Signorina Siena. Es ist meine Aufgabe, ihm den feinsten Schliff zu zu geben.«

Siena senkte den Blick und starrte auf ihren Säbel. Ihre wahre Identität hatte sie schon seit Langem in den verrufenen Straßen von St. Giles verloren. Aber wie alle Schülerinnen in *Mrs. Merlin's Academy for Select Young Ladies* hatte sie einen neuen Namen bekommen, als sie diese Welt betreten hatte, willkürlich ausgewählt auf dem prachtvollen Globus im Büro der Direktorin.

Ein neuer Name für ein neues Leben. Und die ruppigen Lektionen, die sie in den primitiven Slums gelernt hatte, bekamen plötzlich eine ganz andere Bedeutung. Nachdem sie erst einmal hinter den Mauern des altehrwürdigen Gebäudes verschwunden war, war sie fest entschlossen gewesen, niemals wieder einen Blick auf die verwinkelten Gassen, durch die sie in ihrer Vergangenheit geirrt war, zurückzuwerfen.

»Und jetzt achten Sie bitte genau auf meine Worte und nicht auf meine männlichen Schenkel.« Da Rimini hatte seinen spöttischen Tonfall wiedergefunden und riss sie aus ihrer Grübelei. »Signorina Siena hat uns eben formvollendet vorgeführt, warum es wichtig ist, mitten im hitzigsten Gefecht einen kühlen Kopf zu bewahren. Es kommt darauf an, dass Sie alle sich auf Ihren Witz und auf Ihren Einfallsreichtum verlassen können, wenn Sie

Ihren Gegner besiegen wollen – und nicht auf Körpergröße und Kraft. Sie selbst sind gerade Zeuge geworden, dass ein kluges Köpfchen eine mächtigere Waffe sein kann als die stärksten Muskeln.«

Siena streckte ihm die Hand entgegen und half ihm auf die Beine.

»Zum Teufel noch mal«, flüsterte er, »demnächst werde ich Sie an anderer Stelle empfehlen, Signorina. Jetzt, wo Sie lernen, mit dem Kopf genauso zu kämpfen wie mit dem Herzen, sind Sie zu einer tödlichen Herausforderung geworden. Gott möge Ihren Feinden beistehen.«

Heiß und kalt rann es ihr über den Rücken. War sie wirklich schon so weit, ihre Kampfkraft in der Welt da draußen zu erproben?

In der Ferne schlug eine Uhr.

»Für heute ist der Unterricht beendet«, verkündete Da Rimini.

Siena streifte sich das wattierte Wams vom Körper und schüttelte die Locken aus, die sie in ihrem Nacken zusammengebunden hatte. Aufgrund ihrer Größe, der schlanken Hüften und ihrer geschmeidigen Bewegungen hätte sie im Fechtanzug glatt als Junge durchgehen können. Aber das dünne Leinenhemd war von den Strapazen feucht geworden und gab Kurven zu erkennen, die eindeutig weiblich waren.

Da Rimini ließ den Blick anerkennend über sie schweifen, während er zusah, wie die schwarzen Locken sich über ihre Schultern ergossen. »Morgen zeige ich Ihnen, wie man den *Motta dritta* ausführt, einverstanden?«

»Vorausgesetzt, Sie haben genügend Kraft in der Hose, um das Schlachtfeld noch mal zu betreten«, spottete eine andere Schülerin, Shannon. In der Klasse schätzte man sie für ihren scharfen Verstand, und sie scheute nicht davor zurück, ihren Spott über andere zu ergießen. Obwohl sie selbst sich manchmal lieber auf die Zunge gebissen hätte. Denn ihr Hang, die Autoritäten zu provozieren, hatte ihr vor Kurzem eine disziplinarische Verwarnung eingebracht. Beim nächsten Mal könnte sie der Akademie verwiesen werden.

»Nonnie«, mahnte Siena, weil sie hoffte, ihrer Zimmergenossin Ärger ersparen zu können.

»Mit meiner Hose ist es wie mit meinem Schwert. Sie sind beide hart wie Stahl.« Der Italiener hob die Brauen, verengte die Augen zu einem Schlitz, starrte aber immer noch Siena an. »In der Tat, meine gesamte Ausrüstung ist wie zum Kampf geschliffen. Wie die wundervolle Volpina bald feststellen könnte, wenn sie nur meine Einladung annehmen und sich auf intimere Unterweisungen in den Feinheiten des Nahkampfs einlassen würde.«

Siena achtete nicht auf seine lüsternen Blicke, gab ihre Waffe einer älteren Schülerin und raffte die Bücher zusammen. »Mach schon, Shannon, wir müssen uns beeilen und uns umziehen. Sonst kommen wir noch zu spät zum nächsten Unterricht.«

Ihre Freundin konnte sich scharfe Widerworte jedoch nicht verkneifen. »Ach, wirklich, Signor? Mir ist zu Ohren gekommen, dass Ihre Ausrüstung mit der Zeit ziemlich stumpf und schlaff geworden ist. Zu selten in Gebrauch.« Mit übertriebener Gebärde schleuderte sie Il Lupino ihren Handschuh aus Gamsleder entgegen. »Vielleicht braucht sie eine gründliche Politur. Aber dafür müssen Sie schon selbst sorgen.«

Sein Gelächter klang den beiden noch in den Ohren, als sie quer über den Fechtboden zum Kiesweg im Garten eilten.

Siena warf ihrer Freundin einen Seitenblick zu, als sie die hohe Ligusterhecke umrundeten. Genau wie sie war Shannon gertenschlank, hatte den gleichen federnden Schritt – und reckte das Kinn ebenso störrisch nach vorn. Eigentlich hätte man sie für Zwillinge halten können, wenn man davon absah, dass das Haar ihrer Freundin wie spätsommerlicher Weizen schimmerte und ein paar Zentimeter kürzer geschnitten war.

»Du hast Glück gehabt«, meinte Siena. »Da Rimini war heute in besserer Stimmung als gewöhnlich. Aber trotzdem ist er unberechenbar. Könnte sein, dass es das nächste Mal ein schlechteres Ende nimmt, wenn du ihn zum Kampf herausforderst.«

»Der lüsterne alte Bock«, erwiderte Shannon schulterzuckend, »eigentlich sollten wir ihn *Schlange* nennen und nicht *Wolf*. Gestern erst hat er versucht, mir mit der Hand die Röcke hochzustreichen, während ich die Pistole in meinem Waffenschrank gesäubert habe.« Sie verzog das Gesicht. »Es ist mir unbegreiflich, warum die Direktorin ihn nicht schon vor einer Ewigkeit mit einem Tritt in den Hintern aus dem Haus geworfen hat.«

»Weil er trotz seines vorgerückten Alters und seiner ungehobelten Manieren ausgezeichnete Arbeit macht«, antwortete Siena. »Ich bezweifle, dass es irgendwo in England einen begabteren Fechtmeister gibt.«

»Solange er sein Schwert stecken lässt ...«

»Es gibt das Gerücht, dass er gezwungen war, aus Mailand zu fliehen. Wegen eines Vorfalls, der mit einem Messer zu tun hatte«, fügte Sofia hinzu, die sie gerade rechtzeitig eingeholt hatte, um die letzten Worte aufzuschnappen. Die Schülerin, die das spartanische Schlafzimmer ebenfalls mit den beiden anderen teilte, zwinkerte Shannon zu, als sie mit ihr gleichauf war. »Und außerdem noch mit einer Comtessa und einem Kardinal. Selbst wenn man bedenkt, dass Italiener zu Empörungsausbrüchen neigen, muss es ziemlich skandalös gewesen sein.«

»Es ist schließlich nicht so, dass wir uns in einer gewöhnlichen Erziehungsanstalt für höhere Töchter befinden. Es gibt niemanden hier in der Akademie, der auch nur den Hauch von Anstand besitzt. Wir selbst eingeschlossen.« Siena lächelte boshaft. Sie alle waren Waisen, die in den Slums von London für sich selbst hatten sorgen müssen. Obdachlos und allein, hatten sie schnell die wichtigste Lektion gelernt: Nur der Stärkste überlebt. Nicht dass sie Wert darauf legte, sich jene früheren Zeiten ins Gedächtnis zu rufen; es sei denn, sie wollte sich daran erinnern, dass sie zäh genug war, um mit jeder Herausforderung fertig zu werden.

Wieder warf sie ihren Freundinnen einen Blick zu. Die drei benahmen sich eher wie Schwestern und nicht wie Schulfreundinnen. Vielleicht lag es daran, dass die gemeinsame Not sie viel enger zusammengeschweißt hatte, als Blut es jemals vermocht hätte.

Shannon ließ sich durch die Anspielung auf ihre elende Vergangenheit nicht beeindrucken. »Da hast du recht«, erklärte sie lachend, »wie viele Anstalten für höhere Töchter können schon behaupten, dass sie einen dunkelhäutigen Boxer als Erzieher beschäftigen? Oder einen verurteilten Falschspieler? Oder eine Frau, die früher als Kurtisane am Hof des Königs Carlos von Spanien gedient hat?«

»Du hast den indischen Fakir vergessen«, fügte Sofia hinzu.

»Den Fakir?«

»Ein Fachmann, der sich auf die Disziplinierung von Körper und Geist versteht. Er muss verdammt gut sein, genau wie alle anderen, die hier arbeiten. Denn als er heute Morgen eintraf, trug er nichts außer einem safrangelben Leinenkleid und zwei blutroten Rubinen in den Ohrläppchen, obwohl ein hässlicher Schneeregen vom Himmel fiel.«

»Aber wir machen doch schon eine Stunde Yoga am Tag.« Shannon blieb stehen und bückte sich, bis sie die Zehen mit der Stirn berührte. »Was wird Mrs. Merlin sich wohl als Nächstes einfallen lassen, meine Liebe?«

»Ach, wo du gerade fragst, demnächst soll eine türkische Bauchtänzerin eintreffen, um eine Klasse in der Kunst der Verführung zu unterrichten.« Siena verdrängte ihren augenblicklichen Trübsinn und zwang sich, sich in die Plauderei einzumischen. Schließlich gehörst du auch zu den Glücklichen, ermahnte sie sich. Wenn

Lord Lynsley damals nicht beobachtet hätte, wie sie drei Jungen besiegt hatte, die doppelt so groß waren wie sie, nur um die goldene Uhr zu verteidigen, die sie gerade gestohlen hatte, dann würde sie sich wahrscheinlich immer noch als kleine Taschendiebin durchschlagen müssen. Oder vielleicht als Hure.

Sofia schwenkte die Hüften. »Ich habe gar nichts dagegen, meine Unschuld im Namen Englands zu verlieren, solange sie nicht erwarten, dass ich mit dem Prinzregenten ins Bett gehe. Die Grenze ist überschritten, wenn ich mit einem Mann schlafen soll, der ein Korsett trägt.«

»Es gibt keine Grenzen, Sofia. Nicht hier, in unserer Welt.« Siena machte abrupt kehrt und marschierte auf die steinernen Gebäude rund um den viereckigen Innenhof zu, in denen die Schulzimmer und die Schlafräume untergebracht waren. »Wir werden das tun, was sie von uns verlangen. Ganz gleich, ob wir einem Mann die Kehle aufschlitzen oder den Prinzen der Nacht verführen sollen.«

Der Marquis von Lynsley presste die Spitzen seiner gepflegten Finger aneinander und schaute aus dem Fenster seines Büros im Ministerium. Kalte Regentropfen trommelten auf die Scheibe, und der Sturm, der sich wie aus dem Nichts zusammengebraut hatte, schien nicht nachlassen zu wollen. Die Wolken hingen bleiern über den Türmen von Westminster, und der Nebel schien jeden Moment schwerer durch die Straßen zu wabern.

Noch schlimmer war es um die Neuigkeiten bestellt, denen er ins Auge sehen musste. Wieder senkte er den Blick auf den Bericht auf seinem Tisch. »Der Teufel soll es holen«, murmelte er und strich das zerknitterte Papier glatt, das eine weite Reise hinter sich hatte. Aber so leicht sich das Papier auch glatt streichen ließ, nichts konnte seine innere Unruhe besänftigen.

»Wie gern würde ich es zu Luzifer zurückschicken, Sir, wenn

ich nur könnte.« Major Chertwell bemühte sich um ein grimmiges Lächeln. Als Offizier war er es seine Aufgabe, die Militärspionage mit den russischen Verbündeten zu koordinieren. Er hatte schon vor langer Zeit gelernt, dass eine gehörige Portion schwarzer Humor eine entscheidende Waffe im Überlebenskampf sein konnte. »Sieht aber so aus, als hätte der verdammte Kerl längst ins Gras gebissen und würde uns mit der Hölle allein lassen.«

»In der Tat, es ist die Hölle.« Lynsley erhob sich, überquerte den Teppich und presste die Handflächen auf das zweiflügelige Fensterglas. Die Kälte kroch ihm bis unter die Haut, und obwohl er mehrere Lagen maßgeschneiderter Kleidung trug, konnte er den Schauder nicht unterdrücken. »Ein Verräter? Jemand aus unseren Reihen?«

»Die Indizien lassen sich nicht von der Hand weisen, Mylord. Nur jemand, der sich in den höchsten Kreisen der Gesellschaft bewegt, kann Zugang zu solchen Informationen haben.«

»Was wissen Sie? Berichten Sie noch einmal.«

»Unser Agent in Berlin ist in Napoleons östliches Spionagenetz eingedrungen. Seit knapp einem Jahr weiß er, dass immer wieder höchst sensible Informationen mitten aus dem Herzen Londons nach draußen sickern. Manchmal handelte es sich um aktuelle Regierungsdokumente, manchmal um eine Zusammenfassung der Truppenbewegungen oder um geheime Treffen mit Englands Verbündeten. Anfangs war es nur ein Rinnsal, aber inzwischen schwoll der Informationsfluss wirklich alarmierend an. Und erst jetzt hat unser Agent entlarvt, wie die Informationen aus dem Land geschmuggelt worden sind.«

Chertwell zog ein kleines, ledergebundenes Buch aus seiner Tasche und legte es neben den Brief. »Es bestätigt unseren Verdacht, dass unser Agent das versteckte Dokument hier drin entdeckt hat.« Er fuhr mit dem Daumen über den vergoldeten Buchrücken. »Das Buch ist eine sehr seltene Ausgabe von Miltons *Paradise Lost.* Meine Quelle hat mir versichert, dass es nur ein paar Gentlemen hier in der Stadt gibt, die über die Mittel und die Gelegenheit verfügen, einen solchen Schatz an sich zu bringen.«

»Ihre Argumente sind überzeugend.« Lynsley atmete mit einem langen Seufzer aus. »Mit anderen Worten, unser Feind ist sehr wahrscheinlich reich und adlig?«

Chertwell bedeckte den belastenden Bericht mit einem Blatt eigener Notizen. »Sir, ich habe alle Möglichkeiten aufgelistet.«

Der Marquis warf einen letzten Blick auf den nebligen Sprühregen, drehte sich um und überflog die Namen. »Verdammt noch mal.« Er dachte kurz über die Liste nach. »Ist Ihnen bewusst, was es bedeutet, die Privatangelegenheiten dieser Männer auszuforschen?«

Der Major erwiderte den ernsten Blick. »Ja, Sir. Es handelt sich um eine äußerst delikate Situation.«

»Und um eine äußerst gefährliche. Wir stecken in einem Dilemma. Denn wir sind verdammt, wenn wir etwas unternehmen. Und wir sind verdammt, wenn wir es nicht tun«, grübelte Lynsley und lehnte sich mit der Hüfte gegen den Schreibtisch.

Auf den ersten Blick stach er nicht aus der Menge heraus. Mit den Jahren hatte er sich ein paar unterschwellige Tricks angewöhnt, die ihn kleiner und schlanker aussehen ließen, als er es in Wirklichkeit war. Was seine Gesichtszüge betraf, so waren sie gut geschnitten; ein selbstironisches Lächeln ließ die vornehmen Konturen weicher wirken. Das Haar, das an den Schläfen bereits silbrig zu werden begann, war weder lang noch kurz, und sein brauner Farbton fand sich in den dunklen Erdtönen seiner Kleidung wieder. Viele Menschen hielten ihn für einen faden, ziemlich langweiligen Bürokraten. Ein Umstand, mit dem er sehr einverstanden war.

Offiziell war er Sekretär des Außen- und Kriegsministers.

Aber der amtliche Titel war absichtlich allgemein formuliert, um über seine wahren Verantwortlichkeiten hinwegzutäuschen. Spionageabwehr und die Abwehr feindlicher Intrigen gehörten zu seinen Aufgaben; er hatte es mit den gefährlichsten und teuflischsten Bedrohungen der Souveränität Englands zu tun. Eigentlich zog er es vor, nur mit einem kleinen Kreis vertrauenswürdiger Verbündeter zu arbeiten. Aber inzwischen hatten die Ereignisse sich in einer Weise entwickelt, die ihm keine andere Wahl gelassen hatte, als den Major einzuweihen.

Zögernd fuhr Lynsley mit seinen Enthüllungen fort. »Wenn das Wort die Runde macht, dass wir es einem solchen Hochverräter gestattet haben, sich vor unserer Nase einzunisten, dann könnte es einen Skandal geben, über den die Regierung stürzen wird.«

»Ja, Sir. Die Angelegenheit muss mit äußerster Diskretion behandelt werden. Aber sogar dann sind wir auf ein Wunder angewiesen, um die Sache aus der Welt zu schaffen, ohne im Parlament ein Feuerwerk zu entfachen, das selbst Vauxhall in Verlegenheit bringen würde.«

»Ein Wunder.« Lynsley trommelte so heftig mit den Fingerspitzen auf die Lederunterlage, als wollte er Geister aus der Unterwelt beschwören.

»Ja. Ein Wunder.« Es klang noch düsterer, als der Major die Worte wiederholte. »Oder einen Helden aus der Artussage.«

»Merlin«, flüsterte der Marquis.

Chertwell lachte halbherzig. »Abrakadabra. Das Herz des Galahad. Das Schwert des Excalibur.«

Wenige Augenblicke später klingelte der Marquis nach seinem Sekretär. »Collins, sorgen Sie dafür, dass meine Kutsche sofort vorfährt.« Er stopfte die Liste mit den Verdächtigen in seine Westentasche und wandte sich zur Tür. »Was stehen Sie da herum, Chertwell. Wir haben keine Zeit zu verlieren.«

Der Major räusperte sich. »Wohin fahren wir, Sir?«

Zum ersten Mal an diesem Nachmittag lächelte Lynsley. »Zum Tee bei Mrs. Merlin.«

»Wer um alles in der Welt ...«

»Eine kleine alte Lady, die wahre Wunder vollbringt.«

»Verdammt, die Türklinke klemmt immer noch wie der Teufel.«

»Achtet auf eure Ausdrucksweise, meine Lieben! Eure Ausdrucksweise!« Weil die Hausvorsteherin Miss Clemens in dunkle Brauntöne gekleidet war, hätte sie leicht mit der hölzernen Einrichtung verwechselt werden können, wenn sie ihre Schülerinnen nicht mit durchdringender Stimme zur Ordnung gerufen hätte. »Keine Flüche! Ihr kennt die Regeln. Innerhalb dieser Mauern habt ihr euch wie gebildete junge Ladys zu benehmen. Jetzt beeilt euch – würdevoll, wenn ich bitten darf, würdevoll – und zieht euch um. Sonst kommt ihr zu spät zu Mrs. Twinings Unterricht. Etikette im Ballsaal steht auf dem Lehrplan.«

Siena lächelte. Die alte Jungfer machte zwar einen ziemlich düsteren Eindruck, war aber gar nicht so schlimm. Wie oft schon hatten sie nachts die Küche geplündert, ohne dass sie bestraft worden waren. Und manchmal, wenn man ihnen den Sieg vergällt hatte, hatten sie ihren Ärger mit einer Flasche ausgezeichneten Champagners aus Clemmies Bestand hinuntergespült.

»Als ob sie mir den Hintern veredeln will«, murmelte Shannon sehr zur Belustigung der anderen, »denn man braucht schon einen Vorschlaghammer und einen Meißel, um aus mir eine Skulptur zu formen, die einem feinen Fräulein ähnlich sieht. Ich bin und bleibe nun mal eine Straßengöre.«

»Dein Aussehen ist kein Problem.« Kopfschüttelnd betrachtete Sofia die üppige Figur ihrer Freundin. »Schätzchen, ich würde glatt jemanden umbringen, nur um einen Busen zu bekommen wie du. Es ist allein ein Problem der Einstellung. Wenn du genau darüber nachdenkst ...«

»Muss ich euch noch mal daran erinnern?«, warnte Miss Clemens. »Wenn ihr euch nur die geringste Unpünktlichkeit erlaubt, werdet ihr den nächsten Monat damit verbringen, den Stall auszumisten.«

»Verdammt noch mal, ich will mich lieber aufs Reiten und Fechten konzentrieren, als einen anständigen Knicks vor einem Fürsten zu machen«, grummelte Shannon, während die drei Freundinnen zwei Stufen auf einmal nahmen und zu ihren Zimmern hinaufrannten.

»Genau wie ich.« Siena streifte sich das Hemd und die Stiefel ab. »Um schlagkräftig zu sein, müssen wir uns in den subtileren Formen der Kriegskunst ausbilden lassen.«

»Du hast leicht reden«, schnappte Shannon zurück, »du scheinst ja auch eine natürliche Begabung zu besitzen. Sowohl im Schulzimmer als auch auf dem Fechtboden.« Sie verzog das Gesicht. »Du glänzt sogar in Kunstgeschichte, meine Liebe.«

»Ich finde Kunstgeschichte interessant. Du nicht?«

Shannon schüttelte den Kopf. »Nein. Es sei denn, die Gemälde zeigen geheimnisvolle Rüstungen oder Waffen aus längst vergangenen Zeiten.«

»Nonnie hat recht, Siena. Du hättest eigentlich in einem Herrenhaus geboren werden müssen«, spottete Sofia, »als feine Lady, die den ganzen Tag lang nichts anderes zu tun hat, als mit Wasserfarben herumzuspritzen und unbezahlbare Gemälde zu sammeln.«

»Pass bloß auf!«, gab Siena zurück. »Noch ein Wort, und du kassierst einen Tritt in den Hintern!« Hastig wirbelte sie herum und setzte ein Lachen auf, um zu vertuschen, dass die Sticheleien einen empfindlichen Nerv getroffen hatten. Als sie nach ihrem Hemd griff, erhaschte sie einen Blick auf sich selbst im Spiegel: die Wangenknochen so spitz wie ein Säbel, die Wimpern so dunkel wie Schießpulver, der Blick so wachsam, als wollte sie die Kronjuwelen schützen. Kämpfen war ihr zur zweiten Natur geworden. Und sie beherrschte ihr Handwerk.

Shannon hatte recht. Es gab viele Dinge, die Siena leichtzufallen schienen, ganz besonders die Kunst. Sie mochte die Art, wie die Kunst sie zum Nachdenken herausforderte und wie sie angeregt wurde, die Dinge aus einem anderen Blickwinkel zu betrachten. Ist es ein Zeichen von Schwäche, wenn ich solche Dinge schätze?, fragte sie sich manchmal, obwohl sie es niemals zugeben würde. Schließlich gehörte sie zu Mrs. Merlins Zöglingen. *Merlin* bedeutete Falke. Falken zeigten niemals ihre schwache Seite. Noch nicht einmal für den Bruchteil einer Sekunde.

Ein Schatten fiel auf ihr Gesicht. Von der See jagten die Sturmwolken herüber, verdeckten die Sonne, und in den Innenhöfen der Schule war das ferne Donnergrollen schon zu hören. *Licht und Dunkel.* Manchmal blitzten unwillkürlich die Erinnerungen an das Leben vor der Akademie in ihr auf. Eine alte Prostituierte hatte ihr einst ein bunt gedrucktes Bild geschenkt, das kaum einen Penny gekostet haben mochte. Sie hatte den Fetzen Papier gehütet wie einen kostbaren Schatz.

Siena atmete tief durch, verscheuchte die seltsamen Grübeleien und konzentrierte sich wieder auf ihre Yoga-Übungen. Schließlich hatte Da Rimini ihr eingebläut, dass es gefährlich werden konnte, wenn sie sich zu sehr in ihre Tagträumereien verlor …

»Um Himmels willen, Siena, hör auf zu träumen«, schalt Sofia, »oder legst du es darauf an, dass wir in den nächsten Wochen Pferdeäpfel schippen?«

Ihre Freundinnen hatten sich längst umgezogen und suchten sich die passenden Haarbänder aus, um ihre Toilette zu beenden.

»Du weißt doch, wie sehr unsere *Grande Dame* es verabscheut, sich die Finger schmutzig zu machen«, spottete Shannon und wirbelte herum, als befände sie sich gerade im Ballsaal.

»Merde!« Ein zerknüllter Handschuh aus Ziegenleder flog quer durch das Zimmer. »Nur weil ich Seide ebenso sehr liebe wie den Sattel, heißt es noch lange nicht, dass ich euch nicht beim Pferderennen besiegen kann. Ihr müsst nur sagen, wie hoch euer Einsatz ist.«

Shannon spießte das blassrote Leder mit einer Haarnadel auf und warf es zurück. »Soll das eine Herausforderung sein? Was für ein Rennen stellst du dir vor?«

»Vergesst eure Reiterspiele.« Siena griff nach ihrem indigoblauen Kleid. »Hat irgendjemand mein indisches Tuch gesehen? Oder hat es sich auf den Weg zurück nach Bombay gemacht?«

Die Freundinnen waren viel zu klug, um den scharfen Unterton in ihrer Stimme zu überhören, und wechselten irritierte Blicke.

»Irgendwas nicht in Ordnung?«, fragte Sofia, während sie das vermisste Tuch unter einem Paar verschmutzter Reitstiefel hervorzog. »Deine Laune ist ziemlich merkwürdig.«

Shannon nickte. »Wenn ich gerade eben Il Lupino flachgelegt hätte, würde ich in den höchsten Tönen jubeln ...«

»Ich habe Angst, dass ...« Höchstwahrscheinlich würden ihre Freundinnen sich den Bauch halten vor Lachen, wenn sie erfuhren, was Siena durch den Kopf gegangen war. »Ich fürchte, ich kann es nicht erklären.«

»Angst?«, schnappte Shannon. »Unsinn. Du bist die Furchtloseste von uns allen.«

Sofia schwieg, fixierte ihre Freundin aber mit einem durchdringenden Blick.

»Besser, ihr vergesst es«, murmelte sie. Plötzlich kam sie sich dumm vor, weil sie hatte durchblicken lassen, dass es einen kleinen Kratzer auf ihrer glänzenden Rüstung gab. Denn die Ausbildung in der Akademie wiederholte nur die Lektionen, die sie schon in der Gosse gelernt hatte – *zeige niemals, dass du verwundbar bist.*

Die Freundinnen unterbrachen ihr Gespräch, als sie Miss Clements Schritte hörten. Siena fluchte atemlos und war sich sicher, dass sie mit ernsten Vorwürfen zu rechnen hatte, zusammen mit der gefürchteten Strafe.

Aber die Hausvorsteherin schien merkwürdig verwirrt. Mit einer unbestimmten Handbewegung scheuchte sie Sofia und Shannon aus dem Zimmer. »Raus, ihr beiden. Und was Siena betrifft ...« Sie zögerte. »Du musst dich nicht beeilen. Mrs. Merlin hat dich für den nächsten Unterricht entschuldigt. Sie wünscht dich in ihrem Büro zu sehen, sobald du dein neues smaragdgrünes Ballkleid angezogen hast. Withers wird jeden Augenblick zu dir kommen, um dir das Haar zu richten.«

Siena drehte sich um und hörte sich die Neuigkeiten mit halb geschlossenen Augen an. »Warum?«

Miss Clement hob die knochigen Schultern. »Ich bin nicht weiter eingeweiht. Aber du wirst es schon sehr bald selbst herausfinden.«

War es nur Einbildung – oder hörte sie aus den Worten tatsächlich heraus, dass die Zeit gekommen war?

»York hat berichtet, dass eine extravagante Kutsche vor knapp zehn Minuten vor Mrs. Merlins Privateingang vorgefahren ist«, fügte Miss Clement hinzu. »Zwei Gentlemen sind ausgestiegen.«

Ein prickelnder Schauder tanzte ihr über den Rücken. Wieder fühlte es sich an wie tausend kleine Dolchspitzen, und in ihren Handflächen begann es zu kribbeln. *Angst.* Die Plauderei mit ihren Freundinnen schwirrte ihr immer noch durch den Kopf.

Aber im Grunde genommen hatte sie nur Angst davor, dass die Schulleitung der Auffassung sein könnte, sie wäre nicht gerissen genug für einen echten Auftrag. Der Gentleman mit den eisblauen Augen würde sich, wie er es immer zu tun pflegte, freundlich, aber unmissverständlich äußern. Nur die Allerbesten, gemessen am strengen Standard der Meisterklasse der Akademie, wurden ausgewählt. Und wer die Prüfung nicht bestand, wurde in eine weniger herausfordernde Laufbahn gelenkt. In eine Laufbahn, die auf andere nützliche Aufgaben vorbereitete. Gastwirtin, Kammerzofe …

Siena ballte die Hände zu Fäusten und reckte das Kinn. Eine Herausforderung? Sie würde sich ihrer Aufgabe gewachsen zeigen, wollte sich selbst beweisen. Schließlich gehörte sie zu Mrs. Merlins Zöglingen. Merlin bedeutete Falke.

Und Falken müssen fliegen.

2. Kapitel

Waisenkinder! Von der Straße!« Chertwell verschluckte sich an seinem Tee und hustete.

»Darf ich Sie höflich daran erinnern, dass Sie der Schweigepflicht unterliegen?« Lynsley gönnte sich einen zweiten Keks.

Der Major stieß einen Fluch aus.

»Darf ich Sie außerdem daran erinnern, dass eine Lady anwesend ist?«

Chertwells Gesicht wurde beinahe so rot wie seine Uniform. »Ich bitte um Verzeihung, Madam«, erklärte er steif, »ich hatte nicht die Absicht, Sie oder Ihre Schülerinnen zu beleidigen. Aber ich fühle mich verpflichtet, Einspruch zu erheben gegen diesen ... diesen Scherz!«

Mrs. Merlins brüske Erwiderung ließ jegliche Hoffnung aus seinem Blick schwinden. »Es ist Lord Lynsley sehr ernst. Genau wie mir.« Mrs. Merlin war Witwe. Sie wirkte federleicht und gebrechlich. Taubengraue Locken umrahmten ihr schmales Gesicht wie eine Haube. Mit den Jahren waren ihre Gesichtszüge weicher geworden, und die Spitze ihrer markanten Nase stach weniger hervor. Aber die silbrigen Augen hinter den ovalen Brillengläsern glühten immer noch so durchdringend wie bei einem Falken. »Warum probieren Sie nicht unsere Erdbeertörtchen, junger Mann? Wirklich, sie sind köstlich.«

»Ich will keine verdammten Törtchen! Ich will eine Erklärung!«, stammelte der Major und warf Lynsley einen vorwurfsvollen Blick zu. »England schwebt in größter Gefahr, während wir hier herumsitzen und Tee schlürfen!«

»Du liebe Güte, Thomas, leidet der Major unter Migräne?« Mrs. Merlin warf Lynsley einen Blick zu. »Soll ich das Essigfläschchen holen? Oder Hirschhornsalz?«

Sekundenlang stand Chertwell der Mund offen. Er schwieg, aber das hinderte ihn nicht, laut zu stöhnen.

»Ausgezeichnet. Wie ich sehe, können wir auf das Hirschhornsalz verzichten und das Problem stattdessen mit einer gesunden Prise Vernunft aus der Welt schaffen.« Mrs. Merlin bewegte sich so flink und geschickt, dass es ihr süßliches Lächeln Lügen strafte, und öffnete eine Dokumentenmappe. Nur ein einziges Mal musste sie mit den Papieren in der Mappe auf den Tisch klopfen, um die Kanten auf eine gerade Linie zu bringen. »Aber bevor wir uns um die Geschäfte kümmern, sollten Sie vielleicht mit Ihren Erläuterungen fortfahren.«

»Danke, Charlotte. Wie immer ist es ausgesprochen lehrreich, mit Ihnen zu plaudern.« Lynsley lehnte sich in die Sofakissen zurück. Die Falten um seine Augenwinkel wirkten tiefer, sein Blick schattenhaft. »Wie ich bereits erklärt habe, Chertwell, stammen die Zöglinge aus *Mrs. Merlin's Academy for Select Young Ladies* aus den Heerscharen von Waisenkindern, die in den verrufenen Vierteln Londons herumstromern. Bedauerlicherweise muss ich eingestehen, dass es ganze Heerscharen sind.« Er starrte auf seinen Tee. »Die Zöglinge der Akademie sind handverlesen. Ich selbst suche sie aus. Ich achte darauf, dass sie klug und mutig sind. Und auf das Aussehen. Schönheit kann in sich selbst eine Waffe sein.«

»Um es auf den Punkt zu bringen«, murmelte der Major mit zusammengebissenen Zähnen, »Sie wühlen in den zwielichtigen Gassen Londons nach dreckigen Waisenkindern und formen eine besondere Kampftruppe aus ihnen?«

Der Marquis gestattete sich ein schwaches Lächeln. »Englands schlagkräftigste Geheimwaffe.«

»Gott schütze den König.« Der strenge Blick der Direktorin brachte Chertwell dazu, sich seinen Sarkasmus zu verkneifen.

Lynsley fuhr fort, als wäre er nie unterbrochen worden. »Ich konnte die Regierung überzeugen, uns dieses alte Gelände zu überlassen. Früher wurde es als Weideland für die Kavallerie genutzt. Die laufenden Kosten zahle ich aus eigener Tasche, und Mrs. Merlin kümmert sich um die Pflichten des Alltags. Der Einfall ist mir gekommen, als ich ein Buch über Hasan-I-Sabah gelesen habe, einen muslimischen Kalifen, der in seiner Festung in den Bergen geheime Kriegstruppen ausgebildet hat. Seine Männer waren bekannt für ihre tödliche Kampfkunst und ihre fanatische Treue. Der Kalif hat sie nur eingesetzt, wenn sich seine Macht in größter Gefahr befand. Es heißt, dass sie bei keinem einzigen Auftrag versagt haben. Und es reichte schon, dass man die *Hashishim* ... die Attentäter bei ihrem Namen nennt, um die Feinde ihres Herrn in Angst und Schrecken zu versetzen.«

»Attentäter?« Irritiert kniff Chertwell die Augen zusammen. »Sicher wollen Sie nicht behaupten, dass diese Mädchen ...«

»... für tödliche Einsätze ausgebildet sind.« Mrs. Merlin blies sich einen Hauch Puderzucker von den Lippen. »Aber selbstverständlich.«

»Merlins Zöglinge erhalten auf vielen verschiedenen Gebieten eine erstklassige Ausbildung«, erklärte Lynsley. »Waffengebrauch ist nur ein Teil des Lehrplans. Sie werden auch in den gesellschaftlichen Fächern unterrichtet. Zum Beispiel lernen sie, ein gutes Gespräch zu führen, sie lernen Manieren, und ihre Fähigkeiten in Musik, Kunst und Tanz sind unübertroffen. Wenn es notwendig ist, können sie sich in den höchsten Kreisen der Gesellschaft bewegen.«

»In der Tat, unsere Mädchen werden nach dem gleichen Lehrplan unterrichtet wie auf irgendeiner beliebigen anderen Schule für hochgeborene junge Ladys aus den feinen Salons«, fügte Mrs. Merlin hinzu. Inmitten einer farbenfrohen Blütenpracht und zartem Porzellan aus Sèvres sah die ältliche Dame aus wie der Inbegriff von Sitte und Anstand. Abgesehen von dem Dolch, der ihr aus dem Ärmelaufschlag rutschte, als sie die

Unterlagen durchsah. »Wir legen Wert darauf, dass Gewalt nur als letzter Ausweg in Betracht kommt.«

»Es klingt …«, der Major rutschte auf dem Sofa hin und her, »… absurd, möchte ich sagen, aber ich befürchte, dass Sie dann meine Leber mit der Klinge filetieren.«

Mrs. Merlin zog den Musselin über dem messerscharfen Stahl glatt. »Ich kann Ihnen versichern, dass unsere Schülerinnen sehr sorgfältig ausgewählt worden sind. Sobald sie bei uns eintreffen, werden sie einer harten Ausbildung und ständigen Prüfungen unterworfen. Wer die Prüfungen nicht besteht, wird in eine passendere Ausbildung verwiesen.« Als sie ihre Brille auf der Nase nach oben schob, funkelte das Kerzenlicht auf den Gläsern. Unter weniger ernsten Umständen hätte es auch als Zwinkern durchgehen können. »Sie sehen, Major, anders als beim Militär können weder Reichtum noch Intrigen einen Platz in unserer Akademie erkaufen. Merlins Zöglinge gewinnen ihren Ruhm allein durch Verdienst.«

Chertwell dachte einen Moment nach. »Warum Mädchen?«

»Kluge Frage.« Lynsley ließ den Blick auf das Gemälde über dem Kaminsims schweifen. Es zeigte Boudicca, die uralte britannische Königin, in vollem Ornat. »Weil weibliche Wesen strategisch und taktisch erheblich flexibler sind. Sie können die Kriegskunst genauso gut erlernen wie ein Mann. Dagegen ist es Männern unmöglich, in bestimmte weibliche Disziplinen einzudringen. Manche Türen werden uns Männern auf ewig verschlossen bleiben.«

»Raffiniert«, gestand der Major ein, »ich begreife langsam, dass das Geschlecht eine nützlichere Waffe sein kann als Stahl.« Er tippte sich ans Kinn. »Trotzdem, abstrakte Theorien sind eine Sache, praktische Anwendungen dagegen eine ganz andere. Haben Sie Ihre teuflischen Heldinnen schon jemals auf eine echte Mission geschickt?«

»Arthur Wellesley wäre heute nicht mehr unter uns, wenn

nicht einer der Anführer des Mahratta-Aufstands in Indien auf der Tigerjagd viel zu früh das Zeitliche gesegnet hätte. Ein Pfeil durchbohrte seine Kehle, wenn ich mich recht erinnere ...« Lynsley fuhr fort, noch mehr Orte und Namen herunterzubeten.

»Gott schütze unseren König«, murmelte der Major wieder, klang diesmal aber nicht sarkastisch, sondern ehrfürchtig.

Mrs. Merlin stellte das Tablett mit dem Tee auf das chinesische Beistelltischchen. »Nachdem ich Ihre Anforderungen durchgesehen hatte, habe ich eine Schülerin ausgewählt, die für den Auftrag höchst qualifiziert sein dürfte.«

»Wen?«

»Siena.«

Er presste die Fingerspitzen aneinander und betrachtete gedankenverloren seine Uhrenkette. Es verging ein Moment, bevor er wieder das Wort ergriff. »Eine interessante Wahl.«

»Der Einsatz ist von außerordentlich schwieriger Natur«, erwiderte die Direktorin, »unsere Agentin muss sehr charakterfest sein, wenn sie es mit den Gentlemen aufnehmen soll, die Sie auszuforschen wünschen.«

»In der Tat. Ich stimme zu, dass sie zu unseren besten Schülerinnen gehört.« Lynsley fingerte an seiner Taschenuhr herum. »Trotzdem muss ich gestehen, dass ich sie nicht ganz durchblickt habe. Sie hat etwas an sich, das mir nach wie vor ein Geheimnis geblieben ist.«

»Unter der stahlharten Oberfläche verbirgt sich die sehr empfindliche Seite ihres Wesens. Was sie nur noch reizvoller macht. Außerdem liegt ihre Begabung nicht nur im Umgang mit den verschiedensten Waffen. Ihre Kunstkenntnisse werden in diesem Fall sehr nützlich sein.« Mrs. Merlin hielt seinen Blick fest. »Ich setze großes Vertrauen in meine Wahl. Aber ich habe keinen Zweifel, dass Sie beide sich gern selbst überzeugen möchten. Sollen wir sie hereinrufen?«

Sanft und sinnlich raschelte die Seide über ihre Haut, als sie sich von dem Stuhl mit der geraden Lehne erhob. Siena strich die Rüschen an ihrem Mieder glatt und fuhr mit den Fingerspitzen über die Perlenreihe, die ihr tief ausgeschnittenes Dekolleté schmückte. Schon eine Hand voll Perlen hätte gereicht, um sich in St. Giles ein Jahr lang zu ernähren. Aber hier waren sie nichts als unbedeutender Tand, winzige Fleckchen in einer golddurchwirkten Pracht aus Smaragd. Das Kleid war eine sündhaft teure Extravaganz, an Busen und Hüfte anschmiegsam geschnitten, während die elfenbeinfarbene Seide sich wellenförmig bis zu den goldenen Fransen am Saum erstreckte.

Es passte viel besser zu einer Märchenprinzessin als zu einem Waisenkind ohne einen Penny in der Tasche, wie Siena hastig bemerkt hatte. Aber Mrs. Merlin hatte ihr nur ein zufriedenes Lächeln zugeworfen und die Kosten auf dem Konto der Schule verbucht. Außerdem hatte sie Siena eine Lektion erteilt: Es war von größter Bedeutung, dass sie begriff, wie trügerisch der Schein sein konnte.

Als Siena das vertraute kleine Wartezimmer betrat, stieg unwillkürlich die Erinnerung an ihre erste Begegnung mit Mrs. Merlin in ihr auf. Sie hatte nichts als Lumpen am Leib getragen, und ihre dünnen verschmutzten Gliedmaßen waren von blauen Flecken übersät gewesen. Weil die merkwürdige neue Umgebung sie bis ins Mark erschreckt hatte, hatte sie Mrs. Merlins sanften Worten zuerst nur mit einem unflätigen Fluch begegnen können.

Aber ihr Fluch war weder mit Schlägen noch mit Stößen beantwortet worden; stattdessen hatte man ihr Erdbeertörtchen und Tee angeboten. Zum ersten Mal erfuhr sie, wie wahre Freundlichkeit schmeckte. Und echte Geduld. Dabei war es keine leichte Aufgabe, das Vertrauen einer gerissenen Straßengöre zu gewinnen. Siena war es schwergefallen zu begreifen, dass ein richtiges Bett, saubere Kleidung und regelmäßige Mahlzeiten nichts mit faulen Tricks zu tun hatten, die sie nur besänftigen sollten, um ihr den tödlichen Schlag erträglicher zu machen.

Es ist nicht leicht, alte Zöpfe abzuschneiden. Sogar jetzt noch merkte sie, wie sie im hintersten Winkel ihres Herzens ängstlich und aufmerksam blieb.

»Sie erwarten dich«, flüsterte die Sekretärin.

Disziplin. Pflicht. Verlangen.

Entschlossen verscheuchte Siena die launischen Gedanken, raffte ihre Röcke hoch und glitt würdevoll über die Türschwelle.

»Wie entzückend, dass Sie uns Gesellschaft leisten können, meine Liebe.« Mrs. Merlin gab durch und durch die gnädige Gastgeberin und deutete auf die beiden Männer. »Ich nehme an, Sie sind mit Lord Lynsley bekannt?«

Siena vollführte einen perfekten Knicks und gestattete es dem Gentleman, ihre Hand zu seinen Lippen zu führen. »Es ist mir ein große Ehre, Sie wiedersehen zu dürfen, Mylord.«

»Das Vergnügen ist ganz auf meiner Seite, Miss Siena. Ich darf annehmen, dass Sie mit Ihrer Ausbildung zufrieden sind?«

»Sehr zufrieden, vielen Dank.« Mit jungfräulicher Bescheidenheit senkte sie den Blick und antwortete ganz wie erwartet im leichten Plauderton. Aber unter den flatternden Lidern blieb sie alarmiert. Natürlich wusste sie, dass ihre Fähigkeiten gerade geprüft wurden, und sie hatte die Absicht, diese Prüfung glänzend zu bestehen. »Das Wetter ist in letzter Zeit ausgesprochen erbärmlich gewesen, nicht wahr?«

Nachdem sie ein paar höfliche Worte über das Wetter gewechselt hatten, deutete der Marquis auf seine Begleitung. »Gestatten Sie, dass ich Ihnen Major Chertwell vorstelle, der sich gerade im Urlaub von seinem Posten in Preußen befindet.«

Der Major starrte sie mit eisigem Entsetzen an. Wie das Kaninchen vor der Schlange, dachte sie, irgendwie muss ich ihm beibringen, dass ich ihn nicht verschlingen werde.

Mit einem schmelzenden Blick. Mit einem Hauch von Bewunderung. Mit einer zärtlichen Berührung ihres Fächers. Die berüchtigte spanische Kurtisane namens La Paloma hatte den Schülerinnen der Akademie zahllose Kniffe verraten, mit denen sie den Gentlemen in ihrer Gegenwart die Nervosität nehmen konnte. »Das klingt schrecklich wichtig, Sir«, bemerkte Siena, »gehören Sie zum diplomatischen Korps oder zur Armee?« Ihr gebildeter Tonfall verriet nicht die Spur, dass sie früher nichts als eine schmutzige Straßengöre gewesen war. Zwar beherrschte sie die ruppige Sprache der Gosse immer noch, aber wenn es sein musste, konnte sie auch auf Französisch Konversation betreiben.

»Äh ... weder noch.«

»Major Chertwell dient als Verbindungsglied zwischen beiden«, murmelte Lynsley.

Schmeicheleien waren das oberste Gebot im Salon, dicht gefolgt von kaum wahrnehmbaren Tändeleien. Siena seufzte lautlos. Die höheren Töchter aus den feinen Salons waren wirklich nicht zu beneiden. Schließlich kostete es viel Anstrengung, so unerhört dumme Bemerkungen von sich zu geben. Und Übung.

Aber die Anstrengung wurde rasch belohnt. Wie La Paloma versprochen hatte, waren Männer ziemlich berechenbar. Nachdem sie ihn mit ein paar Fragen und einem samtigen Lächeln ermutigt hatte, war Chertwell so entspannt, dass er eine zusammenhängende Unterhaltung führen konnte.

Mrs. Merlin überließ das Spiel zwischen den beiden ein paar Minuten seinem Lauf und schlug dann vor, sich der Musik zuzuwenden. »Ich weiß, dass Lord Lynsley das Pianoforte sehr schätzt. Ganz bestimmt wäre er überaus erfreut, Sie spielen zu hören.«

Siena setzte sich an das Instrument. »Was möchten Sie am liebsten hören, Mylord?«

»Ich überlasse Ihnen die Wahl.«

Siena überlegte kurz. *Ebenholz und Elfenbein.* Licht und Dunkel. Und ich muss dafür sorgen, dass beide perfekt harmonieren. Sie legte die Finger auf die Tasten und begann mit einer schwierigen Sonate von Mozart. Zuerst ließ sie die Töne ganz weich fließen, steigerte sich dann zu einem stürmischen Crescendo und spielte die gesamte Partitur, ohne auch nur eine einzige Note zu verpassen. Natürlich war ihr klar, dass sie eine makellose Aufführung geboten hatte.

»Bravo.« Der Marquis klatschte sanft in die Hände, und es kam ihr vor, als würde sein Applaus bis in ihre Fingerspitzen kribbeln.

So nah und doch so fern. Bin ich überzeugend gewesen?, fragte sie sich, denn sie hatte den Schatten eines Zweifels in Lord Lynsleys Augen bemerkt, als sie das Zimmer betreten hatte. Kein Mann besaß einen so durchdringenden Blick wie er; seine Augen glitzerten wie blassblaue Splitter aus Eis. Manchmal glaubte sie, dass er sie klarer durchblicken konnte als sie sich selbst.

Lynsley wandte sich an seinen Begleiter und zog eine Braue hoch. »Möchten Sie prüfen, über welche Fähigkeiten Miss Siena sonst noch verfügt? Tanzen? Whist?«

»Äh, nein. Im Salon scheint sie ein wahrer Ausbund gepflegter Geselligkeit zu sein.«

»Siena, in diesem Fall sollten Sie sich besser beeilen und sich weniger formelle Kleidung anziehen.« Kaum hatte ihre Schülerin das Zimmer verlassen, fügte Mrs. Merlin hinzu: »Ich habe Da Rimini gebeten, in der Waffenkammer auf uns zu warten. Eine kleine Vorführung ihrer Fecht- und Reitkünste wird alle weiteren Fragen beantworten.«

Eine halbe Stunde später griff der blasse Chertwell nach einem Taschentuch und tupfte sich die Schweißtropfen von der Stirn.

»Überzeugt?«

»Äh, ja. Ich darf Sie beim Wort nehmen, dass die junge Lady sich ebenso geschickt im Sattel halten kann.«

Lynsley unterdrückte ein Grinsen. »Sie kann reiten wie ein geölter Blitz.«

»Dann wollen wir beten, dass sie unseren Teufel in der Stadt zur Strecke bringt ...«

»Wir Falken sind in der Lage, Luzifer einmal rund um den Erdball zu jagen. Falls man das von uns verlangt.« Siena trug immer noch Hirschlederhosen und Stiefel, als sie das Arbeitszimmer betrat. Sie lehnte sich mit der Hüfte an den Schreibtisch der Direktorin, schälte sich aus dem Fechtanzug und ließ ihn auf das polierte Eichenholz fallen.

»Es reicht, wenn Sie ihn in London zur Strecke bringen«, erwiderte Lynsley trocken.

Siena beschloss, in die Offensive zu gehen. »Dann ... dann bekomme ich also den Auftrag?«

Das Schweigen schien sich endlos in die Länge zu ziehen.

»Hier sind Ihre Anweisungen.« Langsam zog Lynsley ein Paket aus der Tasche, das in Ölzeug eingewickelt war und ein Siegel trug, das einen aufsteigenden Falken zeigte. »Sie müssen sofort aufbrechen und sich an die Adresse wenden, die auf der ersten Seite angegeben ist. Dort werden Kleidung, Geld und einige vertrauenswürdige Diener auf Sie warten. Anschließend ...«

Er atmete tief durch. »Fast alle Einzelheiten sind genau erklärt. Den Rest erfahren Sie von mir, wenn ich Sie nach draußen zu den Ställen begleite. In ein oder zwei Tagen wird ein Bote bei Ihnen eintreffen, um Ihnen ein vollständiges Dossier mit den Namen der Verdächtigen zu überreichen. Danach ... Sie verstehen ...«

»Danach dürfen weder Sie noch die Regierung eingestehen, dass es irgendeine Verbindung zwischen uns gibt.«

»Ganz genau, Siena. Sie werden vollkommen auf sich selbst gestellt sein.«

»Die Regeln sind mir bekannt, Sir.«

»Ich habe dafür gesorgt, dass man sich um Ihr Gepäck kümmert, während wir uns unterhalten«, mischte Mrs. Merlin sich ein. »Die Satteltaschen warten draußen vor der Tür auf Sie, zusammen mit Ihren Waffen.«

In Sienas Gesicht zuckte es überrascht. »Ich ... ich hatte angenommen, dass ich kurz in mein Zimmer zurückkehren dürfte. Um mich von meinen Freundinnen zu verabschieden.«

»Es ist das Beste, wenn Sie ohne jede Verzögerung aufbrechen.« Die Direktorin tätschelte ihr sanft den Arm. »Ich werde Ihre Abschiedsgrüße ausrichten.«

Siena verscheuchte ihre Enttäuschung. Es würde ihr kaum helfen, wenn sie gleich in der ersten Minute ihres Auftrags versagte. »Ja. Selbstverständlich.«

»Viel Glück.« Chertwell zögerte, bevor er sich kurz verbeugte. »Und gute Reise.«

»Wir sind geschult, uns auf unsere eigenen Fähigkeiten zu verlassen, Sir. Und nicht auf zufälliges Glück«, erwiderte sie betont draufgängerisch. »Aber es kann sicherlich nicht schaden, dass Fortuna weiblich ist.«

Und ich werde Lord Lynsley beweisen, schwor Siena sich stumm und feierlich, dass ich mir meine Flügel verdient habe.

Das blasse Licht der halbmondförmigen Sichel verschwand hinter den dahinjagenden Wolken und tauchte kurz darauf wieder auf.

Julian Henning, Earl of Kirtland, betrachtete den sturmbewölkten Himmel und zog die Brauen hoch. Sogar der Himmel hat etwas zu verbergen, dachte er selbstironisch, zügelte sein Pferd und starrte in die Dunkelheit. Der Wind peitschte den

Regen durch die Bäume, die stürmischen Böen zerrten an seinem Umhang und an der breiten Krempe seines Hutes.

In dieser Nacht schien die Hölle losgebrochen. Sein Hengst wieherte ungeduldig, als wollte er den Eindruck bekräftigen.

»Tut mir leid, Hades. Verstehe, du würdest einen trockenen Stall und einen Eimer Hafer bevorzugen.« Er selbst hätte nichts lieber getan, als sich mit einem Glas Brandy und einem guten Buch in der Hand vor das knisternde Kaminfeuer zu setzen. Zugleich musste er sich eingestehen, dass das leibliche Wohlergehen auf Henning Hall, dem Landsitz seiner Vorfahren, nach und nach einen mürrischen Kauz aus ihm machte.

Noch im Morgengrauen wollte er zu seinem Stadthaus in London aufbrechen. Aber trotz des schlechten Wetters hatte er in der Nacht plötzlich das Bedürfnis verspürt, noch einmal die ausgedehnte Weite und die Einsamkeit seiner Ländereien zu genießen. Denn in der Stadt lebte es sich gedrängt, und die Straßen waren oft überfüllt.

Oder vielleicht war es auch ein dunkler innerer Drang, der ihn nach draußen getrieben hatte. Eine düstere Stimmung, die ihm in den letzten Tagen ein vertrauter Begleiter gewesen war.

»Wir reiten noch bis zur Brücke, und dann kehren wir um.« Der Earl schloss die durchnässte Faust um die Zügel und trieb sein Pferd vorwärts. Der feuchte Boden verschluckte den dumpfen Schlag der Hufe. Nebel hüllte den Stechginster und die Dornen in stumpfe Schatten, sodass die verschwommenen Konturen im Dunst kaum noch bedrohlich wirkten.

Der Pfad wurde enger, als er durch ein Eichengestrüpp führte. Der dichte Nebel verschluckte auch das letzte Sternenfunkeln. Kirtland konnte sich nicht mehr auf die Sicht, sondern musste sich auf sein Gedächtnis verlassen, um den Weg durch das Gehölz zu finden.

»Verdammt noch mal«, murmelte er, als ihm ein Zweig auf die Wange schlug, »nur Verrückte machen sich bei diesem Wetter auf den Weg.« Verrückt musste man sein – oder verzweifelt. *Und was bin ich?* Leise fluchend brach der Earl durch das letzte Gestrüpp und befand sich auf offenem Gelände.

Weder das eine noch das andere, beschwichtigte er sich, vielleicht ein Außenseiter. Aber es interessierte ihn nicht die Bohne, was die Gesellschaft von ihm hielt. In den Londoner Salons rankten sich wilde Gerüchte um seinen Namen, dunkel und schmutzig wie diese stürmische Nacht. Gerüchte, die die wahre Geschichte ins Dunkel tauchten.

Das fahle Mondlicht durchbrach die Wolken und erhellte das boshafte Lächeln auf seinen Lippen. Geld konnte jede Aufregung besänftigen. Genau wie ein illustrer Titel. Trotz der Gerüchte gab es daher nur wenige Leute, die es wagten, ihn direkt anzugreifen. Nein, er selbst hatte beschlossen, den wirbelnden Sog der Ballsäle zu meiden, und …

Es krachte und knackte so laut, als hätte jemand eine kleine Kanone abgefeuert.

»Verdammt.« Kirtland zog die Zügel an und verlangsamte die stolpernden Schritte des erschrockenen Hengstes. Die Umrisse einer Brücke tauchten schemenhaft aus dem Dunkel auf, Überreste von geknicktem Holz, das aus der aufgewühlten Strömung herausstach. Die Brücke wurde oft als Abkürzung zu jener Straße benutzt, die nach London führte; aber jetzt war sie nichts anderes als eine tückische Falle. Wer sich von der anderen Seite näherte, würde die Gefahr nicht erkennen können.

Sobald es hell wurde, würde er seinen Verwalter beauftragen, die Stelle abzusperren und die notwendigen Reparaturen vorzunehmen.

Als er sich umdrehte und nach Hause reiten wollte, erhaschte der Earl eine Bewegung auf der Anhöhe der anderen Seite. Nein, ausgeschlossen. Es musste mit dem Teufel zugehen, wenn sich jemand in einer solchen Nacht nach draußen wagte. Wieder schaute er hin, dachte, dass er sich den schwarzen Schatten nur eingebildet hatte. Aber ein paar Sekunden später tauchten Pferd und Reiter im vollen Galopp aus dem Nebel auf.

»Aufpassen!«, schrie Kirtland, als die Hufe auf die vordersten Planken schlugen, »die Brücke bricht jeden Moment ein!«

Noch während er aufschrie, wusste er, dass es zu spät war. Die Planken sackten erst zusammen und splitterten dann mit einem schauderhaften Krachen.

Der Earl trieb seinen Hengst bis zum Wasser. Vielleicht hatte der Fremde den Sturz überlebt. Es war zwar äußerst unwahrscheinlich, aber falls der Mann doch Glück gehabt hatte, konnte er wenigstens am Ufer stehen und ihm helfen, sich aus dem anschwellenden Fluss zu flüchten.

Erstaunt stellte er fest, dass der Reiter in der Lage war, den abrutschenden Hengst zu zügeln, ihm den Kopf nach vorn zu richten und das schaumbedeckte Tier zu zwingen, den Rücken zu krümmen und zu einem gewaltigen Sprung anzusetzen. Die Hufe flogen durch die Luft, der Umhang wirbelte umher. Für den Bruchteil einer Sekunde hingen Pferd und Reiter mitten in der Luft ... eine schwarze Silhouette mit Flügeln im dichten Nebel. Plötzlich befanden sie sich wieder auf festem Boden und kämpften darum, auf der steilen Anhöhe nicht das Gleichgewicht zu verlieren.

Verdammt noch mal. Kirtland traute seinen Augen kaum. Als erfahrener Kavallerieoffizier war ihm klar, dass nur ein Reiter mit eiserner Kraft und stählernen Nerven ein solches Bravourstück vollbringen konnte ...

Just in diesem Moment bohrte sich der Splitter einer abgebrochenen Planke längs in den Stiefel des Fremden. Reiter und Pferd drohten, auf den felsigen Grund in der Tiefe stürzen. Der Earl reagierte blitzschnell, schoss gefährlich nahe an das Flussufer heran und befreite die gesplitterte Planke mit einem kräftigen Tritt. »Geben Sie mir Ihre Hand!«, schrie er und hoffte, dass seine Stimme das reißende Wasser übertönte.

Der Fremde schnappte sich Kirtlands ausgestreckten Arm, und der Earl dirigierte seinen Hengst auf höher gelegenes Gelände. Die beiden Pferde waren jetzt über die verschlungenen Arme ihrer Reiter verbunden und versuchten, wieder in sicheren Tritt zu gelangen.

Kirtland schlug das Herz bis zum Hals, als er seinen Seitenblick auf seinen Begleiter riskierte. Der wetterfeste Hut saß ihm schief auf dem Kopf, der dicke Wollschal war halb aufgebunden, aber die feinen Gesichtszüge gaben nicht die Spur von Angst zu erkennen. In der Tat, wenn er sich nicht schwer täuschte, flammte in den zusammengekniffenen Augen sogar Ärger auf.

»Lassen Sie mich sofort los!«

Ausgeschlossen, dass Kirtland sich verhört hatte. Es saß kein Mann auf dem Pferd, sondern ein Junge, noch dazu einer, der gerade den ersten Flaum auf der Oberlippe haben mochte.

»Jetzt warte mal einen Moment, Bürschchen.« Der knappe Befehl machte ihn wütend. Er hielt den Fremden immer noch fest, als die Pferde längst wieder in einen langsameren Schritt gefallen waren. »Die Höflichkeit verlangt, dass du ein wenig freundlicher mit mir sprichst.«

»Zum Teufel mit der Höflichkeit. Ich habe es eilig.«

»Bist wohl mit dem Teufel verabredet?«, schnappte er zurück. »Wenn ich nicht zufällig in der Gegend gewesen wäre, dann hättest du jetzt den River Styx überquert und nicht die Themse ...«

Die Wolken am Himmel teilten sich für einen Augenblick, und im fahlen Mondlicht konnte er dem Jungen ein paar Sekunden lang voll ins Gesicht blicken. *Er* war eine *sie*.

»Verdammt noch mal.«

Die Hand, die seine umschlossen hielt, zerrte plötzlich so heftig an ihm, dass er beinahe zu Boden stürzte. Aber auf den grausamen Schlachtfeldern Portugals hatte Kirtland selbst ein paar Tricks gelernt. Er befreite einen Fuß aus dem Steigbügel, ließ sich tiefer sinken und streckte plötzlich das andere Bein durch. Die junge Lady hatte es kalt erwischt.

Seine schwungvolle Bewegung riss sie von ihrem eigenen Pferd. Als sie ungeschickt in seinen Sattel fiel, erhaschte der Earl einen kurzen Blick auf das Halfter mit den Pistolen und dem Husarensäbel, der an ihrem Pferd herunterhing. »Was hat eine junge Lady um diese Uhrzeit hier draußen zu suchen? Noch dazu dann, wenn sie bis an die Zähne bewaffnet ist? Wie die Kavallerie ...«

Anstatt ihm zu antworten, zielte sie mit der Faust auf seinen Kiefer. Gerade noch rechtzeitig zuckte er zurück, und der Schlag ging an seiner Schulter vorbei. Jetzt schaute sie ihn an und versuchte, nicht das Gleichgewicht zu verlieren.

»Verdammt! Das ist aber ein rauer Dank dafür, dass ich dir den erbärmlichen Hals gerettet habe.« Ihren Schal hatte sie inzwischen verloren, und, um die Wahrheit zu sagen, ihr Hals schien ausgesprochen zauberhaft zu sein, weich und samtig wie Alabaster.

»Sie dürfen sich glücklich schätzen, dass ich Ihnen nicht den Arm breche.« Siena rutschte auf dem Sattel hin und her, versuchte, seinem festen Griff zu entkommen, und drückte dem Hengst die Sporen in die Flanken. Die Hufe gruben sich in den Boden und wirbelten eine Schicht gefallenes Laub auf.

»Was soll das, du Teufelsbraten?«

Für den Bruchteil einer Sekunde erstarrte sie, als er sie anschrie. Gerade genug Zeit für ihn, ihr die Arme hinter dem Rücken zu verschränken. Ihren Hut hatte sie schon gleich zu Beginn des Kampfes verloren, aber ein Schal aus silbrig schwarzer Seide, den sie sich wie ein Pirat um den Kopf geschlungen hatte, bedeckte immer noch ihr Haar und ihre Stirn. Die Seide schimmerte schwarz wie die Nacht und betonte den goldenen Glanz ihrer Augen. Außerdem war sie wütend wie eine gereizte Wildkatze.

Ein Panther. Glänzend, geschmeidig und rasend vor Wut.

Der Earl hielt sie eng an die Brust gepresst. Aber trotzdem musste er alle erdenkliche Kraft aufwenden, um zu verhindern, dass sie seinen Griff durchbrach. »Du schuldest mir etwas anderes als einen Faustschlag, du kleiner Feuerspucker.« Sein Hengst wieherte und bäumte sich auf, warf sie in den Sattel zurück. Er konnte ihre rundlichen Brüste spüren, das straffe Hirschleder an ihrem Hintern, als er sie rittlings auf seine Schenkel zog. Es kam ihm vor, als ob sich plötzlich eine seltsame Hitze in seine Wut mischte; denn sie schien praktisch nur aus Schenkeln und aus geschmeidigen Muskeln zu bestehen. Ganz anders als alle Frauen, die er jemals zuvor kennengelernt hatte. Fasziniert zog er sie näher.

»Hurensohn ...«

Kirtland sog die Luft scharf in die Lungen, lachte dann sanft. »Um die Wahrheit zu sagen, meine Mutter war tatsächlich eine Hure. Aber sie war auch klug genug, meinen Vater zu zwingen, sie zu heiraten.«

Siena kümmerte sich nicht um seine Erklärung. »Bastard oder nicht, Sie lassen mich jetzt los.« Sie befreite einen Arm, holte mit dem Ellbogen schwungvoll aus und jagte ihm mit einem harten Stoß die Luft aus den Lungen.

Seine Stimmung war ohnehin schon gereizt. Aber jetzt war er gefährlich nahe daran, vollends die Beherrschung zu verlieren. Schließlich hatte er Kopf und Kragen riskiert. Bei Gott, er würde diesen Teufelsbraten dazu bringen, sich in aller Form bei ihm zu bedanken. Außerdem verlangte er eine Erklärung für die verrückten Ausbrüche.

Wieder nahm der Earl ihren Arm gefangen und verstärkte seinen Griff. »Nicht so schnell.«

Mit zusammengebissenen Zähnen kämpfte Siena gegen den Schmerz, bevor sie ihn mit einer Drehung abwehrte, bei der sie sich beinahe das Handgelenk brach.

Kirtland schämte sich, weil er eine Frau mit roher Gewalt behandelte – ganz gleich, wie stark sie selbst sein mochte. Er zog sie so dicht zu sich heran, dass die Bartstoppeln seiner Wange über ihre Haut kratzten. »Pax. Frieden. Ich habe nicht die Absicht, Ihnen wehzutun.« Mit den Fäusten klammerte er sich an die nasse Wolle ihrer Kleidung, als er ihre Rundungen an seine Brust presste. Sogar durch mehrere Lagen Stoff konnte er noch spüren, wie ihr Herz an seinem Puls pochte.

Sie schauderte, zog sich zurück. Es regnete in Strömen, und es war unmöglich, ihren Blick zu deuten. »Ein Ehrenmann?« Ihre Worte klangen ein wenig spöttisch.

»Sie brauchen mich nicht zu fürchten.«

»Glauben Sie mir, es gibt keinen Mann, den ich fürchten müsste.«

Ein paar Sekunden lang verharrten beide schweigend. Es war, als würden sich seltsame Schwingungen zwischen ihnen ausbreiten. Kirtland bewunderte sie insgeheim, obwohl er sich dagegen wehrte; und er war überzeugt, dass seine widerwillige Bewunderung sich ihrem Blick reflektierte. *Ein starker Wille prallte auf einen anderen starken Willen.* Aber weder sie noch er waren bereit, auch nur einen einzigen Zentimeter zurückzuweichen.

»Weder Teufel noch Drachen, würde ich sagen.«

Ihr Mund zuckte amüsiert. »Wie dem auch sei. Ich vermute, für Ihren heldenhaften Einsatz haben Sie Dank verdient.«

»Gern geschehen.« Er begriff zwar nicht genau, warum er es tat, aber er drehte ihr Kinn zu sich und küsste sie unvermittelt. Ihre Lippen waren weich und üppig, die geschmeidigen Kurven wie zerstritten mit ihrem übrigen Körper. Sie schmeckte nach Jasmin und Salz. Nach wildem Honig. Nach stolzem Verlangen …

Es schien, als hätte sie derselbe sinnliche Zauber gepackt, der auch ihn in den Bann geschlagen hatte. Wie ein Sklave, der sich einer geheimnisvollen Macht unterworfen hatte. Jetzt waren ihre Hände frei; sie ließ sie an seinen Hals gleiten, aber nur, um mit den Fingern im Wirrwarr seiner regengetränkten Locken zu wühlen.

Stöhnend schloss er sie fester in seine Arme.

»Wer zum Teufel bist du?«, stieß er mit rauer Stimme hervor, als er schließlich seinen Mund von ihrem löste.

Der Lufthauch brach den Zauber.

»Niemand, den du jemals wieder zu Gesicht bekommen wirst.«

Bevor er eine Antwort geben konnte, hatte sie sich schon aus seinem Griff gewunden. Plötzlich versank alles im Nebel, sie schien ihrem Körper in einem unmöglichen Winkel zu biegen, wölbte den Rücken durch und ließ sich über das Hinterteil des Pferdes in das Dunkel gleiten. Kirtland wirbelte gerade noch rechtzeitig herum, um zu beobachten, wie sie auf ihr eigenes Pferd sprang und davongaloppierte.

Ein weiblicher Druide? Eine Waldnymphe? Oder nur eine Erfindung seiner nächtlich umnebelten Einbildung?

Kirtland rieb sich die Augen. Es schien, als bliebe nichts zurück außer dem himmlisch süßen Geschmack, der beständig über seine Lippen spielte. Er starrte immer noch in den Nebel, obwohl die schattigen Zweige sich längst nicht mehr bewegten. Lange Zeit verharrte der Earl wie betäubt. Aber schließlich schüttelte er den Bann ab, machte kehrt und schlug den Weg nach Henning Hall ein.

Vielleicht ist es doch das Beste, dachte er, wenn ich die Gegend beim ersten Morgengrauen in Richtung Stadt verlasse. Denn sonst konnte es geschehen, dass die Einsamkeit mehr und mehr einen bedrohlichen Einfluss auf seinen Geisteszustand ausübte.

3. Kapitel

Roter Backstein, grüne Tür.
Siena zügelte ihren Hengst. *Und ein Türklopfer aus Messing, geformt wie der Kopf eines Falken.* Die Straße war leer und verlassen. Aber trotzdem verbarg sie das Gesicht und die Waffen gut unter dem Umhang, während sie auf die Wiese hinter dem Haus ritt.

Sanftes Klopfen, geflüsterte Worte.

Die Tür öffnete sich einen Spalt. »Sie haben nicht viel Zeit gebraucht, wenn man den Sturm bedenkt.« Eine Hand griff nach dem Zaumzeug und zog ihren Hengst in die Dunkelheit. Hinter ihr fiel der eiserne Riegel wieder ins Schloss. »Ich hoffe, Sie sind unterwegs auf keinerlei Schwierigkeiten gestoßen?«

»Nicht der Rede wert.« Siena schwang sich aus dem Sattel.

»Ich heiße Oban. Ich bin hier der Stallbursche und der Lakai.« Das Streichholz riss über das Metall, und kaum flackerte das Licht auf, erhaschte sie einen Blick auf sein Profil: zerfurcht und schroff, genau wie der schottische Akzent, der in seinen Worten schwang. Die missgestaltete Nase und die vernarbten Lippen ließen ihn aussehen wie einen Mann, der in seinem Leben genügend Schläge hatte einstecken müssen. Das galt auch für die Faust, die die Laterne hielt. Sie war so riesig wie eine Schweinshaxe, und die Knöchel knackten bedrohlich, als er den Griff der Lampe fester umklammerte. »Ich werde Ihnen Rose vorstellen. Sie wird sich um Ihre persönlichen Belange kümmern.«

In der Tat, Lord Lynsley ist es sehr ernst mit der Sicherheit, dachte Siena, während sie dem unförmigen Schatten zu einem Nebengebäude folgte.

»Hier entlang.« Oban kickte das Stroh fort und legte eine Falltür frei. »Es gibt noch mehr versteckte Zugänge im Haus, die nach draußen führen. Gleich morgen früh werde ich Sie einweihen, und Ihnen eine Landkarte zeigen, die die schnellsten Fluchtwege aus der Nachbarschaft verzeichnet.«

Viel mehr sagte er nicht; nur die Mechanik der Schlösser und Riegel der Türen erklärte er ihr, während sie durch einen engen Tunnel in den Keller des Stadthauses gelangten. Siena begrüßte es, dass er sich zurückhielt. Denn sie war nicht in der Stimmung, weitere Fragen nach ihrer mitternächtlichen Reise zu beantworten.

Rose arbeitete so tüchtig und still wie ihr Landsmann. Sie war eine unscheinbare Frau mittleren Alters, hatte scharfe Gesichtszüge und verschwendete ihre Zeit nicht mit überflüssigen Nettigkeiten. »Das Haus können Sie auch morgen früh noch besichtigen«, meinte Rose, als sie Sienas durchnässten Mantel an die Kellertreppe hängte. »Zweifellos sehnen Sie sich jetzt nach ein paar Stunden Schlaf. Folgen Sie mir.«

Auf dem Weg durch den getäfelten Flur konnte Siena in mehrere Zimmer linsen. Die Räume waren klein, aber vornehm in Samt und Jacquard möbliert. Farblich dominierten Granat und Rubinrot, bis zum Überfluss mit vergoldeten Verzierungen akzentuiert, die den modischen Geschmack nach ägyptischer Dekoration wiederspiegelte.

Siena, die die spartanische Schlichtheit der Akademie gewohnt war, war überwältigt. Aber während sie sich die Augen rieb, rief sie sich in die Erinnerung, dass alles, was sie von jetzt an tat, Aufsehen erregen musste.

Rose führte sie über eine geschwungene Treppe aus poliertem Mahagoni hinauf in das zweite Stockwerk. Nachdem sie die mit Teppich bedeckte Galerie überquert hatten, öffnete sie die Tür am anderen Ende.

Das Feuer im Kamin hatte den Frost aus dem Schlafzimmer vertrieben, die Kissen lagen einladend unter dem geschnitzten

Baldachin des Bettes, und die Nachtwäsche – mit Spitzenbesatz, wie es ihrer neuen Rolle angemessen war – war sauber gefaltet auf den aufgeschlagenen Seidenlaken drapiert.

»Ein Bad, Mylady?« Kleine Dampfwölkchen, die stark nach Jasmin und Nelken dufteten, stiegen bereits aus der Wanne, die neben dem orientalischen Schirm aufgestellt worden war.

Siena nickte. Plötzlich wurde ihr bewusst, dass sie mit ihren klammen Fingern kaum in der Lage war, die Scheide ihres Säbels zu umfassen. Die Müdigkeit steckte ihr in den Knochen, und sie war bis auf die Haut durchnässt; aber es lag nicht nur daran, dass sie zitterte. Es kam ihr vor, als würden die Berührungen des Fremden immer noch auf ihrer Wange liegen, auf ihren Lippen ...

»Bitte ein Glas Brandy, wenn es Ihnen nichts ausmacht.«

Es dauerte nur ein paar Minuten, bis der Branntwein und die letzten Eimer heißes Wasser gebracht wurden. Siena wartete, bis sie allein war, bevor sie sich die nasse Kleidung auszog und sich in den duftenden Seifenschaum sinken ließ. Ach, wie wunderbar fühlte sich die flüssige Hitze an, als sie über sie floss und in sie hinein. Aber das warme Wasser erregte noch eine viel gefährlichere Hitze.

Das Bild eines regendurchnässten Gentleman mit Augen so dunkel wie die Sünde. In seinen Armen hatte sie ein seltsames Wohlgefühl durchströmt, und für einen kurzen Moment hatte sie seine Kraft willkommen geheißen, war mit seinen Lippen verschmolzen, anstatt sich gegen seinen Kuss zu wehren. In ihren Händen hatte er sich fest und zuverlässig angefühlt. Der Wind hatte seine Lippen rau werden lassen, aber sie war überrascht gewesen, wie sanft er sie geküsst hatte. Sogar seine ruppigen Worte hatten in ihren Ohren irgendwie nach Sicherheit geklungen.

Sie brauchen mich nicht zu fürchten.

Siena erinnerte sich an seine Berührung und strich mit den

Fingerspitzen über den kleinen Falken, der ihr über die linken Brust tätowiert war. Sie gehörte zu Mrs. Merlins Zöglingen. Das hieß, dass sie ihren mädchenhaften Fantasien auf keinen Fall freien Lauf lassen durfte. Freunde? Die Zöglinge hatten keine – außer Pflicht, Disziplin und Entschlossenheit.

Sie führte das Glas an die Lippen und hatte die Absicht, ihr eigenes Benehmen einer leidenschaftslosen Prüfung zu unterziehen. Leider reichte der Schluck Brandy nicht ganz aus, um sich den schwarzhaarigen Gentleman aus dem Kopf zu schlagen. In der Reitkunst gab sie sich selbst gute Noten; aber auch er verdiente höchste Auszeichnungen. In der Tat, er war geritten wie der Teufel persönlich, unerschrocken trotz der undurchdringlichen Dunkelheit. Vollkommen beherrscht.

Aus seinem eisernen Griff um die Zügel und dem festen Sitz im Sattel schloss sie, dass er seine Erfahrungen beim Militär gesammelt haben musste. Es hätte sie überaus gereizt, ihre Fähigkeiten bei gewissen anderen Reitübungen gegen ihn auszuspielen.

Plötzlich verzog sie die Lippen zu einem Lächeln. Kein Zweifel, dass sie ihn mit ihrer unvermuteten Akrobatik aufs Kreuz gelegt hatte. Sie konnte förmlich hören, wie Il Lupino sie mahnte, den Feind aus dem Gleichgewicht zu bringen. Obwohl sie den Fremden natürlich nicht als Feind betrachten wollte.

Nicht dass sie überhaupt an ihn denken wollte. Keine weiteren Zerstreuungen. Es war höchste Zeit, den Gentleman aus dem Gedächtnis zu streichen, höchste Zeit, an die Herausforderungen zu denken, die vor ihr lagen. Nach Lord Lynsleys Beschreibung musste der Auftrag mit größter Umsicht und äußerstem Taktgefühl abgewickelt werden. Aber vor allem verlangte er nach Tricks.

Ihr Blick fiel auf die seidige Nachtwäsche. Sie empfand einen Schauder der Erregung bei dem Gedanken, die alte Haut abzuwerfen und in eine neue zu schlüpfen. Wenn der nächste Tag anbrach, würde Merlins Falke ein anderes Federkleid tragen. Das Wasser verströmte den Duft nach honigsüßen Blumen und Moschusgewürz. Deutliche Hinweise auf mächtige Leidenschaften und verborgene Gefahren.

Der gesamte Unterricht in der Akademie war auf einen solchen Augenblick ausgerichtet gewesen, hatte die rauen Kanten ihres starken Willens, die zum Überleben in den Slums nötig gewesen waren, abgeschliffen und ihr eingeschärft, das Ziel niemals aus den Augen zu verlieren. Als kleines Kind hatte sie blindlings gegen die brutalsten Kerle gekämpft. Manchmal hatte sie gewonnen, manchmal verloren. Es war eine Tatsache, dass im Slum das Gesetz des Dschungels regierte. Wenn man ihn nicht in die Schranken wies, konnte der Starke immer den Schwachen beherrschen.

Aber jetzt konnte sie wahrhaft zurückschlagen. Mit einem Ziel vor Augen.

Siena hob den Schwamm hoch über ihren Kopf und ließ das Wasser auf ihr Gesicht tröpfeln. Mit den letzten Tropfen hatte sie auch ihre letzten inneren Zweifel fortgespült.

Sie konnte es kaum erwarten, endlich die Flügel zu spreizen.

Vor dem lodernden Feuer machte der Earl of Kirtland abrupt kehrt. Obwohl die Bibliothek eine ganze Etage seines Hauses in London beanspruchte, fühlte er sich unwillkürlich gefangen. Wie oft hatte ihn in letzter Zeit ein unbehagliches Gefühl beschlichen. Im Grunde genommen jedes Mal, wenn er sich in der Stadt aufhielt. Aber diesmal, so hoffte er, würde sich der Aufenthalt trotzdem lohnen. Denn seitdem er heute Vormittag am Grosvenor Square eingetroffen war, hatte er sich angestrengt darum bemüht, einem faszinierenden Gerücht auf die Spur zu kommen …

»Hör endlich auf, wie ein angeschossenes Stück Wild hin und her zu marschieren.« Deverill Osborne erhob den Blick von dem Buch, das er gerade durchblätterte. Seit ihrem ersten Tag in Eton waren sie die besten Freunde, und er war der einzige unter Kirtlands Bekanntschaften, der es wagte, ihn auf so vertraute Weise zu verspotten.

Kirtland setzte sich zögernd an den Lesetisch. »Sei bloß vorsichtig damit, Dev. Es ist ein verdammtes Vermögen wert.«

Nachlässig blätterte Osborne die nächste Seite um. »Ich weiß doch, dass du reich bist wie Krösus. Du kannst es dir also leisten, dass ich meinen roten Bordeaux über die vergoldeten Illuminationen gieße.«

»Aber *du* kannst es dir *nicht* leisten.« Rasch zog Kirtland das ledergebundene Buch über das Samttuch auf dem Tisch zu sich hinüber. »Denn ich werde dir die Lunge und die Leber aus dem Leib reißen und sie zu Hackfleisch verarbeiten.«

»Komm schon, es ist doch nur ein Buch.«

»Und die *Magna Carta* ist nichts anderes als zerknülltes Pergament mit ein paar Tropfen Tinte darauf«, murmelte der Earl.

»Das soll wohl heißen, dass du mir gleich erklären wirst, was der ganze Aufstand zu bedeuten hat.« Grinsend füllte er zwei Weingläser. Sowohl im Benehmen als auch im Aussehen war Osborne das genaue Gegenteil seines Freundes: Sein Haar war blond, und er liebte den Spaß. Sein frecher Charme und sein sonniges Naturell machten ihn zu einem Liebling der höchsten Kreise der Gesellschaft – ganz besonders beliebt war er bei den Ladys. Aber trotz der äußerlichen Gegensätze waren die beiden Männer sich ähnlicher, als manche Leute ahnten.

»Es ist die reinste Zeitverschwendung, dich in die Feinheiten der Bücherkunde einzuweihen. Du interessierst dich doch sowieso ausschließlich für die Buchmacher im White's.« Kirtland übertrieb mit seiner schmerzverzerrten Grimasse, denn er wusste natürlich, dass sein Freund längst nicht so oberflächlich war, wie er es vorgab.

»Aber wie dem auch sei«, fuhr er fort, »sogar du solltest in der Lage sein, seine außergewöhnliche Schönheit zu würdigen.« Sein Sarkasmus verflüchtigte sich, als er die zarten Pinselstriche und die klaren Farben betrachtete. »Das ist ein sehr seltener Psalter aus Burgund, vierzehntes Jahrhundert, illuminiert von den Mönchen aus der Abtei St. Sebastian. Soweit es mir bekannt ist, existieren in ganz England nur zwei Exemplare davon.«

»Wirklich?«

»Und es geht das Gerücht, dass sie vielleicht beide auf einer Auktion präsentiert werden, die in den nächsten Monaten stattfinden soll.«

»Verstehe. Das ist es also, was dich mitten in der Saison nach London treibt?« Osborne musterte den Earl über den Rand seines Weinglases.

Er nickte. »Genau. Und außerdem die vierteljährliche Zusammenkunft des Gilded Page Club. Wir müssen einige wichtige Neuerwerbungen für unsere Sammlung anschauen.«

»Was treibt ihr sechs Männer eigentlich, wenn ihr euch in den Mauern eures Clubhauses trefft?« Sein Freund zog die Brauen hoch. »Nebenbei, was hat dieses abscheuliche goldene Biest eigentlich zu bedeuten? Soll es eine Schlange sein?«

Kirtland gestattete sich ein zaghaftes Lächeln. »Nein. Es ist ein Bücherwurm.«

»Jemand aus dem Club hat einen ziemlich seltsamen Sinn für Humor.«

»Um die Wahrheit zu sagen, wir nehmen unsere Bestrebungen nach Gelehrsamkeit sehr ernst. Und was wir treiben …«, mit der Fingerspitze fuhr er über das gerippte Leder und die vergoldeten Lettern. »Einmal im Vierteljahr treffen wir uns eine Woche und berichten uns gegenseitig über unsere Forschungen nach Büchern. Wir präsentieren die Sammlerstücke, die wir unseren Privatbibliotheken einverleibt haben. Außerdem besprechen wir, welche Seltenheiten in den Verkauf gelangen, hier und auf dem Kontinent. Gelegentlich stellen wir der Sammlung des Clubs ein Exemplar zur Verfügung.«

»Wer ist noch Mitglied im Club?«

»Dunster, Fitzwilliam, Winthrop, Leveritt und Jadwin.«

»Zum Teufel noch mal.« Osborne schnitt eine Grimasse. »Ihr sechs seid bestimmt merkwürdige Genossen. Seid wann bist du schon Mitglied im Club? Ich kann mich gar nicht erinnern, wann du ihn das erste Mal erwähnt hast.«

»Wir sind es nicht gewohnt, über unsere gelehrten Studien zu sprechen«, erwiderte Kirtland trocken, »und was den Gilded Page Club betrifft, so bin ich vor zwei Jahren eingeladen worden, mich ihnen anzuschließen. Nach dem Tod von Lord Woodbridge war ein Platz frei geworden.«

»Der Mann ist bestimmt an purer Langeweile gestorben«, spottete Osborne. »Ich kann mir beim besten Willen nicht vorstellen, dass du dich mit den anderen besonders gut verstehst.«

»Man muss nicht innig vertraut sein mit einem Menschen, wenn man mit ihm Gespräche über Bücher und Kunst genießen will.«

»Klingt ziemlich langweilig.« Sein Freund spielte mit dem Krawattentuch. »Warum streichst du nicht einfach eure Verabredung morgen Abend und begleitest mich zu Lady Seftons Maskenball?«

Kirtland prustete empört. »Du weißt doch ganz genau, dass ich nicht die geringste Absicht habe, mich in der Gesellschaft blicken zu lassen.«

»Deine Abwesenheit heizt die Gerüchte nur noch mehr an. Die Leute zerreißen sich das Maul über deine Geschichte mit dem Kriegsgericht. Und jedes Mal, wenn die Geschichte die Runde gemacht hat, klingt sie noch verrückter. Man sagt, dass du gegen heilige Gesetze verstoßen hast und vollkommen unberechenbar bist. Wie ein Pulverfass, dass beim kleinsten Fünkchen in die Luft fliegen kann.«

»Nichts interessiert mich weniger als die Gerüchte, die in den Salons die Runde machen.«

Osborne zog die Brauen hoch, schwieg aber taktvoll.

»Lass die Leute reden.« Er legte den Ledereinband vorsichtig auf das Samttuch. Spitze Zungen und gefletschte Zähne. Wer wunderte sich, dass er es vorzog, sich mit Büchern zu umgeben anstatt mit Menschen?

Sein Freund wartete einen Augenblick, bevor er fortfuhr. »Jedes weitere Wort verfälscht die Wahrheit.«

Der Earl lachte harsch. »Seit wann fragt man in den Salons nach der Wahrheit? Die Gesellschaft findet einen Skandal viel interessanter.« Er deutete mit einer Handbewegung auf die Bücherregale. »Wenn du jemanden suchst, der sich für *solche* Dinge interessiert, dann musst du in den Schriften von Platon und Aristoteles blättern.«

»Ach, haben die griechischen Philosophen auch ein Kapitel über Zynismus geschrieben?«

Obwohl Osborne gerade seinen unbekümmerten Witz unter Beweis stellte, konnte er auch sehr scharfsinnig sein. Manchmal sogar zu sehr.

»Ich habe keine Lust auf eine Predigt, wenn es dir nichts ausmacht.«

»Trotzdem fühle ich mich verpflichtet, dich auf meine Sorge aufmerksam zu machen. Es wäre mir zuwider, wenn ich zusehen müsste, wie du dich zu einem Einsiedler entwickelst, blutleer und verbittert. Oder zu einem Mönch.« Deverill schaute ihn an, als wollte er seinem Freund ein vorgehaltenes Messer in die offenen Wunden bohren. »Wo wir gerade darüber sprechen, ist es wahr, dass du Adrianna den Laufpass gegeben hast?«

Kirtland spürte, wie ihm die Röte in die Wangen stieg. »Sie ist zu anspruchsvoll geworden.«

»Ah. Du meinst, sie hat den Wunsch geäußert, dich hin und wieder sehen zu wollen?«

»Ganz so blutleer bin ich auch wieder nicht«, erwiderte er und versuchte, nicht allzu gekränkt zu klingen.

Einen Moment lang dachte er darüber nach, von der mitternächtlichen Begegnung mit der mysteriösen Kriegerin zu berichten, beschloss aber, dass die Wahrheit sich seltsamer anhören würde als jede Erfindung. Oder in der Tat erregender als all der Klatsch und Tratsch in den Salons. Er verzog die Lippen, als er sich die seltsame Begegnung ins Gedächtnis rief. Niemals wieder würde er der berühmten Romanschriftstellerin Mrs. Radcliffe vorwerfen, dass sie eine überreizte Einbildung besaß.

»Trotzdem solltest du die behaglichen Mauern von Henning Hall öfter mal verlassen. Es ist wichtig zu wissen, was man sich erzählt.«

In der Bemerkung seines Freundes lag ein merkwürdiger Unterton, der ihn aus seiner Grübelei riss. »Was zum Teufel hat das schon wieder zu bedeuten?«

»Nur ein wohlmeinender Ratschlag.« Osborne erhob sich und schlenderte hinüber zum Kaminsims. »Wo wir gerade über die Wahrheit gesprochen haben, Julian, du solltest wissen, dass Lord Lynsley mich neulich abends nach dir gefragt hat. Natürlich diskret, aber dann tauchte die Frage nach der Loyalität gegenüber König und Vaterland auf.«

Der Earl spürte, wie sich sein Kiefer verspannte. »Du zweifelst an meiner Loyalität?«

»Nicht eine Sekunde.«

Kirtland atmete ganz langsam aus. Osborne war sein engster Freund. Vielleicht sogar sein einziger. Natürlich würde er es niemals zugeben, aber der leiseste Zweifel seinerseits hätte ihn ins Mark getroffen.

»Ich würde den Einfluss des Marquis niemals unterschätzen, trotz seiner Leutseligkeit und seiner Stellung im Ministerium, die angeblich nur untergeordnet sein soll. Das gilt auch für seine außerordentliche Klugheit. Hat er irgendeinen Grund anzunehmen, dass du in eine Intrige verwickelt bist?«

»In eine Intrige?« Kirtland verzog das Gesicht. »Oh, ja ... ich habe mich mit meinen Schafen verschworen, um den englischen Wollmarkt zu kontrollieren.« Er fuhr sich mit der Hand durch das Haar. »Falls es in Vergessenheit geraten ist, ich habe mich aus dem aktiven Dienst zurückgezogen. Mein Leben ist bei Weitem nicht so aufregend, wie ihr beide es euch einzubilden scheint.«

»Hmm.« Osbornes Lachen klang plötzlich ernster. Er blickte verwirrt drein und stützte sich mit dem Stiefel auf den Kaminrost. »Zugegeben, es hört sich seltsam an. Aber trotzdem möchte ich dir vorschlagen, dass du genau darauf achtest, was du in der Stadt unternimmst und in welche Gesellschaft du dich begibst.«

»Sehr gut. Jetzt werde ich natürlich darauf verzichten, Fässer mit Schießpulver über die Korridore im Parlament zu rollen oder mich zum Tee bei Marshal Soult einzuladen, dem General der französischen Armee.«

»Es sollte kein Scherz sein. Versuch nicht, die ausgetretenen Pfade zu verlassen. Du hast ohnehin schon den Ruf, ein gefährlicher Mann zu sein. Jemand, der nach seinen eigenen Gesetzen lebt.«

»Warum auch nicht? Die Gesetze der höfischen Gesellschaft sind nichts anderes als eine Sammlung aufgeblasener Plattitüden, kundgegeben von ein paar erbärmlichen Heuchlern.«

»Verdammt noch mal, Julian.« Osborne bekräftigte den verzweifelten Fluch mit einem Schlag auf den Marmorsims. »Ich will dir nur helfen. Aber trotzdem weigerst du dich, dich zu verteidigen. Und deine Ehre.«

»Ich habe keine Fehler gemacht. Es war Colonel Hartland, der bewiesen hat, dass er keinen Funken Ehre im Leib hat, als er sich damals weigerte, mich öffentlich zu verteidigen. Indem ich

General Darymples Befehle missachtet habe, habe ich das Leben meiner Männer gerettet. Und wenn man mich noch hundert Mal vor dem Kriegsgericht verurteilen würde, meine Entscheidung bliebe immer die gleiche.«

»Ich stimme dir zu, dass Hartland falsch gehandelt hat, als er dir die versprochene Unterstützung versagte«, entgegnete Osborne. »Er hätte öffentlich für deine Entscheidung eintreten müssen, anstatt Darymples Zorn zu fürchten und dich im letzten Moment mit der Bürde allein zu lassen. Er war schwach und hatte Angst um seine Stellung. Aber es ist auch eine Tatsache, dass die hässliche Affäre hätte vermieden werden können, wenn du ein wenig kompromissbereiter gewesen wärst.«

»Ich bin im Frieden mit mir selbst. Nur das allein zählt.«

»Bist du das wirklich?«

Kirtland richtete den Blick auf die knisternden Kohlen.

»Anders als die Seiten deines Buches ist die Welt nicht schwarz und weiß«, fuhr Osborne fort, »sondern sie hat unendlich viele Grautöne. Was ich dir sagen will: Du musst versuchen, deine hochtrabenden Grundsätze zu zügeln. Es schadet nicht, wenn du deine Meinung gelegentlich für dich behältst.«

»Ich ... ich werde es versuchen.«

Aber die Worte des Earls klangen nicht besonders überzeugend. Anderen Menschen war es immer viel leichter gefallen als ihm, Kompromisse einzugehen. Vielleicht lag es daran, dass er es vorzog, allein zu leben.

»Du kannst dir sicher sein, dass ich meine Lektion gelernt habe«, murmelte er, »seit einiger Zeit lege ich es nicht mehr darauf an, mir Ärger aufzuhalsen. Abgesehen von dir und den Mitgliedern des Gilded Page Clubs habe ich nicht die Absicht, mich irgendjemandem anzuschließen.« Mit der Fingerspitze zeichnete er die verschlungene Goldstruktur auf dem Ledereinband nach. »Verdammt noch mal. Es kann doch nicht sein, dass ich ins Verderben renne, wenn ich nur den künstlerischen

Wert von Inkunabeln mit ein paar Büchersammlern diskutiere.«

Eine geschickte Drehung der Haarnadel befreite die letzten Locken des Knotens auf dem Kopf und ließ die Haare in einem kunstvollen Durcheinander über die Schultern fallen.

»Rose, Sie sind sehr flink mit den Händen.« Siena begutachtete das Ergebnis und gestattete sich ein kleines Lächeln. Zwar waren die Finger des Dienstmädchens klein und ziemlich dick, aber doch unbestreitbar flink. Kein Zweifel, dass sie ebenso geschickt mit einem Dolch oder einem Nachschlüssel umgehen konnte, wenn es darauf ankam.

»Danke sehr, Mylady.« Die Stimme der Frau klang knapp und präzise, und genau so arbeiteten auch ihre Hände.

»Ich bin so wenig eine Lady, wie Sie es sind«, murmelte Siena und kostete die Ironie des Schicksals aus, während sie den letzten Schluck ihres schwarzen Kaffees trank.

»Es ist wohl das Beste, wenn wir unsere Rollen spielen. Auch im Privatleben.« Ihre Worte verrieten keinerlei Gefühl. Allein diese Tatsache war ein versteckter Hinweis darauf, dass jede persönliche Verbindung ihnen in die Quere kommen könnte.

Siena begriff und nickte. So persönlich die Vorkehrungen auch sein mochten, sie waren nur getroffen worden, damit sie ihre Arbeit erledigen konnten.

Ihr Blick fiel auf den Zeitplan in ihrem Schoß. Um zehn Uhr traf sie sich mit Oban zur Besprechung der Fluchtwege, und mittags sollte Lynsleys Bote die Unterlagen aus dem Ministerium bringen. Und um fünf Uhr nachmittags, zur besten Zeit, die Ausfahrt im Hyde Park …

Sie legte das Blatt beiseite. »Bitte richten Sie Oban aus, dass ich ihn heute Nachmittag nicht brauche. Ich nehme die Zügel selbst in die Hand und werde alles Nötige veranlassen.«

»Wie Sie wünschen, Mylady.«

»Bitte richten Sie ihm aus, dass ich eine farbige Peitsche haben möchte. Irgendetwas in einem schockierenden Rosa wäre sehr hübsch.«

Mit seiner kanarienvogelgelben Lackierung, den leuchtend grünen Polstern und passenden Radspeichen würde der offene Jagdwagen mit hochgelegtem Sitz ganz sicher Aufmerksamkeit erregen. Trotzdem, je wilder und extravaganter der Schmuck war, desto besser. Schließlich hatte sie die Absicht, einen bleibenden Eindruck zu hinterlassen.

»Und was meine persönlichen Vorbereitungen angeht, bitte sorgen Sie für ein wenig gestäubtes Gold. Zusammen mit dem Gesichtspuder wird es einen exotischen Schimmer hervorrufen. Die Lippen könnte ich mir dunkelrot färben, und die Frisur mit ein paar passenden Straußenfedern verzieren.« Während Siena sprach, notierte sie sich in Gedanken, welche Veränderungen sie an dem Kleid für die Ausfahrt noch vornehmen lassen wollte. »Rose, können Sie nähen?«

»Schnell und sauber«, kam prompt die Antwort. »Ich habe einen kurzen Lehrgang bei einer der berühmtesten französischen Schneiderinnen hier in der Stadt gemacht.«

Zweifellos steckte eine interessante Geschichte dahinter. Aber Siena war klar, dass Rose vermutlich keinerlei Einzelheiten preisgeben würde. »Ausgezeichnet«, murmelte sie und zog die kajalschwarzen Brauen so perfekt zusammen, dass sie aussahen wie der Flügelschwung eines Raben. »Hier, das habe ich ungefähr im Sinn ...«

Der erste Teil ihres Auftrags forderte laut Lord Lynsley, dass sie sich mit einem grandiosen Auftritt in die Gesellschaft einführte. Aber wie sie das Kunststück im Detail zu vollbringen hatte, hatte man ihrem eigenen Gutdünken überlassen.

Oder, besser gesagt, ihrer Taktlosigkeit. Siena wollte erreichen, dass die Leute sich förmlich die Augen aus dem Kopf stierten, wenn sie zum ersten Mal die Rotten Row entlangfuhr. Dem Publikum sollte der Mund offen stehen ... Sie hatte sich bereits einen Künstlernamen zugelegt: Black Dove, schwarze Taube. Und Oban würde dafür sorgen, dass der Name im Park wieder und wieder genannt wurde. Um Mitternacht würde man sich ganz London begeistert erzählen, dass ein wundervoller neuer Paradiesvogel in der Stadt eingetroffen war und ein Nest suchte ...

Die nächsten Schritte würden sich reibungslos ergeben.

Sechs Namen. Die Unterlagen würde ihr eine intimere Bekanntschaft mit den fraglichen Herren verschaffen. Aber die Fakten blieben nichts als ein nacktes Gerüst. Um sich einen wirkliches Bild zu machen, musste sie ihnen von Angesicht zu Angesicht gegenüberstehen. Was waren die Papiere aus dem Ministerium gegen einen einzigen Augenaufschlag, gegen einen Schatten, der ihnen über die Stirn huschte? Worte, wie eloquent sie auch klingen mochten, sagten nicht viel. Aber ein feiner Duft nach Schweiß, ein feiner Geruch, ein Geräusch, das vor Angst immer schriller wurde – all das ging nur zu oft in der Übersetzung verloren.

Lynsley hatte keinen Zweifel daran gelassen, dass Zeit von allergrößter Bedeutung war. Im Morgengrauen war eine knappe Nachricht des Marquis eingetroffen. Ganz sicher ein Bruch mit seinen Regeln, aber einer, den er selbst für unvermeidlich hielt, wenn man die Ernsthaftigkeit der Lage in Betracht zog.

Der Auftrag war noch drängender als zuvor. Ein neuer Diebstahl hatte sich ereignet. Es handelte sich um einen Brief – in dem der Zar ein offenes Lob auf das östliche Bündnis ausgesprochen hatte, das ausschließlich für die Augen von Lord Castlereagh bestimmt gewesen war –, der aus dem Geheimsafe im Kriegsministerium gestohlen worden war. Wenn dieser Brief an die Öffentlichkeit gelangte, wäre der russische Zar gezwungen, sich von England zu distanzieren. In den Bemühungen,

Napoleons Vormarsch auf Preußen und Polen aufzuhalten, müssten katastrophale Rückschläge hingenommen werden.

Der Marquis war überzeugt, dass der Dieb das gestohlene Dokument immer noch in seinem Besitz hatte. Jetzt gehörte es nicht nur zu Sienas Auftrag, die Identität des verräterischen Lords ausfindig zu machen, sondern auch das kaiserliche Schreiben in ihre Hände zu bekommen. Ganz gleich, welchen Preis sie dafür zu zahlen hatte.

»Warum belasten wir uns jetzt mit einem Ritt in den Park, wenn wir bestenfalls zu einem gemächlichen Spaziergang in der Lage sein werden?«, brummte der Earl. Beinahe hatte er vergessen, wie Menschen und Pferde sich um diese Tageszeit auf dem breiten Streifen drängen würden, der als Rotten Row bekannt war. Der Nachmittagsspaziergang gehörte zu den täglichen Ritualen der Salons. Es war, als ob die gesamte schicke Gesellschaft sich im südlichen Abschnitt des Hyde Parks drängelte, um die rußige Luft einzuatmen und sich am neuesten Klatsch zu erfreuen.

»Es ist nicht der Sinn der Übung, in Windeseile schwitzend über den Parcours zu hecheln und sich keines Blickes zu würdigen, sondern gesehen zu werden«, erwiderte Osborne. »Wie du genau weißt.«

Kirtland unterdrückte einen Fluch.

»Und halt bloß deinen Mund. Wir versuchen gerade, dein Ansehen aufzupolieren. Das ist schon schwer genug, ohne die Ohren der Herzoginwitwe Duchess of Roxburghe zu beleidigen.«

»Ich bezweifle, dass sie in der Lage wäre, einen Trupp fluchender Husaren zu hören, wenn er in ihrem Rücken auftaucht …« Ein vernichtender Blick seines Freundes brachte ihn dazu, sich den Rest seiner Erwiderung zu verkneifen.

Osborne tippte sich grüßend an den Hut, als drei Ladys vorbeikamen. »Julian, du musst lächeln«, murmelte er mit zusammengebissenen Zähnen, »versuch es wenigstens. Die Gräfin ist ein Herz und eine Seele mit Sally Jersey. Und weil ihre Töchter sich mit bescheidener Mitgift auf den Heiratsmarkt begeben, wird sie geneigt sein, wohlwollend über dich zu sprechen, wenn sie nur die geringste Ermutigung bekommt.«

Kirtland kommentierte die Bemerkung mit dem üblichen Missfallen, obwohl er diesmal darauf verzichtete, besonders laut zu sprechen.

»Sieh mal, dort sind Grafton und Stevens.«

Der Earl nickte grimmig, als Osborne seine früheren Kameraden aus der Armee zu sich winkte.

»Hast du die Absicht, die Saison in der Stadt zu verbringen, Kirtland?«, wollte Colonel Stevens wissen.

»Ich habe noch nichts entschieden«, erwiderte der Earl.

»Nun, wenn du deine eingerosteten Schießkünste ein wenig aufpolieren willst, dann lass dich doch vormittags bei Mantons's blicken.«

»Ha!« Captain Grafton lachte rau. »Irgendwie will es mir scheinen, dass Kirtland seinen Hahn immer gut geölt hat.«

Obwohl Grafton lächelte, war der Earl überzeugt, dass er einen vorwurfsvollen Unterton aus den Worten herausgehört hatte. Schließlich wusste er, dass die Offiziere unter seinen Kameraden überzeugt gewesen waren, er hätte in der Auseinandersetzung mit General Dalrymple reichlich Federn lassen müssen.

Dabei spielte es keine Rolle, dass Dalrymple – der in der Truppe nur *die Witwe* genannt wurde – kurz nach der Verurteilung des Earls durch das Kriegsgericht nach London beordert worden war, wo man ihm das Kommando entzogen hatte. Kirtland hatte sich der Befehlsgewalt widersetzt, und das Militär war der Auffassung, dass Ungehorsam viel beängstigender war als Dummheit. Und viel gefährlicher als Kugeln oder das Schwert des Feindes.

»Vielen Dank für die Einladung. Aber entgegen der Unterstellung des Captains übe ich mich nicht mehr in den Kriegskünsten«, sagte der Earl. »Die einzige Waffe, die ich in letzter Zeit regelmäßig zur Hand genommen habe, ist das Trennmesser. Um die Papierbögen der Bücher aufzuschlitzen.«

»Das Trennmesser, mit dem du Grafton am liebsten die Zunge aus dem Mund geschnitten hättest, möchte ich hinzufügen«, murmelte Osborne, nachdem die Offiziere weitergeritten waren, um andere Gentlemen zu begrüßen.

»Jemand sollte ihm die Flügel stutzen. Der Mann hielt sich schon immer für außerordentlich wichtig. Vollkommen übersteigert.«

»Es gibt Leute, die würden das auch von dir behaupten.«

Kirtland spürte, wie seine Lippen zuckten. »Touché.«

»Dann bist du mir also etwas schuldig. Ich möchte, dass du für den Rest unseres Ausrittes nicht zu gelangweilt dreinschaust.« Osborne stellte sich in den Steigbügeln auf und ließ den Blick angestrengt über die Menge schweifen. »Ich glaube, ich habe Lady Heffelins Kalesche dorthinten erspäht. Komm schon, du wirst deinen Spaß haben, ihre Bekanntschaft zu machen. Trotz ihres Alters ist sie so schrill wie ein Reißnagel, und sie ist eine begeisterte Leserin klassischer Literatur …«

Ein plötzlicher Aufruhr schnitt ihm das Wort ab. Männlicher Applaus dröhnte auf und verschluckte die Schreie der Frauen, die entsetzt nach Luft schnappten.

Sämtliche Köpfe drehten sich in Richtung der Serpentine. Der Earl schaute sich um und entdeckte einen offenen Jagdwagen mit hochgelegtem Sitz, der den gewundenen Weg hinunterschoss. Es war nicht nur die Farbe, ein grelles Gelb, die seine Aufmerksamkeit fesselte, sondern vielmehr die Tatsache, dass der Fahrer – das heißt, die Fahrerin – wie eine weibliche Statue oben auf dem Kasten stand, anstatt zu sitzen.

An ihrem Geschlecht gab es keinerlei Zweifel, denn der

größte Teil war freimütig zur Schau gestellt: Gekleidet in einen schockierend kurz geschnittenen Fetzen aus champagnerfarbener Seide, hielt sie die Zügel in einer grün behandschuhten Hand, während sie mit der anderen eine rosafarbene Peitsche schwang. Ziemlich gekonnt, wie er feststellte. Perfekt dirigierte sie die schneeweißen Hengste, indem sie das lange Leder knallen ließ, obwohl die Tiere in einem halsbrecherischen Tempo über den Weg rasten.

Osborne und er waren nicht die Einzigen, die fassungslos starrten. Eine Horde junger Männer auf ihren Pferden wetteiferte mit Freunden in Zweispännern um den besten Aussichtspunkt. In dem Gedränge scheute eines der Tiere, trat erst ein paar Schritte in der Spur zurück und schoss dann nach vorn. Der Fahrer, ein Dandy mit zaghaftem Griff, verlor die Kontrolle über die Zügel. Er zwängte sich in seinen Sitz und konnte nur mit Mühe verhindern, unter die Räder zu geraten. Aber die erschrockenen Flüche hinderten seine Kameraden nicht daran, ihre wilde Fahrt fortzusetzen.

»Verdammt noch mal.« Kirtland wurde bewusst, dass es keine Möglichkeit gab, das Unglück zu verhindern. Die beiden Fahrzeuge befanden sich auf Kollisionskurs und rasten direkt aufeinander zu. Für Ausweichmanöver blieb nicht mehr als eine Haaresbreite Platz. An einer Seite des Kieswegs waren Kinder mit Reifen, die mit ihren Kindermädchen spielten, auf der anderen Seite befand sich eine Reihe eng gepflanzter Ulmen.

Jemand schrie. Eine Lady fiel in Ohnmacht. Der Earl bereitete sich innerlich auf einen Zusammenstoß vor. Splitternde Wagenräder, gebrochene Gliedmaßen ... Aber in der letzten Sekunde scherte der Jagdwagen nach links aus und schoss dann scharf nach rechts – ein waghalsiges Manöver, das eine eiserne Faust und stahlharte Nerven verlangte. Irgendwie wahrte die Lady vollkommen das Gleichgewicht, als ihr Wagen gefährlich auf einem Rad hing und mit nur wenigen Zentimetern Abstand zwischen dem flüchtenden Zweispänner und den Ulmen hindurchpreschte.

Die Menge klatschte Beifall. Die Lady quittierte das Lob mit einem übermütigen Gruß und fuhr ungerührt weiter.

»Du liebe Güte, es sieht so aus, als wollte sie noch eine Runde um den See drehen.« Osborne lachte. »Ich hatte einen Kameraden in Eton, dessen Familienwahlspruch war: ›Das Glück ist mit den Mutigen.‹ Vielleicht gehört die Lady zur Verwandtschaft.« Er schaute ihr nach und sah, wie der flatternde Fetzen golddurchwirkter Seide verschwand, als der Jagdwagen um die Kurve bog. »Wenn ich es nicht mit eigenen Augen gesehen hätte, dass ein weibliches Wesen einen solchen Auftritt hinlegt, würde ich jeden Bericht über das Ereignis als blanken Unsinn abtun. Oder als Wahnvorstellung eines unsteten Geistes.«

»Ich auch.« Kirtland schob die seltsame Vorahnung beiseite. »Mir geht auch ein altes Sprichwort durch den Kopf: ›Der Blitz schlägt niemals zweimal an derselben Stelle ein.‹«

»Was soll das bedeuten?«

Der Earl schüttelte den Kopf. »Spielt keine Rolle. Der Sinn würde sowieso in der Übersetzung verloren gehen.«

4. Kapitel

Hinreißend.«

»Herrlich. Einfach herrlich.«

Die Versammlung des Gilded Page Club war offiziell noch nicht eröffnet worden. Während Fitzwilliam, Dunster und Winthrop noch auf die anderen Mitglieder warteten, prüften sie die Angebote im Katalog eines antiquarischen Buchhändlers aus der Bond Street.

Kirtland war früh im Stadthaus des Clubs eingetroffen und beschäftigte sich mit dem Studium einer spanischen Bibel aus dem siebzehnten Jahrhundert. Aber als er die Bemerkungen hörte, legte er sein Buch fort und schloss sich den anderen drei Clubmitgliedern am großen Tisch an.

»Es handelt sich um einen ausgesprochen kunstvollen Stich«, murmelte der Earl und beugte sich dichter über das Werk. »Die Form der Buchstaben und die Verzierung mit den Akanthusblättern ist allerdings nur gewöhnlich.«

»Und diese Brüste ...« Baron Fitzwilliam schenkte ihm keinerlei Beachtung. »Prall wie reife Melonen.«

Brüste? Kirtland neigte den Kopf und blinzelte. Entweder hatte seine Sehkraft nachgelassen, oder sein Gehör war nicht mehr ganz in Ordnung. Denn er konnte in der Kontur nichts als ein gewöhnliches *T* erkennen.

»Und wenn dir das Wasser noch so sehr im Munde zusammenläuft, Fitz«, spottete der Marquis of Dunster eilig, »ich glaube kaum, dass du mal probieren darfst.«

Der Earl warf einen Seitenblick auf das Trio und bemerkte, dass keiner den Blick auf die bedruckte Seite gerichtet hatte. »Zum Teufel noch mal, worüber reden Sie eigentlich, Dunster?«

»Über den neuesten Vogel in der Stadt.«

»Hat bei seinem ersten Ausflug in den Hyde Park gestern einen gewaltigen Aufruhr verursacht«, fügte Fitzwilliam mit einer lässigen Geste hinzu. Anders als die anderen trug er keine formale Kleidung; der lockere Schnitt seines Jacketts spiegelte den Stil wieder, der in letzter Zeit in Künstlerkreisen modisch geworden war. Als wollte er sein liederliches Image betonen, trug er das wellige kastanienbraune Haar lang und gerade aus der Stirn nach hinten gekämmt.

»Mit solchen Federn ... Ist das ein Wunder?« Dunster grinste und zeigte seine blendend weißen Zähne. »Noch nie habe ich solch durchsichtige Seide gesehen.«

Wie ein Wolf, der ein Stück wohlschmeckendes Wild reißen will, schoss es Kirtland durch den Kopf. Was sehr gut passte, denn dem Marquis eilte der Ruf voraus, dass er dem weiblichen Fleisch genauso nachjagte wie seltenen Büchern. Wenn man seinen Reichtum bedachte und sein klassisch schönes Aussehen, musste er sicher nicht viel Schweiß darauf verwenden. Das pomadige Blondhaar hatte er zu brillantem Glanz gekämmt, das sanfte Lächeln war wie aus Marmor gemeißelt, und er strahlte die Arroganz eines Adonis aus.

»Seide?« Lord Winthrop grinste anzüglich. Im Unterschied zu Dunster war er klein und stämmig, und er hatte einen dunklen Spitzbart, der ihm das Aussehen eines zügellosen Satyrs verlieh. »Dort wo ich stand, sah es nicht so aus, als hätte nicht besonders viel Stoff das entzückende Dekolleté bedeckt, durchsichtig oder anders.«

»Dann lasst uns beten, dass sie sich keine Erkältung geholt hat.«

»Ich werde sie schon recht bald aufwärmen«, erklärte Winthrop grinsend.

»Womit? Mit diesem mickrigen Anhängsel, das du als deinen Schwanz bezeichnest?«, spottete Fitzwilliam. »Ich dagegen ...«

»Du dagegen hast Frauen wie Black Dove noch viel weniger zu bieten«, schnaubte Winthrop. »Wenn man deiner derzeitigen Geliebten glauben darf, dann gibt es nur eine einzige Möglichkeit, dein Anhängsel zu vergrößern: eine Lupe.«

»Wenn die Gentlemen wünschen, sich in die Feinheiten der Anatomie zu vertiefen, sollten sie eine Vorlesung am Royal Medical College besuchen«, mischte sich der Earl schnippisch ein. »Falls nicht, hätten Sie etwas dagegen einzuwenden, dass wir uns wieder auf die Typografie konzentrieren?«

Das lüsterne Gelächter wich einem steifen Schweigen.

»Du liebe Güte, Kirtland, man könnte glatt glauben, dass außer Pisse und Tinte nichts in Ihren Adern fließt ...« Winthrop verkniff sich den Rest des Satzes, und als er sich vom Kerzenlicht wegdrehte, sah der Earl, dass ein kaum merklicher Hauch der Angst dessen Gesicht überschattete.

Er biss die Zähne zusammen. Es entsprach der Wahrheit, dass sein Temperament eher sprunghaft war, aber trotzdem schien es, als wären sämtliche Facetten seines vielschichtigen Charakters nach dem großen Skandal vollkommen aus dem Gleichgewicht geraten.

Ein zweiter Blick bewies ihm, dass nicht nur Winthrop, sondern die anderen ihn ebenso verunsichert anschauten. Glaubten sie etwa auch, dass er eine Bedrohung war? Wenn er aufrichtig war, musste er zugeben, dass er, obwohl er dem Club bereits seit zwei Jahren angehörte, sehr wenig über die übrigen Mitglieder wusste – wenn man davon absah, dass sie genau wie er großen Reichtum, erlesene Stammbäume und ein ausgeprägtes Interesse an seltenen Büchern besaßen.

Aber war Dunster wirklich der verlotterte Lebemann, der sich mit der Hälfte der verheirateten Ladys aus den Salons im Bett gewälzt hatte? Auf seinen feinen Gesichtszügen schien eine Spur Eitelkeit zu liegen. Der Earl wusste schließlich nur zu gut, dass eine traurige Berühmtheit den Blick leicht trüben konnte.

Und was war mit Fitzwilliam? Eigentlich nicht mehr als ein lächerlicher Wicht, war er als Scharfschütze äußerst begabt. Außerdem erzählte man sich, dass er gefühlvolle Gedichte verfasste. Aber auch das hatte der Earl nur vom Hörensagen erfahren.

Winthrop kannte er schon seit dem Studium an der Universität. Der Mann war also kein ganz so unbeschriebenes Blatt wie die anderen. Kirtland wusste aus erster Hand, welches Talent der Mann für historische Forschungen und architektonische Skizzen besaß. Und er kannte seine ausgeprägte Vorliebe für Huren, die sich in billigen Kneipen verdingten. Trotzdem konnte der Earl nur schwerlich behaupten, dass er mit ihm befreundet war.

Es war eine Tatsache, dass der Earl sich weit besser mit antiken Philosophen auskannte als mit dem Leben seiner Zeitgenossen.

Kirtland wandte den Blick ab. Obwohl ihn nur wenige Schritte von den anderen trennten, fühlte es sich an, als türmten sich hohe Mauern zwischen ihnen auf. Und es lag an ihm. Denn es war ihm noch nie leichtgefallen, in die derbe Kameraderie einzustimmen, die die meisten Männer schätzten. Trinken, Spielen und den jüngsten Operettentänzerinnen schöne Augen machen – bei all den halbseidenen Vergnügungen, die man für privilegiert hielt, langweilte er sich zu Tode.

Trotzdem teilten die Männer sein Interesse an seltenen Büchern. Der Earl rief sich Osbornes Mahnung vor den Folgen der Einsamkeit in Erinnerung und beschloss, sich stärker um Freundschaften zu bemühen.

Immer noch lächelte er grimmig, zwang sich aber, sich zu entspannen. »Natürlich rinnt mir auch ein bisschen Blut durch die Adern, Winthrop. Trotzdem verstehe ich die Aufregung nicht. Es gibt unendlich viele wunderbare Frauen, die ihre Vorzüge für Geld anbieten.«

»Ah, aber dieser Vogel hat ein anderes Gefieder«, versicherte

Dunster, und als er hörte, wie Kirtland zweifelnd schnaubte, fügte er hastig hinzu: »Sie hätten sehen sollen, wie das Vögelchen Peitsche und die Zügel gehandhabt hat. Hat die wilden Hengste durch den überfüllten Park gelenkt, ohne mit der Wimper zu zucken.«

»Stellt euch nur vor, welche Tapferkeit sie erst beweisen würde, wenn sie nur ein einziges Pferd besteigt«, murmelte Fitzwilliam, »bei ihrem zupackenden Griff!«

»Ha!«, schnaubte Winthrop. »Du bildest dir wohl ein, dass du ihren eleganten Fingern und langen, geschmeidigen Schenkeln schon ganz nahe bist?«

»Hab noch nie jemanden wie sie gesehen ...«, bemerkte Dunster. »Fragt nur die anderen, sobald sie eintreffen, ob sie nicht in der Tat zu einer ganz besonderen Art gehört. Wie sie mit diesem schrillen Tand und greller Seide herausgeputzt war ... Sah aus wie ein exotischer Paradiesvogel.«

»Der Himmel hat sie uns geschickt.« Der Baron seufzte.

»Sie übertreiben ein bisschen mit ihren Vorzügen«, beschwerte sich Kirtland. »Nun, ich habe sie zwar nur aus der Ferne gesehen, und es gibt wirklich keinen Zweifel, dass sie wirklich ein farbenprächtiges Feuerwerk versprüht hat. Aber es gibt noch genügend andere schamlos schöne Pflänzchen in der Gegend, die nur darauf warten, gepflückt zu werden.«

»Es ist nicht nur ihr erstaunliches Aussehen, das Black Dove von den anderen unterscheidet. Es ist auch ihre Ankündigung.«

»Welche Ankündigung?«, fragte der Earl unwillkürlich.

»Wie sie beabsichtigt, einen Beschützer zu finden.«

»Gewöhnlich läuft es andersherum«, entgegnete der Earl trocken.

»Nicht in diesem Fall«, hielt Dunster dagegen. »Sie hat bekannt gegeben, dass sie ein paar Gentlemen auswählen wird, die es überhaupt verdienen, in Betracht gezogen zu werden. Dann will sie eine Liste mit den Namen derjenigen veröffentlichen, die es bis in die Endausscheidung geschafft haben. Die glücklichen Teufel wird sie anschließend zu einem persönlichen Gespräch einladen, bevor sie ihre Entscheidung trifft.«

Die Zweifel des Earls stiegen in ungeahnte Höhen. »Der Paradiesvogel mag für manche Überraschung gut sein. Aber ich gehe jede Wette ein, dass am Ende das Geld verführerischer sein wird als ein paar wohlgeformte Schenkel.«

Dunster fuhr sich über das Kinn. »Sie meinen also, sie wird ihr Wort brechen und sich für das höchste Gebot entscheiden?«

Kirtland lächelte boshaft. »Wie viele weibliche Wesen kennen Sie, die abstrakte Prinzipien höher schätzen als ihre Gier?«

Der Marquis lachte schallend. »Verdammt, Kirtland, Sie haben den Nagel auf den Kopf getroffen. Vielleicht sollte ich auch ein Gebot abgeben, es sei denn, Sie planen, die Lady unter Ihre Fittiche zu nehmen.«

»Ich kann mir nicht vorstellen, dass sie ihren Preis wert ist.« Auf der gegenüberliegenden Wand flackerten Schatten über das Gemälde einer Nackten in entspannter Pose. Ihr wollüstiges Lächeln spielte Versteck mit seinem Blick, schien ihn eine Sekunde lang anzulocken, um dann unter einem dunklen Schatten zu verschwinden. Während der Blick des Earls über die prallen Rundungen glitt, die Lüsternheit und pure Lust zu versprechen schienen, erstarrten seine eigenen Gesichtszüge kalt und hart. Eine Frau, die mehr als nur die flüchtigen körperlichen Bedürfnisse befriedigte? Nichts als eine schöne Illusion …

»Es gibt zahllose schöne Frauen, die körperliche Begierden zu einem weit niedrigeren Preis befriedigen können«, schloss er.

Bevor die anderen Männer antworten konnten, wurde die Tür geöffnet, und die letzten beiden Mitglieder des Gilded Page Clubs traten ein.

»Wir bitten um Verzeihung für unsere Verspätung.« Viscount Leveritt, der älteste aus der Gruppe, eilte schnurstracks zu den alkoholischen Getränken auf der Anrichte. Er kannte sich mit feinsten Brandys ebenso gut aus wie mit Dürers Holzschnitten und schenkte sich rasch ein Glas ein. Aber anstatt es wie üblich langsam zu genießen, stürzte er es mit einem einzigen Schluck die Kehle hinunter. »Wie dem auch sei, ich kann euch versichern, dass unsere Erklärung euch für die Verspätung mehr als entschädigen wird.«

Lord Jadwin blickte normalerweise recht gelassen drein. Aber jetzt waren seine Wangen vor Aufregung gerötet. »In der Tat, in der Tat. Wartet nur, bis ihr die Neuigkeiten gehört habt!«

»Wie bitte? Hat die Taube sich etwa ein Liebesnest eingerichtet?«, meinte Dunster spöttisch.

Einen Moment lang wirkte der Lord überaus verwirrt und strich sich über das umständlich geknotete Krawattentuch. Es kam selten vor, dass man ihn außer sich erlebte. Er kleidete sich immer nach der neuesten Mode und achtete peinlich genau auf jedes Detail. »Ich kann mich gar nicht erinnern, dass wir für heute ornithologische Drucke auf die Tagesordnung gesetzt hatten …«

»Dunster meint das neue Vögelchen in unseren Kreisen«, erklärte der Earl.

»Oh … die neue Schlampe«, Leveritt wehrte den Gedanken mit einer Handbewegung ab, »aus der Gegend, aus der sie stammt, gibt es zahllose andere.«

Mit einer gewissen Selbstgefälligkeit nahm Kirtland zur Kenntnis, dass er in den offen ausgesprochenen Worten ein Echo seiner eigenen Gefühle entdeckte.

»Aber in ganz England gibt es nur zwei Psalter aus St. Sebastian. Wir haben gerade erfahren, dass die Gerüchte wahr sind! Ja, es ist wahr, der Duke of Marquand hat beschlossen, sie beide auf einer Privatauktion zu verkaufen.«

Die Hitze kroch dem Earl langsam durch die Gliedmaßen bis in den Kopf. Die Plauderei über fleischliche Köstlichkeiten hatte ihn vollkommen kalt gelassen; aber nach diesen Manuskripten gelüstete es ihn seit Jahren. Er presste die Fingerspitzen aneinander, konnte das weiche, sehr alte Pergament beinahe spüren, und es erregte ihn unendlich viel mehr als das Fleisch einer Kurtisane. Mochten die topazfarbenen Augen ihn noch so sehr verlocken, sie würden erblassen im Vergleich mit den Farben im Psalter, die so hell glänzten wie echte Juwelen. Ja, die Weiber würden kommen und gehen. Die Kunst aber war inspiriert von ewiger Liebe und immerwährender Ergebenheit.

»Das Beste habt ihr noch gar nicht gehört.« Jadwin war begierig, sich mitzuteilen, und mischte sich ein. »Nur sehr wenige und besonders ausgesuchte Sammler erhalten die Erlaubnis zum Bieten.« Er hielt inne. »Aber nach einigen Flaschen vom besten Port bei White's hat der Beauftragte des Dukes zugestimmt, dass die Mitglieder des Gilded Page Clubs sich zu jenen zählen dürfen, die genügend Geld und Kenntnisse besitzen, um solche Schätze zu genießen. Wir waren in der Lage, dem Club eine Einladung für die Auktion auf Marquand Castle zu sichern. Für uns sechs.«

»Es wird ein Fest auf dem Anwesen geben. In zwei Wochen, irgendwo in der Wildnis von Devon«, fügte Leveritt hinzu. »Der Duke besteht darauf, die künftigen Käufer kennenzulernen. Jeder von uns muss sich mit einem persönlichen Gespräch einverstanden erklären. Sieht so aus, als wäre er auf seine alten Tage ein wenig exzentrisch geworden. Jedenfalls möchte er sichergehen, dass seine Bücher ein passendes Zuhause finden.«

»Verdammt noch mal, wir wollen doch nichts anderes als eine geschäftliche Transaktion«, brummte Winthrop. »Es ist doch keine Verlobung!«

»Was ist der Unterschied?«

Dunsters boshafte Bemerkung verursachte schallendes Gelächter. »Solch eine Gelegenheit verlangt nach einem Toast, nicht wahr?« Er hob seinen Drink. Das Licht fing sich reflektierend im geschliffenen Kristall. Aber Kirtland hatte den Eindruck, dass es in den Augen des Mannes noch geschliffener glitzerte. »Möge der Bessere gewinnen.«

»Solange ich der Bessere bin.« Winthrops Bemerkung klang beiläufig, aber sein verhärteter Kiefer zeigte eindrücklich, wie heiß die Leidenschaft in ihm glühte.

Das Lachen verklang schnell, als die Männer tranken.

Durch den Brandy in seinem Glas sah der Earl, wie die anderen Männer den Blick durch das Zimmer schweifen ließen. Seine Hand schloss sich fester um das Glas, und das facettierte Kristall prickelte in seiner Handfläche. Jedes Mitglied hatte seine eigenen Gründe, verknüpfte seine eigenen Leidenschaften mit dem Gedanken an den Besitz dieser Kostbarkeit. In diesen Minuten lächelten sie alle – aber hinter der glitzernden Fassade ihres zivilisierten Benehmens verbargen die meisten Sammler eine dunkle Seite. Die Besessenheit konnte zu einem halsabschneiderischen Wettstreit führen.

Krieg. Obwohl er die Lippen zu einem trockenen Lächeln verzog, als der Alkohol seine Zunge berührte, wusste Kirtland, dass in den klugen Köpfen bereits Schlachtpläne geschmiedet wurden. *Strategie und Taktik.* Nachlassende Wachsamkeit konnte er sich von jetzt an nicht mehr leisten. Nicht wenn er sich eine Chance auf den Sieg ausrechnen wollte.

»Es wird langsam spät. Wir sollten mit unserer Tagesordnung fortfahren.« Leveritt ergriff das Wort und durchbrach das unangenehme Schweigen. »Ich werde Rusher veranlassen, uns den Folianten mit Raphaels Stichen zu bringen, den mein Agent in Florenz entdeckt hat. Machen Sie sich auf ein besonderes Vergnügen gefasst, Gentlemen. Nur wenige Leute sind sich bewusst, dass er ein Meister der erotischen Kunst war. Und noch weniger haben jemals ein Exemplar in den Händen gehalten.«

Das Gemurmel der Clubmitglieder schwoll an, als sie ihre Plätze am Tisch einnahmen. Ein paar Minuten später betrat

Rusher, der Butler des Stadthauses, das Zimmer. Wie üblich trug er die Uniform mit den golddurchwirkten Bordüren und hatte ein aufgeblasenes Lächeln aufgesetzt. Umständlich entfaltete er das schwarze Tischtuch aus Samt und platzierte eine lederne Box darauf, bevor er sich mit einer kleinen Verbeugung zurückzog.

Kirtland schlug den Band über die Form der Buchstaben zu. Obwohl er sich normalerweise nicht für sexuelle Darstellungen in der grafischen Kunst interessierte, war er ein wenig neugierig, wie ein Mann mit Raphaels Begabung das Thema wohl bearbeiten würde.

Leveritt schnürte die Schleifen auf und zog den ersten der nicht gebundenen Drucke heraus. »Die Serie beschreibt die Göttin Diana, die von der Leidenschaft für einen stattlichen Satyr ergriffen ist. Hier haben wir die Jägerin, wie sie prächtig …«

Ohne die geringste Warnung schwang die Tür auf.

»Verdammt noch mal, Rusher, Sie kennen die Regeln des Clubs! Es ist nicht erlaubt, uns mitten in einer Sitzung …«

Diesmal war es der Schock und nicht die Wut, die ihm die Sprache verschlug.

»Ja, es ist schrecklich ungezogen von mir, dass ich einfach so hereinplatze.« Die Silhouette war in das milde Licht der Kerzen im Korridor gehüllt und erschien eher gespenstisch als menschlich. Aber die samtige Stimme klang eindeutig weiblich. Wie auch die Hände, die einen spöttischen Gruß in die Luft zeichneten. »Andererseits habe ich noch nie viel auf die Gesetze und Regeln gegeben.«

Kirtland beobachtete, wie die Lady sich ein Paar ellenbogenlanger schwarzer Handschuhe abstreifte und sie auf den Boden fallen ließ. Es war, als würde das sanfte Geräusch des Leders sein Echo finden, als die Männer wie in einem Atemzug Luft holten. Ein üppiger Umhang verbarg ihr Gesicht und ihren Körper, aber als sie über den Teppich schritt, blitzten goldfarbige Schuhe unter dem Umhang hervor und hinterließen einen Hauch sprühender Funken in ihrer Spur.

»Ich darf annehmen, dass es Ihnen nichts ausmacht, wenn ich Sie für ein kleines Zwischenspiel unterbreche.«

»Äh …« Leveritt schien große Schwierigkeiten zu haben, seine Sprache wiederzufinden.

Offenbar war auch sonst niemand in der Lage zu sprechen, sodass der Earl es auf sich nahm, die Lage zu klären. »Ich fürchte, Sie haben sich in die falsche Versammlung verirrt, Madam. Dies hier ist eine private Zusammenkunft von Büchersammlern.«

»Oh, nein, Sir, ich habe mich nicht verirrt.« Sie drehte sich zu ihm, um ihn anzuschauen. Und ihre Augen sahen aus, als würden sie ihn wie zwei bernsteinfarbene Himmelskugeln aus dem Dunkel anglühen. Sie bannte ihn kaum eine Sekunde lang mit ihrem Blick, bevor sie an den Tisch mit den Drucken von Raphael trat.

Irgendetwas an diesem flüchtigen Blick rührte die seltsamsten Gefühle in ihm auf. Hatte ihn der Blitz der Erkenntnis durchzuckt? Es prickelte in seinen Handflächen, als sie die dunkle Wolle ihres Umhangs glatt zog. Natürlich war es absurd anzunehmen, dass er diese Augen und diese Hände schon jemals zuvor gesehen hatte.

»Hier bin ich doch im Gilded Page Club, nicht wahr?«

Kirtland nickte.

»Dann bin ich genau am richtigen Ort.« Mit einem Schwenk ihres Kopfs warf sie die Stofffalten zurück und gab die kunstvoll arrangierten schwarzen Locken frei, die mit einem zarten Lorbeerkranz geschmückt waren.

Sogar der Earl spürte, wie ihm die Luft aus den Lungen wich. Die Aufmachung glich im wahrsten Sinne des Wortes haargenau derjenigen auf dem Stich, den Leveritt vor sich liegen hatte.

»Ich will verdammt sein«, murmelte Dunster.

»Nicht doch, Sir«, erwiderte die Lady, »erzählen Sie mir nicht, dass Sie sich um Ihr Seelenheil Sorgen machen, wenn Sie die Freuden des Fleisches genießen dürfen.«

Nicht nur der Earl erkannte in ihr plötzlich die draufgängerische Fahrerin des Jagdwagens im Park wieder.

»W... was führt die Black Dove in unser Haus?« Winthrop wagte nur zu wispern.

»Ein Vorschlag«, antwortete sie und knüpfte die Bänder in ihrem Nacken auf. »Die gemeinsame Liebe zu allen Glitzerdingen, möchte ich sagen.« Der Umhang teilte sich und gab die goldene Kette mit einem Anhänger in der Form eines Hirsches zu erkennen, der aus Juwelen gearbeitet war. Wie auf Raphaels Bild hing der Schmuck zwischen zwei perfekt geformten Brüsten.

Kirtland hielt sich für einen Kenner vollkommener Schönheit, und er verstand, sie zu genießen. Seiner Erfahrung nach blieb die Wirklichkeit für gewöhnlich weit hinter dem Ideal zurück. Aber in diesem Moment, in dem er gezwungen war, das Papier mit dem Fleisch zu vergleichen, musste er zugeben, dass die Lady jedem Mann mit ausgeprägter Einbildungskraft die Schamesröte ins Gesicht trieb. Sie war wunderschön. Absolut unvergleichlich.

Ihm blieb nur wenig Zeit, den Anblick zu bewundern. Black Dove trat ein paar Schritte rückwärts, und der Umhang rutschte ihr von den Schultern. Die Volants flogen hoch, boten einen verführerischen Ausblick auf die Alabasterhaut an ihren Schenkeln, fielen dann zu Boden, als sie plötzlich still stand.

Jemand stöhnte auf.

Dennoch verschluckte die Stille jedes Geräusch. Kein Muskel zuckte, kein Blatt Papier regte sich.

Langsam breitete sie ihre Arme aus, und mit theatralischem Schwung warf sie dem Earl die Kleidung in den Schoß. Mit der gleichen schwungvollen Gebärde löste sie die Waffen, die sie sich an die Hüfte geschnallt hatte.

Black Dove brachte sich in die gleiche Pose wie Raphaels Diana, legte einen kleinen vergoldeten Pfeil in Cupidos Bogen und zielte himmelwärts. Der Bogen straffte sich so, dass Holz und Schnüre ein Herz formten.

Die Luft schien plötzlich zu pulsieren. Kirtland kam es vor, als würde der pulsierende Schlag sich bis in seine Ohren bemerkbar machen; er hallte wie der Donnerschlag aus einer Kanone, der vor dem drohenden Verhängnis warnen wollte. Aber trotzdem hatte der Anblick ihn genau wie die anderen in den Bann geschlagen.

Die Kurtisane besaß eine geradezu unheimliche Ähnlichkeit mit der Abbildung auf Raphaels Druck. Jedes Detail ihres Kostüms war eine exakte Wiedergabe des Originals. Der Köcher hing tief an der linken Hüfte, war um die Taille an einer mit Quasten besetzten Seidenkordel befestigt. Um jeden Arm wand sich vom Handgelenk bis hinauf zum Ellbogen ein schlangenförmiger goldener Armreif, in den falschen Giftzähnen blitzten kleine Diamanten. Abgesehen von ihrem Waffenreichtum und einem seidenen Eichenblatt, das sie strategisch zwischen ihre Schenkel platziert hatte, war Black Dove so nackt wie ein neugeborener Säugling.

Sie verharrte in dieser Pose, wollte erreichen, dass der Effekt ihres skandalösen Auftritts mit voller Wucht ins Ziel steuerte und dort seine Wirkung entfaltete. Dann bog sie den Rücken durch und ließ den Pfeil durch die Luft schnellen. Wie der Blitz streifte er flüchtig den Kronleuchter, bevor er als Querschläger von der Deckenrosette abprallte.

Es regnete Mörtel und gesplittertes Glas auf den Tisch, aber niemand schenkte dem Schauer die geringste Beachtung. Noch nicht einmal Leveritt zuckte zusammen, als der stählerne Pfeil mit dem Haken gefährlich nahe neben seinem kostbaren Kunstwerk einschlug.

Sie verzog die Lippen zu einem Lächeln und sah so aus, als

hegte sie keinerlei Zweifel daran, dass sie die anwesenden Männer verzaubert hatte. Ihre prächtigen Gliedmaßen glänzten, als hätte die Sonne sie geküsst. Duftendes Öl verstärkte die Verlockung; es roch nach Jasmin und nach irgendeinem erdigeren Gewürz, das der Earl nicht bestimmen konnte.

Nicht dass mein Geist mit gewohnter Klarheit und Schärfe arbeitet, dachte er selbstironisch, denn auch er starrte wie ein pubertierender Schuljunge auf Black Dove. Und so sehr er sich auch wünschte, seiner Missbilligung der übermütigen Ausschweifung mit strengen Worten Ausdruck zu verleihen, verspürte er den inneren Drang, diesem unerhörten Wagemut zu applaudieren. Es musste eine außergewöhnliche Frau sein, die solchen Mut und solche Klugheit besaß …

Er presste die Kiefer zusammen. *Ausgeschlossen.*

Kirtland zwang den Blick weg von den lüsternen Schwellungen ihres Fleisches, den geröteten Knospen, und musterte ihr Gesicht. Jene Nacht war ohnehin schon dunkel gewesen, aber der rasende Sturm und der wilde Ringkampf mit der mitternächtlichen Furie hatten ihre Gesichtszüge noch mehr ins Dunkel getaucht. Trotzdem hätte er schwören können, dass ihm irgendetwas an den geschmeidigen Konturen der geschminkten Lippen und dem geneigten Kinn verdächtig vertraut vorkam.

Aber vielleicht lag es auch daran, dass er schon so lange auf weibliche Gesellschaft verzichtete. Wer weiß, vielleicht begannen sich deshalb alle Frauen irgendwie ähnlich zu sehen.

Verdammt. Kirtland war sich unschlüssig, ob er lachen oder stöhnen sollte. Sein Körper ließ ihn offenbar im Stich. Verzweifelt schnappte er nach den Falten ihres Umhangs und kämpfte das Verlangen nieder, das plötzlich und unwillkürlich in ihm aufflammte. Er würde sich eine neue Geliebte besorgen müssen. Und zwar bald. *Aber nicht diese.* Ihre unerklärlich mächtige Ausstrahlung durfte keinerlei Rolle spielen.

Der nächste Zug der Kurtisane überlagerte seine widerstreitenden Gefühle.

»Nun, Gentlemen, sind Sie so weit, dass Sie mein Angebot anhören wollen?«

Siena legte den Bogen zur Seite und stützte eine Hand auf die Hüfte. Die Luft schien vor Anspannung förmlich zu knistern, und einen Augenblick lang begriff sie, wie die berühmte Schauspielerin Mrs. Siddons sich auf der Bühne des Theatre Royal fühlen musste. Es war ein beinahe wahnsinnig machender Nervenkitzel, wenn das Publikum gefesselt auf die kleinsten Nuancen im Ausdruck achtete.

Ihre Lippen zuckten kaum merklich. Obwohl die Gentlemen in diesem Fall etwas tiefer als auf ihr Gesicht blickten.

Sie verharrte ein paar Sekunden länger in ihrer Pose und nutzte das Schweigen, um ihre Umgebung zu betrachten. Nachdem sie die Unterlagen studiert und, Lynsleys Vorschlägen folgend, einige Verbindungen geknüpft hatte, hatte sie sämtliche Einzelheiten über die abendliche Versammlung des Clubs erfahren. Außerdem waren Gerüchte über die baldige Versteigerung der Psalter an ihr Ohr gedrungen, und sie hatte ihrem Instinkt vertraut.

»Unter allen Umständen, ja.« Fitzwilliam oder Winthrop mussten sich zu einer krächzenden Antwort durchgerungen haben.

»Darauf hatte ich gehofft.« Langsam und mit schwingendem Schritt ging sie zum Tisch und präsentierte der Gesellschaft ihre Vorzüge in voller Pracht. Ihr früheres Leben auf der Straße hatte sie gelehrt, sich nicht für ihren Körper zu schämen – eine Lektion, die in der Akademie auf fruchtbaren Boden gefallen war. »Sechs Männer, denen man nachsagt, dass sie zum Sahnehäubchen der Londoner Gesellschaft gehören. Gentlemen mit Titel, Geschmack und Reichtum.«

»Genau.« Dunster lehnte sich ein wenig dichter an den Kronleuchter. Zweifellos hoffte er darauf, dass das Licht seinem vornehmen Profil einen goldenen Schimmer verlieh.

»Ich bin entschlossen, mich bei der Auswahl meines Beschützers nicht mit weniger zufriedenzugeben, und ich habe beschlossen, den Auswahlprozess zu vereinfachen. Warum sollte ich meine Zeit verschwenden und mich anderswo umsehen, wenn alles, was ich wünsche, sich hier in diesem Raum aufhält?«

»W... warum, in der Tat...«, stotterte Jadwin.

»Woher wollen Sie das wissen?« Der schwarzhaarige Gentleman war der einzige, der nicht von einem Ohr zum anderen grinste. *Der Earl of Kirtland.* Er hatte eine unergründliche Miene aufgesetzt. Das kantige Gesicht gab, außer einer gewissen strengen Unnahbarkeit, der sein eindringlich intensiver Blick allerdings zu widersprechen schien, wenig zu erkennen.

»Ich habe meine Quellen«, erwiderte sie.

Sein Blick verengte sich.

»Recht zuverlässige Quellen.« Hastig bot Dunster seine Unterstützung. Mit dem welligen blonden Haar, das die weichen, gleichmäßigen Gesichtszüge umrahmte, war er im Vergleich zum dunklen Earl eher auf herkömmliche Weise attraktiv. Sein Lächeln wirkte schlau und durchtrieben, beinahe wie bei einem Raubtier, das den nächsten Beutezug plante. »Sie werden nicht enttäuscht sein.«

»Nein, gewiss nicht«, bekräftigten die anderen im Chor. Ausgenommen einer.

Siena veränderte ihre Haltung, schob die Hüfte noch verführerischer nach vorn. »Ich erwarte, dass ich vollständig befriedigt werde.«

Es war der Earl, der direkt auf den Punkt kam. »Sie sollten uns endlich erklären, wie Sie Ihre Wahl zu treffen wünschen.«

»Eigentlich ist es ganz einfach. Die Gentlemen haben alle vor, zum Verkauf eines modrigen Manuskripts nach Marquand

Castle zu reisen. Gestatten Sie mir, Sie zu begleiten. Ich werde zwei Wochen lang für Ihre private Unterhaltung sorgen. Mit ein paar Spielen.« Provozierend schürzte sie die Lippen. »Sicher brauchen Sie eine lebhaftere Begleitung als nur Papier und Tinte, um sich zu amüsieren.«

»Spiele?« Der Earl gab sich keine Mühe, seine Missbilligung zu zügeln.

»Die Spiele werden ein bisschen anspruchsvoller sein als nur Eierlauf und Sackhüpfen, Mylord.« Siena reckte genüsslich die Glieder und lächelte verzückt. »Genau wie die Siegesprämie«, schnurrte sie.

Kirtland sah aus, als hätte er einen scharfen Widerhaken verschluckt. »Wenn ich eine Vermutung wagen darf …«

Die anderen Männer reagierten wesentlich enthusiastischer.

»Ich bin bereit, die Herausforderung anzunehmen«, erklärte Fitzwilliam. »Was meinen Sie, Gentlemen, wollen wir der Auktion nicht eine ganz besondere Note verleihen?«

»Zwei Fliegen mit einer Klappe, genau das ist es«, murmelte Siena.

Ihr kleiner Witz wurde mit lüsternem Gelächter kommentiert, und das flackernde Kerzenlicht betonte die aufblitzenden Zähne. *Hunger.* Jetzt schenkten ihr alle ein Lächeln, obwohl die blanke Gier bereits wie ein Schatten auf ihren Gesichtern lag. Diese Männer konnten sich sicher sein, dass all ihre Wünsche stets befriedigt wurden. Sie waren es nicht gewohnt zu verlieren. Die Gier trieb sie an, der Stolz, und … welche mächtigen Leidenschaften waren wohl noch im Spiel?

Es war an ihr, die Antwort herauszufinden.

Sie schlug die Augen nieder und warf einen Seitenblick auf Kirtland. Schweigend und ernst saß er an seinem Platz und maß die anderen Clubmitglieder mit undurchdringlichem Blick. Was würde es kosten, die steinerne Fassade aufzubrechen? Was würde es kosten, irgendeinen Riss, einen Bruch in der ungerührten

Haltung zu entdecken? Sogar der härteste Stein hatte irgendwo eine brüchige Stelle. Es kam nur darauf an, dass der Schlag richtig traf.

Er drehte sich ein wenig herum, als ob er ihre Zweifel spüren würde. Trotz des wärmenden Feuers prickelte ihr eine Gänsehaut über den Rücken. Als ob der wirbelnde Wind und der Regen über sie peitschten, als ob brennende Küsse sich auf ihrem Körper verloren ... Siena fühlte sich plötzlich noch nackter unter seinem Blick.

Sie überspielte ihren Schauder, indem sie langsam um den Tisch bummelte. Es war nur das launisch flackernde Kerzenlicht, das den Earl so vertraut aussehen ließ. Wieder schaute sie hin. Und wieder fand sie es unmöglich, die wahre Kontur seines Mundes zu beurteilen, denn er hatte die Lippen grimmig zusammengekniffen. Der mitternächtliche Fremde war nicht so hart und feindselig gewesen.

»Dann darf ich also annehmen, dass wir eine Vereinbarung getroffen haben?«, wollte sie wissen.

»Nein«, knurrte Kirtland mit einsamer Stimme seinen Widerspruch.

»Haben Sie Angst, dass Sie der Herausforderung nicht gewachsen sind, Major?« Siena parierte seinen Angriff mit einem frechen Gegenstoß. Als sie nach ihrem Umhang griff, ließ sie die Fingerspitzen vorn über seine Hosen spielen. »Ah, ich wage die Behauptung, dass Sie sich nicht zu schämen brauchen. Es mag sein, dass Sie außer Dienst sind, aber Ihr Säbel scheint so hart geschliffen wie immer.«

Wenn Blicke töten könnten. Rasch wandte sie sich ab und würgte das schallende Gelächter mit einer Handbewegung ab. »Ihre Entscheidung, Gentlemen?«

»Wir sollten förmlich abstimmen. Wer spricht sich gegen den Vorschlag aus?«, fragte Dunster.

Die einsame Stimme des Earls fand kein Echo.

»Es gibt noch eine Kleinigkeit. Es geht nur ganz oder gar nicht«, warf sie ein. »Ich fürchte, ich muss mein Angebot zurückziehen, falls einer unter Ihnen es vorzieht, nicht mitzuspielen.«

Wie sie gehofft hatte, stöhnten die Männer auf.

»Verdammt noch mal, Kirtland!«, stieß Winthrop hervor. »Ich flehe den Himmel an, dass Sie jetzt nicht aus der Reihe tanzen.«

Siena hielt den Atem an und fragte sich, ob das Täuschungsmanöver wohl gelingen würde.

Der Earl zögerte. Es war offensichtlich, dass er Mühe hatte, sich in die Schlacht zu stürzen. »Und wie wollen Sie an eine Einladung nach Marquand Castle kommen? Es ist nicht dasselbe, als wollte man zum Maskenball zugelassen werden.«

»Das dürfen Sie getrost mir überlassen, Sir. Wie schon gesagt, ich habe meine Quellen hier in der Stadt.« Siena hegte keine Zweifel, dass Lynsleys Kontaktmann die Angelegenheit mit dem Duke irgendwie regeln würde.

Er ließ den Blick über die Clubmitglieder schweifen. »In Ordnung. Wenn Sie bei der Auktion des Dukes eintreffen, werde ich mich an meine Pflicht erinnern und mitspielen.«

»Dann geben Sie sich also geschlagen, Lord Kirtland?«

Sie schaute zu, wie der Earl die Arme vor der Brust verschränkte. Der schwarze Mantel dehnte sich kaum merklich über den zuckenden Muskeln, das boshafte Lächeln schien fester geworden.

»Vielleicht für den Moment, Madam. Aber was Sie betrifft, so hat das wahre Spiel noch längst nicht begonnen.«

5. Kapitel

»Ist es wahr?«

Kirtland nickte, traute aber seiner eigenen Stimme kaum. Obwohl sein Freund und er sich in die Bibliothek seines gemütlichen Stadthauses zurückgezogen hatten, störte die Erinnerung an den gestrigen Abend immer noch seinen Frieden.

»Die Kunst ahmt das Leben nach ... Oder ist es genau andersherum?« Osborne lachte leise. »Ein einmaliger Auftritt.« Er lockerte sein Krawattentuch und stellte den Fuß auf einen Bücherständer. »Verdammt, wie hoch auch immer der Eintrittspreis ist, die Vorführung wäre ihn wert gewesen.«

Der Earl verzog das Gesicht. »Den Männern, die sich auf ihr Spiel einlassen, wird sie mehr abverlangen als nur Geld.«

»Sei nicht so melodramatisch«, schalt sein Freund.

»Ich?«, entgegnete Kirtland. »Es war die Lady, die sich jeden Fetzen Stoff vom Körper gerissen und dann einen Pfeil in die bemalte Decke geschossen hat.« Er nippte an seinem Brandy. »Wir sollten ihr eine Rechnung über den Schaden schicken, den sie angerichtet hat. Die Stuckdecke wird niemals wieder so aussehen wie vorher.«

Sein Freund hustete. »Jeden Fetzen Stoff?«

»Natürlich nicht ganz wörtlich zu nehmen. Sie hat eine Seidenkordel um die Hüften getragen und ein Stückchen Stoff in der Form eines Eichenblattes.«

»Und?«

»Und sonst nicht viel mehr«, gestand der Earl ein, »außer der Tätowierung eines Vogels über der linken Brust.«

»Eine Tätowierung?« Osborne schürzte die Lippen. »Wie merkwürdig. Mir ist mal ein Gerücht über eine Truppe Frauen untergekommen ...« Er brach ab.

»Was für ein Gerücht?«, drängte der Earl.

»Nicht wichtig. Es klingt zu absurd, um noch ein weiteres Wort über die Geschichte zu verlieren.« Osborne schwieg einen Moment lang und fuhr dann in seinem spöttischen Tonfall fort: »Es scheint, als sei die Bibliothek viel faszinierender, als ich es mir jemals hätte vorstellen können. Wenn ich geahnt hätte, dass Lesen solches Vergnügen machen kann, hätte ich deinen Predigten über Bücher und Kunst aufmerksamer gelauscht.«

»Es freut mich, dass wenigstens du dich über die Lage so köstlich amüsieren kannst.«

»Komm schon, du bist doch sonst der Erste, der sich über die kleinen Absurditäten des Lebens freuen kann. Wo bleibt dein Sinn für Humor?«

»Eingereiht ins Bücherregal, zwischen Shakespeares *Wie es euch gefällt* und *Die lustigen Weiber von Windsor*«, erwiderte er schlechtgelaunt. »Es ist aber gar nicht lustig. Es ist ... beunruhigend.« Obwohl es ihm äußerst schwerfiel, genaue Gründe für seine Vorahnung zu nennen. Mit den richtigen Worten war es wie mit der Lady – beide schienen kaum fassbar, wie ein trüber Nebel am Rande seines Bewusstseins, verführerisch, aber außer Reichweite. »Sie ist nicht wie andere Frauen ...«

»Das steht fest«, unterbrach Osborne und lachte trocken. »Was meinst du, wie viele Frauen außer ihr den Schneid hätten, das zu tun, was sie getan hat?«

Mit zusammengebissenen Zähnen stieß Kirtland eine Warnung aus.

Sein Freund musterte ihn skeptisch. »Wieder einmal benimmst du dich wie ein angeschossenes Stück Wild. Ich an deiner Stelle würde mich nicht darüber beklagen, dass die reizvollste Kurtisane in ganz London die sechs Mitglieder des Gilded Page Club auserkoren hat, in der Endrunde um ihre Dienste zu wetteifern.«

»Aber warum?«, beharrte der Earl. »Ich könnte schwören,

dass mehr an der Sache dran ist, als man auf den ersten Blick erkennen kann.«

»Nicht sehr viel mehr, deiner Beschreibung nach zu urteilen.«

Unwillkürlich brach der Earl in schallendes Gelächter aus. Vielleicht hatte sein Freund recht. Denn es konnte tatsächlich sein, dass er zu heftig auf die Situation reagierte. Vielleicht war die Lady genau das, war sie zu sein schien: eine sinnliche Sylphide, die bereit war, ihre Dienste an den höchsten Bieter zu verkaufen.

Osborne rückte sich bequem in dem Lehnstuhl zurecht. »Wo wir gerade noch nett plaudern ... Wie war denn ihr Arsch?«

»Ein wahres Kunstwerk.« Er seufzte. »Nicht mit wollüstigen Rundungen wie bei Rubens oder Titian. Aber mit so geschmeidigen Kurven, dass er in seiner Lebhaftigkeit unendlich viel verführerischer aussah. Die straffen Muskeln haben ihre weiblichen Formen nur noch mehr betont. Das Ergebnis war ausgesprochen ...«

»Prächtig. Potent.«

Potent. Der Brandy auf seiner Zunge brannte plötzlich noch heißer. Wie die leckenden Flammen eines Feuers. Kirtland erhob sich, füllte die Gläser neu und lehnte sich mit der Hüfte an den Schreibtisch. »Ja, so könnte man es nennen.«

»Dann solltest du überglücklich sein, dass du dich darauf freuen kannst, ihre Anwesenheit auf Marquand Castle zu genießen. Denk an die modrigen Manuskripte und die langweiligen Clubmitglieder, und du wirst die Zerstreuung begrüßen.«

»Stimmt genau.« Zerstreuung war das Letzte, das Kirtland gebrauchen konnte. Ganz besonders dann, wenn sie so provozierend war wie Black Dove. Nachdem er von den Schlachtfeldern zurückgekehrt war, hatte er beschlossen, dass Bücher ihm wesentlich bessere Gesellschaft bieten konnten als Menschen. Osborne war die seltene Ausnahme. Obwohl er sich äußerlich nichts anmerken ließ, hatte es ihn zutiefst verletzt, dass die übrigen Offiziere bei der Armee ihn im Stich gelassen hatten. Er hatte nicht vor, sich jemals wieder so verwundbar zu machen.

Was die seltsamen Empfindungen, die Black Dove in ihm anrührte, nur noch unerklärlicher machte. *Feuer und Eis.* Das Verlangen im Duell mit der Vernunft.

Kein Wunder, dass seine Nerven zum Zerreißen gespannt waren. »Ich werde den Eindruck nicht los, dass es kein Zufall ist, dass sie ausgerechnet uns als Opfer ausgesucht hat.«

»Hm. Die Taube, die sich in einen Jäger verwandelt?«, grübelte sein Freund.

»Oder sich als Köder entpuppt.«

Sie schwiegen für einen Moment. »Glaubst du, dass ein Konkurrent sie engagiert hat, um euch abzulenken?« Osbornes Worte hatten ihren spöttischen Tonfall verloren.

»Könnte sein.«

»Aber das würde bedeuten, dass der Konkurrent zügig einen Plan schmieden und ihn noch zügiger umsetzen müsste, nicht wahr?«

»In der Tat.« Langsam schwenkte der Earl den Brandy in seinem Glas herum. Das Kerzenlicht schimmerte golden durch die Flüssigkeit. Er hob das Glas und betrachtete den schwachen Abglanz des Schattens auf der hölzernen Vertäfelung der Decke. »Aber für bestimmte Leute wäre die Belohnung jede Anstrengung wert.«

Sein Freund presste die Fingerspitzen aneinander, betrachtete den bernsteinfarbenen Lichtschein und dachte nach. »Das wirft vermutlich ein anderes Licht auf die Sache. Aber wir sind gewarnt, und wir können uns bewaffnen. Es gibt keinen Grund, das Spiel nicht trotzdem zu genießen. Solange du die Augen offenhältst.«

»Mach dir keine Sorgen. Ich habe nicht die Absicht, mein Ziel zu vergessen. Oder den Psalter von St. Sebastian.«

»Gott möge deinen Feinden beistehen. Nicht um alle illuminierten Gebetbücher in der ganzen Christenheit möchte ich dir in die Quere kommen, wenn du diese Visage ziehst.«

Dunster, Fitzwilliam, Jadwin, Leveritt, Winthrop. Die Akten lagen alphabetisch sortiert vor ihr auf dem Tisch im Arbeitszimmer ihres Stadthauses.

Und Kirtland.

Siena zögerte, rückte die Kerzen in die Mitte und ordnete die Papiere halbkreisförmig um das helle Licht. Das übrige Zimmer lag in Dunkelheit und Stille, wenn man das federleichte Scharren ihrer nackten Füße auf dem Teppich nicht beachtete. Aber sogar das leise Geräusch verstummte, als sie neben ihrem Stuhl stehen blieb und mit eindringlichem Blick auf die Unterlagen starrte.

Sie rief sich die Lektionen der Akademie ins Gedächtnis, hielt den Atem an und versuchte, ihren siebten Sinn zu schärfen. Irgendwo in Tinte und Kanzleipapier war ein geheimer Text verborgen, ein Text, der offenbaren würde, wer der Feind war. Wenn es ihr nur gelänge, die ungeschriebene Botschaft zu entziffern!

Ob sie sich nun in mystische Geisteszustände versenkte oder ob es sich um pure Intuition handelte … Konnte sie ihren Gefühlen ebenso sehr vertrauen wie den Tatsachen? Sie presste ihre Lippen zu einem dünnen Strich zusammen. Natürlich durfte sie magische Kräfte in Dienst nehmen – zum Beispiel ihre Freundin Sofia mit den unheimlichen Tarot-Karten befragen –, wenn es nur der Wahrheitsfindung diente. Denn bis jetzt waren die Notizen über die Männer nicht übermäßig aufschlussreich gewesen.

Wieder schlug sie Dunsters Akte auf und las die ersten Seiten. Oberflächlich betrachtet schien es unwahrscheinlich, dass er

Hochverrat begangen hatte. Er war der Erbe eines der ältesten Adelsgeschlechter im Lande; als Sprössling aus reichem Hause genoss er zahlreiche Vorrechte und Privilegien. Lynsleys Agenten hatten keinerlei ruinöse Spielschulden zutage gefördert, keinerlei Familienstreit, der den Mann verzweifeln ließen oder zu einem idealen Erpressungsopfer machte. Offenbar gefiel es ihm, anderen Männern aus den besseren Kreisen Hörner aufzusetzen. Man konnte also behaupten, dass Betrügereien durchaus nach seinem Geschmack waren. Allerdings handelte es sich um Betrug, der allgemein akzeptiert war und sogar gelobt wurde – von der Gesellschaft.

Das Material über Fitzwilliam gab noch weniger Anlass zu weiteren Nachforschungen. Er machte den Eindruck, ein vorbildlicher Lord zu sein, besaß ein blühendes Anwesen in Oxfordshire, ein imposantes Stadthaus am Grosvenor Square und hatte eine vorteilhafte Ehe geschlossen, durch die zwei adlige Namen zusammengeführt worden waren. Außerdem gab es eine verschwiegene Geliebte, die er in einem ruhigen Stadtviertel versteckt hatte. Verdammt, der Kerl verfasste sogar Gedichte.

Siena blätterte durch die Papiere und musste sich eingestehen, dass die Poesie gar nicht so übel war. Auf dem Deckblatt fertigte Lynsley sie ab als epigonale Nachahmungen in Wordsworths Stil, aber ihrer Auffassung nach zeigten die Verse durchaus ein gewisses Talent für Reim und Metrum.

Andererseits galten alle sechs Verdächtigen als Liebhaber von Kunst und Literatur. Kein Zweifel, dass sie teuflisch schlau waren, wenn es darum ging, Wörter zu manipulieren.

Nach und nach arbeitete sie sich durch die Unterlagen. Das Papier knisterte jedes Mal, wenn sie umblätterte, und schien ihre wachsende Frustration zu spiegeln. Irgendetwas fehlte. Aber was? Was war es, was sie vermisste? Irgendwo in all den akribisch aufgelisteten Einzelheiten über Finanzen, Familie und persönliche Gewohnheiten musste der Schlüssel liegen.

Wenn ihr Geist sich doch nur als so scharf erweisen würde wie ihr Schwert.

Mit einem dumpfen Schlag schloss sie Winthrops Akte. Nichts Ungewöhnliches hatte sie entdecken können, außer der Tatsache, dass er sich seine sexuellen Vergnügungen eher bei Kneipenhuren gönnte als bei teuren Geliebten. Ein Seufzer kam ihr über die Lippen. Wenn sie sich streng an die Buchstaben hielt, schien keiner der Gentlemen auch nur im Geringsten verdächtig zu sein.

Ihr Blick wanderte zu der Stelle, an der das Kerzenlicht auf den Schatten traf. Mit dem Earl of Kirtland war es eine andere Geschichte.

Kirtland stand allein vor der Feuerstelle in seinem Schlafzimmer und fühlte sich keineswegs so heiter wie früher am Abend. Osbornes beißender Humor hatte seine eigenen Zweifel eine Zeit lang besänftigen können. Langsam verflüchtigten sich die Wirkungen der ungezwungenen Kameradschaft und des alten Brandys. Das unbehagliche Gefühl hüllte ihn wieder ein wie eine schwarze Wolke.

Schwarz wie die Nacht, durch die ein plötzlicher Sturm peitscht. Schwarz wie Piratenseide, tief über bernsteinfarbene Augen gezogen.

Obwohl das Feuer im Kamin hell brannte, rann ihm ein fröstelnder Schauder über die Gliedmaßen. Wie konnte es sein, dass die unbekannte Kriegerin seinen Geist derart aufgestört hatte? Es war, wie sie es gesagt hatte: Er würde sie niemals wiedersehen.

Und doch …

Langsam stieg die Hitze in ihm auf und vertrieb die Kälte. Während der Earl in die tanzenden Flammen starrte, redete er sich ein, dass er nur Schatten sah – wie fremde, sinnliche Konturen seines eigenen Verlangens.

Frauen. Nie zuvor hatte er den Eindruck gehabt, dass er für solche flüchtigen Fantasien anfällig war. Vielleicht hatte Osborne recht mit seinen Bemerkungen über selbstgewählte Einsamkeit. Man konnte auf absonderliche Ideen kommen, wenn man allein lebte und sich nur in Gesellschaft seiner eigenen Gedanken befand.

Kirtland zurrte den Gürtel seines Schlafrocks fest, hoffte, weitere Fantastereien zu verjagen, wandte sich entschlossen zum Bett, stellte aber fest, dass er zu unruhig zum Schlafen war. Er begann, rund um das überdachte Bett zu marschieren – nur um zu merken, dass es ein Fehler war, sich körperlich in Bewegung zu halten. Das Rauschen der Seide auf seiner nackten Haut erinnerte ihn viel zu deutlich an die schamlose Berührung von Black Dove. An ihre spöttische Herausforderung.

Glaubte sie ernsthaft, dass sie ihn in irgendeinem Wettstreit besiegen konnte? Noch während er die Vorstellung als lächerlich verwarf, spürte er, wie seine Erregung stieg.

Verdammt.

Es war schlicht und einfach Lust, die ihn so sehr aus der Bahn warf. Denn es war unnatürlich lange her, dass er mit einer Frau geschlafen hatte. In Spanien hatte er mehr als genug samtige Señoras genießen dürfen. Aber seit seiner Rückkehr nach England hing eine dunkle Wolke über seiner Ehre. Lange hatte er seine Zeit einsam und grübelnd auf seinem prächtigen Anwesen verbracht. Einzig und allein seine geliebten Bücher hatten ihm Gesellschaft geleistet. Was brauchte er mehr?

Entgegen Osbornes Sticheleien war er kein Mönch, der seinen männlichen Bedürfnissen in der Beichte abgeschworen hatte. Wenn es jemals Zweifel daran gegeben hätte, so hätte die mitternächtliche Begegnung mit der sinnlichen Furie sie ein für alle Mal zum Schweigen gebracht. Und was seine Reaktion auf Black Dove und ihre goldenen Pfeile betraf …

Seltsam, dass beide Frauen Waffen in der Hand hielten, mit

denen sie die schwache Stelle in seiner Rüstung durchdringen konnten.

Der Earl ließ den Blick traurig auf sein eigenes steifes Schwert schweifen, dann auf die teilweise vergoldete Uhr auf dem Kaminsims. Ihm war zu Ohren gekommen, dass seine frühere Geliebte noch keinen neuen Beschützer gefunden hatte. Und er zweifelte nicht daran, dass Adrianna ihn – und seine Geldbörse – für eine Nacht in ihrem Boudoir willkommen heißen würde.

Rasch zog er sich an und ließ nach seiner Kutsche rufen. Aber in letzter Minute entschied er sich für einen Abstecher auf dem vertrauten Weg. Schließlich hatte auch er seine Quellen, und es war nicht besonders schwer gewesen, an die gewünschten Informationen zu gelangen. Während das Kopfsteinpflaster unter den Rädern langsam rauer wurde, schaute Kirtland aus dem getönten Fenster und musterte die kleinen Backsteinhäuser in der Hadlow Street.

Wie befohlen hielt der Kutscher vor einem Haus in der Mitte der Straße an. Das Haus, das beiderseits durch eine schmale Gasse von seinen Nachbarn getrennt war, war dunkel, abgesehen von dem schmalen Streifen Licht, das durch die Vorhänge im zweiten Stock nach draußen drang. Ist es wirklich das Nest der Lady?, fragte er sich. Trotz des Spitznamens, den sie sich gegeben hatte, hielt der Earl sie eher für einen Falken als für eine Taube. Für einen geschmeidigen Raubvogel – schön, aber gefährlich.

Kirtland richtete seine Aufmerksamkeit wieder auf die Erde und bemerkte, dass der Eingang in Portlandstein gefasst war. Zwei schlichte Säulen rahmten die Tür ein. Das große eiserne Rollgatter war fest geschlossen …

Kirtland runzelte die Stirn.

Ein paar Sekunden später stand er auf der Straße und bewegte sich lautlos über das Pflaster. Genau wie er vermutet hatte, erwies sich nach eingehender Betrachtung, dass das Schloss aus einem kleinen bayerischen Unternehmen stammte und für seinen komplizierten Mechanismus berühmt war. Er hatte schon ein paar dieser Schlösser gesehen – bei der Botschaft in Lissabon, bei einem Munitionslager in Oporto. Aber noch niemals bei einem privaten Anwesen …

Er kauerte sich hin, fuhr mit der Fingerspitze über die charakteristische Messingklinke und merkte sich den speziellen Sicherungsbolzen, der wie angegossen in die verstärkte Stahlplatte passte. Die komplexe Ordnung aus kleinen Rädchen und Hebeln schien mit der gleichen Präzision gearbeitet zu sein. Kein Nachschlüssel konnte diesen Tresor knacken.

Er presste seine Wange an die Riegel und bemerkte einen dünnen Stolperdraht, der von den unteren Scharnieren zu einem unterirdischen Rohr verlief. Selbst wenn das Schloss durch irgendein Wunder bezwungen werden könnte, würde die geringste Öffnung des Gatters – ein oder zwei Zentimeter würden reichen – eine Warnglocke im Keller ertönen lassen.

Warum um Himmels willen brauchte eine Kurtisane solch komplizierte Sicherungseinrichtungen?

Gewiss nicht, um ihre Jungfräulichkeit zu schützen.

Kirtland klopfte sich den Staub seiner Hände an der Hose ab, erhob sich und trat in den Schatten einer Linde. Das Geheimnis, das Black Dove wie eine Wolke umgab, schien noch dunkler und undurchdringlicher zu werden. Er zögerte, wusste nicht, wohin er sich wenden sollte.

Denn er bewegte sich auf unbekanntem Terrain. War er nicht ein Mann, der für sein entschlossenes Handeln bekannt war? Und plötzlich hielt ihn die Unentschlossenheit fest im Griff. Die Vernunft befahl ihm, das Haus zu verlassen und zu vergessen, was er gesehen hatte. Aber ein drängendes Verlangen zwang ihn, all die sorgsam aufgerichteten Barrieren zu durchbrechen und sie mit seinen Erkenntnissen zu konfrontieren.

Ha! Nur zu gern hätte er gesehen, wie sie reagieren würde, wenn er in ihr innerstes Heiligtum einbrach!

Plötzlich prickelte es in seinem Nacken. Kirtland schaute hoch zu den dunklen Fenstern und bildete sich ein, dass er gesehen hatte, wie die Vorhänge flatterten.

Wurde er beobachtet? Oder war es nur Einbildung? Die rußigen Häuserwände schienen die knisternden Geräusche noch zu verstärken. Nächtliche Plünderer auf vier Pfoten? Oder sogar eine noch ernsthaftere Bedrohung? Es drängte ihn nachzusehen, was dort im Dunkel auf Beutezug ging, aber die dichten Schatten verschluckten jede Bewegung.

In Spanien hatte ihm sein inneres Alarmsignal mehr als einmal das Leben gerettet. Trotzdem fragte er sich in dieser Nacht, ob es nicht vielmehr an seinen überreizten Nerven lag, dass die Alarmglocken in seinem Kopf ständig schrillten.

Der Earl ließ den Blick ein letztes Mal umherschweifen, stieg eilig in seine Kutsche und verschwand in der Nacht.

Wenn es überhaupt einen Mann gab, der jemals Grund zur Verbitterung gehabt hatte, dann war es der Earl of Kirtland.

Siena blätterte durch seine Militärakte und empfand unwillkürlich Respekt, der sich zögernd in ihr ausbreitete. Ihm waren eine Hand voll Orden für Tapferkeit im Gefecht verliehen worden, und wegen seiner Arbeit mit Partisanen hinter den feindlichen Linien hatte Wellesley Lobeshymnen auf ihn gesungen. Die Empfehlungen des Stabs und die militärische Korrespondenz bewiesen, dass er außerdem den Respekt der anderen Offiziere genoss, obwohl sein distanziertes Verhalten ihn auch zu einem Einzelgänger hatte werden lassen.

Dabei war es nicht so, dass er undiszipliniert war. Ganz im Gegenteil: Er hatte seine Truppen mit eisernem Willen und tödlicher Präzision gedrillt. Seine Soldaten waren gefolgsam bis ins Mark, und sie schauten zu ihm auf wie zu einem Anführer, der nicht zögerte, sein eigenes Leben zu riskieren. Es hieß, dass seine Leute ihm bis in die Hölle und wieder zurück folgen würden, wenn er es ihnen befähle.

Siena umschloss das Federmesser fest mit den Fingern. Das vertraute Gefühl, das die stählerne Klinge ausströmte, beruhigte sie, ganz gleich, wie kurz und schlank die Klinge auch war. Immerhin hatte sie etwas im Griff, während der wahre Charakter des Earls immer noch flüchtig war und außerhalb ihrer Reichweite. Allerdings gab es eine Tatsache, die nicht von der Hand zu weisen war.

Julian Henning konnte Dummköpfe nicht ertragen.

Eine Tatsache, die durch einen explosiven Vorfall ans Licht gekommen war. Durch ein Wortgefecht, das den Earl seine Stellung gekostet hatte. Und seine Ehre, jedenfalls in den Augen der Gesellschaft. Obwohl einige Offiziere weiterhin zu ihm gehalten hatten, hielt die Mehrheit ihn für … gefährlich. Unberechenbar.

Obwohl Siena sämtliche Unterlagen schon mehrmals durchgelesen hatte, nahm sie sich die Zeit, die Fakten in diesem Fall noch einmal zu rekapitulieren.

Entgegen den überwältigenden Anzeichen, dass die britischen Streitkräfte in einen Hinterhalt gelockt wurden, hatte General Dalrymple darauf bestanden, sein führendes Bataillon für die Verfolgung eines französischen Kavallerie-Eskadrons einzusetzen. Kirtland war befohlen worden, seine Männer auf den Marsch durch einen trügerischen Engpass in den Bergen zu schicken.

Aber stattdessen hatte er den Befehl zerrissen, seine Truppen an Ort und Stelle behalten und es vorgezogen, sich allein auf den Weg zu machen. Er hatte einem schriftlichen Befehl unmittelbar zuwidergehandelt. Ein gewagter Scheinangriff hatte die Kampfeslust der feindlichen Truppen provoziert; im Alleingang hatte er eine Anzahl Soldaten davor bewahrt, sinnlos abgeschlachtet zu werden.

Für seine Entscheidung konnte er nicht die Dankbarkeit des

Generals erwarten. Dalrymple kochte vor Wut, dass man seine Autorität infrage gestellt hatte, und drohte Kirtland, ihn wegen Pflichtverletzung vor das Kriegsgericht zu zerren. Die Gesetze sprachen zugunsten des Generals. Es spielte keine Rolle, dass der gesunde Menschenverstand sich eindeutig aufseiten des Earls befand.

Siena zog die Brauen hoch, als sie die vertrauliche Mitschrift der disziplinarischen Anhörung durchlas. Im letzten Moment hatte Kirtlands direkter Vorgesetzter sein Versprechen gebrochen, die Entscheidung des Earls zu unterstützen, was die Sache nur schlimmer machte. Das Oberkommando der Armee sah sich in einem schwierigen Dilemma gefangen: Obwohl sie sich scheuten, Kirtlands Dienste zu verlieren, befürchteten sie auch, ein gefährliches Exempel zu statuieren, wenn sie ihn nicht bestraften. Nach langen Debatten hatten sie einen Kompromiss gefunden: einen Tadel und die Rückstufung im Rang, verbunden mit dem privaten Versprechen, nach kurzer Zeit wieder rehabilitiert zu werden.

Es schien, als wäre er mit einem blauen Auge davongekommen.

Aber Kirtland hatten Heuchelei und Verrat so sehr angewidert, dass er sich geweigert hatte, dem Kompromiss zuzustimmen. Das Militär hatte keine andere Wahl gehabt, als ihm das Kommando zu entziehen und nach England zurückzuschicken. Weil keinerlei offizielle Begründung genannt worden war, waren wilde Gerüchte in Umlauf gekommen, warum der Earl wohl in Ungnade gefallen war.

Zum Teil bedachte Siena die Rebellion des Earls innerlich mit Applaus. Denn schließlich hatte er echten Mut bewiesen, als er sich und seinen Ruf anstelle der Truppe riskiert hatte. Vielleicht waren Kirtlands Maßstäbe unerreichbar hoch. Aber er schien ein prinzipienfester Mann zu sein, der anderen nicht mehr abverlangte als sich selbst.

Siena schloss einen Moment lang die Augen. Jetzt erschien seine feindselige Unerbittlichkeit in einem ganz anderen Licht. Es war, als würden die Fakten seine harten Gesichtszüge ein wenig weicher wirken lassen. In der Vergangenheit hatte sie sich selbst oft genug gegen Widrigkeiten behaupten müssen, obwohl ein Rückzug klüger gewesen wäre.

Der Griff um das Federmesser wurde fester. Sie konnte es sich nicht erlauben, die Dinge anders als nur schwarz-weiß zu sehen. Es gab keinen Raum für Feinheiten, für Mitgefühl. Der Earl hatte sich einem direkten Befehl widersetzt und einen hohen Preis dafür gezahlt.

Der Mann war ruiniert und verbittert – verlangte er jetzt Genugtuung?

Sie erhob sich und reckte die Glieder. Die bequeme türkische Pluderhose und das Leinenhemd erlaubten schwungvoll sinnliche Bewegungen. Über dem Kopf schlug sie die Hände zusammen. Starr wie eine Statue verharrte sie in dieser Stellung, obwohl die Gedanken ihr wie ein tanzender Derwisch durch den Kopf wirbelten. Langsam und laut presste sie die Luft aus den Lungen, beugte sich hinunter und umfasste ihr Fußgelenk. Als sie sich wieder aufrichtete, legte sie den Fußballen auf den Hüftknochen.

Du liebe Güte, wenn die Straßengören aus St. Giles sie jetzt sehen könnten, sie würden sich den Bauch halten vor Lachen.

Yoga. Ein komischer Name für eine komische, aber höchst effektive Angelegenheit, den Körper und den Geist zu disziplinieren. *Gleichgewicht. Konzentration. Befreie deinen Geist von jeglichem Ballast.* Sie versuchte, sich ein einziges zehrendes Licht vorzustellen, aber die Flamme flackerte weiter, als ob eine Windböe …

Überrascht bemerkte sie, dass Oban plötzlich in der Tür stand. Obwohl sie sich noch nicht lange kannten, war ihr längst klar geworden, dass er keine Worte an harmlose Plaudereien vergeudete. »Ist irgendetwas nicht in Ordnung?«, fragte sie und tastete nach dem Messer, das sie sich an den Schenkel geschnallt hatte.

»Kann sein. Der Earl of Kirtland hat uns gerade einen Besuch abgestattet. Es schien, als wäre er ganz besonders am Schloss des Gatters interessiert.«

Sie zog die Brauen hoch. »Woher weiß er, wo ich wohne?«

»Hat er nicht früher bei der Armee gedient?«

Siena fragte sich, was der wortkarge Schotte bereits über ihren Auftrag in Erfahrung gebracht hatte.

Offenbar spürte Oban ihre Frage und fuhr fort. »Im vergangenen Jahr stand sein Name eine Zeit lang in sämtlichen Zeitungen. Es hatte irgendetwas mit seinem befehlshabenden Offizier zu tun. Die Einzelheiten sind vertuscht worden, aber es ist kein Geheimnis, dass er gezwungen worden ist, sein Kommando abzugeben. Ist in Ungnade nach Hause zurückgekehrt.«

Mit anderen Worten, die Regierung hat ihn in aller Öffentlichkeit gedemütigt. Siena veränderte ihre Haltung. Jeder Mann, der auch nur ein Fünkchen Stolz im Leibe hatte, wäre zutiefst erschüttert. War es möglich, dass die eiternde Wunde ihn vergiftet hatte?

Siena war sich nicht ganz darüber im Klaren, wie sie sich an seiner Stelle gefühlt hätte. Aber es könnte gut sein, dass sie zurückschlagen hätte wollen. Vergeltung üben.

Sie verschob ihre Grübeleien auf später und konzentrierte sich wieder auf den vorliegenden Fall. »Sie haben recht, was den Earl betrifft. Überwachungstaktik ist ihm nicht fremd. Und es ist nicht unbedingt ein Geheimnis, wo Black Dove ihr Nest eingerichtet hat. Ich habe mir keine Mühe gegeben, mein Kommen und Gehen zu verbergen.«

Oban nickte, machte aber keine Anstalten, das Zimmer wieder zu verlassen. »Der Earl war nicht der Einzige, der vor unserem Haus herumgelungerte.«

Siena schaute sich mit scharfem Blick um. »Wer noch?«

»Ich bedaure sagen zu müssen, dass ich nur den Schatten des Eindringlings erhascht habe, als er über die Gartenmauer geklettert ist. Er war groß, breitschultrig und hat sich schneller bewegt als eine Katze.«

Die Beschreibung passte nicht auf die anderen Mitglieder des Gilded Page Clubs.

»Ich werde an den kommenden Abenden besser aufpassen.«

Genau wie ich, versprach sie sich insgeheim. Aber für den Moment würden ihre Krallen eingezogen bleiben, und sie steckte das Messer zurück in die Scheide. »Noch etwas?«

»Aye.« Oban zog ein kleines Paket aus der Tasche. »Wer auch immer uns einen Besuch abgestattet hat, er hat das hier zurückgelassen.«

6. Kapitel

Die lebhafte Melodie einer ländlichen Gavotte wehte aus dem Ballsaal herüber. Dazwischen mischte sich das Geräusch klirrender Kristallgläser, und eine Lady lachte schrill.

Marquis Lynsley hatte keine Lust zu tanzen. Stattdessen trat er einen Schritt tiefer in die Nische des Kartenspielzimmers, fest entschlossen, dem Spiel zuzuschauen. Die Spielkarten schabten auf dem Tisch. Vielleicht war es das schabende Geräusch, das sich wie ein leiser Misston in die Fröhlichkeit der Gäste auf Lady Havilands Soiree schlich. Bis jetzt konnte er nicht genau sagen, woran es lag. Aber seit der blonde Fremde sich zu dem Tisch in der Nähe gesellt hatte, schien es, als hätte das Spiel einen ernsteren Verlauf genommen.

»Der Pasch bekommt alles. Ich glaube, Sie haben wieder gewonnen.« Lord Henniger, ein Mann in den Achtzigern, der es kaum ertragen konnte, auch nur einen einzigen Penny zu verlieren, schlug mit der Hand auf den Tisch.

»Sieht so aus, als wäre das Glück heute Abend auf meiner Seite.«

Lynsley kannte den Mann nicht, der gerade gesprochen hatte. Was an sich schon merkwürdig war. Schließlich konnte er selbst die Gesichter der unbedeutendsten Mitglieder der Gesellschaft auf Anhieb einordnen.

Eine halbe Drehung erlaubte es ihm, die Miene des Fremden genauer zu studieren. Der Mann sah irgendwie exotisch aus: Er war groß gewachsen, hatte hohe Wangenknochen, eine gebogene Nase und Lippen, die wegen der vollen Konturen beinahe weiblich wirkten. In seinen Augen glitzerte ein ungewöhnlicher, arktisch blauer Schimmer. Das eisige Glitzern schien mit dem überheizten Kartenspielzimmer merkwürdig zu kontrastieren.

Kalt, berechnend. Der Eindruck wurde durch die blassblonde Mähne nur noch verstärkt. Der Mann hatte sich die Haare streng aus dem Gesicht gekämmt und mit einem schwarzen Samtband hinten im Nacken zusammengebunden.

»Noch ein Spiel, Gentlemen?«, fuhr der Fremde mit einem fremdländischen Akzent fort, der zu seinem Aussehen passte. »Alles in allem ist Fortuna eine launische Göttin.«

»An Hennigers Stelle würde ich meine Kräfte nicht verschwenden«, murmelte Major Chertwell, der zu dem Marquis in die schattige Nische getreten war. »Alexandr Orlov verliert selten ein Spiel.«

Lynsley drehte sich nicht um. »Sie kennen den Kerl?«

»Ich bin ihm ein paarmal begegnet. Kommt aus einer seltsamen Sippe. Seine Mutter ist Engländerin, stammt aus einer adligen Familie im Norden von Yorkshire, sein Vater ist Russe mit fragwürdiger Abkunft, aus einer Familie, die sich an die Rockschöße der höheren Kreise klammert.«

Die Rückkehr des Majors nach Preußen war nach dem jüngsten Diebstahl geheimer Regierungsdokumente verschoben worden. In der Zwischenzeit hatte er, genau wie Lynsley, die Runde durch Clubs und Ballsäle gemacht, in der Hoffnung, ein paar Gerüchte aufzuschnappen, die sich als nützlich erweisen würden. »Orlov ist in St. Petersburg erzogen worden und vergnügt sich mit ein paar jungen Adligen aus der kaiserlichen Garde des Zaren. Eine wilde Truppe, berüchtigt für ihre wüsten Zechgelage. Aber wenn ich es richtig verstanden habe, gibt Orlov eher den einsamen Wolf.«

»Ist er auch Offizier?«

»Niemand scheint zu wissen, was er eigentlich ist.«

»Ich frage mich, was ihn nach London getrieben hat«, meinte der Marquis leise, ohne das Gesicht des Fremden aus den Augen zu verlieren.

»Geschäfte.« Chertwells Tonfall wurde fester. »Mir ist zu

Ohren gekommen, dass Mr. Orlov engagiert worden ist, um die Interessen eines zurückgezogenen Sammlers auf einer bevorstehenden Auktion seltener Kunstobjekte zu vertreten.«

»Wird auf dieser Auktion eine Sammlung illuminierter Psalter aus dem vierzehnten Jahrhundert angeboten?«

»Zufällig ja.«

»In der Tat, ein seltsamer Zufall.« Sorgfältig achtete Lynsley darauf, dass seine Miene ausdruckslos blieb, während die Karten auf den Tisch flatterten. »Mr. Orlov wird also an der Auktion auf Marquand Castle teilnehmen.«

»Sieht so aus.« Chertwell beobachtete, wie der Russe die oberste Karte vom Stapel nahm. »Es gibt noch ein anderes Gerücht. Es heißt, dass der Kerl vielleicht sogar auf eigene Rechnung arbeitet. Dass er massenhaft wertvolle Objekte anhäuft, ohne dafür zahlen zu müssen. Nur für seinen persönlichen Gewinn.«

»Ein Dieb?«

»Ein erstklassiger noch dazu. Dank seiner gesellschaftlichen Stellung wird er zu vielen extravaganten Festen eingeladen. Meine Informanten in Preußen haben erwähnt, dass er in einer Reihe Häuser vorgestellt worden ist, in denen später kostbare Kunstwerke oder Juwelen vermisst wurden.«

Als Orlov die Hand ausstreckte, als wollte er den Gewinn einheimsen, erlaubte der Marquis sich ein kaum merkliches Lächeln. Am Handgelenk unter dem gestärkten Ärmel des Russen waren frische Kratzer zu erkennen. Mit geübtem Auge erspähte Lynsley verräterische Schmutzflecken auf den Hosen – Schmutzflecken, die aussahen wie Staub von Backsteinen. Ein Hinweis auf amouröse Angelegenheiten? Oder war der Russe auf der Suche nach mehr als nur einer flüchtigen Affäre?

»Langsam zieht die Schlinge sich zu«, murmelte er. »Bald wird es sich zeigen, ob und was Mr. Orlov mit unserer Geschichte zu tun hat oder nicht.«

Chertwell gab dem vorübereilenden Lakai zu verstehen, dass

er ihm nachschenken solle. »Als ob es noch komplizierter werden müsste. Meine Vorgesetzten wollen wissen, wann wir das Buch in diesem Fall endlich zuschlagen können.«

»Genau wie meine. Aber weil wir uns alle ein glückliches Ende wünschen, dürfen wir nichts überstürzen. In diesem Stadium dürfte ein Fehler nur schwer auszuradieren sein.«

»Ich glaube kaum, dass es möglich ist … Alarm zu schlagen.«

Lynsley zuckte nicht mit der Wimper. »Lassen Sie uns abwarten, bevor wir eine Entscheidung treffen. Falls es sich als nötig erweisen sollte, kann ich eine Botschaft auf den Weg bringen.«

»Wieder mal fast an den Bettelstab gebracht«, schnaubte Henniger laut, als er die Karten angewidert auf den Tisch warf. »Kommen Sie, Redmond. Und Sie auch, Willis. Lassen Sie uns den Speisesaal aufsuchen und den bitteren Beigeschmack der Niederlage mit Champagner und Hummer fortspülen.«

»Hat sonst noch jemand Lust auf ein Spielchen?« Orlov linste in den Alkoven, als ob er spürte, dass er beobachtet wurde. »Ah, Major Chertwell. Ein unerwartetes Vergnügen, Sie wiederzusehen. Kann ich Sie verführen, ein oder zwei Blättchen zu wagen?«

Chertwell schüttelte den Kopf. »Unglücklicherweise bin ich mit der Schwester eines Freundes für die nächsten Tänze verabredet.«

»Wirklich ein Jammer.« Der Russe ließ die eisblauen Augen zu Lynsley schweifen. »Vielleicht Ihr Begleiter …«

Der Major hatte keine Wahl, als die beiden Männer einander vorzustellen, bevor er im Ballsaal verschwand.

»Es ist mir eine Ehre, Ihre Bekanntschaft zu machen, Lord Lynsley.« Es mochte an seinem Akzent liegen, dass Orlovs Worte ironisch klangen. »In der Tat, ich hatte schon seit einiger Zeit gehofft, dass sich die Gelegenheit von selbst ergeben würde.«

Der Marquis zuckte die Schultern. »Aber aus welchem Grund? Ich habe nicht die geringste Ahnung.«

»Oh, Sie sind einfach zu bescheiden. Ihr Ruf eilt Ihnen voraus.«

»Welcher Ruf?«, hakte er rasch nach und hoffte, den Mann kalt zu erwischen.

»Nun, Ihr Ruf als Gelehrter natürlich. Ich habe gehört, dass Sie großes Interesse an Büchern haben.«

Wollte der Mann Karten spielen – oder Katz und Maus? Der Marquis beschloss, einen Moment lang die Maus zu geben. »Es kommt darauf an, wovon die Bücher handeln. Und Sie, Mr. Orlov? Interessieren Sie sich für Literatur?«

Lächelnd entblößte der Russe die schneeweißen Zähne. »Ich bin an allem interessiert, womit ich einen hübschen Profit machen kann.«

»Sie stellen also die Nützlichkeit über die Poesie?«

»Kunst ist ein Luxus, den sich nur leisten kann, wer reich und träge ist.« Während er sprach, mischte Orlov die Spielkarten mit geübter Präzision und ließ eine Reihe verdeckt auf den Tisch gleiten. »Wer für seinen Lebensunterhalt arbeiten muss, ist oft gezwungen, zwischen Idealismus und Pragmatismus zu wählen.« Mit einer raschen Drehung des Handgelenks arrangierte er die Karten im Halbkreis.

Der Marquis schwieg.

»Wo wir gerade darüber sprechen, Lord Lynsley, welche Karte möchten Sie? Sie haben die Wahl«, fuhr Orlov fort. »In Russland gibt es ein kleines Spiel namens *St. Peter's Pistol*. Mit einem einzigen Zug können Sie das Spiel für sich entscheiden. Die höchste Karte gewinnt alles.«

Lynsley betrachtete die verstreuten Silbermünzen auf dem Tisch. Bei Ballsaalwetten riskierte man selten mehr als nur ein Nadelgeld. »An welchen Einsatz denken Sie?«

»Nicht an ein paar Schillinge. Je höher der Einsatz, desto größer die Herausforderung.«

»Nur wenn Sie das Risiko lieben«, entgegnete der Marquis.

»Sie nicht?«

»Ich bin kein überzeugter Spieler. Ich schätze es nicht, die Dinge dem Zufall zu überlassen.«

»Dann schauen Sie also lieber zu?« Orlov schob die Karten wieder zusammen und legte sie oben auf den Stapel. »Ich sehe, dass meine Freunde recht haben. Sie sind ein sehr vorsichtiger Gentleman. Sie lassen sich von der Vernunft leiten und nicht von den Gefühlen.«

»Vielleicht fehlt es mir auch nur an Einbildungskraft, um etwas anderes als meine Pflicht im Büro zu erledigen.«

Für den Bruchteil einer Sekunde wärmte ein amüsiertes Funkeln den eisigen Blick des Mannes. »Irgendwie hege ich meine Zweifel.« Er erhob sich und stopfte sich den Gewinn in die Westentasche. »Ich habe unsere Plauderei sehr genossen, Mylord. Vielleicht haben wir die Gelegenheit, uns während meines Aufenthalts in England noch einmal zu sehen.«

Lynsley schaute zu, wie der Russe davonschlenderte. Das schwarze Samtband, mit dem er sich die Locken im Nacken zusammengebunden hatte, schien ihm einen spöttischen wippenden Gruß zuzuwinken.

»Darauf können Sie wetten, Mr. Orlov«, erwiderte er sanft.

Siena betrachtete das Päckchen eine Weile, bevor sie es dem Diener aus der Hand nahm. Es handelte sich um eine kleine, genähte Lederbörse, die mit Zwirn umwickelt war. Sie knotete es auf und leerte den Inhalt in ihre Hand.

Ein glänzendes Goldstück und ein gefaltetes Pergament.

Siena ging zum Tisch, wo sie feststellte, dass es sich um eine französische Münze handelte. Eine Seite zeigte ein Porträt des Kaisers, auf die andere waren drei Worte eingraviert: *Liberté. Égalité. Fraternité.*

Sie legte die Münze beiseite und strich das Pergament glatt. Es schien das Titelblatt eines alten Buchs zu sein. Abgesehen von dem Titel, der kursiv gesetzt war, war die Seite nicht bedruckt. Auf den leeren Platz war ein geschnörkeltes Exlibris geklebt, das ein Familienwappen zeigte, ein aufgerolltes Banner unter einem Schild bot Platz für den Eintrag eines Namens.

Julian Henning. Der Schriftzug war mit kühner, schwungvoller Hand geschrieben.

Siena betrachtete das Relief des stolzen, steil aufsteigenden Adlers mit goldenen Krallen und bedrohlichem Schnabel, das sich scharf vom dunkelroten Untergrund abhob. Einsamkeit und ein bisweilen überschießendes Temperament schienen den Kirtlands im Blut zu liegen.

Und jetzt wollte jemand unterstellen, dass der gegenwärtige Earl mit dem Makel des Verrats behaftet war.

Die Anklage konnte nicht deutlicher formuliert sein. Dennoch verblasste sie gegen die weitaus verstecktere Botschaft: Trotz aller Vorsichtsmaßnahmen hatte jemand erfahren, in welchem Auftrag sie unterwegs war. Oder vermutete jedenfalls, dass mehr in ihr steckte als nur das verdorbene Täubchen.

Sollte sie Lord Lynsley in einer Botschaft über die beunruhigende Entwicklung informieren? Das wäre natürlich gleichbedeutend mit dem Eingeständnis einer Niederlage.

»Irgendwelche Probleme?«, fragte Oban.

»Nein.« Siena beschloss, ihm nicht zu berichten, was sich in dem Päckchen befunden hatte. Nicht dass sie ihm kein Vertrauen schenkte, nur: Sie vertraute niemandem.

Hatte sie sich irgendeinen winzigen Fehltritt erlaubt? Irgendeine Geste, die ihre Maskerade entlarvt hatte? Sie hatte die Hände zu Fäusten geballt, und als sie sich abrupt vom Tisch abwandte, echote ihr Da Riminis eindringlichste Mahnung durch den Kopf.

Dein größter Feind bist oft du selbst, Volpina.

Obwohl er ständig lüstern grinste, verstand der gerissene Wolf sich auf die Kunst des Krieges. Siena zwang sich, die verspannten Muskeln zu entspannen, und vertrieb die dunklen Gedanken aus ihrem Kopf. Es gab keinen Grund, schon auf den ersten Angriff so heftig zu reagieren. Nur langsam, beschwichtigte sie sich, du musst die Stärken und die Schwächen des Feindes erspüren, bevor du in die Offensive gehst.

»Ich bezweifle«, fuhr sie fort, »dass wir noch einmal nächtliche Besucher haben werden. Morgen früh werden wir uns überlegen, welche Vorsichtsmaßnahmen wir in den nächsten paar Tagen ergreifen werden.«

Oban nickte und zog sich so leise zurück, wie er eingetreten war.

Nachdem sie wieder allein war, vollführte Siena langsam einen Gegenangriff durch die Luft, auf den Fußballen, perfekt ausbalanciert. Die Zeit wurde knapp, und noch nicht einmal die magischen Kräfte von Mrs. Merlin und dem Marquis brachten es fertig, einen neuen Plan zu zaubern, mit dem sie den Verräter in eine Falle locken konnte. Sie würde abwarten müssen, bevor sie Lynsley eine Botschaft schickte.

Mit einer Drehung sprang sie hoch und landete federleicht auf dem Fenstersims. Lächelnd linste sie durch einen Spalt in den Vorhängen. Ihr unbekannter Gegner hatte klug gehandelt, hatte sie aus einer unerwarteten Richtung attackiert. Aber auch sie hatte ein paar Trümpfe im Ärmel. Denn schließlich war sie bei einem Meister in der Kunst macchiavellischer Täuschung in die Lehre gegangen. Schon morgen Nacht würde der Flug des Falken beginnen.

Das Seil schlitterte über die Schindeln, das Ende mit der Schlinge fiel an seinen Platz um den Schornstein. Ein kräftiger Ruck zog die Knoten zusammen. Siena war zufrieden mit dem Halt, zog sich die Kapuze über das Gesicht und streifte ein Paar hauchdünne Lederhandschuhe über, die genauso schwarz waren wie die Schatten, die die Gartenmauer ins Dunkel hüllten, ihre schmal geschnittenen Hosen und das Hemd. In den kommenden zwei Nächten würde jedes einzelne Mitglied des Gilded Page Club unangekündigt Besuch bekommen, angefangen beim Earl of Kirtland.

Ihre Füße verließen den Boden. So rasch, als würde sie mit lautlosen Flügelschlägen hinaufschweben, hangelte sie sich auf den schmalen Mauervorsprung im ersten Stock hoch. Die bleigefassten Fenster lagen mitten in einem Bogen aus Portlandsteinen und zeigten auf die sauber gestutzte Hecke und die Zierpflanzen. *Die Bibliothek.* Ein angenehmer Ort, um sich die Nachmittage zu vertreiben, dachte sie, während sie näher rückte. Das Licht würde jeden Winkel des Zimmers mit einem goldenen Schimmer erfüllen, mit den Messingbeschlägen verschmelzen und die Eichentäfelung in die Farbe von gereiftem Sherry tauchen.

Als plötzlich ein metallenes Geräusch gegen das Glas schepperte, erstarrte sie, bereit, in Deckung zu gehen. Das Fenster öffnete sich einen Spaltbreit für die kühle Abendluft. Einen Moment später hörte sie, wie sich die Schritte vom Fensterrahmen entfernten, wie Kristall klirrte, wie eine Flüssigkeit spritzte.

Sie drückte sich so flach wie möglich gegen die Mauer, schlüpfte noch näher heran und wagte einen Seitenblick ins Zimmer.

Mit einem Brandy in der Hand hatte Kirtland im ledernen Sessel nahe dem Kamin Platz genommen. Ein Buch lag aufgeschlagen auf dem Tischchen. Er streckte die langen Beine zum Feuer hin aus, griff nach dem Buch und las weiter.

Unwillkürlich musste Siena feststellen, dass er in diesem Augenblick noch nicht einmal entfernt an einen Lord erinnerte. An den Füßen hatte er nichts als Strümpfe, außerdem trug er weder Jacke noch Schlafrock. Sein Leinenhemd war am Kragen geöffnet und gab einen Streifen gebräunte Haut und dunkle Locken zu erkennen.

Wegen der hochgerollten Ärmel waren seine Arme ebenfalls nackt, und im Licht der beiden Kerzen sahen die Muskelstränge aus wie gemalt. Als er das Glas zum Mund hob, bemerkte Siena mehrere große Narben über Sehnen und Knochen – eine klare Mahnung, nicht zu vergessen, dass Kirtland ein kampferprobter Soldat war. Eine Tatsache, die sie niemals aus den Augen verlieren durfte.

Aber als er umblätterte, bot er kaum das Bild eines gewissenlosen Verräters. Das Haar fiel ihm wirr über die Brauen. Die seidigen schwarzen Strähnen kringelten sich um seine Ohren sowie den Kragen und ließen die harten Züge seiner Kiefer und der Wangen weicher erscheinen. Die fransigen schwarzen Wimpern betonten die Farbe seiner Augen, ein rauchiges Grün. Besser gesagt, sie schimmerten wie flüssige Jade, denn trotz der dunklen Schatten konnte sie tief in ihnen ein flackerndes Feuer erkennen.

Er lächelte, indem er kaum merklich die Lippen verzog, und ihr stockte der Atem. Sie festigte ihren Stand, presste sich gegen die Mauer und war sich plötzlich sicher, dass sie sich an die vollen, sinnlichen Konturen dieses Mundes erinnerte. Es schmeckte nach Brandy und nach einer Männlichkeit, die viel mächtiger war als jeder Branntwein.

Siena unterdrückte einen Fluch. Die Ähnlichkeiten waren erschütternd. Aber der Gedanke war … krank. Kirtland konnte nicht ihr mitternächtlicher Fremder sein. Ausgeschlossen.

Aber trotzdem bildete sie sich für den Bruchteil einer Sekunde ein, wie es wohl war, ihn zu küssen. Sich in seinem Schoß wiederzufinden, mit weichem Leder unter ihnen anstatt durchgeweichter Sättel oder buckelnder Pferderücken.

Rasch zügelte sie ihre verführerischen Fantasien. Keine Frage, der Earl war ein sündhaft attraktiver Mann. Aber es war auch möglich, dass der Teufel in ihm …

»Verdammt noch mal.«

Aus den Augenwinkeln sah Siena, wie ein schwarzes Fellknäuel auf Kirtlands Schulter landete. »Geh weg, Lucifer«, murmelte er.

Arrogant bog die Katze den Rücken durch, schlug mit dem Schwanz hin und her, streckte die Pfote aus und patschte auf das Blatt.

»Aha. Verstehe ich richtig, dass du William Blakes Gedichte denen von Southey vorziehen würdest? *Tyger, tyger, burning bright* ...«

Die Katze senkte den Kopf. Aus ihren feurig goldenen Augen starrte sie Kirtland unverwandt an.

Der Earl hob die Brauen. »Vielleicht *Paradise Lost*?«

Lucifer schien weniger amüsiert als sein Herrchen. Das Tier knurrte leise und drehte die Krallen zu Kirtlands Kragen.

»Autsch! Sieht so aus, als wäre ich in Ungnade gefallen«, rief der Earl und rieb sich den Nacken. Dann wühlte er die Fingerspitzen in das Katzenfell und kraulte sanft.

Lucifers Knurren verwandelte sich in ein gleichmäßiges Schnurren. Zentimeter für Zentimeter rutschte er vorn an Kirtlands Hemd herunter und stürzte mit einem Salto auf das Buch.

Lachend zog der Earl die Seiten unter dem Fellknäuel hervor. »Schau nur, was du angerichtet hast, du Satansbraten! Du hast Eselsohren in die Seiten geknickt.«

Die Katze schien süffisant zu grinsen.

An der Tür erklang ein lautes Bellen.

»Mephisto«, murmelte Kirtland, als der riesige Hund ins Zimmer trottete. Sein zotteliges Fell sah grau aus, abgesehen von der Partie um den kräftigen Kiefer, denn die drahtigen Barthaare hatten sich mit dem Alter weiß verfärbt.

Wuff. Der Hund legte den Kopf in den Schoß seines Herrn ab, auf Tuchfühlung mit der Katze. Pflichtbewusst kraulte der Earl das Tier hinter einem Ohr, während Lucifer am anderen nagte. Wonnige Zufriedenheit machte sich rund um die bärtige Schnauze breit. Mephisto schnaubte laut und leckte die Finger seines Herrn.

»Ganz genau. Wir alten Hunde müssen zusammenhalten.«

Der Hund schlug mit dem Schwanz auf den Teppich.

»Geh und wärm dir die alten Knochen am Feuer.« Jetzt erst bemerkte Siena die schmutzige Decke, die gefaltet neben dem geschnitzten Marmorkamin lag. »Ich werde Givens anweisen, das Feuer brennen zu lassen, wenn ich fort bin.«

Beide Tiere schauten aufmerksam hoch.

»Es ist nur für ungefähr zwei Wochen.« Schuldbewusst kraulte er die beiden unter den hochgereckten Nasen. »Außerdem wisst ihr verdammt gut, dass Cook viel mehr Hühnchenstückchen spendiert als ich.«

Ein Mann, der Tiere liebte? Kaum möglich, sich ihn als Bösewicht vorzustellen.

Siena hatte natürlich nicht erwartet, den Earl bei einem Betrugsmanöver zu ertappen, während sie ihn ausspionierte. Sie hatte sich schlicht gewünscht, ihn in einem ungeschützten Moment in Augenschein nehmen zu können. Wenn man Da Rimini Glauben schenkte, war es an sich schon eine Waffe, den Feind zu kennen.

Aber noch nicht einmal in ihren wildesten Träumen hätte sie sich eine solch anheimelnde häusliche Szene vorstellen können. Bei ihrer ersten Begegnung im Gilded Page Club hatte Kirtland schroff und abweisend gewirkt, ausgesprochen streng und beinahe feierlich in seiner unnahbar schwarzen Abendkleidung. Missbilligung hatte sich in seine Züge eingegraben und seine Lippen dünn werden lassen.

Es verlieh ihm zutiefst menschliche Züge, ihn mit seiner Katze und seinem Hund zu beobachten. Der Mann am Feuer sah jünger aus, sorgloser. Zwischen den Haustieren und seinen Büchern erschien er nicht mehr als ein Mann, den die Ungerechtigkeit des Krieges verbittert hatte, sondern als einer, der seinen Frieden mit sich selbst gemacht hatte.

Auf der Decke drehte der Hund sich ein paarmal im Kreis, legte sich hin und schob die Nase unter den Schwanz. Einen Moment später sprang die Katze vom Schoß des Earls auf das Hinterteil des Hundes und machte es sich dort bequem.

»Flatterhaftes Biest.« Kirtland legte sein zerlesenes Buch beiseite und erhob sich. »Ich glaube, ich sollte auch langsam zu Bett gehen.« Bis auf eine einzige Kerze löschte er alle Lichter und schloss leise die Tür hinter sich.

Siena hatte genug gesehen.

Trotzdem war es noch lange nicht genug. Sie zögerte, wickelte sich das Seil dann um den Arm und kletterte auf den nächsten Mauervorsprung. Obans Quellen hatten berichtet, dass das Schlafzimmer des Earls auch im hinteren Teil des Hauses untergebracht war, direkt über der Bibliothek. Siena kletterte in die Nähe des Fensters und wartete, dass das flackernde Licht auftauchte.

Der Earl betrat das Zimmer ohne Begleitung eines Dieners, der ihm bei den Vorbereitungen für die Nacht half. Ein selbstständiger Mann. Und einer mit schlichtem Geschmack, bemerkte sie lautlos, als er die beiden Kerzen auf der Kommode anzündete.

Die Einrichtung war in dunklem Mahagoni gehalten, abgestuft in dunkelgrünen und burgunderroten Farbtönen, die die diskreten Tupfer von Messing und Leder ergänzten. Weder Haarbürsten noch Kämme in teurem Silber, weder Fläschchen eines schicken Eau de Cologne noch Pomade drängten sich auf dem Frisiertisch. Mehrere stark abgeschabte Bürsten aus Holz, ein Spiegel, ein schlichter Flakon mit braunem Rum. Karg, wie es sich für einen dekorierten Kriegsveteranen gehörte. Alles strahlte die Aura einer selbstbewussten Männlichkeit aus.

Die Aura erstrahlte noch intensiver, als er die Knöpfe seines Hemdes löste und es über den Kopf zog.

Seine wohlgeformten Schultern sahen ohne die maßgeschneiderte Hülle noch breiter aus. Im Kerzenlicht traten die ziselierten Muskeln und Sehnen scharf hervor. Wie bei einem Relief schnitten Licht und Schatten ein klares Bild aus jeder einzelnen Kontur. Sanft wie Marmor, hart wie Granit. Eine Narbe in der Nähe seines Nackens störte das Gleichmaß seiner gebündelten Muskeln und der kantigen Schulterknochen, denn die rote Farbe bildete einen scharfen Kontrast zur sonnengebräunten Pracht seines übrigen Körpers.

Santo Cielo. An der Akademie hatte Siena ihren Fechtmeister Da Rimini und andere Lehrer bis zur Hüfte entkleidet gesehen. Aber es war kein Mann darunter gewesen, der so herrlich männlich gewesen war wie Kirtland. Durch die Narbe wurde die Verlockung nur noch größer. Nur Putten – plumpe kleine Engel – waren makellos. Der Earl war ganz sicher kein Engel. Er war …

Ein griechischer Gott?

Er drehte sich um, und während er sich am Waschtisch wusch, konnte sie einen ersten Blick auf seine nackte Brust erhaschen. Schwarze Locken kräuselten sich auf seiner gebräunten Haut, ihre seidige Struktur bildete einen verführerischen Gegensatz zu der harten, flachen Linie seiner Schlüsselbeine. Unter den dunklen Brustknospen schlangen sich die Muskeln über die Rippen, und ihr Blick folgte den Löckchen, die sich in einer verführerischen Spur in der Mitte seines Bauchs kringelten.

Siena spürte eine merkwürdige Hitze in sich aufschießen, als sie beobachtete, wie die Wasserspritzer ihm durch die Haarbüschel rannen und in seiner Hose verschwanden. Die Schultern des Earls betonten die elegante Form seiner schmalen Taille und die geraden Hüften. Aus ihrem Blickwinkel schickte das Kerzenlicht einen rötlichen Schimmer über seinen Torso. Selbstsicher stand er auf kräftigen Schenkeln am Waschtisch, sah aus wie Apollo in seiner kriegerischen Schönheit.

Ein Kriegsgott.

Kirtland trocknete sich ab, schüttelte den Kopf und ließ die goldfarbenen Wassertropfen durch die Luft fliegen. Mit den Fingern fuhr er durch das wirre Haar und schob es sich aus der Stirn. Feuchte Strähnen klebten in seinem Nacken, deren gekringelte Spitzen ihn beinahe an den Schultern kitzelten.

Ihr Mund wurde trocken, als seine Hände sich zur Lasche seiner Hose bewegten. Als er die Knöpfe öffnete, hing das weiche Leinen für einen Moment an den Hüftknochen, bevor es sich in dunklen Falten rund um seine Füße sammelte. Er hob das Kleidungsstück vom Teppich auf und strich sorgsam die Falten aus, bevor er es über den Stuhl legte.

Ein Mann, der peinlich genau auf jede Einzelheit achtet, notierte Siena sich in Gedanken und versuchte, den Blick von dem dünnen Baumwollstoff abzulenken, der dem Earl als Feigenblatt diente. Wenn man bedachte, dass er genau vor dem flackernden Licht der Kerzen stand, dann hätte ihn ein echtes Feigenblatt sicher mehr bedeckt als das durchsichtige Stückchen Stoff. Aber so wie die Dinge lagen, blieb der Fantasie nur wenig zu tun …

Der Fantasie blieb gar nichts mehr, nachdem er mit einer raschen Bewegung an der Schnur gezogen hatte und die Wäsche zu Boden gefallen war.

Plötzlich spürte Siena seltsame Regungen in ihrer Brust. Es fühlte sich an wie ein Vogel, der mit seinen Flügeln gegen ihren Brustkorb schlug. Sie brauchte einen Augenblick, um die heftigen Schläge zu beherrschen und ihr pochendes Herz wieder zu beruhigen.

Es war nicht so, dass sie noch nie einen nackten Mann gesehen hatte. Den Aufträgen entsprechend, mit denen Merlin's Zöglinge betraut wurden, hielt die Akademie es für einen wesentlichen Bestandteil ihrer Ausbildung, mit der körperlichen Ausstattung eines Mannes genauestens vertraut zu sein.

Wissenschaftliche Vorträge hatten ihnen einen leidenschaftslosen Überblick über die Anatomie und die biologischen Funktionen verschafft, während im Kunstunterricht nackte Modelle herangezogen worden waren, um die Geheimnisse des männlichen Körpers zu illustrieren. Giovanni Musto, der Assistent des Reitlehrers, bot ein besonders gut ausgestattetes Beispiel dessen, was sie zu erwarten hatten. Der junge Mann war, wie Shannon einmal bemerkt hatte, so gut bestückt wie ein Hengst.

Als Italiener pflegte Giovanni sich poetischer über seine privaten Körperteile zu äußern: *gioielli di famiglia.*

Der Familienschmuck.

Kein Wunder, dass man den Earl zu den reichsten Männern in ganz England zählte.

Das rabenschwarze lockige Dach stach ab von der marmornen Helligkeit seiner Schenkel und sah aus wie die Krone seiner Männlichkeit. Siena hatte eine Reihe klassischer Götter gesehen, die sich ihr in all ihrer aufgereckten Glorie präsentiert hatten. Aber sogar im Ruhezustand trieb der Reichtum des Earls dem gesamten Olymp die Röte ins Gesicht.

Siena merkte, wie ihr ein frecher Hitzeschwall über die Wangen flog. Alles, was sie über Kirtland wusste, zeichnete ihn aus als Mann von eiserner Disziplin, als Mann strengster Selbstbeherrschung. Aber trotzdem konnte sie nicht anders, als sich vorzustellen, wie er wohl in den Klauen ungezügelter Leidenschaft wäre, mit prallen Lenden und loderndem Feuer, wenn sein tiefer Bariton vor Verlangen heiser klang.

Nicht dass sie bis jetzt schon intime Erfahrungen mit prallen Lenden gemacht hatte. Aber in den Gassen von St. Giles hatte sie es oft genug gesehen. Die Mädchen in den Slums lernten viel mehr über das wirkliche Leben als die hochgeborenen Töchter. Und die Lektionen waren oft sehr hart. Für den Bruchteil einer Sekunde ballte sie die Hände zu Fäusten. Niemals war sie gezwungen gewesen, sich einem Mann zu unterwerfen; aber sie hatte gesehen, was den anderen passiert war, die nicht so schnell oder so zäh wie sie gewesen waren.

Dennoch gehörte die Kunst der Verführung zur Grundausbildung einer jeden Schülerin. Siena wusste, was von ihr erwartet wurde, wenn es darauf ankam. Und sie hatte es akzeptiert, dass ein Auftrag von ihr verlangen konnte, mit einem Mann zu schlafen – obwohl sie hoffte, dass es mit jemandem passieren würde, den sie respektierte.

Ein sarkastisches Lächeln huschte ihr über die Lippen. Unwahrscheinlich, dass sie bei ihrem Einsatz so weit gehen musste. Aber wenn, dann sollte der Mann wenigstens körperlich attraktiv sein, dachte sie. Zweifellos, der Earl war sündhaft …

»Verdammt …«

Die Stimme des Earls riss Siena aus ihrer Träumerei, und sie bemerkte, dass er ein paar Schritte näher ans Fenster getreten war. Sie verstärkte ihren Griff um das Seil. Hatte sie ein Geräusch gemacht, irgendeinen Fehltritt, der sie verraten hatte?

Kirtland bückte sich, um seine Taschenuhr vom Teppich aufzuheben, und legte sie auf die Kommode. Dann drehte er sich um und ging zurück zum Bett. Selbst die geschmeidigen Rundungen seines Hinterns und die langen Schenkel strahlten eine unerschütterliche Würde aus. Ein Mann, der sich in seiner Haut wohlfühlte.

Aber was war das für eine Haut? Die eines Soldaten? Eines Helden? Eines Liebhabers? Eines Verräters?

Siena sog die Luft tief in die Lungen. Sie hatte sich vorgenommen, ihren Blick auf den Earl zu schärfen. Aber das, was sie gesehen hatte, hatte noch mehr Fragen als Antworten aufgeworfen. Nur eines hatte sie mit Sicherheit in Erfahrung bringen können: Der Mann war freundlich zu Tieren. Und er schlief nackt.

Der Earl griff sich einen Band aus der in Leder gebundenen Shakespeare-Ausgabe vom Bücherregal neben dem Bett, schlug die Kissen auf und machte es sich unter der Decke bequem zum Lesen.

Das Kerzenlicht fing den golden glitzernden Titel ein. *Hamlet.*

Gute Nacht, süßer Prinz.

Sie nickte ihm einen schweigenden Gruß zu, bevor sie sich am Seil in die Dunkelheit gleiten ließ. Aber es gelang ihr nicht, vor dem merkwürdigen Monolog zu fliehen, der sich in ihrem Kopf entspann. *Sein oder Nichtsein* ... Unerklärliche Gefühle mischten sich darunter. In ihrer Ausbildung hatte sie gelernt, einen verdächtigen Feind auf Distanz zu halten. *Du kannst mit dem Herzen kämpfen, Volpina, aber du darfst ihm nie erlauben, die Oberhand über deinen Kopf zu gewinnen.* Da Riminis Ermahnungen klangen wie ein Echo, das ihre eigenen gewisperten Warnungen kommentierte.

Auf gar keinen Fall durfte sie sich zu Julian Henning hingezogen fühlen. Er könnte ein Verräter sein, ein Mann, der sämtliche Ideale zerstörte, die sie in Ehren hielt. Trotzdem fiel es ihr schwer, keine heimliche Bewunderung für ihn zu hegen. Sogar ungestört in den eigenen vier Wänden schien der Earl eine Charakterstärke auszustrahlen, die den Verdacht des Betrugs und der Doppelzüngigkeit Lügen strafte.

Kaum hatten ihre Füße den Boden berührt, hatte sie sich innerlich wieder gefangen. Nein, sie würde sich nicht verführen lassen zu glauben, dass seine Prinzipien so fein gemeißelt waren wie sein Körper.

Der Fehler könnte tödlich sein.

7. Kapitel

»Wann reist du nach Marquand Castle?«

»Morgen«, brummte der Earl. Vor einer Stunde, als Osborne es vorgeschlagen hatte, hatte er es noch für eine gute Idee gehalten, sich die trüben Gedanken mit einem stürmischen Galopp durch den Park aus dem Kopf zu jagen. Aber stattdessen hatte der anstrengende Ritt seine schlechte Laune nur noch verstärkt.

»Du siehst nicht gerade aus wie ein Mann, der dabei ist, sich auf die Suche nach der ewigen Liebe zu machen.« Er zügelte sein Pferd in den Schritt. »Ich hätte ein wenig mehr Begeisterung erwartet. Schließlich könntest du ein echtes Epos aus der Reise machen. Prüfung im Kampf, romantische Liebe ...«

Kirtland brachte ihn mit einem Fluch zum Schweigen. Er hatte ausgesprochen schlecht geschlafen, und der stechende Schmerz in seinem Kopf fühlte sich an, als würde ihm jemand eine Klinge hineinstoßen. »Mäßige deinen Sarkasmus, wenn ich bitten darf. Ich bin kein fahrender Ritter, der in irgendeinem mittelalterlichen Heldenepos eine Rolle zu spielen hat.«

»Aber du stürmst ein Schloss. Und wenn auch keine feuerspuckenden Drachen seine Mauern bewachen, wirst du dich gegen einen zwielichtigen Fremden behaupten müssen, der ebenso die Absicht hat, den Preis zu erringen.«

Der Earl riss ruckartig an den Zügeln. »Was zum Teufel soll das heißen?«

Sein Freund seufzte lang. »Wenn du deine Visage öfter bei White's zeigen würdest, wüsstest du, dass Bücher nicht die einzige Quelle wichtiger Informationen sind. Gestern Abend habe ich gehört, dass vor Kurzem ein Russe in der Stadt angekommen ist. Der Mann hat kein Geheimnis daraus gemacht, dass ein privater Sammler ihn beauftragt hat, für deinen kostbaren Psalter zu bieten.«

»Wer?«

Osborne zuckte mit den Schultern. »Ich habe keine Ahnung, wer dieser geheimnisvolle Sammler ist. Aber sein Agent ist ein Gentleman namens Alexandr Orlov. Oder jedenfalls behauptet er, ein Gentleman zu sein. Niemand in der Stadt weiß Genaueres über ihn, außer dass seine Mutter Engländerin sein soll und sein Vater ein Mitglied des niederen russischen Landadels. Über Orlov selbst erzählt man sich, dass er die meiste Zeit mit wüsten Zechgelagen verbringt, zusammen mit einer Truppe zaristischer Gardeoffiziere.«

Kirtland zuckte zusammen, als sein Hengst vor dem aufklappenden Sonnenschirm einer Lady scheute. »Irgendetwas an dieser Auktion ist verdammt anders«, murmelte er. »Sie ist irgendwie ...« Seine Stimme verlor sich, denn er war sich unsicher, welches Wort er wählen sollte.

»Düster?«, schlug Osborne mit leisem Gelächter vor. »Also wirklich, du ...« Er zog die Brauen hoch, als die Sonne aus den Wolken hervortrat und seinem Freund voll ins Gesicht schien. Die Strahlen erhellten die tiefen Schatten unter den Augen und zeigten die Anspannung in seinen Mundwinkeln. »Du siehst aus, als wärst du durch die Hölle gegangen.«

»Ich hatte eine unruhige Nacht«, erwiderte der Earl. »Merkwürdige Träume.« Er ließ sich nicht weiter darüber aus, weil er wusste, dass seine aufgewühlte Einbildungskraft Osborne nur zu noch lauterem Gelächter reizen würde. Das Gefühl, die ganze Zeit über von unsichtbaren Augen beobachtet zu werden, hatte ihn – vorsichtig ausgedrückt – beunruhigt. Durch das geöffnete Fenster hatte ihn die frische Brise wie mit kühler Zärtlichkeit umweht, hatte dafür gesorgt, dass seine Haut erregt prickelte.

»Träume?« Osborne schaute ihn fragend an, als sie die Pferde unter die Lindenbäume an einer Seite des Reitwegs lenkten. »Es sieht dir gar nicht ähnlich, deine Vernunft flüchtigen Fantasien zu opfern. Als Nächstes behauptest du, du hättest böse Geister herumspuken sehen ... Sieh mal, wenn man vom Teufel spricht.«

Der Earl folgte Osbornes Blick auf den Torf, der den gewundenen Weg seitlich begrenzte. Ein einzelner Reiter umrundete den Steinwall in langsamem Galopp, und seine flüssigen Bewegungen passten perfekt zum kraftvoll ausgreifenden Schritt seines Hengstes. Den hellblauen Mantel und die sandfarbenen Stiefel schien der Mann absichtlich gewählt zu haben, um die goldblonde Haarpracht zu betonen, die er sich aus dem Gesicht gebunden hatte. Entgegen der Mode trug er keinen Hut; nur das breite, himmelblaue Samtband war offenbar als Zugeständnis an Sitte und Anstand gedacht.

»Das ist Orlov«, murmelte Osborne. »Schriller Vogel, nicht wahr?«

Kirtland antwortete erst, als sich der Anblick des Russen hinter den Windungen des schimmernden Wassers verloren hatte. »Wo der Blitz einschlägt, kann ein Feuer entstehen. Er hält sich jedenfalls im Sattel wie ein erfahrener Reiter.«

»Du glaubst also, dass mehr in ihm steckt als nur ein eitler Geck?«

»Nur ein Dummkopf unterschätzt den Feind, bevor er dessen Stärken und Schwächen genauer unter die Lupe genommen hat.«

»Kluge Strategie.« Ein Windstoß zerrte an Osbornes Hut, und einen Moment lang verbarg das wirre blonde Haar sein Profil. »Ich hoffe, dass du mit Lord Lynsley genauso klug verfährst. Ich habe nachgedacht ... Wir müssen ihn auf diskrete Weise wissen lassen, dass es keinerlei Grund gibt, in deinen Angelegenheiten herumzuschnüffeln ...«

»Zum Teufel mit Lynsley!«, murmelte der Earl. »Es würde mich noch nicht einmal stören, wenn er seine Nase tief in ...«

»Gibt es eigentlich einen besonderen Grund für deine schlechte Laune?«

»Abgesehen von dir und deinem unerträglichen Geplapper?«, erwiderte er bissig. »Lass uns diese absurde Unterhaltung über Schlösser und Drachen beenden.«

Osbornes Miene verdüsterte sich. »Ich habe nur versucht, dich von deiner üblen Laune zu befreien. Ganz zu schweigen davon, dass ich alles tue, um dir einen Haufen Ärger vom Hals zu halten.« Sein Rückgrat versteifte sich, und ohne die gewohnt würdevolle Haltung wandte er sich mit seinem Pferd zum South Gate. »Verdammt noch mal, Julian. Ich bin dein bester Freund. Also hör auf, mich wie deinen ärgsten Feind zu behandeln. Ich versuche nur, dir zu helfen. Der Himmel weiß, dass du in der Vergangenheit oft genug die Kohlen für mich aus dem Feuer geholt hast.«

Plötzlich hatte Kirtland ein schlechtes Gewissen. Die Salons zollten Osborne nicht immer den Respekt, den er für seine Überzeugungen verdient hatte. Es war leicht, dem flüchtigen Geplauder einen Mangel an echter Substanz zu unterstellen. Aber wenigstens er sollte es besser wissen.

Das allererste Mal waren sie sich begegnet, als Osborne unter allen Neuankömmlingen in Eton als Einziger den Mut besessen hatte, ihm bei einer Auseinandersetzung mit dem tobenden Direktor beizustehen – obwohl er der kleinste unter den Jungen gewesen war. Beide waren sie geprügelt worden. Während die Prellungen wieder abgeklungen waren, hatte der Kampf eine feste Verbindung zwischen ihnen geschmiedet. Seit damals hatten die zwei jungen Männer zahllose Schulstreiche überstanden und auch kriegerische Auseinandersetzungen überlebt.

Und als der Earl die dunkelsten Stunden seines Lebens durchlitten hatte, hatte Osborne an seiner Seite gestanden. Ihn hatte es noch nicht einmal gekümmert, dass sein eigener Ruf in der Gesellschaft auf dem Spiel stand.

»Bitte entschuldige, Dev«, sagte er sanft. »Ich habe mich wie ein Idiot benommen.«

Osborne lächelte entspannt im Sattel. »Ja, das hast du. Aber ich vergebe dir.«

Ein paar Minuten lang ritten sie schweigend nebeneinander her. Kirtland war dankbar für das stumme Einverständnis, das kein weiteres Wort verlangte.

»Ich weiß deine Sorge zu schätzen«, bemerkte er, als sie an einer Zofe vorbeigekommen waren, die zwei japsende Möpse spazieren führte. »Ich meine es ehrlich. Aber es fällt mir schwer, Lynsley als Bedrohung zu betrachten. Er hockt in irgendeinem Kämmerchen in Whitehall und sortiert bedeutungslose Akten. Außerdem habe ich nichts getan, was seine Aufmerksamkeit erregen könnte. Lass ihn doch ein paar Fragen stellen und irgendeinen langweiligen Bericht schreiben.« Der Earl runzelte die Stirn. »Über diesen Orlov mache ich mir mehr Gedanken.«

»Julian, du solltest besser auf dich hören«, erwiderte Osborne, »auf das, was du selbst über vorschnelle Schlussfolgerungen gesagt hast. Lynsley ist beileibe kein trockener Bürokrat, der nichts fertigbringt außer mit dem Papier zu rascheln. Sein amtlicher Titel klingt enttäuschend langweilig. Genau wie seine äußere Erscheinung und sein tadelloses Benehmen. Aber aus zuverlässiger Quelle sind mir Geschichten zu Ohren gekommen, bei denen dir die Haare zu Berge stehen würden.«

Im Nacken des Earls prickelte es.

»Kannst du dich noch daran erinnern, wie Nelson 1801 Kopenhagen bombardiert hat? Daran, dass die Leitschiffe in Gefahr waren, bis die Trekroner-Geschütze zum Schweigen gebracht worden sind?« Osborne trieb sein Pferd in eine ruhigere Spur auf dem Reitweg. »Nun, Lynsley hat damals zeitweilig den Dienst als Sekretär des Botschafters versehen. Obwohl er drei Jahre später an Lord Gervins diplomatischer Mission auf Sizilien teilgenommen hat, ist er nicht mit der übrigen Truppe nach

England zurückgekehrt. Erst als das tödliche Attentat auf den Prinzen – und der Mord an Sir John Moreton – offiziell bekannt gegeben wurden, wurde es auch öffentlich, dass er in London aufgetaucht ist. Meine Quelle hat mir auch berichtet, dass er in den finsteren Gassen von Neapel halbtot liegen gelassen wurde. Aber irgendwie muss er überlebt haben.«

»Nun ja.« Kirtland wusste nicht recht, was er mit den Enthüllungen anfangen sollte. »Scheint so, als wäre der Marquis interessanter, als er aussieht.«

»In der Tat. Aber es ist nicht nur seine Vergangenheit, die unsere Neugierde erregt. Es ist ebenso undurchschaubar, was er gegenwärtig treibt.«

»Du bist über vertrauliche Regierungsangelegenheiten bemerkenswert gut informiert, wenn man bedenkt, dass du die meiste Zeit im Ballsaal und in den Boudoirs von Mayfair verbringst.«

»Ich bin nicht unbedingt so träge und faul, wie du glaubst.« Osborne schlug sein Pferd leicht mit der Gerte. »Obwohl ich den Dienst bei der Armee quittiert habe – genau wie du. Jede Woche habe ich ein paar Stunden damit verbracht, die Berichte für einen Freund aus Burrards Generalstab zu lesen.«

Das unerwartete Geständnis traf den Earl völlig überraschend. »Es freut mich zu hören, dass du deinen Kopf nicht nur als Zielscheibe für Gentleman Jacksons Fäuste benutzt«, erwiderte er, obwohl ihn die Neuigkeit ins Mark getroffen hatte. Schließlich wusste er, dass die Lage in Osteuropa einem Pulverfass glich, und er selbst hätte seine Dienste gern dem militärischen Geheimdienst angeboten.

Aber eher würde der Heilige Petrus die Himmelspforten öffnen und Luzifer zum Tee einladen, sagte er sich insgeheim.

»Wenn du schon in Regierungsgeheimnisse eingeweiht bist, hast du irgendeine Idee, warum Lynsley sich nach mir erkundigt?«

»Noch nicht. Aber ich arbeite daran. In der Zwischenzeit solltest du nichts unternehmen, was den Marquis gegen dich aufbringen könnte.«

»Ich habe es nie darauf angelegt, seine Aufmerksamkeit auf mich zu ziehen«, bemerkte Kirtland steif.

Osborne verdrehte die Augen. »Vielleicht ist es sehr gut, dass du für eine Weile die Stadt verlässt. Aus den Augen, aus dem Sinn.«

Dichter Nebel waberte über die Sümpfe rund um Marquand Castle, mischte das keimende Grün und Gelb zu trüben grauen Schatten. Bedrohlich und öde, trotz der verführerischen Anzeichen des nahenden Frühlings ... genau wie der Earl of Kirtland.

Schlag dir den Mann aus dem Kopf. Siena ermahnte sich, ihre Aufmerksamkeit nicht zu sehr auf Julian Henning zu konzentrieren, während sie in ihrer Unterkunft aus dem Fenster schaute. Es gab andere Verdächtige, obwohl sie nach ihren nächtlichen Besuchen auf deren Anwesen genauso im Dunkeln tappte wie zuvor. Nachdem sie die Akten ein letztes Mal peinlich genau studiert – und anschließend dem Feuer übergeben – hatte, hatte sie immer noch keinen blassen Schimmer, wie sie das Rätsel lösen sollte.

Der Verräter war den Fallstricken aus Feder und Tinte geschickt ausgewichen. Sie würde ihn also auf frischer Tat ertappen müssen.

Siena rief sich in Erinnerung, dass jeder Augenblick zählte, wandte sich vom Fenster ab und schloss ihren Reisekoffer auf. Rose hatte die Kleider bereits aufgehängt und die übrige Bekleidung ausgepackt. Aber weil es noch einige Stunden dauern würde, bis die Förmlichkeiten im Salon begannen, hatte sie sich in das Kämmerchen auf dem Dachboden zurückgezogen, das für die mitreisenden Zofen reserviert war.

Zweifellos war sie damit beschäftigt, einen Fluchtweg aufzuzeichnen und zog Erkundigungen über den Tagesablauf im

Schloss ein – die Anzahl der Bediensteten, zu welchen Uhrzeiten die Mahlzeiten serviert wurden, die Lage der Gästezimmer. All das konnte sich bei der Planung des nächsten Schachzuges als nützlich erweisen.

Rose hatte sich nicht nur als nützlich, sondern als unschätzbar wertvoll erwiesen. Ein scharfes Auge und das tadellose Benehmen ergänzten ihre Fertigkeiten im Umgang mit Nähnadel und Bügeleisen. Rose war zuverlässig wie ein Fels in der Brandung und arbeitete mit der Präzision eines Uhrwerks. Unverbindliche Plaudereien lagen ihr nicht besonders, aber ihre pragmatische Art verbreitete jedes Mal Ruhe, wenn etwas falsch gelaufen war.

Nicht dass Siena die Absicht hatte, sich auf andere Menschen zu verlassen, wenn es hart auf hart kam. Sie strich die Falten aus ihrer privaten Kleidung, fuhr mit einem öligen Lappen über die Klinge ihres Degens und überprüfte, ob durch die beschwerliche Kutschfahrt nicht vielleicht doch ein paar Kerben in den Stahl geschlagen worden waren. Der Koffer würde den neugierigen Blicken der Bediensteten des Dukes verschlossen bleiben.

Du liebe Güte, der Anblick der Waffensammlung würde ein unerträgliches Geschwätz provozieren, denn neben den Messern und Pistolen hatte sie ein paar exotischere Utensilien eingepackt. Diese Werkzeuge würde sie nur unter außergewöhnlichen Umständen einsetzen. Aber es gehörte zu ihren alltäglichen Vorsichtsmaßnahmen, dass sie sich ohne das kleine Messer, das sie sich an das Bein schnallte, nirgendwo blicken ließ.

Außerdem hatte sie in ihrem Koffer noch mehr Dinge verstaut, die in ihrer Branche zur üblichen Ausstattung gehörten. Farbenprächtige italienische Tarotkarten, ein Schlaftrank, lackierte Masken – all die Dinge, die sie brauchen würde, um ihr tödliches Spiel mit den Gentlemen des Gilded Page Clubs zu spielen. Sie besaß mehr als ein tödliches Gebräu. Die Mischungen hatte sie in einer kleinen Schachtel verschlossen. Beim Gedanken daran, dass sie sie benutzen sollte, rann ihr ein Schauder über den Rücken. Es war eine Sache, den Feind geradeheraus mit dem Schwert zu töten oder ihn zu erschießen. Aber ihm ein Giftpulver in den Drink zu mischen …

Wie dem auch sei, dachte sie, Befehl ist Befehl. Wenn es darauf ankam, würde sie handeln, ohne mit der Wimper zu zucken.

Auf der Suche nach den passenden Zutaten hatten Lynsleys Kontakte ausgezeichnete Arbeit geleistet. Darüber hinaus hatte der Mann sich um die Einladung für die Auktion gekümmert. Sie konnte sich vorstellen, dass dafür ein paar geschickte Manöver nötig gewesen waren. Nun aber zierte der Name *Lady Blackdove* die Gästeliste des Dukes.

Lady. Beinahe hätte Siena darüber lachen müssen, dass sie – Waisenkind aus den Slums – nun eine feine Lady von adliger Geburt verkörperte. Dank ihrer Ausbildung würde sie imstande sein, ihre Rolle fehlerlos zu spielen. Aber gleichzeitig vergaß sie nie, dass sie nur eine Betrügerin war. *Wer bin ich eigentlich?* Sie wusste nichts über ihre Eltern, ihre Vergangenheit.

Du bist das, was du selbst aus dir machst, Volpina.

Da Rimini hatte sie oft mit solchen Bemerkungen provoziert, wenn sie zu erschöpft war, um das Schwert zu heben. Es lag eine gewisse Weisheit in seinen Worten. Die Vergangenheit war vergangen – sie musste sich auf die Gegenwart konzentrieren.

Zufrieden stellte Siena fest, dass alles perfekt vorbereitet war, und ließ den Schlüssel zu ihrem Koffer in die Scheide des Messers gleiten. Genau wie Rose beabsichtigte sie, sich mit Marquand Castle noch vor der Willkommenszeremonie am Abend vertraut zu machen. Sie hatten ihre Reise so eingerichtet, dass sie unter den Ersten war, die auf dem Anwesen des Dukes eintrafen. Wenn man von der äußeren Erscheinung des Schlosses auf das Innenleben schließen durfte, musste eine exzentrische Ader in der Familie liegen.

Das weitläufige Gebäude sah aus wie eine architektonische Verlegenheit, die einzelnen Elemente zusammengefügt aus einem

Mischmasch der Jahrhunderte und persönlichen Vorlieben. In der Mitte erhob sich ein Wehrturm aus verwittertem Stein, dessen Zinnen sich wie eine Krone rundum erhoben – zweifellos das Überbleibsel jener uralten Festung, die dem Schloss seinen ursprünglichen Namen verliehen hatte. An jede Seite war ein L-förmiger Flügel angebaut, der aus geschwärzten Balken gezimmert war, während rund um die Fenster gekalkter Putz erstrahlte. Am längeren Stück jeder Seite erstreckte sich ein terrassenförmiger Garten; am entfernten Ende des Grüns dagegen befand sich ein Gewächshaus, eine unglaubliche Pagode aus Glas, die zwei Flügel des Gebäudes verband.

Ein Wolkenschlösschen, falls es so etwas überhaupt gibt, schoss es Siena durch den Kopf. Nach dem ersten flüchtigen Eindruck hatte sie sich eine grobe Skizze angefertigt. Aber je schneller die Einzelheiten hinzugefügt wurden, desto besser.

Sie setzte sich an den Tisch und machte sich ein paar Notizen über ihre eigene Situation. Nach einer verstohlenen Beratung mit dem ältlichen Majordomo hatte der Butler ihr eine Unterkunft im ersten Stock des Ostflügels zugeteilt, die ihr einen Ausblick auf den gewundenen Kiesweg bot. Die übrigen Zimmer auf ihrem Flur schienen verlassen zu sein.

War ihre Isolation der Tatsache geschuldet, dass sie vor den Annäherungen der Männer geschützt werden sollte? Oder verhielt es sich genau andersherum? Sie schürzte die Lippen. Auf jeden Fall kam ihr die Einsamkeit sehr gelegen. Sie hatte vor, sich nachts im Schloss zu bewegen und wünschte, unangenehme Begegnungen mit liebestollen Gästen zu vermeiden. Allerdings hätte sie es vorgezogen, wenn die Fenster auf die Gärten hinausgezeigt hätten …

Der Hufschlag brachte sie dazu, den Blick vom Papier zu heben. Siena stand auf und bemühte sich um einen besseren Blick auf den ankommenden Reiter. Wer, fragte sie sich, hatte sich entschieden, auf die Bequemlichkeit einer geschlossenen Kutsche zu verzichten, um durch die wilde Sumpflandschaft zu galoppieren?

Sie musste nicht lange auf die Antwort warten. Ein schwer beladener Hengst fegte durch das gespenstische Geäst der Apfelbäume und durchbrach die Nebelwand. Die Flanken glänzten, die Mähne wehte im Wind, das schwarze Tier sprang über den Zaun zum Obstgarten, ohne seinen Galopp zu unterbrechen, und überquerte stampfend den Rasen.

Hatten die Druiden aus Devon einen geheimnisvollen Centaur aus den wabernden Nebeln gezaubert? Siena presste die Nase an die Fensterscheibe und starrte wie gebannt auf die würdevolle tierische Erscheinung. Die Bewegungen von Pferd und Reiter waren förmlich miteinander verschmolzen, sodass sie einen Moment brauchte, um zwischen den beiden unterscheiden zu können.

»Verdammt. Verdammt noch mal.« Die Scheibe fühlte sich eisig auf ihrer Haut an. Und brannte dann wie Feuer.

Es musste irgendeine dunkle, teuflische Alchimie im Spiel sein. Denn als die Gestalt ins Blickfeld rückte, waren ihre vergangenen Zweifel plötzlich zerstreut. Das herrliche Pferd und die kräftigen Schenkel, die sich an den harten Sattel pressten, konnte sie nicht verwechseln.

Der mitternächtliche Fremde und der Earl of Kirtland waren ein und derselbe Gentleman.

Mit einem Ruck seiner behandschuhten Hände verlangsamte Kirtland den Galopp des Hengstes zum Schritt. Sein Atem kondensierte in kleinen Wölkchen, die sich blass von seinen stoppelbärtigen Wangen abhoben. Die breite Kapuze seines Regenumhangs verdeckte sein Gesicht noch zusätzlich. Nicht dass sie das Gesicht bis in die Einzelheiten sehen musste, um den Earl zu erkennen. Der arrogante Schwung seiner Nase, die feine Sinnlichkeit seiner Lippen und die ziselierten Konturen seines Körpers hatten sich bereits in ihr Gedächtnis eingebrannt.

Er schaute auf. Regentropfen hingen an seinen dunklen Wimpern. Aber nichts konnte die Intensität dieses Blicks unter der Kapuze verwässern. Wie ein Adler.

Mit einem Sprung entfernte Siena sich vom Fenster. Inständig hoffte sie, dass er nicht bemerkt hatte, wie sie ihn anstarrte. Sie erinnerte sich an das Familienwappen des Earls und rieb sich über ihre eigene unauslöschliche Tätowierung. Zwei Vögel vom gleichen Gefieder? Einsame Greifvögel, die wachsam umeinander kreisten und sich fragten, ob der andere wohl zum Freiwild gehörte.

Bald würde die Jagd ernsthaft eröffnet werden, schon am Abend, wenn die Uhr sieben schlug und die Gäste pünktlich mit dem Glockenschlag im Salon erwartet wurden. Neben ihren Verdächtigen waren noch zehn weitere Gentlemen eingeladen worden, für den Psalter zu bieten. Sie hatte keinerlei Anlass, einen unter ihnen als Bedrohung anzusehen. Im Gegenteil, sie konnten sich unwissentlich als Verbündete erweisen, die ihr Opfer aufstöberten. Denn der Mann, dem sie auf der Spur war, war von primitivsten Leidenschaften beherrscht – ob es sich nun um Wut oder Rache, um Gier oder Eifersucht handelte.

Wenn sie sich selbst und die verschiedenen Mitglieder der Familie Marquand dazuzählte, würde die Versammlung ziemlich genau zwei Dutzend Menschen umfassen.

Nach dem offiziellen Willkommensgruß, den der Duke selbst entrichten würde, würden seine Sekretäre ein Papier verteilen, auf dem der Ablauf der Tage vor der Auktion detailliert verzeichnet war. Zum Zeitvertreib waren diverse Vergnügungen geplant. Irgendwann zwischen Reiten und Schießen, zwischen Essen und Trinken, Wetten und Bluffen würde sie den gefährlichen Verräter in eine Falle locken müssen.

Die Wahrscheinlichkeit sprach immer noch gegen sie. Aber das Spiel kam gerade erst in Fahrt.

8. Kapitel

Es verspricht ein Ereignis zu werden, das wir noch lange in Erinnerung behalten werden, nicht wahr, Gentlemen?« Dunster strich sich ein letztes Mal das Haar glatt, verharrte kurz vor der Tür zum Salon und drehte sich zu den anderen Clubmitgliedern um. »Sollen wir hineingehen?«

Die sechs Männer hatten verabredet, sich im Obergeschoss zu treffen und dann gemeinsam nach unten zu gehen. Obwohl Kirtland es vorgezogen hätte, seine eigenen Pläne zu schmieden, fühlte er sich der Gruppe verpflichtet.

Dunster übernahm die Führung und wählte eine Stelle in der Nähe des Fensterbogens, die ihm einen ausgezeichneten Blick über sämtliche Förmlichkeiten ermöglichte. Ein Lakai brachte Champagner, und der Marquis, der in einem burgunderroten Abendjackett und einer golddurchwirkten Weste glänzte, rief rasch einen Toast aus.

»Auf die Auktion.« Er lächelte, und in den aufblitzenden Zähnen spiegelte sich das Glitzern des scharf geschliffenen Glases. »Wer Kunstgenuss für eine langweilige Angelegenheit hält, hat noch nie gespürt, wie aufregend es ist, um Haaresbreite ein perfektes Kunstwerk in seinen Besitz zu bringen.«

Wie ein Vorgeschmack auf das Kommende schien der Duft der wundervollen Rosen aus dem Gewächshaus durch den Salon des Dukes zu wirbeln, als die übrigen Gäste den Raum betraten. Der Earl hatte den Eindruck, als würde das Licht der Kristallleuchter noch stärker erstrahlen und die glänzende Farbe des reichen Mobiliars noch eindringlicher leuchten. Sogar die vergoldeten Bilderrahmen schienen das glitzernde Verlangen eines jeden Einzelnen zu reflektieren.

»Aye, es ist alles andere als eine rein gelehrte Angelegenheit«, stimmte Leveritt nach einem großzügigen Schluck perlenden Champagners zu. Anders als Dunster hatte der Viscount sich für Kleidung in gedeckten Grautönen entschieden; er verließ sich darauf, durch feine Akzente wie den ungewöhnlichen Krawattenknoten und den Schnitt seines Revers auf sich aufmerksam zu machen.

Kirtland unterdrückte ein boshaftes Lächeln. Mit seiner unaufdringlichen Eleganz hatte Leveritt den Wettstreit um die beste Kleidung klar gewonnen.

Jadwin stand im Schatten des Viscounts und ließ den Blick durch den Salon schweifen. »Wo wir gerade von Gelehrsamkeit sprechen, ich stelle fest, dass Lord Brewster aus Oxford angereist ist. Gemessen an seinem Reichtum und seinen Kenntnissen muss er als ernsthafter Rivale betrachtet werden.«

Der Marquis wischte die Bemerkung mit einer brüsken Handbewegung fort. »Ich versichere euch, dass er mir nicht gewachsen ist.«

»Achte darauf, dass es dich nicht zu sehr in den Fingern juckt, Dunster. Du bist nicht der Einzige, der sich vorstellt, die hehre Schönheit zu liebkosen.« Fitzwilliam hielt den Blick starr auf den Eingang des Salons gerichtet. Wie ein Habicht beobachtete er den ersten Flügelschlag der Taube. »Nebenbei, kann mir jemand sagen, ob unser lüsternes Käferchen schon eingetroffen ist?«

Auf keinen Fall wollte der Earl dabei ertappt werden, wie er gebannt auf die Tür starrte, und löste den Blick vom Eingang. Er fluchte lautlos, als er sich ein paar Schritte von den Clubmitgliedern entfernte, um sich das unzüchtige Geplauder über die Vorzüge der Frau zu ersparen. Aber das Thema schien ein Eigenleben zu entwickeln.

»Ja, ist sie«, bemerkte Winthrop, »gleich nach dem Mittagessen.« Er konnte die dicken Finger kaum stillhalten und zwirbelte an seinem Bart. »Mein Kammerdiener hat mir berichtet, dass die Lakaien den ganzen Nachmittag über nichts anderes mehr gesprochen haben. Sie haben sich förmlich überschlagen, ihr den Weg in den Ostflügel zu zeigen. Und den schnellsten Weg zum Gewächshaus am entfernten Ende des Gartens.«

»Wo der Neffe des Dukes sie eingeladen hat, sich ein paar Blumen für die Abendgarderobe zu pflücken.«

»Das ist wirklich zu viel des Guten«, spottete Fitzwilliam. »Sie braucht keinerlei Verzierungen, um ihren Charme zu betonen.«

»In der Tat. Ich möchte sogar behaupten, dass ihre Schönheit wächst, wenn man ihr Federn aus dem extravaganten Kleid herausrupft anstatt noch neuen Schmuck hineinzustecken.« Dunster bleckte die Zähne wie ein Raubtier. Aus unerfindlichen Gründen verspürte Kirtland den Impuls, ihm die Zähne mit einem Faustschlag in die Kehle zu rammen.

»Diese rosigen Knospen, diese seidigen schwarzen Locken«, fuhr der Marquis fort, »sie schreien förmlich danach, von einem Mann liebkost zu werden.«

»Dunster, ist es nicht vielmehr dein eigenes Fleisch, das sich nach Erleichterung sehnt?«, hakte Fitzwilliam nach.

»Kein Zweifel, dass das Feuer heiß in ihm brennt.« Winthrop fuhr mit dem Finger über den Rand seines Weinglases. »Nicht dass ich etwas dagegen hätte, meinen Schwanz in ihrem samtigen Griff zu finden.«

»Oder tief verborgen in ihrer Blütenpracht ...«

»Unterhalten die Gentlemen sich über Flora und Fauna anstatt über Pergament und Farbpigmente?« In ihrem Rücken mischte sich eine fremde Stimme in die Unterhaltung. »Aber wie sollte ich es bedauern, dass meine Rivalen so rasch der Zerstreuung zum Opfer fallen.«

Der Earl erkannte Orlov auf Anhieb, als er sich umdrehte. Obwohl der Mann unangenehm grinste, war Kirtland froh über die Unterbrechung.

»Darf ich so kühn sein, mich selbst vorzustellen?« Die Verbeugung des Russen wirkte offenbar absichtlich schnörkelhaft, genau wie sein Aufzug. Heute Abend trug er ein azurblaues Samtjackett, dazu gelbbraune Kniebundhosen und eine breit gestreifte Seidenweste in einem Gelbgemisch aus Elfenbein und Narzissen. Als wollte er sich selbst übertreffen, hatte er sich anstelle der gestärkten Krawatte ein hauchdünnes Seidentuch im persischen Paisleymuster gebunden. »Ich habe viel über die Gentlemen des Gilded Page Clubs gehört.«

»Wer zum Teufel ist dieser Naseweis?«, murmelte Dunster atemlos.

Der Russe lächelte noch ein wenig breiter. »Ich bin Alexandr Orlov. Zu Besuch aus St. Petersburg.«

Zusammen mit den anderen Clubmitgliedern blieb Kirtland keine Wahl, als sich ebenfalls vorzustellen. Aber trotzdem ignorierten Leveritt und Jadwin die ausgestreckte Hand des Russen.

»Ich darf annehmen, Mr. Orlov, dass Sie sich für seltene Bücher interessieren.« Zuerst durchbrach Winthrop das kühle Schweigen, das auf die Vorstellung folgte.

»Nicht ganz. Ich vertrete nur die Interessen eines ... nun, wie soll ich sagen ... eines Freundes.« Der Russe wischte sich ein Staubkörnchen vom Ärmel. »Es ist lediglich meine Aufgabe, darauf zu achten, dass der Psalter nicht in die falschen Hände gerät.«

»Sie sind nicht der Einzige, der die Absicht hat, die Beute nach Hause zu tragen«, bemerkte Dunster.

»Das kann ich mir gut vorstellen.« An diesem Abend trug Orlov das Haar offen, und mit einer Kopfbewegung brachte er die goldfarbenen Locken dazu, in seinem Nacken zu tanzen. »Wir alle wären nicht hier, wenn die Beute den Kampf nicht lohnen würde.«

Kirtland bemerkte, wie der Russe die Augen kaum merklich zusammenkniff, als der Mann sich zu ihm drehte. Wie Splitter aus arktischem Eis. Aber der eisige Blick, der mit seinem geölten Charme scharf kontrastierte, schmolz in Sekundenbruchteilen dahin. »Würden Sie nicht auch zustimmen, Lord Kirtland?«, fragte er mit übertriebener Unschuld. »Als ehemaliger Offizier müssten Sie sich doch am besten von uns allen auf die Kunst des Krieges verstehen. Und auf den Verrat.«

Kirtland sah, wie die übrigen Clubmitglieder sich bei der Anspielung auf seine unehrenhafte Entlassung versteiften, obwohl er selbst nur milde amüsiert reagierte. Wenn der Russe beabsichtigte, ihm auf die Nerven zu gehen, dann musste er seinen Angriff schon geschickter einfädeln. »Mag sein, dass ich in der Armee keinen Rang mehr bekleide. Aber ich vertraue darauf, dass mein Kampfgeschick nicht unter seinem mangelnden Gebrauch gelitten hat.«

Orlov quittierte den Gegenschlag mit einem ironischen Nicken. »Ein freundschaftlicher Wettstreit ist immer geeignet, die Sinne zu schärfen. Ich freue mich auf das Duell mit einem anregenden Geist.«

»Unverschämter Kerl«, murmelte Winthrop, nachdem der Russe gegangen war, um sich ein frisches Glas Champagner zu holen. »Es wundert mich, dass Marquands geschäftsführende Anwälte es ihm erlaubt haben, sich der Gesellschaft anzuschließen.«

»Sein Freund muss ausgesprochen großen Einfluss haben. Wie sonst sollte es ihm gelungen sein, einen Stellvertreter an dem Verfahren teilnehmen zu lassen?« Leveritt runzelte die Stirn. »Immerhin spricht der eitle Geck ein glänzendes Englisch. Die Manieren hingegen lassen jedoch durchaus zu wünschen übrig.«

»Seine Mutter stammt aus Yorkshire.« Zwar wusste Kirtland nur wenig über den Mann, sah aber keinen Grund, den Clubmitgliedern die Fakten zu verschweigen.

»Sie kennen ihn?«, fragte Dunster, der zuerst verwirrt gewesen war, jetzt aber alarmiert wirkte.

»Nur seinen Leumund. Mir sind ein paar Dinge zu Ohren gekommen, bevor ich die Stadt verließ.«

»Mir auch«, fügte Jadwin selbstzufrieden hinzu. »Selbst wenn nur die Hälfte davon wahr ist, Dunster, dann hast du jemanden gefunden, der dir den Titel als König der Boudoirs ernsthaft streitig machen könnte.«

Der Marquis stimmte nicht in das Gelächter ein.

Kirtland bemerkte den strengen Zug um Dunsters Mund. Irgendetwas hatte den Mann ins Mark getroffen, gleichgültig, ob es sich um die wohlerwogene Sorglosigkeit des Russen handelte oder um Jadwins verdeckte Sticheleien. Nicht zum ersten Mal registrierte der Earl eine Spannung zwischen den beiden Clubmitgliedern. Eine Spannung, die tiefer reichte als freundschaftliches Geplänkel.

Und was Orlov betraf, so war er selbst noch unentschieden, ob er den Russen nur als aufgeblasenen Geck betrachten sollte – oder als jemanden, der auf untergründige Weise unheimlich war.

Aber bevor er sich in weitere Grübeleien über die Gentlemen verlieren konnte, trat plötzlich Black Dove in den Salon.

Sie hatte sich für ein purpurrotes Kleid entschieden, schmal und hochgeschlossen, um mit dem griechischen Schnitt ihre gertenschlanke Figur zu betonen. Als Zugeständnis an den Duke gab ihr Mieder einen weniger skandalösen Ausschnitt frei als ihre übliche Kluft. Trotzdem gab es keinen Zweifel, dass jeder männliche Blick im Salon auf ihrem wundervollen Busen ruhte, dessen Alabasterkurven verführerisch aus den gerafften roten Rüschen lugten.

Sein eigener Blick eingeschlossen.

Siena bewegte sich durch die gedrängt stehenden Gentlemen. Kirtland bemerkte, wie die Flammen im Kamin um die schwarzen Kohlen tanzten, und so sehr er es sich auch das Gegenteil wünschte, tanzte auch sein Blick förmlich um die flammende Gegenwart der Lady wie eine Motte ums Licht.

Kirtland machte auf dem Absatz kehrt und wollte versuchen, seine innere Hitze mit einem Schluck perlenden Champagners zu löschen. Aber selbst dann schien es, als könne er der Verlockung nicht entkommen. Er hörte, wie die Seide sanft raschelte, und einen Moment später umhüllte ein himmlischer Duft seine Sinne: Zitronengras gewürzt mit einem Hauch von Zimt und Nelken. Hell und dunkel. Anders als Frauen ihres Gewerbes, die gewöhnlich einen süßlichen Duft bevorzugten, handelte es sich um eine überaus geheimnisvolle Mischung.

Verdammt. Er zwang sich, daran zu denken, wie weich sich rosiges Pergament anfühlte, der gebundene Rücken eines Buchs, wie das reife Leder roch und wie die vergoldeten Buchstaben schimmerten. Bücher sollten angeblich viel verführerischer sein als exotische Flittchen, nicht wahr?

»Verdammt.« Es war Dunster, der den Fluch laut werden ließ. »Es sieht so aus, als ob Orlov sich unserem Täubchen vorstellt. Der Kerl mag freie Bahn haben, soweit es die Gebote für unsere Bücher betrifft. Aber ich habe nicht die Absicht, ihm zu gestatten, sich in unseren privaten Wettstreit einzumischen.«

»Das letzte Wort hat immer noch das Täubchen.« Der Earl kümmerte sich nicht um das Geschehen.

»Ihr Angebot war nur an uns gerichtet.«

»Nur handelt es sich keineswegs um einen rechtsverbindlichen Vertrag«, schnaubte Leveritt. »Oder hast du etwa vor, sie wegen Vertragsbruchs vor Gericht zu zerren?«

»Es gibt andere Wege, sie dafür zahlen zu lassen«, murmelte der Marquis geheimnisvoll.

Es war Absicht, dass Siena sich den Mitgliedern des Gilded Page Clubs nicht sofort näherte. Eine Woche war seit ihrem Auftritt auf der Versammlung im Clubhaus vergangen. Lass sie ruhig ein Weilchen zuschauen, wie ich flirte, dachte sie. Die Glut des Verlangens würde neu aufkeimen, wenn sie sich knapp außer Reichweite aufhielt.

Deshalb störte sie sich nicht daran, dass der große Gentleman mit dem goldblonden Haar ihr den Weg versperrte.

»Sie müssen die extravagante Lady Blackdove sein, über die man hier unablässig spricht. Ich bin so frei, mich selbst vorzustellen ... Alexandr Orlov.«

Während der Russe seinen Namen murmelte, drehte er die behandschuhte Hand um und presste ihr einen Kuss auf das nackte Gelenk. Siena unterdrückte einen Schauder. Seine Lippen waren voll und fest, aber kalt. Genau wie seine Augen.

»Dies ist mit Sicherheit ein aufregender Moment«, schloss er.

Sie hatte viel über Männer wie Alexandr Orlov gelernt; sie gehörten zu der Sorte, die es darauf anlegten, jede Situation zu ihrem Vorteil auszunutzen. »Guten Abend, Sir«, erwiderte sie kühl. »In der Tat, das ist es, denn der Duke möchte uns gerade die Einzelheiten der Auktion erläutern.«

»Mylady, Sie genießen einen unlauteren Vorteil. Ich fürchte, dass ich mich kaum auf seine Worte konzentrieren kann«, murmelte er.

»Dann rate ich Ihnen umso dringender, genau hinzuhören. Andernfalls setzen Sie die Gelegenheit aufs Spiel, den Psalter zu ersteigern.«

Orlov legte sich die Hand aufs Herz. »Bis vor wenigen Augenblicken hätte ich behauptet, dass das Gebetbuch zu den größten Kostbarkeiten auf Marquand Castle gehört. Aber jetzt ... nun, wie dem auch sei ...« Seufzend verloren sich seine Worte.

Hegte er etwa die Hoffnung, sich mit seinem Charme den Weg in ihr Bett bahnen zu können? Wenn es sich tatsächlich so verhielt, stand er vor einer unlösbaren Aufgabe.

»Nun, wie dem auch sei«, wiederholte er, »es kann sein, dass ich meine Überzeugung ändern muss.« Mit den Fingern fing er die Quasten ihres Fächers ein und strich sanft über die fransige Seide.

Mit einem Seitenblick auf die Mitglieder des Gilded Page Clubs erhaschte Siena, wie sich langsam Unruhe zwischen ihnen ausbreitete. Höchste Zeit für den nächsten Schachzug, dachte sie.

»Danke, Mr. Orlov.« Abrupt wies sie seine Aufmerksamkeit in die Schranken. »Ganz gleich, wie oft man uns Komplimente macht, unser Geschlecht weiß es immer zu schätzen, wenn man es beachtet. Aber wenn Sie mich jetzt bitte entschuldigen wollen, ich habe ein paar Bekannte entdeckt, die ich begrüßen muss.«

Der Russe gab sich gnädig. »Die Gentlemen können sich glücklich schätzen. Vielleicht haben wir in den nächsten Tagen noch Gelegenheit, uns besser kennenzulernen.«

»Sind Sie reich, Sir?«

»Anders als Sie, Lady Blackdove, besitze ich keine einzige Feder zum Fliegen. Leider.«

»Lassen Sie uns offen sprechen, Sir«, flüsterte sie mit gesenkter Stimme. »Wir werden keine intimere Bekanntschaft schließen.«

Er lächelte boshaft. »Interessieren Sie sich ausschließlich für Geld?«

»Selbstverständlich.«

»Dennoch behauptet man, dass Geld die Wurzel allen Übels ist.«

»Wollen Sie mir weismachen, dass Ihre Wurzel mir eine Wohltat sein wird?« Sie schlug sich mit dem Fächer auf die Wange. »Ich glaube nicht, Sir.«

Er lachte leise.

»Und was die Menschen betrifft, die das Geld verteufeln, so handelt es sich meistens um diejenigen, die niemals ohne auskommen mussten.«

Orlov gab den Weg frei, nicht, ohne ihr zum Schluss noch

einen Schlag zu versetzen. »Es gibt Dinge im Leben, die sind mächtiger als jede Gier, Madam.«

Wie zum Beispiel Lust?

Hungrige Augen und wölfische Gesichter lungerten um sie herum, und sie war geneigt, ihm zuzustimmen.

Siena ließ den Russen allein und arbeitete sich zu dem Gilded Page Club vor. »Guten Abend, Gentlemen.« Ihr Seidenkleid rauschte sanft, als sie in die Mitte des Kreises rückte. »Ich bin froh, dass keiner von uns in letzter Minute gehindert worden ist, sich auf die Reise zu machen.«

Kirtland zog sich zurück, sodass der Schatten einer Vase auf sein Gesicht fiel.

»Weil wir bei unserer ersten Begegnung auf die Formalitäten wenig Wert gelegt haben, sollte dieser Abend vielleicht mit etwas mehr Anstand beginnen.« Siena klapperte mit den Lidern und schürte die Erinnerung an ihre mutwillige Nacktheit. »In den kommenden zwei Wochen dürfen Sie mich Lady Blackdove nennen. Dem Sieger unseres kleinen privaten Wettstreits werde ich natürlich einen intimeren Namen verraten.«

Einer nach dem anderen stellten die Gentlemen sich vor.

Fitzwilliam ... Jadwin ... Leveritt. Es war, als würde jede Akte lebendig, mit einem Gesicht, einer Berührung.

»Thou that art now the world's fresh ornament ...«, zitierte Fitzwilliam aus einem Sonett von William Shakespeare, »... der jungen Tagen frischer Zierde du.« Der Baron hatte das lange, lockige Haar so lange gebürstet, bis es kupferfarben glänzte. Sein Umgang mit Worten war ebenso poliert, und er lächelte ungezwungen. »Shakespeare hätte noch poetischer gedichtet, wenn er Zeuge Ihres Auftritts geworden wäre. Ihr Kleid ist umwerfend.« Er hielt kurz inne. »Obwohl seine Schönheit nicht ganz an Ihren natürlichen Glanz heranreichen kann.«

Siena bedankte sich für das Kompliment, indem sie schüchtern mit ihrem Fächer wedelte, bevor sie sich den anderen zuwandte.

Der Gentleman war nicht auf den Mund gefallen. Aber konnte es sein, dass der äußerliche Charme einen inneren Zorn verdeckte?

Leveritt und Jadwin brachten kaum mehr über die Lippen als nur ihren eigenen Namen. Entweder waren sie nicht willens oder nicht in der Lage, es mit der Wortgewandtheit des Barons aufzunehmen.

»Das Kleid ist in der Tat umwerfend.« Marquis Dunster war an der Reihe und hielt ihre Hand einen Sekundenbruchteil zu lange in seiner, nachdem er sie an seine Lippen geführt hatte. »Ich habe ansehen müssen, wie dieser Orlov Ihnen um die Röcke gestrichen ist. Ich würde mich glücklich schätzen, ihm ein paar Manieren einprügeln zu dürfen.«

»Oh, in seinem Fall bin ich sicher, dass sich jegliche Gewalt erübrigt.« Siena schauderte spöttisch. »Gentlemen wie Sie fühlen sich zu blutigen Wettkämpfen offenbar sehr hingezogen. Aber ich kann mir erfreulichere Wege vorstellen, seine drängendsten Bedürfnisse zu befriedigen.«

»Genau wie ich.« Winthrop nutzte die Gelegenheit, seine eigenen Huldigungen anzubringen. Nachdem er sich tief über ihren Handschuh gebeugt hatte, verschwendete er keine Zeit zu fragen: »Wann erfahren wir mehr über die Spiele, die Sie für die kommenden Tage geplant haben?«

Wie die Hunde auf der Straße, dachte Siena. Denn trotz all ihrer maßgeschneiderten Eleganz erinnerten sie die Mitglieder des Gilded Page Clubs an ein paar räudige Straßenköter, die sich um einen Knochen balgten. Alle außer Kirtland. Kein Muskel zuckte in seinem Gesicht, wenn er in ihrer Nähe war.

»Die erste Prüfung werde ich morgen beim Frühstück bekannt geben. Dann werde ich Ihnen auch nähere Einzelheiten über den Verlauf des Wettstreits mitteilen«, antwortete sie. »Sagen wir, um zehn?«

Dunster leckte sich die Lippen. »Ich kann mir nicht vorstellen, wie der Tag noch verlockender beginnen könnte.«

Die anderen Männer stimmten mit der gleichen Begeisterung zu. Siena fuhr mit ihrem koketten Geplauder fort, während sie die ganze Zeit versuchte, sich einen Seitenblick auf den Earl zu verkneifen. Sie wusste bereits, dass seine Miene so schwarz und grüblerisch war wie ein mitternächtlicher Sturm. Einerseits konnte sie sich die Gründe ausrechnen; andererseits war es ihr nicht gelungen, in die Tiefe seines Wesens einzudringen. Welche Geheimnisse hielt diese Gestalt tief in ihrem Innern verborgen? Er war ein Rätsel, ein einziger Widerspruch. Die Zeitungen hatten eine Seite seines Charakters offenbart, während der flüchtige Kuss eine ganz andere gezeigt hatte.

War Julian Henning fähig, Verrat zu begehen? Oder war es ihr Herz, das ihr eine trügerische Melodie vorspielte?

Das heftige Pochen in ihrer Brust schien sie warnen zu wollen, ihre Aufmerksamkeit nicht bei Kirtland verweilen zu lassen. Schließlich gab es fünf andere Männer, deren geheimsten Gedanken sie noch entblößen musste.

Die blumigen Schmeicheleien verrieten ihr nichts, was sie gebrauchen konnte. Als die Männer einen Moment schwiegen und nach neuen Drinks griffen, nutzte Siena die Gelegenheit, um unvermittelt das Thema zu wechseln.

»Neben unserem ersten Spiel am Vormittag möchte ich mich nachmittags mit jedem Gentleman einzeln treffen«, fügte sie hinzu, »nur kurz, aber privat.«

Sie wusste, dass sie das Spiel mit einem gewagten Zug eröffnete, um frühzeitig aus zwei Winkeln angreifen zu können. Aber von Il Lupino hatte sie gelernt, dass eine rasche Eröffnung den Gegner oft aus dem Gleichgewicht warf und vielsagende Schwachstellen offenbarte. »Die Gentlemen gelten ausnahmslos als anspruchsvolle Kenner der Kunst und des Körpers. Ich wünsche, dass jeder von Ihnen mich mit einer speziellen Kostbarkeit auf Marquand Castle bekannt macht. Es wird uns die Gelegenheit verschaffen, auf vertrauterem Fuße zu verkehren.«

»Eine ausgezeichnete Idee.« Selbstgefällig ergriff Jadwin das Wort und ratterte rasch eine kurze Geschichte des Hauses herunter. »Der Mann, der das Gewächshaus entworfen hat, hat auch Prinny's Pavilion in Brighton geschaffen. Die Höhe und der Umfang der gläsernen Kuppeln sind ein Wunderwerk der Ingenieurkunst«, erklärte er, »ich würde mich glücklich schätzen, wenn ich Ihnen den Aufbau und die herausragenden Merkmale zeigen dürfte.«

Siena lächelte. »Wunderbar. Wie wäre es um drei Uhr?«

Leveritt lud sie ein, sie durch die Porträtgalerie zu führen, Winthrop bot ihr an, mit ihr die mittelalterlichen Tapisserien zu begutachten. Dunster wählte die Sammlung der Zeichnungen von Rembrandt, Fitzwilliam schlug eine Tour durch die Gärten vor, die der berühmte Gärtner Capability Brown entworfen hatte.

Das zweite Glas des exzellenten Champagners aus dem Keller des Dukes trieb ihr die Röte auf die Wangen – wie auch die Tatsache, dass gleich ihr erster Vorstoß von Erfolg gekrönt war. Siena fühlte sich ermutigt, dem Earl ins Auge zu sehen, der als Einziger kein Angebot gemacht hatte.

»Gibt es keine besonderen Kenntnisse, die Sie mit anderen teilen möchten, Lord Kirtland? Hegen Sie keinerlei verzehrende Leidenschaften?«

»Es sieht danach aus, Madam, als hätten Sie während Ihres Aufenthalts hier keinerlei Schwierigkeiten, sich zu beschäftigen.«

»Aber ich würde gern Ihre Meinung zu irgendeinem Aspekt der Kunst hören.«

Er zog die Brauen hoch. »Warum?«

Seine Frage traf sie überraschend. Schnell fand sie ihr Gleichgewicht wieder und erwiderte unterkühlt: »Weil ich die Männer gern kennenlernen möchte, die sich um meine Gunst bewerben.«

»Ich habe nicht vor, mich demnächst in schweißtreibende

Körperübungen zu verlieren. Ich werde nicht rennen. Und schon gar nicht durch brennende Reifen hüpfen.«

»Ihre Antwort ist eines Gentlemans nicht würdig.«

Sein höhnisches Lächeln – ein Gesichtsausdruck, den sie langsam zur Genüge kannte – erreichte neue Qualitäten. »Wie ich bemerkt habe, sind Ihre Quellen recht gut über unsere persönlichen kleinen Sünden informiert, weshalb meine Entscheidung Sie nicht erschüttert haben dürfte.«

Wann lächelte der Mann eigentlich? Oder kamen nur seine Haustiere in den Genuss echter Wärme? Siena starrte auf den strengen Zug um seinen Mund, bevor sie konterte. »Es überrascht mich sehr, dass Sie zögern, sich der Herausforderung durch eine Frau zu stellen. Wovor haben Sie Angst?«

Sein Gesicht zeigte keinerlei Reaktion. Aber sein seltsames Licht glitzerte in seinen smaragdfarbenen Augen, die plötzlich funkelten wie flüssige Jade.

Dem Earl fehlte es nicht an Leidenschaft, wie sie bereits wusste. Er hielt sie nur sehr gut verborgen. Und was verbarg er noch? Es war ihre Aufgabe, das herauszufinden. »Ihre spanischen Verbündeten würden es *mano a mano* nennen. Das heißt, dass wir mit vereinter Kraft kämpfen. Aber doch auf getrennten Wegen ...«

»Meine spanischen Verbündeten würden auch behaupten, dass Sie eiserne *cojones* besitzen, Madam. Wie ein Stier ... Ich würde sogar zustimmen, wenn ich mich nicht mit eigenen Augen vom Gegenteil hätte überzeugen können.«

Siena lachte leise. »Touché, Sir.«

Einen Moment lang zuckten die Mundwinkel des Earls amüsiert. Aber sofort legte sich ein Schatten über sein Lächeln, als er das Glas zu einem spöttischen Toast hob. »Wie Sie sehen, Madam, wäre ein Wettbewerb zwischen uns beiden kaum fair.« Damit machte er auf dem Absatz kehrt und eilte davon.

Siena blieb wenig Zeit, über das Scharmützel nachzudenken.

Das Läuten einer Glocke kündigte an, dass der Duke of Marquand den Salon betreten hatte.

»Willkommen.« Alter und arthritische Gelenke hatten ihn an den Rollstuhl gefesselt. Auch seine Stimme klang ein wenig brüchig. »Ich bin sehr erfreut, dass Sie alle die Strapazen einer Reise nach Devonshire Moors nicht gescheut haben.« Er wartete, bis seine Diener ihn auf ein flaches Podest gerollt hatten, das diskret mit Efeuranken verziert worden war. »Unglücklicherweise«, fuhr er dann fort, »macht mein Zustand es mir in letzter Zeit unmöglich zu reisen. Dagegen hege ich die Hoffnung, dass Ihre Reise die Mühe wert sein wird.«

Die Gäste beantworteten die selbstironischen Bemerkungen mit höflichem Gelächter. Jemand hob das Glas. »Hört an, hört an!«

Der Duke räusperte sich. »Sicher sind Sie alle begierig darauf, mehr über die Auktion der Psalter zu erfahren. Aber ich kann mir auch vorstellen, dass Sie zuerst wissen möchten, warum ich Sie für zwei ganze Wochen auf das Schloss eingeladen habe.« Er hielt inne und zwinkerte kaum merklich mit den faltigen Augen. »Es ist das Vorrecht des Alters. Ich weiß ein gutes Fest zu schätzen ... Allerdings weilen nur noch wenige meiner Freunde unter den Lebenden ...«

Nachdem das Gelächter verklungen war, fuhr er fort. »Um es ernster auszudrücken: Es waren stets Bücher, denen die große Liebe meines Lebens gehörte. Leider teilt mein Erbe meine Leidenschaft nicht. Aber mit seinem Segen habe ich beschlossen, dass eine Auswahl meiner Schätze an einen Sammler geht, der ihre Schönheit zu würdigen weiß.«

Siena schaute zu, wie ein in feierlichem Schwarz gekleideter Mann mittleren Alters dem Duke half, ein Glas Wasser zum Mund zu führen. Es machte den Eindruck, als ob der geschwächte Körper mit seinem lebhaften Geist nicht mehr Schritt halten konnte. Aber es war immer noch offensichtlich, warum der Duke als größter Kunstkenner im gesamten Königreich geachtet wurde. Kein Wunder, dass die Sammler die Auktion als außergewöhnliche Gelegenheit betrachteten.

»Sie mögen es für die Laune eines verrückten alten Mannes halten. Aber als Duke genieße ich gewisse Privilegien, die mir solch exzentrisches Verhalten erlauben. Die zwei Wochen verschaffen mir die Möglichkeit, mit jedem angehenden Käufer ein persönliches Gespräch zu führen. Ich will mich vergewissern, dass Sie alle würdige Kandidaten sind, meinen Psalter nach Hause zu tragen. Ein junger Mensch würde die Aufgabe zweifellos in wesentlich kürzerer Zeit bewältigen können, aber wie dem auch sei ... Seien Sie also gewarnt. Denn es könnte sein, dass der eine oder andere Gentleman sich plötzlich nicht mehr unter den Bietern findet.«

Ein Hustenanfall zwang ihn, seine Erläuterungen zu unterbrechen. »Bitte verzeihen Sie, meine Kräfte scheinen mich zu verlassen. Ich werde es meinem Privatsekretär Stoneleigh überlassen, die Erklärungen zu beenden. Da Sie viel freie Zeit haben werden, habe ich ihn gebeten, jeden Tag einige Vergnügen und Ausflüge für Sie zu arrangieren. Selbstverständlich können Sie tun, was Ihnen beliebt. Es würde mich erfreuen, wenn Sie das Schloss in den kommenden zwei Wochen als Ihr Zuhause betrachteten. Falls Sie irgendwelche besonderen Wünsche haben, wenden Sie sich nur an Stoneleigh. Er wird das Nötige arrangieren.«

Nachdem sein Privatsekretär ihm ein zweites Glas Wasser gereicht hatte, bedeutete der Duke dem livrierten Lakaien, seinen Stuhl zur Tür zu rollen.

Stoneleigh nahm seinen Platz ein, erläuterte mit knappen Worten, zu welcher Uhrzeit zu Tisch gebeten wurde und mit welchen Vergnügungen man sich tagsüber amüsieren konnte. Jeden Morgen, so erklärte er, werde im Frühstückszimmer ein Plan ausgehängt. Seine kleine Rede endete, als er das kleine silberne Glöckchen erklingen ließ und die Gäste an das Willkommensbüfett bat.

Fitzwilliam, der Siena hastig anbot, sie in den Speisesaal zu begleiten, erntete sofort missbilligende Blicke von den anderen Clubmitgliedern. »Madam, Sie sind zufällig Frühaufsteherin?«, drängte er.

»Ich bin recht anpassungsfähig, was meine Schlafgewohnheiten betrifft«, erwiderte Siena und wedelte mit ihrem Fächer. »Warum?«

»Ich dachte, dass Sie die Gärten vielleicht lieber vor dem Frühstück besichtigen möchten als am Nachmittag. Morgens ist das Licht noch so blass und rein wie der Busen einer Jungfrau.«

»Zitieren Sie eine Zeile aus einem Ihrer Sonette, Sir?«

»Nein, noch nicht. Aber ich bin sicher, dass Sie mich zu einer Ode inspirieren werden.«

»Keinesfalls zu einer Ode an die Jungfräulichkeit«, erwiderte sie trocken. »Einverstanden. Wir sehen uns um neun auf der oberen Terrasse.«

So weit, so gut, dachte sie, als sie sich trennten und auf die zugewiesenen Plätze am Banketttisch setzten. Jetzt, wo sie die Gentlemen alle unter einem Dach vereint hatte, konnte der Ernst des Spiels beginnen.

Ein wärmendes Feuer knisterte im Kamin. Die sanft knackenden Kohlen boten ihm eine willkommene Erholung von den klirrenden Kristallgläsern und dem männlich dumpfen Gelächter.

Kirtland blieb auf der Schwelle stehen und presste sich die Fingerspitzen an die Schläfen, während er den Blick durch das kleine Zimmer schweifen ließ. Es handelte sich um eines von mehreren Turmzimmern, in dem die überwältigende Kunstsammlung des

Dukes ausgestellt war. Er begrüßte die stille Pracht als Zuflucht vor dem verrauchten Gelage, das seine Mitbieter veranstalteten.

Das Bankett hatte sich endlos hingezogen, ein Gang nach dem anderen war aufgetragen worden, üppige Mahlzeiten gewürzt mit banalem Geplauder. Die Mischung hatte einen schalen Nachgeschmack hinterlassen, und als die wenigen anwesenden Ladys sich schließlich zurückgezogen und die Männer ihrem Port und den Zigarren überlassen hatten, hatte er sich ebenfalls entschuldigt.

Lief er, wie Osborne angedeutet hatte, Gefahr, sich zu einem Eremiten zu entwickeln? Der Earl musste zugeben, dass er Dummköpfe nur schwer ertragen konnte. Es plagte ihn, dass es nur wenig interessante Menschen gab. Die meisten kümmerten sich um nichts anderes als um den neuesten Klatsch und Tratsch. Während des Banketts hatte er ein paar verstohlene Blicke in seine Richtung erhascht. Kein Zweifel, dass seine Anwesenheit – und der zurückliegende Skandal – für diese Leute ein Leckerbissen war, den sie erst einmal verdauen mussten.

Kirtland fluchte lautlos und ließ den Blick zur Anrichte schweifen. Die Kerzen ergossen ihr sanftes Licht über ein Tablett mit Karaffen: rubinroter Port, gelbbrauner Sherry und feuriger Brandy. Er beschloss, dass er einen Drink gut gebrauchen konnte, und hatte den Teppich schon halb überquert, als er merkte, dass er nicht allein war.

Obwohl der Alkoven tief im Schatten lag, fiel es Kirtland nicht schwer festzustellen, wer die künstlerischen Stiche an den Wänden zu betrachten versuchte. *Verdammt noch mal.* Er hatte angenommen, dass Black Dove sich für den Rest des Abends in ihre eigenen Räume zurückgezogen hatte.

Offensichtlich hatte er sich geirrt.

Einen Moment lang dachte er darüber nach, in ein anderes Zimmer auszuweichen, in dem er zur Ruhe kommen konnte.

Aber der Stolz trieb ihn weiter. Wie tief wäre er gesunken, wenn er sich von einer Frau in die Flucht schlagen ließe?

Als er näher kam, bemerkte er, dass die Stiche aus einem Handbuch der italienischen Renaissance stammten und Fechtszenen zeigten. »Interessieren Sie sich für die Fechtkunst? Bisher war ich überzeugt, dass Frauen rein gar nichts für die Kriegskunst übrig haben.«

Sie drehte sich zu ihm. Es flackerte in ihrem Blick, ohne dass die Gründe erkennbar waren. »Mir ist das eine oder andere über Fechten bekannt. Ich habe Freunden oft bei ihren Übungen zugeschaut.«

Kirtland war müde, und es irritierte ihn, dass seine Einsamkeit aufgestört worden war. »Es ist ein großer Unterschied, ob man nur zuschaut oder selbst zur Waffe greift.«

Unbekümmert zuckte sie die Schultern und wandte sich wieder den Stichen zu. »Mag sein. Aber wer sich nur flüchtig in der Disziplin auskennt, sieht sofort, dass der Künstler den Griff in der ersten Figur falsch gezeichnet hat.«

Der Earl lachte – und schaute genauer hin. Sie hatte recht. Aber er war nicht in der Stimmung, es zuzugeben. Eingerahmt von den Stichen hingen ein Paar altertümliche Degen an der Wand. Spontan nahm er eine Waffe herunter und bot ihr den Griff. »Möchten Sie mir zeigen, wie man es richtig macht?«

Unbeirrt schloss Siena die behandschuhte Hand um das gehämmerte Silber. Der führende Finger schloss sich um die Quillons und das Ricasso am Griff, sodass sie sicher sein konnte, die Klinge bestens zu beherrschen. Ohne zu zögern schnitt sie eine makellose *arrebatar* durch die Luft und beendete ihre Vorführung mit einem Hieb.

Er nahm die zweite Waffe von der Wand und kreuzte die Klinge mit ihr. Leise klirrte das Metall aneinander.

»En garde«, murmelte er, »schauen wir, wie gut Sie sich in der *botta dritta* schlagen.«

Black Dove lächelte. »Wann immer Sie bereit sind.«

Die silbrigen Klingen tanzten durch den Schatten, als sie Hieb für Hieb konterte und jede seiner Attacken mit einem präzisen Stoß parierte.

»Punta sopramano«, entgegnete sie.

Sie wechselten die Stellung, sodass Kirtland jetzt die Abwehr ausführte. Geräuschlos bewegten sie sich über den Teppich, kamen sich manchmal so nahe, dass sein Schenkel ihren streifte. Er wusste sehr genau, wie stark ihr Handgelenk war, denn der geschmeidige Muskel zog sich den nackten Arm hinauf.

»Ihr Freund muss ein ausgezeichneter Lehrer sein.« Überraschend machte er einen Ausfallschritt nach vorn, den sie an ihrer Wange vorbeilenkte. Ihre Gesichter waren nur wenige Zentimeter voneinander entfernt. Kirtland bemerkte, dass ihre Augen noch stärker leuchteten, als er es sich vorgestellt hatte, in einem tiefen bernsteinfarbenen Gold, das ihm zum zweiten Mal einen Schauder über den Rücken jagte. Weil er sie wiedererkannte?

Nein. Es musste am Champagner liegen, der ihm die Sinne verdrehte. In seiner Verwirrung ließ er es zu, dass ihre Waffe unter seiner Deckung durchschlüpfte.

»Er ist ... sehr gut.« Mit gedrosselter Geschwindigkeit vollführte Siena eine makellose *sopra il braccio.*

»Aber nicht so gut wie Sie?«

Lag es am flackernden Licht? Oder hatte er ihr mit der *stocatta lunga* einen herausfordernden Blick zugeworfen? »Das dürfte für viele Männer gelten.«

»Es ist ein Jammer, dass hier nicht der Ort ist, eine solch kühne Behauptung zu überprüfen«, flüsterte Kirtland. »Dabei würde ich nur zu gern wissen, wie es in Wahrheit um Ihre Fechtkünste bestellt ist.«

Ihre Blicke begegneten sich, trafen aufeinander wie Stahl auf Stahl.

»In der Tat, hier ist nicht genügend Platz, um sämtliche Figuren auszufechten.«

Plötzlich sprang er mit einem Schritt auf sie zu. *Diese Wangenknochen. Dieser Mund.*

Ihre Lippen teilten sich zu einem zaghaften Lächeln.

Jetzt konnte es keinen Zweifel mehr geben. »Sie!«

Sie vollführte einen knappen Gruß. »Ja. Unsere Wege haben sich bereits einmal gekreuzt.«

»Wer zum Teufel sind Sie?«, raunte er. »Und diesmal werde ich mit nicht mit akrobatischen Verrenkungen als Antwort zufriedengeben.«

Mit ihrer Klinge versperrte sie ihm den Weg. »Ich werde Ihnen nicht antworten, Lord Kirtland. Weder Ihnen noch sonst jemandem. Außer mir selbst.«

»Sie ...«

Im Flur hallten Schritte, in die sich das schrille Gelächter der Betrunkenen mischte. In wenigen Minuten würden sie nicht länger allein sein.

»Das letzte Wort in dieser Angelegenheit ist noch nicht gesprochen, Madam.« Der Earl legte keinen Wert darauf, dass die Gesellschaft sich schon wieder über ihn das Maul zerriss. Er zog sich aus dem Kampf zurück und hängte den Degen wieder an die Wand. »Das Duell ist noch nicht ausgefochten«, warnte er und blieb und der Tür stehen. »Aber das nächste Mal dürfen Sie nicht mehr damit rechnen, dass das Blatt sich zu Ihren Gunsten wendet.«

9. Kapitel

War ihr ein Fehler unterlaufen? Aus Fahrlässigkeit? Siena zog den Gürtel ihres Morgenrocks fester, ging zum Fenster des Schlafzimmers und schaute hinaus auf den abschüssigen Rasen und die formvollendet gestutzten Bäume. Die fahle Mondsichel brach immer wieder durch die Wolken, erhellte die knospenden Zweige und erinnerte daran, dass das Versteckspiel eine gefährliche Angelegenheit war.

Nach dem Bankett war sie zu aufgekratzt gewesen, um gleich in ihr Quartier zurückkehren zu können. Deshalb hatte sie eines der Ausstellungszimmer aufgesucht. Außerdem war sie auf die Bücherschätze und Kunstdrucke des Dukes neugierig gewesen. Die Verlockung, solche Schönheit und Gelehrsamkeit in greifbarer Nähe zu haben, war so groß, dass sie versucht war, die Kupferstiche mit ausgestreckter Hand zu berühren. Genau in diesem Moment hatte der Earl den Raum betreten. Sie hätte nicht im Traum daran gedacht, sich auf einen Fechtkampf einzulassen, aber wie Il Lupino so oft gesagt hatte, war es manchmal notwendig, dass man improvisierte.

Wenn sie das Heft des Degens in der Hand hielt, durchflutete sie das Vertrauen in ihre Fähigkeiten. Aber war sie im Eifer des Gefechts nicht trotzdem zu weit gegangen?

Es war ein gewagter Zug, dem Earl so frühzeitig ihre Identität zu offenbaren. Vielleicht zu gewagt. Wenn sie in Erwägung zog, wie sehr er ihre Nähe gemieden hatte, hätte er selbst die Schlussfolgerung vielleicht nicht ziehen können.

Andererseits, grübelte Siena, war es zwingend notwendig gewesen, ihn auf sich aufmerksam zu machen. Wie anders hätte sie ihn dazu bringen sollen, sie nicht am ausgestreckten Arm verhungern zu lassen? Schließlich musste sie sich in seiner Nähe aufhalten – und in der Nähe aller anderen Verdächtigen –, wenn sie die Hoffnung nicht aufgeben wollte, dem Geheimnis auf die Spur zu kommen.

Nun, es gab keinerlei Zweifel, dass es ihr gelungen war, Kirtlands Aufmerksamkeit zu erregen.

Ein Schauder rann ihr über den Rücken, als sie sich an den anschmiegsamen Stahl in ihrer Hand erinnerte, an seine würdevollen Bewegungen. Elegant, mühelos. Der Mann war ein Meister des Fechtkampfs, und er war ein Meister im Sattel. Sie hatten die Waffen zwar nur mit gebremster Kraft gekreuzt, beherrschten den Degen aber gleichermaßen gut. Siena fragte sich, wer in einem echten Duell wohl die Oberhand behalten würde.

Das galt auch für ihre Wortgefechte ...

Bis jetzt waren sie sich jedes Mal im Streit begegnet. Weder er noch sie hatten einen Fußbreit nachgegeben. Siena dachte nach. Da Rimini hielt sich an die Regel, den Gegner aus dem Gleichgewicht zu werfen. Vielleicht war es an der Zeit, die Taktik zu ändern? Ob sie Kirtland wohl dazu verführen konnte, in seiner Wachsamkeit nachzulassen?

Sie spürte, dass er dem Verlangen gegenüber nicht blind war. Sein Kuss, wie flüchtig auch immer er gewesen sein mochte, hatte eine unerwartete Leidenschaft zutage gefördert. Ein merkwürdiges Verlangen, das ihn verwundbar machte.

Es war, als würde ein zarter Funke sprühen, als sie sich mit der Fingerspitze über die Lippen fuhr. Rasch erstickte sie jede Regung mit einem leisen Fluch. Sie hatte ihre Entscheidung allein aus pragmatischen Gründen getroffen, nicht wegen ihrer seltsamen Reaktion auf seine intime Berührung.

Wenn man seinen militärischen Hintergrund und seine Erfahrungen mit Geheimdiensten in Betracht zog, lag der dringendste Verdacht auf dem Earl. Es würde sie größte Geschicklichkeit und Klugheit kosten, die hohen Mauern einzureißen, die er schützend um sich aufgetürmt hatte.

Wie verführerisch die persönliche Herausforderung auch sein mochte, Siena schob den Gedanken für den Augenblick beiseite. Zuerst würde sie eine andere Prüfung bestehen müssen.

Sie setzte sich an ihr Schreibpult, riss einen sauberen Bogen Kanzleipapier aus einem Notizbuch und schraubte das Tintenfass auf. Die Feder ist mächtiger als das Schwert, pflegte Mrs. Merlin stolz zu verkünden, aber trotz des Sprichwortes lag ihr der Schaft aus Ebenholz nicht so solide in der Hand wie das Heft aus Stahl. Diese Gentlemen hatten ihr ganzes Leben in einer Welt der geschliffenen Sprache und bedeutungsschwerer Andeutungen verbracht. Eine Welt, in der ein Wort oder eine Redewendung das Gleichgewicht der Macht genauso gezielt verändert konnte wie Armeen. War es nicht ein Brief gewesen, der all diese Mechanismen in Bewegung gesetzt hatte?

Mich eingeschlossen.

Im Unterschied zu den Gentlemen hatte Siena früh im Leben die Lektion gelernt, dass körperliche Kraft stärker war als alles andere. Schon im Kindesalter hatte sie rasch gelernt, dass es nur einen einzigen Weg gab, brutale Kraft zu besiegen: durch Schnelligkeit, Durchtriebenheit und die strikte Weigerung, sich ihrer Angst zu beugen, gleichgültig, wie es innerlich um sie bestellt war.

Sie hatte genügend Schläge einstecken müssen. Trotzdem war es ihr gelungen, die brutalen Kerle in die Schranken zu weisen, die ihre Dienste an eine Kneipe oder an ein Bordell verkauft hätten. Aber konnte eine Waise wie sie – eine Straßengöre ohne Familie, ohne extravagantes Zuhause wie Marquand Castle – diesen privilegierten Sprösslingen des Hochadels wirklich das Wasser reichen?

In den ersten zwölf Jahren ihres Lebens war der schmutzige Boden einer Wachholderschnapsbrennerei ihr Bett gewesen, das sie sich mit ein paar anderen Kindern geteilt hatte. Ihre Mahlzeiten hatten sie sich aus dem Unrat in den Gassen zusammengesucht. Die Akademie hatte ihren Blick auf die Welt außerhalb des Elendsviertels St. Giles geschärft.

Aber hier auf dem Schloss würde ihre Lebenserfahrung auf die entscheidende Probe gestellt.

Die Feder kratzte über das makellose weiße Papier. Die Mitglieder des Gilded Page Clubs mussten für die erste Prüfung scharf gemacht werden; am nächsten Morgen sollte ihnen das Papier ausgehändigt werden. Es musste ein provozierendes Spiel sein, eine Aufgabe, die ihr eigenes Verlangen kitzelte und gleichzeitig mehr preisgab, als sie selbst für möglich hielten.

Die Kerzen flackerten, als der nächtliche Wind seinen Weg durch die Ritzen im Fenster fand, und mit ihm frischte die Erinnerung an einen jüngst vergangenen Abend auf, an das Feuer, das im Kamin prasselte, an den lesenden Gentleman, an die Seite mit dem Eselsohr …

Seltsam, dass ausgerechnet der Earl als Inspiration für den ersten Wettstreit der Geister herhalten musste.

Siena lächelte und begann zu schreiben.

Am nächsten Morgen war der Himmel wolkenlos und das Wetter überraschend mild. Siena drapierte den Seidenschal um ihre Schultern und trat über den französischen Balkon des Musikzimmers hinaus auf die obere Terrasse. Die Schieferplatten, die vom morgendlichen Tau immer noch feucht waren, glänzten wie Ebenholz, als sie zur entfernten Brüstung hinüberging. Es schien, als hätten sich die anderen Gäste noch nicht geregt. In den Salons erhob man sich selten vor der Mittagszeit, wie sie wusste – wieder ein Grund, weshalb sie sich entschieden hatte, die erste Prüfung zu solch früher Stunde abzuhalten. Denn wie oft ließ man sich zu Fehlern hinreißen, nur weil man müde war.

Fitzwilliam allerdings zeigte keinerlei äußerliche Anzeichen von übermäßiger Beanspruchung. Mit kräftigem Schritt kam er auf sie zu, um sie zu begrüßen. Kein Schatten lag auf seinem Blick. Er ließ den Blick an den Himmel und dann über den Kiesweg schweifen, der an den Zierpflanzen vorbeiführte. »Das Wetter ist gut. Vielleicht sollten wir einen Spaziergang zum Gewächshaus machen? Dort können Sie sich einen Überblick über das gärtnerische Genie des berühmten Capability Brown verschaffen.«

»Ich überlasse mich ganz Ihrer kundigen Führung.« Lächelnd drückte sie seinen Handschuh einen Hauch fester auf ihren Arm.

»Ich gebe mir die größte Mühe, Sie nicht zu enttäuschen.« Seine Mundwinkel zuckten leicht. »Launcelot Brown trug den Spitznamen *Capability*, das heißt Talent, weil er stolz und zärtlich davon gesprochen hat, dass jedem Landgut das Talent innewohnt, noch schöner zu werden. Er hat sich selbst als eine Art Landschaftsarchitekt betrachtet und nicht als Gärtner. Man erkennt seinen Stil an den weichen, welligen Hügeln und den gewundenen Seen ...«

Während Fitzwilliam ihr die Grundlagen der Brownschen Landschaftsarchitektur erläuterte, beobachtete Siena verstohlen sein Gesicht, anstatt seinem Vortrag zu lauschen. Seine Stimme und sein Benehmen gaben zu erkennen, dass er gute Laune hatte, dass er freundlich und umgänglich war anstatt arrogant und eingebildet. In der Tat, als er eine Begebenheit von der letzten Gartenparty erzählte, war er sogar in der Lage, über sein eigenes Missgeschick zu lachen.

»Sie haben eine wunderbare Art, mit Worten umzugehen, Sir«, bemerkte Siena, als sie stehen blieben, um die Aussicht zu bewundern. »Sind Sie bei anderen Gelegenheiten auch so poetisch?«

Fitzwilliam lachte weich und warf sein kupferfarbenes Haar schwungvoll nach hinten. »Mir schien, dass das Publikum jedes Mal zufrieden war.«

Eine raffinierte Antwort, die einmal mehr einen gewissen selbstironischen Geist bewies.

Siena hatte das Gefühl, dass er ihr einen tiefen Einblick in seinen Charakter gewährte, und beschloss, die scheinbar harmlose Plauderei zu verschärfen. Sie wollte versuchen, ein paar Auskünfte über die anderen Clubmitglieder zu erhalten. »Haben Sie und die anderen fünf gar keine Angst, dass der Wettstreit Ihre gute Freundschaft verderben könnte?«

Er zuckte die Schultern. »Um die Wahrheit zu sagen, außer der Leidenschaft für seltene Bücher haben wir wenig gemeinsam. Außerhalb des Clubs bewegen wir uns alle in getrennten Kreisen. Dunster verbringt seine freie Zeit mit den Carltons, während ich eine weniger großspurige Gesellschaft bevorzuge.« Er überlegte kurz. »Leveritt und Jadwin sind die einzigen Mitglieder des Gilded Page Clubs, die neben unseren gelegentlichen Treffen eine private Freundschaft pflegen. Sie teilen ihre brennende Leidenschaft für Kunst, und ich glaube, sie gehören beide mehreren Vereinen an.«

Leveritt sieht aus wie der Inbegriff des guten Geschmacks, grübelte Siena. Er war das älteste Clubmitglied, trug stets Kleidung von unauffälliger Eleganz – aber weder die kurz geschnittenen, an den Schläfen schon leicht ergrauten Haare noch der ausgesuchte Schnitt oder die raffinierte Farbe seiner Kleidung schienen irgendwie fehl am Platz.

An Jadwin hatte sie bemerkt, dass er nicht nur den modischen Stil des Viscounts nachahmte, sondern ebenso manche seiner Angewohnheiten. Höchstwahrscheinlich betrachtete er den Viscount als Vorbild. In Lynsleys Akten hatte sie gelesen, dass beide Männer Junggesellen waren und sich recht umtriebig in jenen Kreisen bewegten, die oft in Mayfair zu sehen waren.

»Nun, die beiden sind Gründungsmitglieder des Doric Clubs, der sich auf das Studium der griechischen Antike spezialisiert hat«, fügte Fitzwilliam hinzu.

Solche Einzelheiten würden sich eines Tages unter Umständen als nützlich erweisen. Aber weil sie Fitzwilliam nicht zu neugierig über die anderen ausfragen wollte, griff Siena die Plauderei über ihn und über seine Gedichte wieder auf. Schwatzend umrundeten sie die gestutzten Bäume und waren im Begriff, den Westflügel zu betreten, als ein weiterer Gast aus Richtung der Ställe zu ihnen kam.

»Ah, das junge Fohlen darf vor dem Frühstück wohl mal zeigen, welche Gangarten es beherrscht, nicht wahr, Fitzwilliam?«

Es war der irische Earl Lord Bantrock, den Siena in dem Reiterkostüm erkannte.

»Genau andersherum«, entgegnete Fitzwilliam leichthin. »Die Lady hat mich gebeten, ihr die Landschaftsarchitektur auf dem Anwesen des Dukes zu erläutern.«

Bantrock achtete nicht auf die Worte des Barons und küsste umständlich ihre Hand. »Falls Sie eine fachkundige Führung durch das Innere des Schlosses wünschen, zögern Sie nicht, mich zu fragen.«

»Halten Sie sich für einen Experten in Sachen Architektur, Mylord?«, fragte sie schüchtern.

»Oh ja, ich gelte als unumstrittene Autorität, wenn es um Boudoirs geht.«

Er hielt immer noch ihre Hand, die sie neckisch drückte. »Erinnern Sie mich daran, dass ich Sie um Ihre Meinung über die Bettstatt mit den vier Pfosten in meinem Zimmer bitte. Nach Größe und Form zu urteilen, müsste sie aus dem elisabethanischen Zeitalter stammen. Ein Stil, den ich sehr ansprechend finde.« Sie lachte heiser. »Zugegeben, ich habe schon immer große und gut gebaute Dinge bevorzugt.«

Bantrock grinste. »Seien Sie versichert, dass ich mich bei der ersten Gelegenheit darum kümmern werde. Bis dann, Madam.« Er winkte verschmitzt und eilte davon.

Ihre anzügliche Plauderei mit einem anderen Mann schien

Fitzwilliam nicht im Geringsten zu stören. Siena beschloss, den Stier bei den Hörnern zu packen, und sagte: »Um ganz offen zu sein, ich bin überrascht, dass es Sie überhaupt nicht zu kränken scheint, gegen einen weiteren Mann in den Ring treten zu müssen. Fühlen Sie sich in Ihrem Stolz gar nicht herausgefordert? Oder in Ihrem Ego?«

Wieder zuckte er die Schultern. »Madam, Sie sind ausgesprochen charmant und verführerisch. Und unsere kleinen Spielchen sind recht amüsant. Aber falls es mir nicht gelingen sollte, Ihre Gunst zu erobern, werde ich mich auch nicht ins Schwert stürzen.«

Der Mann hat ein gemäßigtes Naturell. Siena war mehr und mehr überzeugt, dass Fitzwilliam bei Weitem nicht so leidenschaftlich war wie der Feind, den sie suchte.

»Aber Dunster wird es gar nicht gefallen, dass wir zusätzliche Konkurrenz fürchten müssen«, fügte er hinzu.

»Wirklich?«

»Er war überhaupt nicht glücklich, den Russen an Ihrem Arm zu sehen.«

»Ach, ich erinnere mich, dass er angeboten hatte, dem Mann ein paar Manieren einzuprügeln.« Sie ließ die Worte einen Augenblick wirken. »Ist er ein temperamentvoller Mann?«

»Ich denke, das kann man sagen«, antwortete der Baron. Sie durchquerten das marmorne Foyer und passierten den Torbogen des Turms. »Besser gesagt, es irritiert ihn, wenn er nicht im Mittelpunkt der Aufmerksamkeit steht. Wegen seines gesellschaftlichen Rangs und seines Aussehens ist er es gewohnt, dass die Leute um ihn herumscharwenzeln.«

»Und der Earl?«

»Kirtland?« Fitzwilliam hielt kurz inne. »Der Earl ist uns ein Rätsel.«

Sogar seine Bekannten finden ihn schwer zu durchschauen. Siena zögerte, beschloss dann, dass es nicht ungewöhnlich wäre, wenn sie sich neugierig gab. Denn schließlich hatte sie die Absicht geäußert, aus den Reihen des Clubs einen Beschützer zu wählen. »Ja, mir ist zu Ohren gekommen, dass er recht launisch sein soll. Gerät er leicht in Zorn?«

»Nicht dass ich es schon einmal erlebt habe.«

Es war eine sehr entgegenkommende Antwort, wenn man bedachte, dass Kirtland ein Konkurrent war.

Als sie an der Haupttreppe angekommen waren, verabschiedete Siena sich würdevoll. »Vielen Dank für eine sehr unterhaltsame Plauderei, Sir. Aber jetzt muss ich mich leider zum Frühstück umziehen.« Sie strich ihm rasch über die Wange. »Es war äußerst interessant.« Und informativ. »Ihre erste Prüfung haben Sie glänzend bestanden.«

»Das Vergnügen lag ganz auf meiner Seite«, erwiderte er höflich.

Siena verbarg ein Lächeln. In Wahrheit hatte das Vergnügen ganz auf ihrer Seite gelegen.

Die Rundungen ihrer Wange, der Glanz ihres Haars, die zarten Konturen ihres feingliedrigen Gesichts – ihre Schönheit war atemberaubend.

Die Mutter Gottes. Kirtland beugte sich tiefer über die Vitrine. An diesem Vormittag erst hatte der Duke die beiden Psalter des St. Sebastian enthüllt. In den kommenden beiden Wochen würden sie in einem besonderen Raum ausgestellt sein. In einem Raum, der eigens für sie eingerichtet worden war, bewacht, wie er bemerkte, von zwei stämmigen Lakaien, die unmittelbar draußen vor der Tür postiert worden waren.

Der Earl hatte der Versuchung nicht widerstehen können, war auf dem Weg zum Frühstück stehen geblieben, um einen ersten Blick darauf zu werfen. Kunstwerke, deren Herrlichkeit nicht übertrieben worden war. Die Madonna auf der aufgeschlagenen Seite reichte aus, um einen Mann alle Frauen aus Fleisch und Blut vergessen zu lassen, ganz gleich, wie verführerisch sie auch sein mochten.

»Erhaben, nicht wahr?«

Der Earl schaute auf. Offenbar war er nicht der einzige Bieter, der einen ersten Blick auf das Werk werfen wollte. Alexandr Orlov schlenderte auf die Vitrine zu, begleitet von Lord Bantrock.

»Man könnte töten, nur um ein solches Kunstwerk zu besitzen«, fügte der Russe hinzu.

»Wenn Sie jemals die Metzelei auf einem Schlachtfeld erlebt hätten, würden Sie nicht so unbedacht reden, Mr. Orlov«, erwiderte der Earl.

»Verzeihen Sie, Lord Kirtland. Bedenke ich Ihren Ruf…«, die Pause dauerte lange genug, um bemerkt zu werden, »… als Sammler, hätte ich wissen müssen, dass ein erfahrener Soldat auch eine empfindsame Natur besitzen muss. Darf ich Sie so verstehen, dass die Kunst den Tod nicht lohnt?«

Kirtland fragte sich, warum der Russe so begierig schien, einen Streit vom Zaun zu brechen. Vielleicht hofft er darauf, dass ich die Beherrschung verliere, überlegte der Earl, beim Duke in Ungnade falle und vom Schloss gewiesen werde. Jeder Kontrahent weniger verschafft ihm einen größeren Vorteil. Vielleicht hatte der Mann das Handbuch des legendären Sun Tzu über die Kunst des Krieges gelesen. Aber wenn der Mann ihn besiegen wollte, müsste er wesentlich klüger vorgehen und dürfte sich nicht mit unbedeutenden Scharmützeln aufhalten.

»Ich habe nie darüber nachgedacht, mein Leben für die Kunst aufs Spiel zu setzen, Mr. Orlov«, antwortete er höflich, »Sie etwa?«

»Du lieber Himmel, nein.« Der Russe lachte und wandte sich zu seinem Begleiter. Der irische Lord, ein renommierter Sammler aus Dublin, sah aus, als käme er gerade von einem Ausritt zurück. »Wie ich Bantrock gerade erklärt habe, weiß ich bitter wenig über die Raffinessen, die echten Kennern wie Ihnen so lieb und teuer sind. Ich handele nur stellvertretend für die Leidenschaft eines anderen.«

»Sie spielen Ihre Rolle ganz ausgezeichnet«, erwiderte der Earl, »aber je weiter das Drama sich entfaltet, desto anspruchsvoller könnte sie werden. Achten Sie darauf, dass Sie Ihre Grenzen nicht überschreiten.«

»Soll das heißen, dass ich mich vorsehen soll?«

»Ganz gleich, ob man sich auf blutigen Schlachtfeldern in Spanien bewegt oder auf dem polierten Parkett eines herzoglichen Anwesens, überall gibt es Fallgruben, Mr. Orlov. Ein vorsichtiger Mensch achtet darauf, nicht hineinzustürzen.«

Der Ire berührte das Vitrinenglas. Mit ehrfürchtigem Blick betrachtete er den aufgeschlagenen Psalter. »Dennoch führt kein Weg an der Tatsache vorbei, dass der Wettbewerb um den Besitz dieser Bücher unerbittlich sein wird.« Sein starker Akzent konnte über die Macht seines eigenen Verlangens nicht hinwegtäuschen.

»Sehr richtig, mein lieber Bantrock. Aber anders als ungehobelte Kelten und Slawen werden die Engländer sich äußerst zivilisiert aufführen.« Fragend zog Orlov die Brauen hoch. »Das halte ich jedenfalls für die angemessene Übersetzung der Botschaft von Lord Kirtland.«

Der Earl las einen kurzen lateinischen Abschnitt aus dem Psalter laut vor. »Das macht die Schönheit der Sprache aus. Sie ist immer offen für Deutungen.«

Er trat zurück und lud die beiden Männer ein, seinen Platz in der Mitte der Vitrine einzunehmen. Mit einem raschen Blick überzeugte er sich, dass seine Erwiderung den selbstgefälligen Zug aus Orlovs Lächeln vertrieben hatte.

Der Russe verengte den Blick, kniff die Augen zu rasiermesserdünnen Schlitzen zusammen. Und einmal mehr fragte Kirtland sich, warum dieser Mann aussah, als wollte er ihm, obwohl sie charmant plauderten, jeden Moment die Kehle aufschlitzen.

»Genießen Sie das Studium dieser erhabenen Kunst, Gentlemen.« Kirtland konnte nicht widerstehen, sich mit einer spitzen Bemerkung zu verabschieden. »Mit Ausnahme eines Einzigen unter uns wird die Gelegenheit nicht mehr lange bestehen.«

»Bitte sehr, Gentlemen.« Siena schob fünf gefaltete Botschaften über den Tisch. Die sechste behielt sie in der Hand. Es kam nicht infrage, den Bogen auf den leeren Teller zu legen. Die Frage war nur, ob der Earl seine Feindseligkeiten erneuern würde, indem er nicht zur ersten Prüfung erschien. Dann würde sie ihre Strategie rasch umstellen müssen.

Am anderen Ende des Frühstückszimmers erhob sich leises Gemurmel, als mehrere Gäste eintraten. Sie hörte, wie ihr Name geflüstert wurde, und spürte die heißen Blicke. Sie mahnte sich, dass alle Augen auf sie gerichtet waren, und konzentrierte sich auf ihre Aufgabe.

Siena zweifelte nicht daran, dass der wahre Grund ihrer Anwesenheit den meisten männlichen Gästen bekannt war. Männer waren ebenso begierig auf Klatsch und Tratsch wie die Ladys. Während es dem zurückgezogenen Duke und seiner Familie unter Umständen nicht bewusst sein mochte, dass eine berüchtigte Kurtisane mitten unter respektablen Gentlemen am Tisch saß, hatten die Mitglieder des Gilded Page Clubs mit Sicherheit überall ausposaunt, in welcher beneidenswerten Lage sie sich befanden.

Ihre Maskerade als wohlhabende Witwe namens Lady Blackdove, die sich mit Leib und Seele der Leidenschaft ihres verstorbenen Mannes gewidmet hatte und nun mittelalterliche Handschriften sammelte, war höchstwahrscheinlich ebenso durchsichtig wie das seidige Tuch, mit dem sie ihre Schultern mehr betonte als bedeckte. Ganz besonders Lord Bantrock und der Krösus aus Brighton beäugten sie seit dem vergangenen Abend mit unverhohlener Lüsternheit. Außerdem machten sie den Eindruck, als seien sie es gewohnt zu bekommen, was sie sich wünschten – ganz gleich, ob es sich um Kunst oder um Sex handelte.

»Was zum Teufel ist das?« Leveritts Bemerkung mischte sich unter das Knistern des Kanzleipapiers, das er entfaltete.

Siena unterbrach ihre momentane Grübelei und zwang sich zu einem Lächeln.

»Begehren.« Winthrop las das einzige Wort vor, das oben auf die Seite geschrieben war.

»Ja, Begehren«, wiederholte Siena und ließ den Blick über die fünf Gesichter schweifen. Die Reaktionen reichten von Überraschung über Amüsement bis zu blankem Unverständnis. »Es ist Ihre erste Aufgabe, ein Sonett auf das Begehren zu schreiben …«

Die Tür wurde geöffnet. Kirtland nahm seinen Platz am Tisch ein, ohne zu grüßen.

Sie war sich nicht sicher, ob sie erleichtert oder enttäuscht sein sollte, dass der Earl aufgetaucht war. Trotz seiner persönlichen Bedenken hielt er sich offenbar an sein Wort, mit der Gruppe an dem Spiel teilzunehmen.

»Die erste Herausforderung, Sir«, verkündete Siena und legte das letzte Blatt Papier quer auf seinen Teller.

Kirtland warf einen flüchtigen Blick auf den Inhalt und winkte dem Diener nach Kaffee.

»Was hat eine solch mühsame Aufgabe damit zu tun, Ihnen zu beweisen, wer von uns Sie am meisten zufriedenstellen wird?«, fragte Jadwin.

»Ich wünsche, dass der Gentleman meiner Wahl … kreativ ist.« Siena neigte den Kopf, um das honigfarbene Licht, das durch die Fenster ins Frühstückszimmer floss, auf sich wirken lassen zu können. Sie hatte sich für ein apricotfarbenes Seidenkleid mit vollem Überrock entschieden, der mit Spitzen dem kostbaren Sarsenettgewebe verziert war. Der goldfarbene Spitzenbesatz betonte außerdem die Rüschen des bequem sitzenden Mieders. Natürlich wusste sie, dass die Sonnenstrahlen die Farbtöne noch reicher und die Rundungen ihres Ausschnitts noch lüsterner aussehen lassen würden.

»Wie dem auch sei«, fuhr sie fort und stützte eine Hand an die Hüfte, »wenn Sie bemerken, dass Sie der Aufgabe nicht gerecht werden können, können Sie jederzeit ein leeres Blatt abgeben. Obwohl Sie dadurch auf lange Sicht deutlich im Nachteil sein würden.«

Kaum hatte sie ihren Satz beendet, begann Winthorp zu kichern. »Jaddie hat manchmal Schwierigkeiten, mit seinen Freunden mitzuhalten.«

»Aber Fitzwilliam genießt einen unlauteren Vorteil gegenüber dem Rest«, brummte Jadwin, nachdem das schallende Gelächter verstummt war. »Er ist sehr geübt darin, gefühlstrunkene Verse zu schmieden.«

»Sie werden alle eine Gelegenheit bekommen, Ihre persönlichen Stärken auszuspielen«, erwiderte sie. »In der Tat, ich werde jetzt einen Augenblick darauf verwenden, Sie mit den Regeln der kommenden zwei Wochen in allen Einzelheiten vertraut zu machen.«

Das silberne Besteck hörte auf zu klirren.

»Es wird insgesamt sechs Herausforderungen geben. In jeder Herausforderung werden andere Fähigkeiten geprüft. Die Prüfungen werden jeden zweiten Tag stattfinden, sodass sie sich gut in den Ablauf der Auktion einpassen werden. Und sie werden …«, sie legte eine Pause ein, um Aufmerksamkeit zu erregen, »… am Abend vor der Auktion des Dukes ihren Höhepunkt erreichen.«

Dunster lachte kehlig.

»Jeder, der als Bester in einer Prüfung abgeschnitten hat, wird einen besonderen Preis gewinnen. Ich werde den Gentleman zu einer privaten Lesung in das Persische Zimmer des Dukes einladen. In meinem Besitz befindet sich die Übersetzung arabischer Gute-Nacht-Poesie in Sonettform, die – ich wage die Behauptung – höchst provozierend sind.«

Winthrop atmete tief durch und wiederholte dann Jadwins Bedenken. »Dennoch scheint klar, dass Fitz gewinnt.«

»Ich kann Ihnen versichern, dass ich Ihre Schöpfungen nicht mit dem Blick des Schullehrers benoten werde. Sie dürfen sich durchaus Freiheiten in der Form erlauben. Ich bin auf der Suche nach dem Originellen, Unerwarteten. Ich verlange es sogar.«

»Wenn Sie Poesie in Bewegung erleben wollen, wäre ich glücklich, Ihnen eine Privatvorstellung geben zu dürfen.« Dunster erhob sich und sah ausgesprochen selbstzufrieden aus, als er sich das Blatt mit der Prüfungsaufgabe in die Tasche steckte. Er wackelte vielsagend mit dem Finger. »Wenn Sie wünschen …«

Leveritt und Jadwin verdrehten die Augen, aber Winthrop applaudierte leise. »Ich hatte keine Ahnung, dass du so geschickt mit Worten umgehen kannst, Dun«, rief er aus. »Welche Talente hast du noch vor uns versteckt?«

»Ich fürchte, Dunster wird uns allen noch den Rang ablaufen«, fügte Fitzwilliam hinzu. »Wir sollten besser unsere Federn anspitzen, wenn wir uns noch eine Chance ausrechnen wollen, die erste Herausforderung zu bestehen. Schließlich wollen wir alle gewinnen.«

»Wo wir gerade über Gewinnen und Verlieren sprechen, Madam«, warf Jadwin ein, »Sie müssen uns noch genau erklären, welche Bedingungen für dieses Spiel gelten. Ich nehme an, es gibt einige.«

»Nur zwei, und die sind sehr einfach. Erstens, das Sonett muss von Ihrer eigenen Hand geschrieben sein, und zwar auf einem einzigen Blatt Papier. Zweitens, es darf nicht später als mittags um zwölf Uhr bei mir abgeliefert werden. Pünktlich auf den Glockenschlag. Ich werde die Ergebnisse in der Tudor-Bibliothek erwarten, die im Westflügel des Schlosses zu finden ist.«

Siena schob sich so dicht an Dunster vorbei, dass ihre Röcke über seine Stiefel streiften. Mit einem Seitenblick erhaschte sie, dass sein Mund immer noch wie ein Krummsäbel gebogen war. Hart, scharf und unnachgiebig trotz seiner runden Kontur. Der Marquis war es offenbar gewohnt, Frauen niederzumähen wie der Bauer ein Weizenfeld.

Oder besser, über sie hinwegzupflügen. Das ist sicher die treffendere Umschreibung, dachte sie, als er in arroganter Haltung eine Hüfte vorschob.

»Ich kann mir vorstellen, dass du es ziemlich langweilig findest, nur in Gesellschaft von Büchern in ein Zimmer eingesperrt zu sein, mein liebes Täubchen«, murmelte er.

»Man sagt über den Duke, dass er ein paar außergewöhnliche Kostbarkeiten in kleineren Bibliothekszimmern überall im Haupthaus aufbewahrt. Zweifellos werde ich dort etwas zu meiner Unterhaltung finden.«

Der Marquis verschwendete seine Zeit nicht damit, seine Konkurrenten in ein schlechtes Licht zu rücken. Er tat so, als wäre der Wettstreit schon entschieden, und warf einen flüchtigen Blick auf seine Taschenuhr. »Ah, die Zeit reicht gerade noch für ein Schläfchen ... um sich anschließend der unerbittlichen Prüfungsaufgabe zu widmen.«

Es schien, als habe Fitzwilliam schon früher andeuten wollen, dass Dunster in fleischlichen Angelegenheiten oftmals den Sieg davontrug. Siena ließ den Blick einen Moment länger über seine fein ziselierten Züge und die blonden Locken gleiten, bevor sie die Lider senkte. Wegen der blonden Locken konnte sie sich vorstellen, dass es stimmte. Aber war es möglich, dass solches Glück den Charakter eines Mannes schwächte, ihn so sehr verdarb, dass er allein wegen seines hübschen Gesichts besondere Gunst verdient hatte?

»Noch Fragen, Gentlemen?«, wollte sie wissen.

»Würden Sie mir bitte die Erdbeermarmelade reichen, Winthrop?«, murmelte Kirtland.

»Dann bis heute Mittag.« Siena ließ ihre Röcke absichtlich rauschen, als sie die Männer ihren Frühstückseiern und dem Räucherschinken überließ. Dunster war nicht der Einzige, dessen Beweggründe eine Vielzahl Fragen aufwarf. Aber immerhin war sie auf dem Weg, einigen Antworten auf die Spur zu kommen.

10. Kapitel

Die volltönenden Glockenschläge verklangen gerade, als ein flatterndes Papier sie im Nacken kitzelte.

Siena hob den Blick von den ausgestellten Juwelen aus dem elisabethanischen Zeitalter, nahm das letzte Sonett entgegen und steckte es in die Falten ihres Kleides. »Das war reichlich knapp, Lord Dunster.« Er machte keinerlei Anstalten, zurückzutreten. Während sie seine kunstvoll arrangierten Locken und den sorgfältig rasierten Kiefer betrachtete, stieg ihr der überwältigende Duft seines Eau de Cologne in die Nase. »Wenn Sie das Spiel aufgegeben hätten, hätten Sie einen herben Rückschlag einstecken müssen. Wer weiß, vielleicht hätten Sie die Trophäe am Ende gar nicht mehr erringen können.«

»Ich habe keinerlei Bedenken. Denn ich kann sehr gut auf Risiko gehen. Und ich verliere niemals.«

»Eine gewagte Behauptung.« Spöttisch zupfte Siena an seinem Krawattentuch. »Wie schön, dass ich endlich einmal einem Mann begegne, der den Launen des Schicksals gegenüber immun ist.«

Sein Lachen barg einen kalten Unterton, der ihren Ohren nicht fremd blieb. »Man sagt, dass Fortuna weiblich sei. Eine Lady. Und die Ladys finden mich gewöhnlich unwiderstehlich.«

Sie antwortete mit einem verschämten Lächeln.

»Wo stecken die anderen?«, fragte er und ließ den Blick rasch durch den leeren Raum schweifen.

»Fitzwilliam hat die Einladung angenommen, mit Jadwin und Leveritt ins Dorf zu reiten. Kirtland und Winthrop schauen sich die Sammlungen des Dukes an.«

»Und lassen eine Lady allein, ohne Begleitung oder Unterhaltung? Es ist eine Schande. Aber andererseits hatten sie schon immer ruppige Manieren, wenn es um das andere Geschlecht geht.«

Dunster legte seine Hand auf ihren Rücken. »Warum nutzen wir die Gelegenheit nicht zu unserem Vorteil aus und lassen unsere nachmittägliche Verabredung ein wenig früher beginnen? Ich kann mir vorstellen, dass die Schätze der Tudors hier mehr nach Ihrem Geschmack sind als die Rembrandt-Skizzen.« Seine Fingerspitzen glitten unter die samtweichen Rüschen ihres Seidenkleides. »In den verborgenen Winkeln dieses Zimmers sollen die verführerischsten Stücke versammelt sein.«

Siena ließ sich an den Kuriositätenkabinetten und Bücherschränken vorbeiführen. Schatten umhüllten sie, als sie einen Alkoven betraten. Nur ein einziges bleigefasstes Fenster in der Mitte des schmalen Fensterbogens erhellte die dunkle Eiche und das antike Leder.

»Oh ja, wie ich sehe, gibt es hier ein paar wundervolle Bücher zu betrachten.« Sie hielt inne und stellte sich auf Zehenspitzen, um einen Band mit goldener Prägung vom Regal zu nehmen. Natürlich war sie sich klar darüber, dass sich die Rundungen ihres gestreckten Körpers in seiner Handfläche noch geschmeidiger anfühlen mussten.

In dem engen Raum tönte sein keuchender Atem noch lauter.

»Ich habe Ihnen etwas viel Interessanteres zu zeigen als einen Prachtband über Blumen«, murmelte er und presste die Handfläche fester auf ihren Rücken. Heiß, schwer und unangenehm feucht fühlte es sich an, sogar noch durch den Seidenstoff.

»Ach, wirklich?« Siena drehte sich herum und schob ihre Hüfte provozierend nach vorn, während sie das Buch wieder in das Regal stellte. Es schien, als wäre die Luft schwerer geworden. Der scharfe Geruch männlicher Erregung erstickte die feineren Düfte des alten Pergaments und Papiers.

Ohne jede Warnung drängte Dunster sich an sie und presste

einen erdrückenden Kuss auf ihren Mund. Obwohl seine Lippen hart und rau waren, erwiderte sie seinen Kuss, voller Neugierde, wie weit er wohl gehen würde.

Der Marquis fühlte sich ermutigt und zwang sie mit dem Rücken gegen den geschnitzten Akanthus. Seine Hände strichen über ihre Brüste. »Schließ deine Tür heute Abend nicht ab«, raunte er, als er sie schließlich losließ. »Ich komme später zu dir. Wenn alle anderen Gäste sich schon zurückgezogen haben.«

Siena wand sich aus seiner Umarmung. Nach dem gewalttätigen Übergriff fühlten ihre Lippen sich rau und zerkratzt an. »Das wäre gegen die Regeln, die ich eigens aufgestellt habe, Mylord«, erklärte sie, obwohl sie ihren Schenkel immer noch verführerisch gegen seinen Unterleib drückte. Schließlich hatte sie die Absicht, alle sechs Clubmitglieder schier in den Wahnsinn zu treiben, wenn sich die Gelegenheit bot. In der Hitze des Augenblicks könnten sie sich zu einem entscheidenden Fehler hinreißen lassen. »Oder halten Sie nichts von Fairness?«

Er stöhnte leise, aber wild. »Ich glaube daran, mir das zu nehmen, wonach es mich verlangt.« Heiß und hungrig presste er seinen Mund an das kleine Grübchen auf ihrem Hals. »Und genau jetzt verlangt es mich nach dir. Du sollst dich nackt unter mir wälzen, dich drehen und winden … zum Teufel mit all diesen kindischen Spielchen. Ich bin bei Weitem der beste Mann, um deine unersättliche Gier zu stillen.«

Aha. Der Marquis glaubte also daran, rücksichtslos all das an sich zu reißen, wonach es ihn verlangte. Wie würde er reagieren, wenn man sein Verlangen durchkreuzte? Siena beschloss, es herauszufinden.

Sie befreite ihre Röcke aus seinem Griff und löste sich aus seinem Arm. »Das müssen Sie mir beweisen. Genau wie die anderen.«

Dunsters Wangen färbten sich blutrot. »Sie dürfen gern glauben, dass Sie mit den anderen umspringen können wie mit ein paar Marionetten. Aber mit mir nicht, mein liebes Täubchen. Ich kann mich nicht dafür erwärmen, am Nasenring durch die Arena geführt zu werden.«

Wie interessant. Passend zu seinem übertriebenen Stolz besaß der Marquis of Dunster ein launisches Temperament.

»Oh, hören Sie auf, Sir«, spottete Siena und war entschlossen, Feuer mit Feuer zu bekämpfen. »Vor mir brauchen Sie nicht die gekränkte Unschuld zu spielen. Sowohl in Ihrer als auch in meiner Welt geht es vor allem darum, andere Menschen zum eigenen Vorteil zu manipulieren.« Sie zupfte das Spitzentuch vor ihrer Brust wieder in Form. »Sie können mir kaum vorwerfen, dass ich es dem Duke gleichtue. Der Mann fuchtelt mit seinen kostbaren Büchern in der Luft herum und wartet gespannt darauf, wer wohl am höchsten springen wird.«

Dunsters Zorn schien sich ein wenig zu verflüchtigen, obwohl Siena sich nicht vorstellen konnte, dass seine blitzenden Zähne als Lächeln zu verstehen waren. »Sie sind wirklich ein cleveres Täubchen, nicht wahr? Nun gut. Wie viel verlangen Sie für eine Nacht?«

»Ich werde nicht so dumm sein, Ihnen den Zuschlag zu gewähren, bevor nicht alle Gebote abgegeben worden sind.«

»Gebote?« Plötzlich betrat Winthrop den Alkoven. Überrascht bemerkte sie, dass Kirtland ihn begleitete. »Gibt es etwa noch einen Schatz zu verkaufen, von dem wir anderen noch nichts gehört haben?«

»Der Marquis und ich haben nur über die Höhepunkte der Auktion gesprochen«, antwortete sie. »Es ist faszinierend, in all die Händel eingeweiht zu werden, die sich hinter den Kulissen abspielen.«

»Manchmal kann es ziemlich hässlich werden«, erwiderte Winthrop. »Sie müssten einmal dem Verkauf der erstklassigen Hengste in Tattersalls Reitstall beiwohnen, um die halsabschneiderischen Taktiken zu beobachten, mit denen dort gehandelt wird. Es würde noch dem barbarischsten Piraten die Röte in die Wangen treiben.«

»Sir, ich zweifle, dass ich schockiert wäre.« Die Röcke raschelten um ihre Knöchel, als Siena sich von Dunster entfernte. »Mit dem Verkauf von Fleisch bin ich schließlich vertraut.«

»Anders als in den meisten Ställen sind die Pferde bei Tattersall von erstklassiger Qualität. Sie sind dazu ausgebildet, ihren Herren auf den kleinsten Schenkeldruck zu gehorchen«, entgegnete der Marquis. Seine Stimme klang immer noch rau vor Missvergnügen. »Dort können Sie sich wenigstens darauf verlassen, ein handzahmes Tier zu kaufen. Eines, das mit Peitsche und Sporen leicht zu kontrollieren ist.«

»Ein erfahrener Reiter sollte nicht zu solchen Maßnahmen greifen müssen«, meinte Kirtland bedächtig und ließ den Blick zwischen dem Marquis und ihr hin und her schweifen. »Vertrauen ist viel bedeutsamer als Angst.«

Sein Blick funkelte so scharf wie ein geschliffener Smaragd. Der Mann schien genau begriffen zu haben. Siena fluchte unhörbar und schwor sich, sorgfältiger darauf zu achten, selbst die leiseste Spur von Gefühlen aus ihrer Miene zu verbannen.

»Vielleicht sollten Sie Wellesley und seine Leute mit dieser Plattitüde vertraut machen«, warf Dunster bissig ein. »Aus Ihrem Mund würde das Gerede von Vertrauen zweifellos viel Eindruck schinden.«

Der Earl zeigte keinerlei Reaktion.

»Nun aber langsam, Dun, wir sollten keinerlei Missverständnisse aufkommen lassen.« Winthrop lachte nervös und zupfte an seiner Uhrkette. »Wir …«

»Oh, keine Sorge, der Marquis und ich verstehen einander ganz ausgezeichnet«, unterbrach Kirtland mit liebenswürdiger Stimme.

Aber Siena bemerkte, dass aus den überschatteten Augen des Earls jede Farbe gewichen war. Stattdessen sahen sie jetzt aus wie zwei Punkte aus erhitztem Stahl, die selbst den stärksten Kerl in die Knie zwingen konnten.

Dunster musste es genauso empfunden haben. Denn trotz seiner höhnischen Bemerkung trat er einen Schritt zurück.

Der Earl schaute Winthrop an. »Ich habe nicht die Absicht, wieder in die Schlacht zu ziehen. Und ich brauche niemanden, der mir Schützenhilfe gewährt.«

»Äh, ja, also …« Winthrop wusste nicht recht, was er antworten sollte, so sehr hatte die unerwartete Konfrontation ihn überrascht. »Ich wollte nur sagen, wir sind alle ein wenig nervös. Natürlich sehnen wir uns alle danach, den Psalter endlich in den Händen zu halten. Aber wegen der Rivalität sollte es kein böses Blut zwischen uns geben.« Er atmete hörbar aus. »Wir sollten unsere erhitzten Köpfe und Zungen ein wenig abkühlen. Mit dem exzellenten Bordeaux des Dukes.«

Dunster folgte, allerdings nicht ohne dem Earl einen letzten wütenden Blick zuzuwerfen. Kirtland schenkte diesem keine Beachtung. Erst nachdem die beiden Männer das Zimmer verlassen hatten, wandte auch er sich zur Tür.

Siena fluchte wieder, als er das Zimmer ohne ein weiteres Wort verlassen hatte. Die untergründige Anspannung zwischen Dunster und Jadwin hatte sie bereits gespürt. Gab es etwa noch mehr verborgene Feindseligkeiten? Konnte es sein, dass die Clubmitglieder sich unter dem Deckmantel ihrer Männerfreundschaften am liebsten gegenseitig an die Kehle springen würden? Schließlich verließ sie die Bibliothek mit zusammengepressten Lippen. Sie brauchte Antworten – und nicht noch mehr Fragen.

Betroffen stellte sie fest, dass Orlov wie aus dem Nichts neben ihr auftauchte. »Ist die Lady in Bedrängnis?«

»Danke der Nachfrage«, erwiderte Siena knapp und hoffte, ihn damit loszuwerden. »Aber ich brauche keinen Helden, der für mich den Drachen tötet.«

»Njet?« Er zog eine übertriebene Grimasse. »Ich hatte den Eindruck, dass einer der Gentlemen, die aus der Bibliothek kamen, Feuer gespuckt hat.«

Sie unterdrückte ein Lächeln. Gewöhnlich neigte das russische Temperament zu melancholischen Grübeleien. Er dagegen besaß einen verschmitzten Humor. »Feuer und Rauch sind manchmal leicht zu verwechseln.«

»Ich frage mich, was solche Leidenschaften erregt hat?«

»Bücher«, erklärte sie kurzerhand.

»Ich kann mich nur wundern, wegen welcher Nichtigkeiten die Menschen bereit sind, sich die Köpfe einzuschlagen«, bemerkte er. »Ein bisschen Papier lohnt doch kein Blutvergießen.«

»Eine seltsame Auffassung, Mr. Orlov. Wollen Sie nicht auch für den Psalter bieten?«

»Nur auf Geheiß eines anderen. Wenn ich die Wahl hätte, würde ich mich angenehmeren Aufgaben widmen.«

Unwillkürlich musste sie lachen. »Geben Sie es auf, Sir. Sie sollten Ihre Zeit und Ihren Charme nicht an mich verschwenden.«

Er zwinkerte ihr zu, als sie am Ende des Korridors angekommen waren. »Sie sind nicht die Einzige, die mich warnen will, mein Täubchen. Aber so leicht gebe ich nicht auf.«

»Ich auch nicht.« Sie drehte sich um und entdeckte, dass Kirtland sich in der dunklen Einbuchtung des Türbogens verbarg. »Guten Tag, Sir.«

Der Earl wollte nicht an den abendlichen Vergnügungen teilnehmen und hatte ein kaltes Gedeck in sein Quartier bestellt. Er beabsichtigte, ein Buch über Kunstschätze in Burgund zu lesen, das er sich aus der Sammlung des Dukes geliehen hatte. Aber irgendwie war sein Geist zu unruhig, um sich auf die Wissenschaft zu konzentrieren. Nach kurzer Zeit legte er das Buch beiseite und nahm sich ein anderes Blatt vor.

Aber auch die Gästeliste verschaffte ihm keine Geistesblitze.

Verdammt. Kirtland verzog das Gesicht. Waren seine geheimdienstlichen Fähigkeiten ebenso eingerostet wie seine Sporen bei der Kavallerie? Er warf das Papier fort und marschierte unruhig auf und ab.

Wie den anderen Mitgliedern des Gilded Page Clubs hatte der Duke ihm Zimmer im zweiten Stock des Ostflügels zugewiesen, mit Blick auf den Garten. Entlang des Korridors waren acht Konkurrenten in kostbarem Mobiliar aus der Restaurationsepoche untergebracht. Die Gäste über achtzig wohnten mit Rücksicht auf ihre alten Knochen im Central Tower.

Während unter ihm, in all ihrer einsamen Herrlichkeit, Black Dove residierte.

Die Lady ist genauso mysteriös wie ihr Spitzname. Ein einziger Gegensatz. Ein Widerspruch. Ein Rätsel. Sie hatte den Namen einer flatterhaften, schutzlosen Nichtigkeit angenommen – aber trotzdem trug sie die Tätowierung eines fliegenden Falken. Die Flügel gebogen, die Krallen ausgefahren. Sie war alles andere als hilflos.

Falken waren Jäger. Und wer war ihre Beute?

Den ganzen Tag über hatte er sich die Frage nicht aus dem Kopf schlagen können. Irgendjemand hatte sie geschickt. Sein Verstand war noch nicht so eingerostet, dass er annahm, sie hätte sich zufällig den Gilded Page Club als Ziel ausgesucht. Aber warum? Um sie in den Wahnsinn zu treiben?

Wenn das wirklich ihre Absicht war, dann erledigte sie ihre Arbeit verdammt gut.

Er presste die Stirn gegen den Fensterrahmen. Die frische Nachtluft bot seiner erhitzten Einbildungskraft eine willkommene Abkühlung. Nicht, dass der Ausblick dazu einlud, irgendwelche Hirngespinste hervorzurufen. Wie gemalt sahen die gläsernen Türme des Gewächshauses aus, gespenstisch und verträumt, als sie sich aus dem Nebel erhoben.

Exotisch. Wie die Sammlung verschiedener Pflanzen, die in der erdigen Wärme im Innern gediehen. Wie ihre wohlgeformten Schenkel, die sich so sündhaft ausstreckten …

Als der Earl sich abwandte, bekam er gerade noch mit, wie ein Lichtstrahl im Gebäude aufblitzte. Sternenlicht, das sich spiegelt, dachte er sich. Oder war es nur seine erhitzte Einbildungskraft, die ihm einen Streich spielte?

Wieder fluchte er. Welcher unnatürliche Bann hielt seine Sinne seit jenem mitternächtlichen Sturm gefangen, seit jenem höllischen Kuss? Eigentlich sollte er sich Tag und Nacht damit beschäftigen, wie er die illuminierten Bücher in seinen Besitz bekommen konnte. Aber trotzdem schweiften seine Gedanken immer wieder ab zu der Taube mit dem rabenschwarzen Haar, ihren geschmeidigen Kurven, ihrem unbeugsamen Stolz.

Eine Frau, so einzigartig wie der Psalter.

Wenn seine Ahnung ihn nicht trog und sie tatsächlich nicht nur zum Vergnügen engagiert worden war, dann musste der verwegene Russe ihr Verbündeter sein. Irgendwie besaß der Auftritt beider eine gewisse Ähnlichkeit: Mut und Kühnheit, die durch eine wachsame Aufmerksamkeit gezügelt wurden. Das samtige Lächeln maskierte den eisernen Willen.

Manchmal kam es ihm vor, als würden tief verborgene Geheimnisse ihn höhnisch auslachen. Die beiden gäben ein wunderbares Paar, falls sie miteinander im Bunde ständen. *Feuer und Eis.* Kirtland spürte, wie das Blut ihm heißer durch die Adern rann, als er sich die beiden als Paar vorstellte, mit verschlungenen Gliedmaßen, das goldene Haar durcheinander mit rabenschwarzen Locken auf schneeweißen Laken.

Er atmete tief durch und versuchte, die seltsame Hitze zu besänftigen. Er hatte sich aus der Gesellschaft zurückgezogen, um den Machenschaften solcher Männer aus dem Wege zu gehen. Und den listigen Spielchen solcher Frauen. Denn er hatte genügend Lug und Trug in allen möglichen Verkleidungen erleben müssen. All die Leute, die es auf Macht, Ansehen oder persönlichen Gewinn abgesehen hatten, interessierten sich ausschließlich für ihre eigenes selbstsüchtiges Verlangen. Für sie war alles nur ein Spiel.

Ein beiläufiges Wort, ein boshaftes Gerücht – ganz gleich, wie die Dinge sich auch entwickeln mochten, im Herzen regierte nichts als Selbstsucht. Hatte er das nicht am eigenen Leib erfahren müssen?

Obwohl Kirtland behauptet hatte, dass er sich nicht um die üble Nachrede scherte, hatten die Gerüchte um seinen schlechten Charakter womöglich tiefere Wunden geschlagen, als er zugeben mochte. Osborne hatte ihm dringend geraten, gegen die Bitterkeit zu kämpfen, anstatt sich immer weiter in grüblerische Melancholie zu verlieren.

Kam es etwa dem Eingeständnis einer Niederlage gleich, dass er sich aus dem Leben zurückzog?

In letzter Zeit hatte er sich diese Frage öfter gestellt. Um die Wahrheit zu sagen, die selbst gewählte Einsamkeit begann ihn ein wenig zu langweilen. Außerdem beschlich ihn eine leichte Unruhe, seit er entdeckt hatte, wie Osborne seine Erfahrungen aus der Armee nützlich anzuwenden wusste. Vielleicht lag sein Freund gar nicht so falsch, wenn er ihn als Idealisten verspottete. Kirtland hatte immer noch das Gefühl, dass Bücher bessere Freunde waren als Menschen. Aber er vermisste die Verantwortung bei der Armee, das Gefühl, etwas Nützliches zu tun, die Herausforderung, einen scharfsinnigen Feind in die Knie zu zwingen.

Einen Moment lang dachte er an feurig goldene Augen und einen regennassen Kuss …

In der Tat, Black Dove war scharfsinnig genug, ihn mit aller Macht abzulenken. Ein widerwilliges Lächeln spielte ihm über die Lippen. Oh ja, sie war gut. Sogar sehr gut.

Wenn es ihm nicht gelang, sich mit seinen Fähigkeiten in der

Gesellschaft nützlich zu machen, konnte er sie wenigstens dazu einsetzen, seine eigene Schlacht zu schlagen. Um einen durchtriebenen Rivalen mit seinen eigenen Waffen zu besiegen …

Nein, er würde es nicht zulassen, dass die Kostbarkeiten auf Marquand Castle ihm so einfach durch die Finger glitten. Wenn der Russe – und seine zauberhafte Komplizin – davon träumten, er würde ihnen kampflos das Feld überlassen, dann würde er für ein böses Erwachen sorgen.

Aber bis jetzt ist alles nur Spiegelfechterei, mahnte er sich, als sein Blick auf das zerknüllte Papier auf dem Teppich fiel. Er durfte die Möglichkeit nicht aus den Augen verlieren, dass sein wahrer Gegner sich in diesem Ablenkungsmanöver unter den anderen Gästen befand. Kirtland rieb sich das Kinn, griff nach der Liste und las noch einmal die Namen.

Wer außer dem Russen könnte Black Dove angeheuert haben?

Die beiden älteren Gentlemen aus Edinburgh konnte er getrost streichen: Der eine war wie der Duke an den Rollstuhl gefesselt, der andere schien leicht übergeschnappt zu sein. Was war mit dem Krösus aus Brighton? Unwahrscheinlich, denn der hatte sich jahrelang in Indien aufgehalten und war erst kürzlich zurückgekehrt. Der Verdacht auf Lord Bantrock, den stämmigen Iren, wog viel schwerer. Es sah aus, als hätte er sowohl das Geld als auch genügend Scharfsinn, um den Plan einzufädeln.

Die Mitglieder des Gilded Page Clubs konnte er sicherlich streichen.

Wirklich?

Jeder Mann hegte seine heimlichen Leidenschaften. Und war bereit, einen hohen Preis dafür zu zahlen.

Was seine Gedanken wieder zu Black Dove führte.

So sehr er sich auch wünschte, sich auf Bücher zu konzentrieren, auf Kunst – wie mit einer rasiermesserscharfen Klinge schnitt die geheimnisvolle Schönheit jedes Mal in seine Gedanken. Es weckte seinen Zorn, dass es ihm nicht gelang, die Klinge stumpf zu machen. Oder seinen urwüchsigen Stolz zu zügeln. *Sie wagte es, ihn herauszufordern?* Er wollte ihr beweisen, dass er seinen Biss nicht verloren hatte. Sie wollte das Spiel der Verführung spielen. Warum stieg er nicht ein?

Langsam breitete sich ein Lächeln in seinem Gesicht aus. Als erfahrener Soldat wusste er, dass man die Schlacht schon halb gewonnen hatte, wenn es gelang, den Feind aus dem Gleichgewicht zu bringen. Die unmittelbare Konfrontation hatte bis jetzt nur zu einem Patt geführt.

Höchste Zeit, die Taktik zu ändern.

11. Kapitel

Die erste Prüfung wurde ziemlich gut absolviert, dachte Siena, als sie sich am nächsten Morgen an die Frisierkommode setzte. Sie hatte mehrere wichtige Entdeckungen gemacht. Nachdem sie die Sonette studiert hatte, hatte sie Fitzwilliam endgültig als gesuchten Mann streichen können. Natürlich war es möglich, seine Handschrift zu verstellen, aber schließlich ahnten die Männer nicht einmal, dass sie eine Handschriftenprobe des Verräters besaß. Der Baron war Linkshänder, und als solcher konnte er den verräterischen Brief nicht ohne die Hilfe von Chertwells Leuten geschrieben haben.

Nach gründlicher Überlegung hatte sie beschlossen, dass Winthrop die erste Prüfung gewonnen hatte. Die Akten hatten nahegelegt, dass er der blödeste Kerl aus der ganzen Gruppe war – also wäre es am leichtesten, ihn am Ende aus der Liste der Verdächtigen zu eliminieren. Es wäre ein großer Vorteil, wenn sie schon so früh im Spiel einen weiteren Namen würde streichen können.

Bis jetzt war das Glück auf ihrer Seite. Als Belohnung hatte sie ein Treffen im Persischen Zimmer arrangiert und ihm eine private Lesung erotischer Poesie versprochen. In der Stunde, die sie gemeinsam verbrachten, erwies Winthrops Einbildungskraft sich als genauso glanzlos wie sein Äußeres. Obwohl er keinen Hehl daraus machte, unablässig ihre Brüste zu begaffen und mit seinen amourösen Eroberungen zu prahlen, richtete er seine Aufmerksamkeit eher darauf, die Flasche Brandy aus dem Schrank des Dukes zu leeren. Zusammen mit einer Flasche Port.

Die Minuten waren qualvoll langsam dahingekrochen. Aber als er schließlich davonschwankte, war sie mehr als je zuvor überzeugt, dass ihr erster Eindruck sie nicht getrogen hatte. Und heute Vormittag hatte sie die Gelegenheit, ihre Überzeugung zu bestätigen.

Winthrop gehörte zu den ersten Bietern, die für das zurückgezogene private Gespräch mit dem Duke vorgesehen waren. Sein Sekretär hatte sie alle gewarnt, dass das Treffen länger als eine Stunde dauern würde …

Eine Stunde. Das war mehr als genug, um seine persönlichen Sachen durchsuchen zu können.

Siena hob die Röcke, steckte das Messer an seinen Platz und trat hinaus auf den verlassenen Korridor. Rose hatte eine Tür zum rückwärtigen Treppenhaus entdeckt, die in der schweren Holztäfelung versteckt war. Die Treppe führte auf das tiefer liegende Stockwerk, in dem die Gentlemen des Gilded Page Clubs untergebracht waren. Weil Stoneleigh eine Führung durch die Waffensammlung des Dukes für die Männer arrangiert hatte, durfte es keinerlei Schwierigkeiten machen, ungesehen in Winthrops Zimmer zu schlüpfen. Und selbst wenn sie von einem Diener erwischt wurde: Die Anwesenheit einer reichen Witwe, die sich in der Nähe der männlichen Gäste herumtrieb, würde nicht mehr als derbes Gelächter hervorrufen.

Ihre reich verzierte Haarnadel – eine besondere Anfertigung aus gehärtetem Stahl – wurde mit dem alten Schloss schnell fertig. Geräuschlos schob sie den Türbolzen zurück, drehte sich um und eilte zuerst in das Anziehzimmer. Sie wollte die Kleidung des Gentleman rasch durchsuchen, bevor sie sich an seinem Schreibtisch zu schaffen machte. In den Taschen seiner Westen fand sie nichts. Im Mantel verbarg sich nur eine drastische Rechnung eines Weinladens in der Jermyn Street. Nachdem sie auch in seinen Hosen weder versteckte Taschen noch Papiere gefunden hatte, ging sie ins Schlafzimmer.

Der Inhalt seiner Koffer war genauso harmlos. Aber als sie ein Kästchen mit Briefen öffnete, machte sie eine interessantere Entdeckung. Unter einem Brief seiner Schwester fand sie mehrere Präservative, ein Rezept für einen Wickel, mit dem man den Schwanz eines Mannes vergrößern konnte, und ein Pamphlet mit mehreren erotischen Stellungen. Sie gestattete sich ein zaghaftes Lächeln.

Soweit es Winthrop betraf, gab es offenbar nur den Verdacht, dass sein bestes Stück nicht ordentlich arbeitete. Das letzte Papier ließ keinerlei Zweifel mehr an seinem zerbrechlichen Zustand: Es war die Bestätigung eines Aufenthalts auf der Dr. Erector's Health Spa für distinguierte Gentlemen in der Nähe von York.

Nicht die Auflistung der Behandlung erregte Sienas Neugier. Es waren die Daten der Behandlung: Sie passten genau in die Zeit, zu der zum dritten Mal Regierungsdokumente gestohlen worden waren. Lynsleys Agenten waren in der Lage gewesen, die Woche genau zu bestimmen, in der die seltene Ausgabe von *Paradise Lost* aus dem Stadthaus des Gilded Page Clubs abhanden gekommen war.

Sorgfältig legte sie die Papiere zurück und schloss das Kästchen. Winthrop war also nicht ihr Mann. Blieben noch vier. Sie überzeugte sich, dass ihr Besuch keinerlei Spuren hinterlassen hatte, schlüpfte aus dem Zimmer und schloss den Riegel.

»Sieh an, sieh an, wen haben wir denn da?«

Gemessen an seiner Größe bewegte Bantrock sich erstaunlich leise.

»Scheint so, als hätten Sie Ihr Nest verlassen, meine liebe Lady Blackdove.«

»In der Tat.« Spielerisch fuhr Siena sich mit den Fingerspitzen durch die Locken und ließ die Haarnadel wie beiläufig in das Haarband gleiten. »Ich hatte eine Frage an Lord Winthrop und dachte, ich könnte ihn hier noch vor dem Mittagessen erwischen. Aber es sieht so aus, als wäre er nicht in seinem Zimmer.«

»Ich bin sicher, dass ich all Ihre Wünsche befriedigen kann.« Der irische Lord schnappte sie beim Handgelenk. »Warum kommen Sie nicht in mein Zimmer und lassen sich zeigen, wo meine Stärken liegen?«

»Später vielleicht, Sir. Im Moment habe ich mein Augenmerk auf Lord Winthorp gerichtet.«

Er verschärfte seinen Griff. »Ich werde dafür sorgen, dass Sie auf Ihre Kosten kommen.«

»Ein verführerisches Angebot, aber …«

Auf der Treppe erklang Gelächter, und sie hörten Tritte.

Siena nutzte Bantrocks kurze Verwirrung, riss sich los und eilte durch die Doppeltüren zum angrenzenden Korridor, bevor er folgen konnte.

Sie verlangsamte ihren Schritt und bemerkte, dass sie sich in einem Teil des Schlosses aufhielt, in dem sich die Hauptausstellungsräume befanden. Auf keinen Fall wollte sie auf dem Weg in ihre Unterkunft noch eine Begegnung mit dem irischen Lord riskieren. Sie beschloss, sich ein wenig auf Marquand Castle umzusehen. Jedes Portal war mit einem Messingschild verziert, auf dem zu lesen war, welche Schätze der Raum barg. Im Zimmer der Neuen Welt waren prächtig bemalte aztekische Töpferwaren ausgestellt, das Kalligraphen-Zimmer enthielt verschlungene arabische Manuskripte, das Renaissance-Zimmer Meisterstücke aus Florenz und Siena …

Spontan trat sie ein. Obwohl der Himmel draußen bewölkt war, hüllte das blasse, perlmuttartige Licht im Innern sie sofort ein. Als sie aufschaute, bemerkte sie, woran es lag: an den dreiflügeligen palladianischen Fenstern der nördlichen Wand, die beinahe kathedralische Ausmaße erreichten. Perfektes Licht für Künstler, hatte sie gelesen, kalt und rein.

Ihr Blick fiel auf die vergoldeten Bilderrahmen, die über den Kabinettschränken mit gläserner Front hingen. *Michelangelo, Botticelli, Da Vinci.* Aus dem Kunstunterricht in der Akademie war sie mit den berühmten Namen vertraut. Aber bisher hatte sich kaum die Gelegenheit geboten, deren Werke zu studieren.

Mit einem ironischen Lächeln erinnerte sie sich an die erotischen Stiche von Raphael. Merkwürdig, dass er zu ihren liebsten Künstlern gehörte. Wenn sie dem vertrauen durfte, was sie im Unterricht gelernt hatte, musste er ein berüchtigter Frauenheld gewesen sein. Ebenso sinnlich wie einfühlsam, schwelgte er in weiblicher Schönheit, ganz gleich, ob es sich um eine Madonna, um eine heidnische Göttin oder um eine Geliebte handelte. Seine Zeichnungen bewiesen ein meisterhaftes Gefühl für weibliche Formen.

Aber keine schwarz-weiße Zeichnung konnte es mit der Farbenpracht aufnehmen, auf die ihr Auge jetzt traf. Niemals würde ihr Erstaunen darüber nachlassen, wie solch profanes Material wie Pigmente, Leinöl und Terpentin auf so wundervolle Weise verwandelt werden konnte. Tonmehl und fein geschliffene Halbedelsteine hatten an sich kein Gefühl. Es war einzig und allein die Hand des Künstlers, die ihnen Geist, Lachen, Liebe einhauchte.

Leben.

Ihr stockte der Atem. In der Kunst des Krieges war sie glänzend ausgebildet, eine geschickte Königin der Nacht, des Todes. Vielleicht lag es daran, dass sie die Welt des Lichts und der Farben als zauberhaft und verführerisch empfand.

Im Bücherständer entdeckte sie eine Ausgabe von Vasaris Werk *Leben der ausgezeichnetsten Maler, Bildhauer und Baumeister, von Cimabue bis zum Jahre 1567*. Siena schlug es auf und begann, das Kapitel über Raphael zu lesen.

»Eine Kennerin der Kunst der Renaissance?« Kirtlands Stimme weckte sie plötzlich aus ihren Träumereien auf. Sein Schatten fiel auf die Seite, als er sich mit der Schulter an den Ständer lehnte. »Ein weiteres Talent in Ihrem unerschöpflichen Arsenal?« Merkwürdig, aber sein Tonfall klang eher spöttisch als höhnisch, und die Mundwinkel zogen sich nach oben.

Siena erwiderte sein Lächeln. »Der Kunstgenuss ist nicht das alleinige Privileg weniger wohlhabender Menschen, die Rang und Namen besitzen.« Während sie sprach, bewunderte sie unwillkürlich seine muskulöse Erscheinung,. Unbestreitbar strahlte er eine Aura männlicher Lebendigkeit aus, die Raphaels hübsche Erzengel plötzlich blass erscheinen ließen.

Er kam näher und zog die Brauen hoch, als wollte er sie auffordern, weiterzusprechen.

»Viele der größten Kunstwerke sind sogar für die Menge gedacht gewesen«, fuhr Siena bedächtig fort und versuchte, nicht auf sein welliges Haar zu achten oder die wohlgeformten Schultern. »Die Kirchen haben Fresken und Altarbilder in Auftrag gegeben, um den Geist zu erwecken und zu lehren. Die Mehrheit der Menschen konnte nicht lesen. Deshalb haben sie die biblischen Geschichten über Bilder kennengelernt.«

»Sie haben also wirklich Kunstunterricht genossen. Genau wie Fechtunterricht.« Der Earl verbeugte sich leicht, sodass sein Mantel über ihre Röcke strich.

Seltsam, dass die flüchtige Berührung ihr einen heißen Schauder über den Rücken jagte. Wahrscheinlich lagen ihre Nerven immer noch blank ... wegen der Begegnung mit Bantrock. Wie sonst sollte Siena sich erklären, dass ihr seine Nähe so peinlich bewusst war?

»Sie scheinen sehr gut ausgebildet«, schloss er.

»Ich weiß ein wenig. Aber ich bin sicher, dass ich Ihnen bei diesem Thema nicht das Wasser reichen kann«, erwiderte Siena. Es lag auf der Hand, dass Kirtland mit dem Schwert umgehen konnte. Jetzt bot sich die Gelegenheit zu sondieren, ob er noch andere Talente besaß. Auf keinen Fall durfte sie sich ablenken lassen. »Zufällig bin ich gerade über einen Ausdruck in diesem Buch gestolpert, den ich nicht verstehe. Würden Sie mir bitte erläutern, was *chiaroscuro* zu bedeuten hat?«

»Es ist ein Ausdruck für hell und dunkel. Ein stilistisches Mittel, um den Kontrast hervorzuheben, wenn man einen dramatischen Effekt erzielen will.« Der Earl ergriff ihre Hand und schob sie in seine Armbeuge. »Kommen Sie, ich will es Ihnen zeigen.«

War es tatsächlich so, dass er die Vertraulichkeit des Augenblicks absichtlich ausdehnte? Oder bildete sie sich alles nur ein? Wieder einmal unterdrückte Siena einen Schauder.

Er führte sie zu einem kleinen Porträt einer jungen Lady. »Schauen Sie nur, wie Da Vinci den Winkel des Lichteinfalls gewählt hat, um diese seltsamen Spitzen und Schatten zu schaffen.«

Siena musterte das halb schattige, halb sonnige Gesicht. »Es fügt dem Bild eine gefühlsmäßige Tiefe hinzu, nicht wahr?«

Kirtland nickte ermutigend. »Ja. Gut gesagt.«

Benahm er sich anders als sonst, weil er sie für sich einnehmen wollte? Siena brauchte einen Moment, bis sie wieder gleichmäßig atmete und fortfahren konnte. »Dann malt ein Künstler also nicht einfach nur das nach, was er sieht. Er nutzt sein geistiges Auge, um aus seiner Vorstellung ein Bild zu formen, und bringt es dann seinen technischen Fertigkeiten gemäß auf die Leinwand.«

Seine Lippen zuckten. »In der Kunst ist es wie beim Fechten. Man arbeitet mit vielen Tricks. Die Perspektive zum Beispiel gehörte zu den umwälzenden Erfindungen der Renaissance.« Er deutete auf die Madonna mit Kind; im Vordergrund waren die Heiligen Drei Könige aus dem Morgenland zu sehen. »Genau wie die Komposition. Der dreieckige Aufbau wurde bevorzugt, um das Auge des Betrachters auf den zentralen Punkt zu lenken.«

Fasziniert verbannte sie die Grübeleien über den Earl aus ihren Gedanken und betrachtete den Aufbau des Bildes. »Mir war nicht bewusst, wie viele tiefgründige Elemente eine Rolle spielen.«

Die Miene des Earls wurde milder, als er sich in das Thema vertiefte. Sanft und zärtlich fuhr er mit den Fingerspitzen über die gemalten Falten des elfenbeinfarbenen Leinens, und sie fragte sich, wie sie jemals hatte annehmen können, dass Kirtland ein harter, verbitterter Mann war.

»Sehr viele untergründige Elemente spielen eine Rolle«, erklärte er, »die feinsten Pigmente stammten aus toskanischer Erde, und die Maler aus Florenz und Siena waren besonders begabt, die farblichen Nuancen einzufangen.«

Plötzlich spürte sie, wie ein Verlangen in ihr aufkeimte. Was war das für eine unerklärliche Sehnsucht, die sich ihrer Sinne bemächtigt hatte? Es war schon schlimm genug, dass sie sich vorstellte, wie die Hände des Earls sich auf ihrem Gesicht anfühlten. Aber jetzt fragte sie sich plötzlich, wie es wohl war, die Schönheit der Stadt zu erkunden, deren Namen sie trug. Noch mehr über Kunst, über Poesie und den Glanz des Sonnenlichts zu erfahren …

»Sind Sie jemals dort gewesen?«, hakte sie nach. »Ich meine, in Siena.«

»Ja. Als junger Mann habe ich ganz Italien bereist.«

»Wie ist es dort?«, wollte sie wissen. Es war schließlich ihre Pflicht, mehr über die Liebe des Earls zur Kunst herauszufinden.

Kirtland zögerte. Und in diesem Moment entdeckte sie das Spiegelbild ihres eigenen Verlangens in seinem Blick. »Es ist, mit einem Wort, zauberhaft. Die Schätze der Stadt mögen unter Umständen von der florentinischen Kunst übertroffen werden«, erklärte er, »Siena dagegen strahlt eine unverbrauchte Kraft aus, die unvergleichlich ist.«

Zum ersten Mal sprach der Earl vollkommen frei mit ihr, und sie musste feststellen, dass sie sich wünschte, er möge fortfahren.

»Die Stadt ist auf drei Hügeln erbaut und erhebt sich aus den Olivenhainen und Weinbergen der Gegend. Die gepflasterten Straßen innerhalb der Stadt sind eng und steil. Die Piazza el Campo liegt im Herzen der Stadt. Es gibt noch mehr Sehenswürdigkeiten: den Duomo, die wundervolle Kathedrale aus grünem und weißem Marmor mit Kunstwerken von Donatello und Pisana.«

Grün und weiß ... wie seine Augen ... die vor Leidenschaft glühten, während er erzählte und ihren Blick festhielt.

»Außerdem gibt es das jährliche *Pollio delle Contrade*, ein Wildpferderennen, das noch aus Zeiten des Mittelalters stammt und durch die verschlungenen Seitenwege der Stadt führt. Fliegende Hufe, fliegende Ellbogen, teuflische Reiter, die um den Sieg kämpfen, wenn die Glocken des *Torre del Mangia* ertönen und die Menge laut aufschreit, weil sie Blut sehen will.« Sein Lächeln zeigte, dass sich unter den gewöhnlich boshaften Gesichtszügen ein trockener Humor verbarg. »Sie würden sich dort sehr zu Hause fühlen.«

Siena spürte, wie ihr Herz plötzlich zu rasen begann, als er mit den Fingerspitzen leicht auf ihr Handgelenk trommelte. Sie mahnte sich, dass sie gefährlich nahe daran war, ihren Auftrag zu vergessen, und zielte ihre Gedanken auf die Aufgabe, den Earl zu verführen, ihre Bekanntschaft zu vertiefen. »Sie beschreiben es sehr schön, Sir.«

»Mit Worten kann man der Sache nicht gerecht werden.«

»Im Gegenteil. Sie sind ein ausgezeichneter Leser. Vielleicht sind Sie einverstanden, mir bald eine zweite Unterrichtsstunde zu gewähren.«

»Wo wir gerade darüber reden, wo sind Sie eigentlich ausgebildet worden?«

»In einer kleinen Akademie für junge Mädchen. Sie werden sie nicht kennen.«

»In der Nähe von London oder in einer entfernteren Gegend?«, drängte Kirtland.

Sie wandte den Blick ab. »Ich kann mir nicht vorstellen, dass es Sie wirklich interessiert, wo eine Kurtisane ihre Ausbildung erhalten hat.«

»Ich kann meine Neugier einfach nicht zügeln.« Er lehnte sich gegen die Vitrine. Plötzlich berührte er ihre Schulter mit seiner.

Zum Teufel mit dem Kerl. Er hatte keine Ahnung, wie das Gefühl seines Körpers sie aus dem Gleichgewicht brachte. Oder doch?

»Wenn ich Ihren gewählten Tonfall höre«, erklärte er, »kann ich mir gar nicht vorstellen, dass Ihr gegenwärtiger Beruf Ihnen in die Wiege gelegt worden ist.«

Sie lachte. »Nein, gewiss nicht.«

»Hat Ihre Familie ein Unglück getroffen?« Seine Stimme klang gleichmäßig, aber er legte die Stirn in Falten.

Stoß und Parade. Siena bemerkte, dass sie sein Interesse geweckt hatte, und beschloss, sich zurückzuziehen. Da Rimini war überzeugt, dass die erste Runde in einem Fechtkampf immer aus Angriff und Rückzug bestehen sollte, besonders wenn es sich um einen geübten Gegner handelte. Der Earl hatte sie mit seinen unerwarteten Vorstößen kalt erwischt. Es war höchste Zeit, dass sie ihre Gefühle wieder in den Griff bekam und das Gleichgewicht zu ihren Gunsten ausbalancierte.

Bevor Kirtland weitere Fragen stellen konnte, drehte sie sich um und eilte zur Tür. »Wenn Sie mich jetzt bitte entschuldigen würden, ich muss mich für das Mittagessen umziehen.«

Kirtland betrachtete den provozierenden Schwung ihrer Hüfte. Mit ihrer Anmut und der geschmeidigen Figur erinnerte sie ihn an einen Degen, der aus feinstem Toledostahl geschmiedet worden war. Wunderschön. Aber tödlich. Unwillkürlich schossen ihm kriegerische Metaphern durch den Kopf, obwohl ihr letztes Gespräch auf einen Waffenstillstand zu deuten schien.

Im Grunde war es sehr einfach gewesen, seine neue Strategie anzuwenden. Viel zu einfach. Black Doves Scharfsinn bildete einen bestechenden Kontrapunkt zu ihren ausgezeichneten Fähigkeiten im Fechtkampf … Sie war unglaublich verführerisch. Hinter dem sarkastischen Lächeln und den albernen Kleidern schien sich mehr zu verbergen als eine berechnende Kurtisane.

Der Earl fühlte sich hin und her gerissen. Er wünschte sich, sie in ein Schwarz-Weiß-Schema einordnen zu können. Aber die Taube entzog sich solch schlichten Zuordnungen. Wie das jüngste Intermezzo bewies, war sie viel zu komplex. Ihr Charakter war ein Widerspruch in sich. Sein Blick schweifte von Botticellis *Madonna* zu Raphaels Porträt der *Imperia*, der berühmtesten römischen Kurtisane jener Tage.

Unschuld und Erfahrung.

Himmel und Hölle.

Kirtland fing sein Spiegelbild im vergoldeten Wandleuchter ein. Flackerte etwa ein teuflisches Verlangen in seinem Blick auf?

Rasch wandte er sich ab und mahnte sich, dass er nach Marquand Castle gereist war, weil er nach einem Schatz aus Pergament und Tinte suchte – und nicht nach einer eingebildeten Furie, die in der Lage war, fleischliche Gelüste in ihm zu wecken.

Er musste dringend darauf achten, dass die nähere Bekanntschaft mit ihr nicht zum zweischneidigen Schwert wurde. Ihr Körper an sich war schon eine mächtige Waffe. Sogar jetzt noch konnte er die Hitze ihrer Finger spüren, die sich in seine Hand gedrückt hatten. Irgendwie war die heiße Glut ihm langsam in sämtliche Gliedmaßen gekrochen und erregte seine Nerven. Wieder ein Grund mehr, weshalb er dringend herausfinden musste, in wessen Auftrag sie kämpfte.

»Wollen Sie uns allen den Rang ablaufen?«

Kirtland erwiderte Leveritts zusammengekniffenen Blick mit einer Grimasse. »Ich versichere Ihnen, dass ich keinerlei besondere Anstrengungen unternommen habe, um Black Dove über den Weg zu laufen.«

Leveritt lehnte sich mit der Hüfte gegen den Bücherständer. »Dann wollen Sie sich also immer noch nicht ernsthaft auf das Spiel der Lady einlassen?«

»Ich bin hier, um für weitaus lohnendere Einsätze zu spielen als ihre Gunst«, erwiderte er.

Leveritt lachte laut. »Da sind wir uns einig, Kirtland. Die Lady ist der geringste Preis hier auf Marquand Castle.«

»Aber Sie schienen genauso begeistert wie die anderen, ihre Prüfungsaufgaben zu bestehen.«

Sorgfältig kniff Leveritt die Falte seiner Hose zu einer messerscharfen Kante zusammen. Wie gewöhnlich war er elegant gekleidet, nestelte aber trotzdem einen Moment an den Knöpfen der Weste und an der goldenen Uhrkette herum, bevor er fortfuhr. »Wie sie schon bei unserer ersten Begegnung gesagt hat, ist ihre Anwesenheit auf dem Schloss eine Provokation, die manchen schier in den Wahnsinn treiben könnte.«

Der Earl hielt nachdenklich inne, als er seine eigenen Empfindungen aus dem Mund eines anderen hörte. Er hatte Leveritt nie für den klügsten unter den Clubmitgliedern gehalten. Vielleicht sollte er seine Auffassung noch einmal überdenken. Anstatt eine Antwort zu geben, zuckte er nachlässig mit den Schultern.

Kirtland veränderte seine Haltung, bemerkte, dass Jadwin eingetreten war und sie mit einer Sorgfalt beobachtete, die ihm einen Hauch zu eindringlich vorkam.

Verdammt noch mal, fluchte er beinahe verzweifelt. Aus den Mitgliedern des Gilded Page Clubs waren zankende Schulbuben geworden, von denen jeder meinte, die anderen würden unter einer Decke stecken, um das süßeste Stück vom Kuchen für sich selbst zu sichern.

»Wie wäre es mit einer Partie Billard?«, schlug Jadwin vor und fuhr mit der Fingerspitze über die ledergebundenen Folianten. Trotz seines Lächelns wirkte er irgendwie mürrisch. »Es sei denn, ich platze gerade in eine private Unterhaltung hinein.«

Der Earl stimmte rasch zu, wünschte sich, jeden Verdacht zu beseitigen. Leveritt nahm die Einladung ebenfalls an.

Die drei gingen zu dem Tisch, der frei war.

»Gehört mir der erste Stoß?« Jadwin platzierte die Kugeln auf dem Filz und rieb seine Queue mit Kreide ein.

Kirtland bemerkte, dass er den Blick unverwandt auf das perfekte Dreieck gerichtet hatte, das ihn an die zurückliegende Unterhaltung erinnerte. Plötzlich knackte es laut, knallte beinahe scharf wie ein Gewehrschuss, die Kugeln jagten wie ein buntes Kaleidoskop auseinander und streuten willkürlich in alle Richtungen. Er hatte niemals an Vorzeichen und böse Omen geglaubt, aber dieser Anblick machte ihn seltsamerweise sehr nervös.

Diese verfluchte Reise nach Marquand Castle schien in vollkommen falschen Bahnen zu verlaufen.

Von hoch oben auf der Festungsmauer konnte Siena die hügelige Parklandschaft bis zur bizarren Nachahmung einer griechischen Tempelruine auf der anderen Seite des Sees überblicken. Auf ihrer Seite erhoben sich die Sümpfe steil am Ufer, an denen stachliger Ginster wuchs. Mit der flachen Hand schützte sie ihre Augen vor der grellen Sonne und versuchte, in der felsigen Landschaft zwischen den zerzausten Bäumen einen Pfad ausfindig zu machen. Aber das Gewirr wirkte undurchdringlich. Bei einem Ausritt würde sie die Gegend sorgfältiger erkunden können.

Zunächst wollte sie die Lage des Schlosses und auch den verwirrenden Irrgarten jedoch in allen Einzelheiten aufzeichnen. Vielleicht half ihr die Karte bei späteren Herausforderungen.

Die Vergnügungen, die für den Nachmittag vorgesehen waren, boten ihr die perfekte Gelegenheit. Die Gentlemen befanden sich alle auf der Jagd, während die vier Ladys aus der Familie des Dukes und Count Sundstroms Ehefrau einen Ausflug in die Nachbarstadt unternahmen. Siena hatte die Einladung abgelehnt, sodass sie in der Gegend umherstreifen konnte, wie es ihr gefiel.

Nach dem anstrengenden Vormittag suchte sie nun die Abwechslung in der Einsamkeit.

Zusammen mit Rose hatte sie bereits die Architektur des Ostflügels untersucht. Aber bisher war es ihr noch nicht gelungen, den Central Tower zu erkunden. Die dunkle, spiralförmige Treppe, die sie bis nach oben gebracht hatte, führte offenbar auch in die Kellerräume. Es würde die Mühe lohnen, sich in den Eingeweiden des Schlosses nach geheimen Kammern oder Korridoren umzusehen. Man konnte nie wissen, wann es sich als nützlich erweisen würde.

Siena verharrte einen Augenblick und beobachtete, wie ein einsamer Falke über ihr kreiste. *So nah und doch so fern.* Sie machte ihre Sache sehr gut, aber noch lange nicht gut genug. Es gab keinen anderen Weg, als ihre Anstrengungen zu verdoppeln.

Trotz ihrer Ungeduld war ihr klar, dass die lästige Erkundung des Schlosses wichtig war. Rose hatte Einzelheiten über die Küchen und die Dienstbotenquartiere notiert, während Oban über die Anlage der Ställe und der Weiden berichtet hatte. Siena wollte nichts dem Zufall überlassen.

Ein letztes Mal streckte sie ihre Wange der Sonne entgegen und wandte sich dann wieder ihrer Pflicht zu. Sie schloss die Tür hinter sich, schob den Riegel vor, eilte die Treppen hinunter und merkte sich auf jedem Absatz die Anzahl der Stufen. Sie war beinahe ganz unten angekommen, als sie im Schatten eine Gestalt erblickte, ebenfalls dunkel bis auf das flammend rote Haar.

Bantrock?

»Ah. Wieder einmal erwische ich Lady Blackdove, wie sie sich an Orten herumtreibt, wo sie es eigentlich nicht dürfte.«

Verdammt. Was zum Teufel hatte er hier zu suchen?

»Oder soll ich Sie besser Black ... Dove nennen?«, fuhr er mit einer kleinen Pause zwischen den beiden Worten fort. »Denn schließlich wissen wir beide, dass Sie keine Lady sind.«

»Der Zutritt zum Tower ist den Gästen nicht untersagt.« Siena achtete nicht auf seine Stichelei. »Wie dem auch sei, ich gebe zu, dass ich überrascht bin, Sie hier zu treffen. Ich dachte, die Gentlemen seien alle der Einladung des Dukes zu einer Jagd in seinen Sümpfen gefolgt.«

»Moorhühner interessieren mich nicht.«

»Ach, wirklich?«, erwiderte Siena gelassen. »Ich fürchte, dann müssen Sie auf körperliche Ertüchtigung ganz verzichten. Denn es gibt keine anderen Vögel in dieser Jagdsaison.«

»Die Engländer haben altmodische Regeln. Gegen ein wenig Wilderei habe ich nichts einzuwenden.«

Sie versuchte, ihn zu umrunden. Wie der Blitz schloss er seine Hand um ihren Arm. »Nicht so hastig. Heute Vormittag schon sind Sie davongeflogen, ohne dass ich die Gelegenheit hatte, meine Waffe auszuprobieren.«

»Bitte lassen Sie mich los«, bat sie. »Sie tun mir weh.«

Ihre Forderung schien Bantrock nur zu veranlassen, noch heftiger zuzugreifen. Sein Lächeln verzog sich zu einer hässlichen Fratze, und seine Gesichtszüge verzerrten sich vor Wut und noch viel gewaltigeren Leidenschaften.

»Ich werde gleich schreien ...«

Er schlang die Hand über ihren Mund. »Nein, das werden Sie nicht.« Mit dem Gewicht seines Körpers drückte er sie gegen die steinerne Wand und strich dann mit den Handflächen über ihre Röcke.

Siena hoffte inständig, dass ihre Kampfkünste sie nicht im

Stich ließen. Sie wand sich unter seinen Fingern, versuchte, seinem Griff mit ein paar Drehungen zu entkommen, die sie gelernt hatte. Wenn es ihr gelang, sich bis zur Tür durchzuwinden, würde sie vielleicht eine glückliche Flucht vortäuschen können. Aber ihre Abwehr schien seine Wut nur noch mehr anzustacheln. Die Seide riss entzwei, und das Geräusch hallte von den Kellerwänden zurück. Hart und mechanisch stieß er seine Hüften immer wieder nach vorn.

Sie hatte keine Wahl, ließ die Faust vorschnellen und erwischte ihn an der Kehle. Er schrie auf, aber sein Schrei erstickte, als sie zutrat und ihm die Beine wegriss.

Er war so erschrocken, dass es eine Weile dauerte, bis er sich wieder aufgerichtet hatte. »Hure«, stieß er atemlos hervor, nachdem alle anderen Beleidigungen verbraucht waren. »Ich schwöre, du wirst um Gnade flehen, wenn ich mit dir fertig bin.«

»Verlassen Sie sich besser nicht darauf, Sir. Bedenken Sie, dass ich in meinem Beruf mühsam habe lernen müssen, mich selbst zu verteidigen.«

Bantrock fluchte wieder. »Als ob ein Flittchen etwas anderes gelernt hat, als die Beine breitzumachen.« Mit ausgestreckten Armen warf er sich ihr an den Hals.

Sie entging dem Übergriff durch einen Schritt zur Seite, und mit ihrem Ellbogen stieß sie ihn gegen die Mauer. »Sir, ich habe Sie gewarnt. Lassen Sie mich jetzt gehen. Oder der nächste Stoß wird Ihnen die Knochen brechen.«

Der Ire warf ihr einen mörderischen Blick zu. »Wir werden sehen, wer hier den Rammbock spielt, du blöde Schlampe.«

Obwohl er ein stämmiger Kerl war, war er schneller auf den Füßen, als sie vermutet hatte. Er stieß sich von der Wand ab, katapultierte sich vorwärts, und sein schwungvoller Angriff nahm sie wieder gefangen. Ihre Hände waren zwischen ihrem und seinem Körper eingeklemmt. Sie duckte sich unter einem Schlag weg und schaffte es, ihren Stand auf dem glatten Granitboden zu stabilisieren.

Wieder schlug er sie und traf sie hart am Kopf.

Siena traf im Bruchteil einer Sekunde eine Entscheidung: Es gab keinen Grund mehr, sich zurückzuhalten. Prellungen mitten im Gesicht würden zu viele Fragen aufwerfen. Sie ließ sich wieder auf den Kampf ein, zerrte an seinem Arm und nutzte sein eigenes Gewicht, um ihn aus der Balance zu bringen. Einen Augenblick später sprang sie zurück, und mit einer schnellen Drehung rammte sie ihm das Gesicht gegen die Mauer aus Ziegelstein. Blut spritzte aus Bantrocks gebrochener Nase, hässliches Dunkelrot auf dem blassen Granit.

Benommen schwankte der Ire einen Schritt zurück und betastete seine lädierte Wange.

Sie schnappte nach seinem Handgelenk, duckte sich, hob die Hüfte. Der schwungvolle Angriff aus dem richtigen Winkel sorgte dafür, dass er vollends zu Boden stürzte. Es knirschte, als die Sehne vom Knochen abriss, aber sein gequälter Schrei übertönte das Geräusch. Kaum war sein Kopf auf den Boden gekracht, herrschte Totenstille.

Es dauerte eine Weile, bis Bantrock leise stöhnte. Seine Beine bewegten sich, aber der Arm lag reglos an seiner Seite. »Lieber Himmel, ich sterbe«, jammerte er.

»Nein, das werden Sie nicht. Glauben Sie mir, wenn ich Sie hätte tot sehen wollen, würden Sie jetzt als Leiche auf dem Boden liegen.« Sie hob die zerrissenen Röcke und stupste ihn mit dem Schuh an. »Stehen Sie auf, bevor ich es mir anders überlege. Und treten Sie mir in Zukunft nicht mehr unter die Augen.« Die Anwesenheit des Iren auf Marquand Castle barg einfach zu große Risiken für ihren Auftrag. »Wenn Sie im Morgengrauen nicht für immer verschwunden sind, werde ich Sie noch mal in die Hölle schicken.«

Stöhnend richtete Bantrock sich auf den Knien auf.

»Ein letzter Rat ...«, fuhr sie fort. »Ich schlage vor, dass wir über unsere kleine Begegnung Stillschweigen bewahren. Denken Sie sich eine Entschuldigung aus ... irgendetwas mit trügerischen Treppenstufen wäre in Ordnung.« Männer waren eitel, und das wollte sie in seiner Lage zu ihren Gunsten nutzen. »Es sei denn, Sie wollen zum Gespött der anderen Gentlemen werden, weil Sie einer Frau gestattet haben, Sie zu einem blutigen Klumpen zu schlagen.«

Es gelang dem Iren, sich aufzurichten und durch den Türbogen davonzuhumpeln.

Siena atmete tief durch. Plötzlich wurde ihr bewusst, wie sehr ihre Knochen schmerzten. Außerdem war ihr Kleid zerrissen. Sie lehnte sich gegen die Wand und schloss die Augen, konnte das Blut auf ihren Lippen schmecken.

»Ein Bravourstück im Kampf Mann gegen Mann.«

Sie riss die Augen auf und bemerkte rechtzeitig, wie Kirtland mit einem Taschentuch in der Hand aus einer schattigen Ecke trat. Er kam näher und drückte es vorsichtig in einen Mundwinkel. »Ich kann mich wohl glücklich schätzen, dass all meine Knochen heil geblieben sind.«

»Was haben *Sie* hier zu suchen?«

Anstatt ihr zu antworten, ergriff er ihre Hand und wischte Bantrocks Blut fort. Bevor sie sich aus seinem Griff lösen konnte, fuhr er langsam mit den Fingerspitzen über ihre Knöchel, über ihre Handfläche. Im Unterschied zu dem irischen Lord war seine Berührung so leicht wie eine Feder.

»Bei der Arbeit einer Kurtisane entstehen normalerweise nicht solche Schwielen. Aber schon seit unserer ersten Begegnung war mir klar, dass Sie keine gewöhnliche Madam aus der Halbwelt sind.«

Die Hitze seines Körpers jagte ihr einen Schauder über den Rücken. Sollte sie es als Warnung vor ihrer gefährlichen Lage verstehen? Inzwischen hatte sie sich zwischen die Ziegelsteinmauer und seine muskulöse Erscheinung drängen lassen. Aber seine Verdächtigung brachte sie in noch größere Gefahr. Er konnte ihr die Maske vom Gesicht reißen und ihren Auftrag aufdecken, falls er öffentlich ausposaunte, was er über ihre Kampfkünste erfahren hatte.

»Wer zum Teufel sind Sie?«, wisperte er.

Siena wusste, dass er sie diesmal nicht ohne Antwort gehen lassen würde. Fiebrig dachte sie nach. In Lynsleys Akten hatte sie gelesen, dass der Earl seine eigene, strenge Auffassung von Ehre hatte – wie sie bereits aus ihrer mitternächtlichen Begegnung wusste. Vielleicht würde sie sich retten können, wenn sie ihn in ein Gespräch über Moral und Anstand verstrickte.

»Jemand, der ein Unrecht korrigieren will.« Sie beobachtete genau, wie er reagierte. »Einen Betrug.«

Er zeigte keine Reaktion außer einem zuckenden Kiefermuskel. »Hat einer der Männer Sie verletzt? Irgendwann in der Vergangenheit? Ist das der Grund, weshalb Sie sich den Gilded Page Club ausgesucht haben?«

Siena musste um jeden Preis selbstsicher wirken. Denn beim kleinsten Fehltritt würden ihre Chancen, Lynsleys Verräter zu finden, sich in nichts auflösen. »Ich habe Ihren Club benutzt, um die Einladung hierher zu bekommen«, log sie, »aber der Bösewicht gehört nicht unbedingt zu Ihrem Club. Er hat … einen Freund verletzt. Aber ich bin die Einzige, die in der Lage ist, ihn dafür zur Rechenschaft zu ziehen.«

»Wen?«, wollte er wissen.

Siena schüttelte den Kopf. »Das kann ich nicht sagen.«

»Können oder wollen Sie nicht?«

Ihr Schweigen lenkte von seiner Frage ab. Anstatt sie zu drängen, fixierte er sie durchdringend.

Siena spürte, wie sie unter dem Blick aus seinen smaragdgrünen Augen errötete. *Verdammt.* Sie durfte es nicht zulassen, dass der Körper ihrem Geist nicht mehr gehorchte.

»Ihre beachtliche Kampfkunst in allen Ehren«, erwiderte er sanft, »aber Sie spielen ein gefährliches Spiel. Vielleicht kann ich Ihnen helfen.«

»Nein.« Sein Angebot überraschte sie, und sie brauchte einen Moment, bis sie ihre Stimme wieder unter Kontrolle hatte. »Das heißt, es handelt sich um eine Angelegenheit, die ich allein klären muss.«

Der Earl hielt immer noch ihre Hand. Sein Krawattentuch hatte sich gelockert, sodass sie den Pulsschlag an seinem Hals sehen konnte; sie bemerkte, dass sein Atem ein wenig schneller ging. »Gibt es einen Grund?«, fragte er.

Nicht dass ich ihn nennen dürfte.

Sie erinnerte sich an all die Jahre als Schülerin und lenkte das Gespräch von ihrer auf seine Tätigkeit. »Ich habe auch ein paar Fragen, Lord Kirtland.« Siena richtete ihre Aufmerksamkeit wieder auf ihre Pflichten. »Wieder möchte ich Sie fragen, was Sie hier zu suchen haben.«

»Ich habe Sie oben auf der Festungsmauer gesehen. Und als ich bemerkte, dass Bantrock sich in den Turm schlich, ahnte ich, dass es Ärger geben könnte.«

Sie lächelte ironisch. »Mit anderen Worten: Das Schicksal hat zum zweiten Mal seine Hand im Spiel, und Sie sind hoch zu Ross zu meiner Rettung herbeigestürmt. Wie fahrende Ritter in den alten Zeiten.«

»Reines Glück.« Er zuckte beiläufig die Schultern. »Sie haben die Clubmitglieder viel zu genau ausgekundschaftet, um zu wissen, dass ich kein Bilderbuchheld bin.«

»Ja, das stimmt. Aber wie sonst sollte ich mir Ihre ritterlichen Taten erklären?«

»Ich schätze es gar nicht, wenn ein Mann seine Stärke missbraucht.«

Sie bemerkte, dass die feinen Linien um seinen Mund sich plötzlich strafften. Auch er hatte seine Geheimnisse.

»Noch nicht einmal bei einer Hure?«, fragte sie.

Der Schmerz schien sich in seinem Blick zu sammeln, und sie spürte, wie er die Hand zur Faust ballte.

In diesem Moment erinnerte Siena sich an die Worte auf ihrem wilden Ritt durch den mitternächtlichen Sturm. *Meine Mutter war eine Hure.* Sie berührte seine Wange. Er zuckte zusammen, zog sich aber nicht zurück. Die Wahrheit stand ihm auf die Stirn geschrieben: Hinter seinen Worten hatte mehr gesteckt als nur eine unbedachte Stichelei. »Dann war Ihre Bemerkung bei unserer ersten Begegnung ernst gemeint?«

»Ja. Meine Mutter war eine Hure. Das hat mein Vater jedenfalls behauptet. Er ist niemals müde geworden, ihr solche Bezeichnungen an den Kopf zu werfen.« Seine Stimme klang rau. »Aber das ist lange her. Jetzt spielt es keine Rolle mehr.«

Wer wüsste besser als sie, dass man die Vergangenheit nicht so einfach vergessen konnte?

»Wie kommt es, dass Sie sich für ein Leben als Kurtisane entschieden haben?«, fragte er abrupt.

»Ich hatte mehr Glück als andere Mädchen, die auf der Straße leben. Um es so auszudrücken: Ein freundlicher Gentleman hat mich unter seine Fittiche genommen und sich darum gekümmert, dass ich eine ordentliche Ausbildung bekomme.«

»Ich bezweifle, dass er es allein aus einer zarten Regung seines Herzens getan hat.« Der boshafte Zug hatte sich wieder in Kirtlands Gesichtszügen eingenistet. »Was hat er im Gegenzug verlangt?«

Siena zuckte die Schultern. »Gewisse Dienstleistungen.«

Seine Miene wurde immer grimmiger. »Und? Genießen Sie es, was er von Ihnen verlangt?«

Die Frage kam so unerwartet, dass sie das Lachen nicht unterdrücken konnte. »Manchmal.«

Er sah aus, als wollte er noch etwas sagen, bückte sich dann aber, um das blaue Band aufzuheben, das ihr aus dem Haar gerissen worden war. Die Farbe schimmerte zart in seiner Handfläche.

»Danke.«

Kirtland zog seinen Mantel aus und legte ihn ihr über die Schultern. Jetzt erst bemerkte sie, dass das Seidenkleid weit genug eingerissen war, um die kleine Tätowierung über ihrer linken Brust freizulegen.

Mit den Fingerspitzen fuhr er über ihre nackte Haut. »War das seine oder Ihre Idee?«

Siena wagte nicht zu antworten. Die Atmosphäre zwischen ihnen war gefährlich aufgeladen. Wie ein Blitz in dunklen Sturmwolken, der sich jeden Moment entladen konnte.

»Eine einsame Pilgerin, die sich auf eine weite Reise macht?«, hakte der Earl nach und musterte sie noch eindringlicher. »Nein. Sieht eher aus wie ein Falke.«

»Wie ... wie kommen Sie darauf?«

»Ich habe einen Blick fürs Detail. Und für Kunst. Wer auch immer die Nadel geführt hat, er hat die Flügel genau richtig geformt.« Er starrte immer noch hin. »Der Falke war das Erkennungszeichen der alten Zauberer Englands«, grübelte er, »das erklärt vielleicht, warum es sich so anfühlt, als wäre hier irgendein geheimer Zauber im Spiel. Irgendein Bann, der sich der Vernunft entzieht.«

Dann hatte er es also auch gespürt? Ein paar Sekunden lang war es förmlich zu hören, wie es zwischen ihnen knisterte. Siena sehnte sich danach, die unerklärliche Anziehung einfach leugnen zu können. Aber ihre Worte klangen merkwürdig hohl. »Nichts an mir ist magisch, Sir.«

»Wie erklären Sie sich dann diese seltsame Anziehungskraft zwischen uns?«

»Ich hätte selbst gern eine Antwort.« Sie zog sich die Reste ihres Kleides über den schwarzen Vogel und kämpfte entschlossen gegen den Drang, sein Gesicht zu berühren, seine Lippen zu schmecken. »Es kommt mir eher so vor, als wären wir eher Keil und Feuerstein als scharfe Gewürze im Gebräu eines Zauberers.« Ihre Mundwinkel zuckten. »Die Funken sprühen, wenn wir aufeinanderstoßen.«

Ein seltsames Licht flackerte in seinem Blick auf, und für den Bruchteil einer Sekunde war Siena sich sicher, dass er sie gleich küssen würde. Aber er zog sich abrupt zurück und überließ sie der Frage, ob sie sich alles nur eingebildet hatte.

»Dann sollten wir uns in Acht nehmen, dass wir uns nicht verbrennen.« Kirtland trat zurück und verschmolz wieder mit dem Schatten. »Wenn Sie sich nach rechts wenden und die erste Treppe hinaufgehen, dürften Sie ungesehen in Ihr Quartier gelangen.«

12. Kapitel

Irgendetwas verbarg sie.

Kirtland war sich sicher. Er setzte das Glas an die Lippen und kippte den Brandy mit einem Schluck hinunter. Es störte ihn nicht, dass die Flüssigkeit ihm wie Feuer in der Kehle brannte.

Jeder hatte seine Geheimnisse. Auch er selbst. Niemals hatte er mit irgendjemandem über die schrecklichen Ereignisse seiner Kindheit gesprochen. Noch nicht einmal mit Osborne. Dennoch hatte Siena seinen Schmerz gespürt. Eine nervöse und gereizte Mutter, einen ausfälligen Vater, der brutale Faustschlag, der dem Kampf schließlich ein Ende gesetzt hatte. Ihr Sturz die Treppe hinunter galt als Unfall wegen Trunkenheit. Aber er kannte die Wahrheit. Danach hatte er jeglichen Kontakt zu seinem Vater gemieden. Als der alte Earl einige Jahre später verstorben war, hatte er nicht getrauert.

Kirtland biss die Zähne zusammen. In mindestens einer Hinsicht hatte die Lady gelogen: Sie war tatsächlich ein Falke – eine Zauberin mit magischen Kräften –, die es fertigbrachte, einem Mann seine dunkelsten Geheimnisse zu entreißen.

Als sie ihm erzählt hatte, warum sie sich auf Marquand Castle aufhielt – hatte sie ihm die Wahrheit gesagt? Wenn seine Intuition ihn nicht vollständig im Stich ließ, dann durfte er glauben, dass er wenigstens auf einen Teil ihrer Geschichte vertrauen konnte.

Aber möglicherweise war es auch nur sein Körper und nicht sein Geist, der sich wünschte, sie wäre frei von jeglichen geschäftlichen Interessen. Siena als Heldin in einem mittelalterlichen Epos und nicht als Komplizin eines Komplotts um größtmöglichen Profit? Der Gedanke, dass sie sich wegen eines Rachefeldzugs auf dem Schloss aufhielt, war sehr … romantisch.

Verdammt noch mal. Er erinnerte sich daran, dass Osborne ihn als Ritter in glänzender Rüstung verspottet hatte, und schalt sich einen Dummkopf. Andererseits konnte er nicht anders als die schützende Hand über sie zu erheben. Black Dove war eindeutig eine hartgesottene Frau, die vor keinem Mann Angst haben musste. Aber warum hatte er dann das Gefühl, dass sich unter ihrer Rüstung mehr verbarg als nur kalte Selbstsucht? War es illusorisch zu glauben, dass sie irgendwie … seelenverwandt sein konnten?

Kirtland fluchte wieder, griff nach der Karaffe, schenkte sein Glas voll und leerte es in einem Zug. Dann schenkte er zum dritten Mal voll.

Selten trank er exzessiv. Aber die brisante Begegnung mit Black Dove hatte ihn in eine merkwürdige Stimmung gestürzt. Nach dem Abendessen hatte er auf den Port und die Zigarre mit den anderen Gentlemen verzichtet und sich in sein Zimmer zurückgezogen, um bei einem einsamen Brandy in seine Grübeleien zu versinken.

Lügen. Lust. Wenn er mit diesem besonderen Feind liebäugelte, durfte er sich nicht wundern, dass er in Schwierigkeiten steckte. Vielleicht sollte er mehr darauf achten, dass sein Strategiewechsel ihn nicht in Gefahr brachte.

Nur ein paar Tropfen Alkohol waren übrig geblieben. Entweder verschaffte er sich mit einer neuen Flasche Erleichterung, oder er klärte seine trüben Gedanken bei einem Ritt durch das mitternächtliche Moor. Die Mundwinkel zuckten, als er über die Ironie des Schicksals nachdachte. Vielleicht würde er einem der legendären Druiden aus der Gegend um Devon begegnen. Wer weiß, vielleicht fiel dem Druiden sogar ein Zauber ein, mit dem er ihn aus den Krallen des Falken erlösen konnte?

»Haben Sie eine Idee, woran es liegen könnte?«

»Nein, Mylady.« Rose schüttelte den Kopf. »Aber Oban besteht darauf, dass Sie ihn heute um Mitternacht in den Ställen treffen. Er wird die dritte Tür von links nicht abschließen.«

Siena schaute auf die Uhr auf dem Kaminsims. »Dann sollte ich besser ein dunkles Hemd und Reithosen anziehen«, sagte sie und ließ sich von Rose aus dem Kleid helfen. »Das Schwert werde ich nicht brauchen.« Der Weg war nur kurz. »Das Messer wird reichen.«

Sie setzte sich an den Frisiertisch, kämmte sich den raffinierten Knoten aus dem Haar und band es schlicht am Hinterkopf zusammen. Trotzdem blieb sie ein wenig unruhig. *Noch mehr Ärger?* Es war schon schwer genug, die unerwarteten Schwierigkeiten aus dem Weg zu räumen. Es war wie mit Klingen, die überall aufblitzten. Ständig musste sie geschmeidig ausweichen, um dem scharfen Schliff immer einen Schritt voraus zu sein.

Einen vertrauenswürdigen Verbündeten konnte sie gut gebrauchen. Jemanden, der auf sie Acht gab, wie der Earl, der ihr schon mehrmals zu Hilfe gekommen war. Ein Ritter in glänzender Rüstung? Sie verzog das Gesicht, spottete über ihre mädchenhaften Vorstellungen, über ihre gefährlichen Sehnsüchte. Nur weil er gezeigt hatte, dass sich unter der Maske seines eiskalten Zynismus noch ein anderes Gesicht verbarg, durfte sie den Mann nicht für einen waschechten Romantiker halten. Kirtland ein Held? Genauso gut konnte er der Verräter sein, den sie suchte.

Rose war im Halbdunkel kaum zu erkennen, und die verschleierte Gestalt erinnerte sie daran, dass sie nirgendwo anders Hilfe finden würde. Sie war auf sich allein gestellt.

»Ihr Umhang, Mylady?«

Siena schüttelte den Kopf. »Ich werde nicht lange genug draußen sein, um mich zu erkälten.«

Der Kiesweg zu den Ställen war nur kurz. Alles lag im Dunkeln, und außer dem Geräusch der schnaubenden Pferde war nichts zu hören. Sie folgte den Anweisungen des Dienstmädchens und öffnete die Tür.

»Hier herüber«, wisperte es in dem leeren Stall. Oban zündete seine Lampe nicht an. »Ich habe eine Nachricht aus der Stadt.«

»Ja?«

»Richten Sie Ihr Augenmerk auf den Russen.«

Ein eiskalter Schauder rann ihr über den Rücken.

»Seine Anwesenheit gibt Anlass zur Sorge«, fuhr Oban fort. »Bis jetzt weiß man noch nicht, für wen er arbeitet. Es erweist sich als schwierig, den Kunstsammler ausfindig zu machen. Wie auch alles andere über Orlovs Hintergrund. In manchen Gerüchten heißt es, er sei ein schlauer Dieb, der seinen Zugang zu den höchsten Kreisen der Gesellschaft ausschließlich zum Zweck persönlicher Bereicherung nutzt. Andere meinen, dass er sich gelegentlich von einer ausländischen Regierung engagieren lässt.«

»Ist das alles?«, fragte sie schließlich, als klar wurde, dass er nichts mehr zu sagen hatte. »Keine weiteren Einzelheiten?«

»Im Moment nicht.« Oban wirbelte herum, als das Stroh raschelte. Aber es war nur die Katze, schwarz wie die Nacht und mit einer Maus zwischen den Zähnen.

Ihre Lippen zuckten. Wie gut, dass sie nicht an Vorzeichen und böse Omen glaubte. Aber trotzdem mahnte sie der Anblick des Raubtiers und seines Opfers an die Gefahren, die in jedem Winkel lauerten.

»Die Nachrichtenübermittlung ist sehr kompliziert«, fuhr er fort. »Vielleicht erhalte ich bald weitere Botschaften.«

»Ich habe volles Verständnis«, gab Siena zurück, obwohl sie innerlich wünschte, dass Lynsley ihr mehr als nur einen Fingerzeig gegeben hätte, warum Orlovs Anwesenheit eine Warnung notwendig machte. Mehr als je zuvor tappte sie im Dunkeln. Nach einer kleinen Pause lenkte sie das Gespräch auf die Observation der Clubmitglieder. »Haben Sie die Satteltaschen der Mitglieder des Gilded Page Clubs durchsucht?«

»Ja, wie befohlen. Ich habe jeden Fetzen Papier im essigsauren Tintenbad eingeweicht. Alle sind blank aus dem herausgekommen. Keine Spuren von Gallustinte.«

Sie hatte nicht unbedingt damit gerechnet, Geheimtinte nachweisen zu können. Aber den Versuch war es wert gewesen. »Gibt es sonst irgendwelche Neuigkeiten?«

»Mir ist nichts aufgefallen. Auch von den Dienstboten habe ich nichts Interessantes gehört. Aber ich werde weiterhin Augen und Ohren aufsperren.«

Siena zweifelte nicht an seiner Wachsamkeit. Es war ein Jammer, dass sie seine großartigen Fäuste und seinen eisernen Willen nicht für nützlichere Dinge einsetzen durfte.

»Besser, wir lassen uns nicht bei unserem geheimen Gespräch erwischen«, fügte er hinzu und prüfte, ob sie das Versteck sicher verlassen konnten.

Siena war froh, dass die Dunkelheit ihr gerötetes Gesicht verbarg, und verließ auf seinen Wink hin den Stall. Es hätte ihre eigene Stimme sein sollen, die ihr die Warnung zuflüsterte. Ganz gleich, wie stark sie auch abgelenkt war, sie durfte die Gefahren nicht unterschätzen. Wie eine Raubkatze konnte sich der Feind jeden Moment aus dem Dunkel auf sie stürzen. Und dann musste sie bereit sein.

Mit ihren Stiefeln schritt sie geräuschlos über das feuchte Gras. Immerhin hatte sie den Weg vom Schloss zu den Ställen und zurück sorgfältig vorbereitet. Die milchigen Glasscheiben des Gewächshauses, das nur wenige Schritte von den Ställen entfernt lag, schimmerten ruhig im Mondlicht. Die Buchsbaumhecke bot ausreichenden Schutz.

Sie drückte die Hand auf die Türklinke, löste ein paar Schrauben aus dem Schließmechanismus und stellte damit sicher, dass er beim Öffnen nicht ruckte. Drinnen hing die Wärme des Tages noch schwer in der Luft, sodass die frische Brise von draußen sich zu einem erstickten Wispern verflüchtigte.

Auch ihre Bewegungen glichen sich an, ähnelten den wabernden Schatten der getopften Palmen. Auf ihren früheren Aufklärungsspaziergängen hatte Siena erfahren, dass das verzweigte Gebäude nachts immer leer und verlassen war. Eine Oase der Ruhe.

Sie hielt sich an der Rasenkante, betrat einen der schmalen Spazierwege und verlor sich in Grübeleien über Lynsleys rätselhafte Warnung. Der harmlose Flirt des Russen wirkte plötzlich bedrohlich. Wie die Bromelien an ihrer rechten Seite, deren skurrile Formen sich im silbrigen Licht zu monströsen Kiefern entwickelten, als würden die Blüten sie mit aufgerissenem Mund und gebleckten Zähnen angaffen.

So sah es jedenfalls aus. Ihre Fantasie spielte langsam verrückt.

»Warum so eilig, Madame Dove?«

Siena wirbelte herum, griff erschrocken nach einem dünnen Bambusstängel neben sich und knickte ihn versehentlich ab.

»Ich dachte, nur Schleiereulen fliegen nachts aus.« Auf dem bemoosten Stein waren Kirtlands Schritte so leicht wie ihre.

»Es geht Sie nichts an, Sir, wann und wo ich meine Flügel spreize«, erwiderte sie. »Was machen Sie hier draußen?«

Er stützte die Faust auf die Hüfte. »Sie kennen doch meinen Hang zu mitternächtlichen Ausritten. Ich hatte das Bedürfnis, Portwein und Zigarrenqualm aus meinem Schädel zu vertreiben, als ich eine Gestalt durch das Gebüsch huschen sah.« Er machte den Eindruck, als hätte er sich einen ordentlichen Schluck hinter die Binde gekippt. Denn seine Worte klangen leicht verschwommen, und der Duft des Weines und des Zigarrenrauchs hingen noch in seiner Kleidung. »Ich habe beschlossen, dem Schatten zu folgen, um sicherzugehen, dass nicht etwa ein Dieb in das Schloss einbrechen will.«

»Ich habe auch nur ein wenig frische Luft schnappen wollen.«

Zweifelnd zog er die schwarzen Brauen hoch und ließ den Blick über ihre dunklen Reithosen und Stiefel schweifen. »Im Aufzug eines Totenkopfhusaren?«

Mit den dunklen Haarkringeln auf seinem Kragen und smaragdfarbenen Augen, in denen sich das Sternenlicht spiegelte, strahlte Kirtland eine männliche Aura aus, für die Dunster nicht einmal vor einem Mord zurückschrecken würde. Trotz ihrer Entschlossenheit keimte das körperliche Verlangen wieder in ihr auf. »Sir, wir können niemals wissen, wann das Unglück sich auf uns stürzt.«

»Stimmt.« Er schnappte sich ebenfalls einen Holzstab und prüfte dessen Geschmeidigkeit. »Übrigens, Sie haben sich eine großartige Geschichte von Treue und Rache ausgedacht. Aber woher soll ich wissen, dass der wahre Grund Ihrer Reise nach Marquand Castle nicht darin liegt, den St. Sebastian Psalter zu stehlen?«

»Und woher soll ich wissen, dass Sie die Handschriften nicht längst heimlich beiseitegeschafft haben?« Mit der Spitze ihrer Rute schlug sie leicht auf seinen Mantel. »Vielleicht sind Sie drauf und dran, wie der Teufel an die Küste zu reiten, wo bereits ein Schiff wartet, um Sie mit Ihren gestohlenen Schätzen auf den Kontinent zu bringen.«

Kirtland streifte seinen Mantel ab und ließ ihn auf den Rasen fallen. »Fassen Sie sich an die eigene Nase!«, erwiderte er spöttisch. Genau wie sie trug er nichts als Reithosen und ein Hemd. Den Kragen hatte er geöffnet, sodass sie die schwarzen Locken auf seiner gebräunten Haut erkennen konnte.

Es war schon so viel passiert an diesem Tag, dass sie zweifelte, ob es klug war, sich auf ein scharfsinniges Wortgefecht einzulassen. Und wenn nicht, dann war es besser, den strategischen Rückzug anzutreten. »Ich muss gestehen, dass es nicht so aussieht, als hätten Sie die Bücher unter Ihrer Kleidung versteckt.«

Amüsiert blitzte es in seinen Augen. Verflucht sei dieser Mann, dachte Siena unwillkürlich, weil er so verdammt attraktiv aussieht, wenn er lächelt. »Ich dagegen kann mir nicht so sicher sein.« Blitzschnell umrundete er eine Sitzbank und versperrte ihr den Weg. »Ihr Hemd sieht an manchen Stellen verdächtig prall aus.« Zischend fuhr er mit seiner Rute durch die Luft. »Vielleicht sollte ich eine Durchsuchung verlangen.«

»Sir, ich bin nicht zu Spielchen aufgelegt.«

»Eine seltsame Bemerkung aus Ihrem Munde, Madam. Bisher hatte ich den Eindruck, dass Sie außergewöhnlich verspielt sind.«

»Treten Sie zur Seite«, murmelte Siena.

Er hob die Rute, um sie zu hindern, an ihm vorbeizugehen. Obwohl sein Tonfall unsicher klang, waren seine Bewegungen klar und eindeutig. »Wollen Sie mich herausfordern? Ich meine mich zu erinnern, dass wir immer noch eine Rechnung zu begleichen haben.«

Unter anderem.

»Offenbar strotzen Sie nur so vor Selbstbewusstsein und können es kaum erwarten, im fairen Kampf Ihre Kräfte zu messen. *Mano a mano* … getrennt marschieren, vereint schlagen. Wie wäre es, wenn wir prüfen, ob Ihr Selbstbewusstsein gerechtfertigt ist?«

Die Gelegenheit war zu verführerisch. Denn er bot ihr eine Gelegenheit zum Angriff, obwohl seine Aufmerksamkeit durch den Brandy geschwächt war. Die Müdigkeit war verflogen, als sie beschloss, ihre Stellung zu behaupten. Kirtland wollte sich mit ihr messen? Seine Kampfkünste an ihr erproben? Plötzlich fand sie es unwiderstehlich, ihn aufs Glatteis zu führen.

Sie hob ihre hölzerne Waffe und kreuzte sie mit seiner. »Einverstanden. *En garde*.«

»Nach welchen Regeln wollen Sie kämpfen?«, fragte er und parierte eine *girata*.

»Bestimmen Sie.«

»Ich schlage vor, dass Sie und ich ein Pfand für jeden erlaubten Stich abgeben.«

»Einverstanden.«

Kirtland begann mit einem Ausfallschritt nach vorn, den sie leicht blockierte. Sie senkte die Waffe und hatte vor, ihn mit einem plötzlichen Stoß aufwärts zu überraschen. Aber er sprang bemerkenswert leichtfüßig zurück, obwohl er schwere Stiefel an den Füßen trug.

»Ich bezweifle, dass Sie oder ich solch einfachen Schritten zum Opfer fallen werden«, bemerkte er und provozierte ihre Reaktionsschnelligkeit mit einer Serie langsamer Hiebe.

Siena ließ sich ebenfalls Zeit, ihn auf Schwächen zu überprüfen. Sie umrundeten die Bank und bewegten sich auf einen schmalen Grünstreifen zu, der den Spazierpfad einfasste. »Vielleicht nicht, Sir. Aber ich genieße einen entscheidenden Vorteil.«

»Ach, wirklich?«

»Ich habe einen klaren Kopf, während der Brandy Ihnen das Hirn vernebelt hat.«

»Auf der iberischen Halbinsel kommt man sehr oft in die Verlegenheit, unmittelbar nach einer durchzechten Nacht in den Kampf zu ziehen. Klirrender Stahl ist ein ernüchterndes Geräusch.«

»Ich bin neugierig, Lord Kirtland ...« Siena glaubte, dass er forscher vorgehen würde, wenn sie seinen Stolz ein wenig kitzelte, und verschärfte ihren Angriff. Außerdem beschloss sie, ihn auch verbal zu provozieren. Vielleicht erlaubte er sich einen Ausrutscher. »Waren Sie nüchtern oder betrunken, als Sie sich dem direkten Befehl Ihres Vorgesetzten widersetzt haben?«

Er lachte sanft. »Was glauben Sie?«

Siena antwortete nicht.

»Haben Sie jemals dem Tod ins Auge gesehen, Madam?«, fuhr er fort, während er ihrer *controcavione* mit spielerischer Leichtigkeit auswich. »Haben Sie Ihre Fechtkunst jemals außerhalb des Übungsbodens unter Beweis stellen müssen? Auf einem blutgetränkten Schlachtfeld beispielsweise? Haben Sie die Präzision der Waffe in Ihrer Hand jemals geprüft, wenn Ihnen das Echo eines ersterbenden Schreis in den Ohren geklungen ist? Wenn beißender Rauch und Schießpulver in Ihre Lungen gedrungen sind?«

»Ich habe jahrelang geübt …«, stammelte sie ein wenig hilflos.

Er ließ seine vermeintliche Waffe so schnell durch die Luft sausen, dass sie nur noch als flirrender Hauch zu erkennen war. »Keine Übung der Welt könnte Sie jetzt noch retten.« Die Spitze seiner Rute drückte sich hart auf ihre Brust. »Touché.«

Sie stieß die Spitze mit dem Handrücken fort. »Es wird nicht wieder vorkommen.«

»Wollen Sie es noch einmal versuchen?« Er deutete einen spöttischen Gruß an. »Ich würde mich glücklich schätzen, Ihrem Wunsch zu gehorchen. Aber zuerst müssen Sie Ihr Pfand abgeben.«

Die Röte in ihren Wangen glühte noch heißer. Weil sie es kaum erwarten konnte, die Herausforderung anzunehmen, vergaß sie, über die Regeln zu verhandeln. »Sehr gut«, schnappte sie und stützte die Faust auf die Hüfte. »Was verlangen Sie?«

Im silbrigen Mondlicht schenkte er ihr ein umwerfendes Lächeln. »Irgendein Kleidungsstück.« Mit seiner Waffe spielte er an ihrem Hemdkragen. »Ich will ein Gentleman sein und überlasse es Ihrer Wahl.«

Siena holte tief Luft und wollte protestierten, lächelte aber plötzlich.

»Vielleicht ziehen Sie es vor, Ihre Niederlage anzuerkennen

und das Schlachtfeld mit Ihrer Kleidung zu verlassen. Wenn es Sie schon den Stolz gekostet hat.«

»Den Teufel werde ich tun.« Sie zog einen Stiefel aus. Einen Moment später flog der zweite auf den Torf. Sie würde das Gleichgewicht besser halten können, wenn sie beide Stiefel abgelegt hatte. »Ich gewähre Ihnen einen Bonus, weil Sie das erste Gefecht für sich entschieden haben. Es soll das letzte gewesen sein.«

Kirtland wechselte seine Rute in die linke Hand. »Es liegt mir fern, eine Lady zu übervorteilen.«

Eine höhnische Bemerkung. Und sie benahm sich wie ein kopfloses Huhn, anstatt wie ein ausgebildeter Zögling der Merlins zu reagieren. Da Rimini würde sich die Haare raufen. *Non, non, non, ganz falsch! Sie müssen nach links gleiten und den Gegenangriff mit einer* Punta sopramano *einleiten.*

»Wirklich wie ein Gentleman«, erwiderte sie gelassen. »Aber wie dem auch sei, wir haben vereinbart, dass wir auf Augenhöhe kämpfen.« Sie wechselte die Waffe ebenfalls in die andere Hand. »Wenn Sie *a sinistre* zu fechten wünschen, werde ich es auch tun.«

Er spannte das Handgelenk an. »Sie haben die Wahl.«

Eine Sekunde lang kreuzten sie die Ruten; dann sprang sie zur Seite und wollte einen Treffer in seine Rippen landen. Er wehrte mit Mühe ab. Ihre nackten Füße flogen über den feuchten Torf. Oben, unten, oben, unten – mit ihrer Klinge griff sie ihn systematisch an, trieb ihn an den Rand der Grasnarbe. Für den Bruchteil einer Sekunde flog sein Blick nach rechts. Als er sich bewegte, war sie bereit.

Zischend schlug sie ihm mit der Rute auf den Arm.

»Auge um Auge«, murmelte sie.

»Freuen Sie sich nicht zu früh, Midnight Dove. Der Kampf ist noch lange nicht zu Ende.« Er steckte die Rute in die Erde, zog sich das Hemd über den Kopf und warf es zur Seite. »Der Besiegte entscheidet, ob es weitergeht oder nicht.«

Das Hemd segelte flatternd zu Boden. Ihr Herzschlag schien sich zu verdoppeln. Die langen Locken hatte er sich in teuflischem Durcheinander hinter die Ohren gesteckt, und die Haarspitzen hingen ihm beinahe bis auf die Schultern. Die Muskeln spielten unter seiner Haut, als er nach seiner Waffe griff. Das Mondlicht flackerte über seine breite Brust und die schmale Hüfte.

Er war ein herrlicher Mann. Und er stellte sich mit schamlosem Stolz zur Schau.

Hatte sie ihr Ziel aus den Augen verloren, weil die Hitze eines viel urtümlicheren Kampfes sie gefangen nahm? Konzentration, mahnte sie sich. Die Entdeckungen, die sie von ihm erwartete, waren nicht körperlicher Natur.

Kirtland musterte sie eindringlich. Obwohl sein Blick im Schatten lag, war sie überzeugt, dass er lächelte.

Verwirrungen brachten Gefahr. Köstliche Gefahr. Sie musste wachsam bleiben. »Vielleicht sehnen Sie sich insgeheim danach, dass Ihr männlicher Stolz ein zweites Mal verletzt wird?«

»Mein männlicher Stolz ist bis jetzt überhaupt noch nicht verletzt worden, Madam. Ich achte immer sehr genau darauf, dass kein Tiefschlag ihn treffen kann.«

Siena gelang es nicht, das Lachen zu unterdrücken. »Ich an Ihrer Stelle würde mich nicht so aufblasen wie ein eitler Gockel. Denn ich kämpfe nicht unbedingt mit fairen Mitteln.«

»Wie ich bereits bemerkt habe. Ich betrachte mich als gewarnt.« Mit dem Handrücken berührte er das Gesicht, als er grüßte. »Bereit?«

»Selbstverständlich.« Ihre Hand straffte sich. Sie musste sich auf die Technik konzentrieren und nicht auf die seidigen Locken, die sich über seinen harten, flachen Bauch bis zu den Hüftknochen kringelten.

Der Kampf entwickelte sich zu einem *pas de deux* der Fechtkunst, zu einem sinnlichen Tanz. Während Angriff und Parade sich abwechselten, beobachtete Siena fasziniert das Spiel seiner Bauchmuskeln. Wie sanft und doch gefährlich er sich bewegte … wie eine Raubkatze. Es lag etwas Aufregendes, ein Hauch Erotik in der körperlichen Ertüchtigung. Der Schweiß schimmerte fein auf seiner Brust, betonte seine löwenartigen Bewegungen und die kaum sichtbaren Konturen …

Die Spitze seiner Rute traf sie leicht an der Hüfte.

»Verdammt!«

»Ihr *filo falso* ist ein wenig tief angesetzt. Sie müssen das Handgelenk ein bisschen höher halten.«

»Das hat *Il Lupino* auch immer gesagt«, murmelte sie kaum hörbar.

Kirtland trat einen Schritt zurück. »Allegretto Da Rimini?«

Porca miseria! Die Flüche ihres Fechtmeisters klingelten ihr förmlich in den Ohren. *Du darfst dir keinen Fehler mehr erlauben, Volpina.*

Kirtlands forschender Blick war viel gefährlicher für sie als sein selbst gemachtes Schwert. »Mir war nicht klar, dass er nach England gekommen ist.«

»Wer hat das behauptet?«, konterte sie rasch.

Der Earl schwieg einen Moment lang. »Sein Unterricht erklärt Ihre außerordentliche Kunstfertigkeit. Obwohl er noch mehr Fragen zu Ihrem Hintergrund aufwirft.«

»Die zu beantworten ich nicht die Absicht habe. Verschwenden Sie also nicht Ihren Atem.« Am liebsten hätte Siena sich auf die Zunge gebissen. Krampfhaft überlegte sie, wie sie sich vor bohrenden Fragen nach ihrer Vergangenheit in Sicherheit bringen konnte.

»Zuerst müssen Sie Ihre Niederlage anerkennen.«

Die beiden verneigten sich voreinander. Höchste Zeit, in diesem Krieg der Geister wieder die Oberhand zu gewinnen. »Stimmt.« Sie lehnte die Rute an einen Blumentopf und begann, sich die Reithose aufzuknöpfen. Langsam und bedächtig schwang sie die Hüften hin und her, streifte das Hirschleder über ihre Schenkel und ließ das Kleidungsstück zu Boden sinken. »Zufrieden?«, fragte sie und trat aus dem Leder zu ihren Füßen.

»Einstweilen.« Kirtland schützte eine lässige Haltung vor. Aber an seinen schrägen Blick konnte sie ablesen, dass er mehr als nur beiläufig interessiert war. Denn trotz seiner strengen Gesichtszüge und seiner versteinerten Haltung war der Earl fleischlichen Genüssen nicht unbedingt abgeneigt. »Bereit?«

»Nicht ganz.« Die Hemdschöße schwangen ihr locker um die Beine. »Ich brauche ein paar Sekunden, um mich an diesen Wahnsinn zu gewöhnen.« Sie knotete das schlackernde Leinen so um ihre Hüfte, dass eine spitzenbesetzte Unterhose zum Vorschein kam, die kaum ihr Hinterteil bedeckte.

»Teufel noch mal.« Sein Blick wanderte ihre Beine hinauf und blieb an dem Stück nackter Haut zwischen den beiden Kleidungsstücken hängen. »Sieht so aus, als wäre ich in einem teuflischen Dilemma gefangen. Die Ehre eines Gentlemans verlangt, dass ich verliere. Aber tiefere Instinkte drängen mich, keine Gnade zu zeigen.«

»Und wer gewinnt?«

Er neigte den Kopf zur Seite, sodass sein Gesicht bis auf den Mund im Schatten lag. »Ich habe Sie gewarnt, dass ich kein echter Gentleman bin.«

»Das ist nur gerecht, Sir. Denn ich bin auch keine echte Lady.«

»Dann sollten wir beide auf der Hut sein.«

Es klirrte zwar nicht wie Stahl, wenn das Holz aufeinanderschlug, aber trotzdem empfand Siena die gleiche Aufregung, als sie einen Angriff abwehrte. Kirtland war ebenso geübt wie Da Rimini. Doch die erotische Spannung zwischen ihnen fügte dem Wettbewerb eine besondere Note hinzu. Es würde ihr noch mehr Spaß machen, den Earl in die Schranken zu weisen.

Diesmal wollte sie es mit einem sizilianischen Manöver versuchen …

»Pfui, Sir!«, rief sie, als sie schon beim ersten Mal erfolgreich war, »Sie haben noch nicht einmal versucht, sich zu verteidigen!«

Er gab sich Mühe, unschuldig auszusehen. Aber es gelang ihm nicht. »Madam, Sie verwunden mich noch tiefer, indem Sie der Verletzung eine Beleidigung hinzufügen.« Erst flog ein Stiefel in den Torf. Der zweite folgte. »Jetzt sind wir wieder auf Augenhöhe.«

»Dann sollten wir vielleicht Schluss machen.«

»Und Sie sind bestimmt nicht erschöpft?« Er ließ die Rute durch die Luft zischen. Mehrere Feigenblätter schwebten zu Boden. »Sieht so aus, als wären Sie in blendender Form.«

»Oh, das stimmt.« Und tatsächlich hatte sie kaum Schwierigkeiten, den nächsten Kampf zu gewinnen. »Jetzt reicht es aber«, brummte sie, als der Earl seine Reithosen auszog. »Sie treiben Ihren Spott mit unserem Wettstreit.«

»Es wäre höchst unfair aufzuhören, wenn Sie voraus sind.« Mit einem einzigen Schritt stand er so dicht vor ihr, dass sie nur noch um Armeslänge entfernt war. Der Geruch des Brandys und ein ausgesprochen männlicher Duft strömten ihr in die Nase. »Was haben Sie jetzt noch zu verlieren, Black Dove?«

Alles, wenn sie nicht äußerst vorsichtig vorging. Konnte sie es wirklich wagen, das gefährliche Spiel mit Kirtland fortzusetzen? Gerade eben hatte sie gelernt, dass der Unterschied zwischen Sieg und Niederlage manchmal zu klein war, um mit bloßem Auge erkannt zu werden.

»Nichts«, log sie. Ein Merlin zuckte niemals zurück.

»Wir werden sehen.« Er duckte sich unter einem tief hängenden Ficuszweig hinweg, und einen Moment lang wusste Siena nicht recht, ob ein geheimnisvoller Schatten auf seinen Worten lag. Aber sie hatte keine Zeit, sich um die feinen Unterschiede

Gedanken zu machen. Sein nächster Angriff kam flink und sicher, traf sie an der schwachen Stelle auf der linken Seite.

Siena stolperte, hätte seine *debole* wahrscheinlich noch abgewehrt, wenn ihr nicht die Terrakottatöpfe den Rückzug versperrt hätten.

»Sieht nach einem ausgewogenen Kampf aus, Madam. Das heißt, sobald Sie Ihre Niederlage eingestanden haben.«

Siena überdachte die Lage – die ihr allerdings wenig Spielraum ließ. Sie hatte sich in aller Hast angezogen und trug nicht mehr als das Notwendigste am Leib.

»Lassen Sie sich ruhig Zeit«, spottete Kirtland, »ich bin nicht in Eile.«

Zum Teufel mit dem Kerl. Es war eindeutig, dass er die Situation genoss. Siena schob sich eine widerspenstige Locke aus dem Gesicht, fasste sich an den Hinterkopf, um ihr Haar neu zu binden. Als ihre Fingerspitzen das Band berührten, lächelte sie plötzlich. »Wünschen Sie Ihr Pfand?« Leicht wie eine Feder wirbelte die schwarze Seide durch die Luft, bevor sie auf dem Boden landete. »Voilà.«

»Sie schützen mädchenhafte Bescheidenheit vor?« Der Earl lächelte teuflisch. »Es gibt nur sehr wenig, was ich noch nicht von Ihnen gesehen habe, falls Sie sich erinnern.« Er schnappte sich das Stückchen Stoff. »Mir scheint, dass Sie den Begriff der Kleidung zu sehr strapazieren. Wie die Messerscheide, die Sie sich um den Schenkel geschnallt haben.«

Siena hätte sich denken können, dass er das Messer nicht übersehen würde, ganz gleich, wie perfekt das fleischfarbene Leder zur Farbe ihrer eigenen Haut passte.

»Sehr klug«, schloss er, »Bantrock kann von Glück sagen, dass ihm sein bestes Stück noch zwischen den Beinen baumelt.«

Auf gar keinen Fall wollte Siena, dass er sich über ihre versteckte Klinge ausließ und sie fragte, aus welchen Gründen sie die Waffe bei sich hatte. Er war viel zu klug und würde ihren inneren Schutzwall in kürzester Zeit niederreißen. »Ich lasse mir ungern vorwerfen, dass ich betrüge, Sir«, warf sie hastig ein, knotete die Hemdschöße auf, zog es sich aus und schleuderte es ihm vor die Füße. Ein Fehdehandschuh aus Leinen, nicht aus Leder – aber die Herausforderung blieb sich gleich.

»Nun, lassen wir es darauf ankommen«, fügte sie hinzu. »*Mano a mano.* Der Sieger bekommt alles.«

13. Kapitel

»Mano a mano«, wiederholte Kirtland, »getrennt marschieren, vereint schlagen.« Mit einer Mischung aus Amüsement und Verwirrung starrte er auf ihre nackten Brüste. »Eine interessante Redewendung.« Wie der übrige Körper waren ihre Brüste straff und perfekt geformt. In der Mitte der rosigen Höfe zeigten sich Knospen, die sich rasch in ein dunkleres Rot färbten. Wie kleine Feuerbälle. Plötzlich brannte er darauf zu erfahren, wie sie sich wohl in seinen Handflächen anfühlen würden.

Siena brach das Schweigen. »Wehren Sie sich, Sir.« Mit einem Satz sprang sie auf die Bank, tänzelte um die zarten Setzlinge, sprang an der anderen Seite herunter und griff ihn von hinten an.

Er wirbelte herum. Die Stöcke krachten aufeinander.

»Sehr schnell, meine hochfliegender Falke. Aber nicht schnell genug.«

Sie focht zwischen zwei Orangenbäumen, seinen Hieben immer einen Schritt voraus. Kirtland lachte leise, jagte ihr nach und sprang über eine Reihe Orchideen.

In der Hitze des Gefechts lösten sich die Bänder seiner Unterbekleidung. Er schaute an sich hinunter und stellte fest, dass das wichtigste Stück Stoff nur noch an einem einzigen Faden hing. Einzig und allein seine Hüftknochen sorgten dafür, dass das Kleidungsstück nicht nach unten rutschte.

Und seine wachsende Erregung.

»Der Kampf weckt die ureigensten Instinkte in einem Mann«, bemerkte er, als er ihren Blick an sich hinunterschweifen sah.

»Sieht so aus«, erwiderte sie trocken. Aber er hatte den Eindruck, dass er die heiße Glut in ihren Augen aufblitzen sah.

»Im Krieg geht es um Leben und Tod«, fuhr er fort, während ihre Waffen wie abgehackt aufeinandertrommelten. »Dazwischen gibt es kaum etwas.«

Sie zögerte, was sie um ein Haar ins Verderben stürzte. Seine Rute landete unter ihrer, und sie konnte sich nur mit einem Hüftschwung und einer schnellen Drehung retten, sodass er nur den Saum traf.

»Bravo«, murmelte Kirtland, obwohl er ihr im selben Atemzug mit einem Schritt seitwärts den Rückzug abschnitt und sie mit dem Rücken gegen die Werkbank zwang.

Siena warf ihren hölzernen Degen beiseite und umklammerte die Kante der Bank. Unmöglich. Solange sie den Rücken an den Lattenrost oben auf der Werkbank presste, brachte noch nicht einmal Black Dove die nötigen akrobatischen Übungen zustande, um über die Bank zu fliegen. Die Lady glitt fluchend nach links.

Mit einem Grinsen auf den Lippen hob der Earl den Arm und machte sich bereit für den Gnadenstoß.

Siena wartete bis zur letzten Sekunde mit der Flucht. Der Tritt riss ihm beinahe die Beine weg. Aber der Earl hatte damit gerechnet, dass sie nicht fair kämpfen würde, war auf ihre Schnelligkeit vorbereitet und konnte den Tritt abfedern.

»Zum Teufel noch mal.« Kirtland griff nach ihrem Handgelenk und drückte sie gegen das unnachgiebige Holz. Er trat zwischen ihre Beine und drängte seinen erhitzten Körper gegen ihren. »Gebranntes Kind scheut das Feuer, mein lieber Falke. Diesmal war ich darauf vorbereitet, Feuer mit Feuer zu bekämpfen.«

Wie ein Funke auf dem Feuerstein. In dieser Nacht würde es allerdings nicht nur Funkensprühen geben, sondern einen Flächenbrand. Die imaginären Flammen knisterten so stark, dass sie gefährlich nahe daran waren, seine letzte Selbstbeherrschung zu verzehren.

»Madam, ich fürchte, Sie haben keine andere Wahl, als Ihre Niederlage einzugestehen.« Ihre langen Beine fühlten sich ausgesprochen verlockend an, wie Stahl in einer samtigen Scheide. Er durfte nicht vergessen, dass er nicht mehr von ihr wollte als ein Geständnis. Aber das erwies sich als verdammt schwierig. Mit den Händen fuhr er an ihren Schenkeln entlang und genoss das Gefühl in vollen Zügen.

Plötzlich erstarrte sie unter seiner Berührung. Die Glut in ihren Augen veränderte sich. Ihr Blick flackerte nicht länger, weil sie kapitulierte; es war irgendein Lichtschein, den er nicht näher bestimmen konnte.

»Das kann ich kaum abstreiten.« Siena schürzte die Lippen. Er unterdrückte ein Stöhnen, erinnerte sich unwillkürlich, wie süß diese Lippen geschmeckt hatten, kühl und mit Regentropfen der sturmgepeitschten Nacht. »Obwohl Sie zugeben müssen, Sir, dass das Spiel ebenso gut anders hätte ausgehen können. Zwischen uns gibt es keinen großen Unterschied.«

»Im Gegenteil, *paloma*.« Die Locken hingen ihr lose über die Schulter. Wie Ebenholz auf Elfenbein. Exotisch und selten. Er hob die Hand und wühlte die Finger in die seidigen Strähnen. »Es liegen Welten zwischen uns.«

Siena berührte seine Brust, strich mit den Fingerspitzen über seine dunklen Locken. »Ja. Sie sind ein Lord. Und ich ... nicht.«

»Ich bin ein Mann, Sie sind eine Frau.« Zum Teufel noch mal, sie war unbestreitbar weiblich. Aus der Nähe betrachtet, besaß ihr Gesicht eine zerbrechliche Schönheit. Die Wangen waren kräftig, aber doch zart, und das Kinn schien sich perfekt in die Handfläche schmiegen zu wollen. Er hob es an, sodass er ihr in die Augen schauen konnte. Sie sah irgendwie ... unschuldig aus. Verwundbar. Als ob es ein Trugschluss war, dass sie bereits unzählige Männer in sich willkommen geheißen hatte.

Er musste beinahe laut lachen bei dem Gedanken, aber das Lachen blieb ihm im Halse stecken. Er zwang sich, auszuatmen.

»Lieber Himmel«, raunte er, »in diesem Moment würde ich keinen Penny darauf geben, wer du wirklich bist.«

Ihre Lider flatterten, ihre Stimme wankte. »Wollen Sie … willst du dein Pfand einfordern?«

Ausgeschlossen, dass eine unschuldige Frau so sündhaft verführerisch klingen konnte. Kirtland knabberte an ihrem Ohrläppchen. »Oh, ich dachte, ich könnte meinen Sieg noch ein wenig genießen, bevor ich den Preis verlange.«

Er spürte, wie sie zitterte, als er seinen Mund an das kleine Grübchen an ihrer Kehle presste. Ihre Haut schmeckte warm und salzig nach dem Fechtkampf, und ihr Puls pochte an seinen Lippen. Tief im Innern flammte plötzlich ein Hunger auf. Es war wie eine Gier, die er nur stillen konnte, wenn er seine Zunge in ihre Wärme gleiten ließ. »So wahr mir Gott helfe«, wisperte er, »ich bin mir nicht sicher, ob ich gewonnen oder verloren habe.«

In dieser Sekunde schienen sich all seine sorgfältig geschmiedeten Schlachtpläne in nichts aufzulösen. Es schien nicht mehr sicher, dass er ohne Weiteres den Sieg davontragen würde.

Siena hatte ihre Hände in sein Haar gewühlt. Und als sie ihn näher zog, entdeckte er dieselbe Unsicherheit, die er fühlte, in ihrem Gesichtsausdruck.

»Vielleicht sollten wir unsere Schlacht für einen Moment vergessen.«

Mit der Fingerspitze fuhr Kirtland über ihren Kiefer und fragte sich, ob er sich das Flackern in ihren Augen nur eingebildet hatte. Konnte es tatsächlich sein, dass seine zauberhafte mitternächtliche Furie sich ihrer eigenen Stärke nicht so sicher war, wie sie gern glauben machen wollte? Allein der Gedanke jagte ihm wieder einen Schauder durch die Glieder. Nicht vor Lust, sondern weil er ein Verlangen in sich spürte, sie in die Arme zu ziehen und zu beschützen – wer auch immer der Feind war, gegen den sie gerade kämpfte.

»Frieden?« Kirtland behielt sie genau im Blick, während er sprach, und versuchte herauszufinden, ob er dieser verwundbaren Seite von Black Dove tatsächlich trauen konnte. Bot sie ihm wirklich einen Olivenzweig an? Oder wollte der Falke in ihr ihn nur noch näher zu sich locken, um dann die Krallen auszufahren und ihn zu greifen?

»Frieden«, seufzte sie, und ihr Atem strich über seine Wangen. Dann spürte er ihre Lippen in seinen Mundwinkeln, eine hauchdünne Berührung nur, die ihn aufstöhnen ließ. »Küss mich.«

Plötzlich spielte es keine Rolle mehr, welche Gefahren vor ihm lagen. Kirtland hatte die klirrenden Säbel feindlicher Heere überlebt. Und er würde das Risiko eingehen, im Zweikampf mit diesem geheimnisvollen Falken viel untergründigere Wunden davonzutragen.

Unter seinem messerscharfen Blick fühlte Siena sich mehr als nackt. Sie fühlte sich, als hätte er ihr sämtliche Waffen aus der Hand geschlagen.

Aber gleichzeitig meldete sich eine Stimme in ihrem Innern, die ihr zuflüsterte, dass der Earl nicht ihr wirklicher Feind war. Er fühlte sich nicht ... bedrohlich an. Immerhin hatte sie in den Slums nur überleben können, weil sie ihrer inneren Stimme vertraut hatte. Konnte sie es also wagen, mit dieser gefährlichen Verführung weiterzumachen?

Als Kirtland mit den Händen über ihre Schenkel fuhr und ihre Beine um seine Hüften legte, redete Siena sich ein, dass sie seiner Herausforderung gewachsen war. Sie konnte frei und gelöst handeln, konnte den Auftrag immer im Hinterkopf behalten, ohne je daran denken zu müssen, was man von ihrem Körper verlangte.

Der Earl drängte sich vorwärts, seine Brust strich über ihre Brüste. Sie spürte, wie ihr ein Schauder über die Haut rann, wie die Berührung sie erregte. Als ob er ihr stummes Verlangen ahnte, schloss er die Finger um sie und liebkoste ihre Knospen mit den Daumen, bis diese sich hart aufrichteten.

Sie schrie auf, konnte aber selbst nicht entscheiden, ob aus Pflicht oder aus Lust. »Küss mich.«

Sein Mund näherte sich ihrem, und aus ihm sprach das gleiche drängende Verlangen. Sie öffnete sich ihm, sog den Geschmack nach Brandy und seinem männlichen Verlangen in sich ein. Das Gemisch war weitaus explosiver, als sie es sich je vorgestellt hatte. Kein Unterricht, keine Schlafzimmerlektionen hatten sie je auf die wirkliche Leidenschaft vorbereitet.

Oder auf den feurigen Blitz, der ihr durch die Glieder fuhr, als er mit seiner Zunge plötzlich ihre Brust liebkoste.

»Gefällt es dir, *paloma*?«

Siena kratzte mit den Fingernägeln über seine Schultern, während er an ihrer Knospe spielte. Ihre Worte waren kaum zu verstehen, verklangen in einem Hauch.

Mit der Hand fuhr er zwischen sie, schmiegte die Handfläche an ihren weiblichen Hügel. Siena hatte ihre Sprache wiedergefunden, als er über ihre nassen Locken strich. »Julian.« Sein Vorname war ihr unwillkürlich über die Lippen gekommen.

»Sag das noch mal«, wisperte er heiser.

»Julian.« Angestrengt beschwor sie sich, dass es nur um den Auftrag ging. Wenn sie den Earl verführte, würde sie schneller erfahren, welche Geheimnisse er wohl in seinem Herzen barg. Aber wer verführte eigentlich wen? Ihre Gliedmaßen waren verschlungen, die Zungen tanzten wild, und seine Kraft drohte mit ihrer zu verschmelzen.

»Ich kann nicht länger gegen dieses verdammte Verlangen kämpfen«, stöhnte er, »nicht jetzt.«

»Ich auch nicht.« Siena hob die Hüften, um seinen Stößen entgegenzukommen. Nichts außer dünnem Stoff aus Seide und Leinen lag noch zwischen ihnen. Seine straffen Muskeln barsten beinahe vor Verlangen, sein harter Schaft sehnte sich danach, die letzte Grenze zu durchstoßen, bis sie endlich vereint waren.

Kirtland griff nach dem zarten Seidenstoff. Schob erst einen Finger durch den Saum, dann den zweiten.

»Ja«, drängte sie. Sprach die Kriegerin aus ihr? Oder war es die Frau? In dieser Sekunde konnte sie es nicht entscheiden.

Er legte die Hand flach auf ihre Haut ...

Draußen hob sich ein Schatten dunkel vom Mondlicht ab, flimmerte über die Glasscheiben.

Plötzlich ließ Kirtland die Hand an ihrem Bein hinunterfahren, riss das Messer aus der Scheide, rollte sich zu einer Seite ab und landete leicht auf den Füßen.

»Ausgeburt der Hölle.« Sein Fluch hing noch in der Luft, als er sich umdrehte und durch die Palmenwand in den hinteren Bereich des Gewächshauses rannte.

Siena brauchte einen Moment, bis sie begriffen hatte und sich ebenfalls von der Werkbank hochstieß. Sie schnappte sich ihr Hemd, folgte dem Geräusch der raschelnden Blätter und der davonrennenden Schritte bis zur Glastür, die zu den welligen Hügeln führte.

Die Tür war nur halb angelehnt, und die kühle Nachtluft hatte ein paar Töpfe mit Setzlingen umgeworfen.

Draußen konnte sie am anderen Ende der Buchsbaumhecke eine Gestalt ausmachen, die aber kurz darauf mit dem Schatten verschmolz. Siena drehte sich zu Kirtland und fragte: »Hast du gesehen, wer es war?«

»Ja.« Die Stimme des Earls klang nicht länger sanft.

Sie zog sich das Hemd an, obwohl es nichts an ihrer Gänsehaut änderte. »Wer?«

»Orlov.«

»Verdammt.« Der Fluch war ihr über die Lippen gekommen, bevor sie sich beherrschen konnte.

»Macht es Sie wütend, dass er uns nachspioniert?« Der

Schwung seiner Lippen sah aus wie aus Stein gemeißelt. »Oder macht es Sie wütend, dass ich schnell genug war, ihn zu erwischen?«

»Was soll das heißen?« Der Kampf zwischen Pflicht und Verlangen hielt sie immer noch fest im Griff.

»Hören wir endlich auf, wie die Katze um den heißen Brei herum zu schleichen. Ich habe Sie seit einiger Zeit in Verdacht, dass Sie mit ihm unter einer Decke stecken. Madam, ich kann Ihnen nur gratulieren. Ganz gleich, ob Sie vorhaben, die Manuskripte direkt zu stehlen, oder ob Sie die Teilnehmer der Auktion nach und nach in den Wahnsinn treiben wollen. Ihr Plan ist teuflisch gut.«

»Nein!« Ihr stockte der Atem. »Ich stecke nicht mit ihm unter einer Decke. Ich schwöre!«

Offenbar war sie wirklich überrascht, was seinen Sarkasmus besänftigte. »Aber trotzdem haben Sie ausgesprochen erhitzt reagiert, als Sie erfuhren, dass er sich hier herumtreibt. Warum?«

»Seine Anwesenheit bringt irgendwie Unruhe«, erwiderte sie vollkommen aufrichtig. »Ich kann nicht entscheiden, ob es wirklich die Bücher sind, die ihn nach Marquand Castle getrieben haben. Oder etwas ganz anderes.«

»Ich habe mir dieselbe Frage gestellt. Aber die Antwort scheint mir so flüchtig wie unser russischer Freund.«

Der Earl verharrte reglos wie eine Statue. Im Mondlicht schimmerte seine helle Haut blass wie Marmor. Streng und unnahbar, wie ein griechischer Gott. Siena richtete den Blick himmelwärts, und durch die hohe Glasdecke entdeckte sie den schwachen Schein der Venus unter den Sternen. Aber Kirtland erinnerte nicht im Geringsten an einen Geliebten. Er sah eher aus wie Mars, kriegerische Züge schienen ihm ins Gesicht gemeißelt.

»Außerdem gibt es noch Sie«, fuhr er fort. »Ihre eigenen Erklärungen sind genauso ausweichend und flüchtig gewesen.«

Siena schwieg.

Er verriegelte die Tür, hob ihr Messer in das flirrende Mondlicht und fuhr mit der Fingerspitze über die Schneide, bevor er es ihr zurückgab. »Dann stehen wir also wieder auf Kriegsfuß miteinander?«

Der Earl eilte so rasch davon, dass Siena ein paar Sekunden später nichts mehr von ihm sah außer einem schlanken Schatten. Trotzdem klangen ihr seine Worte klar und deutlich ans Ohr.

»Seien Sie gewarnt, dass unser nächster Kampf nicht mit einem Patt enden wird.«

14. Kapitel

»Ein ziemlicher stürmischer Tag für einen Wettstreit in Treffsicherheit, nicht wahr, Lord Kirtland?«

Orlovs Bemerkung riss den Earl aus seiner grüblerischen Betrachtung der Sumpflandschaft. Er drehte sich um und erwiderte das durchtriebene Lächeln des Russen.

Der Vormittag hatte in der Tat kalt und stürmisch begonnen. Kaum die besten Bedingungen für Black Doves zweite Herausforderung, bei der Schießkünste geprüft werden sollten. Trotz der Kälte war Kirtland mit seinem Kaffee auf die Steinterrasse hinausgegangen, weil er hoffte, für ein paar Minuten den sinnentleerten Plaudereien im Frühstückszimmer zu entkommen.

Aber der Russe schien einen siebten Sinn dafür zu besitzen, genau in dem Moment aufzutauchen, wenn er am wenigsten erwünscht war.

»Wir wollen hoffen, dass es keinen weiteren unglücklichen Vorfall gibt. Wie jenen, der dem armen Bantrock zugestoßen ist. Er ist beim ersten Sonnenstrahl nach Dublin aufgebrochen, falls Sie es noch nicht gehört haben.« Orlov atmete übertrieben aus. »Stellen Sie sich nur vor, was für ein hässlicher Fehltritt. Das Gesicht des armen Mannes sah aus wie ein rohes Beefsteak.«

So sehr Kirtland sich auch wünschte, die Nase des Russen zu einem blutigen Brei zu schlagen – er zügelte sein Temperament. »Offenbar war der Ire sehr ungeschickt. Er hätte vorsichtiger sein sollen. Mit all seinen verschlungenen Ecken und Winkeln kann Marquand Castle sehr trügerisch sein.«

»Wie wahr. Aber es gibt hier auch allerlei lauschige und behagliche Plätzchen.« Orlov setzte sich auf die steinerne Brüstung und schlug die Beine übereinander. »Haben Sie gut geschlafen?

Oder sind Sie der Meinung, dass die Zimmer hier ein wenig überhitzt sind?«

Dem Earl war nicht nach einem Wortgefecht zumute. Er schenkte dem frechen Seitenhieb des Russen keinerlei Beachtung, nippte an seinem Kaffee und spazierte wieder gemächlich über die Schieferfliesen auf der Terrasse.

Schweigend ließ er die Gedanken um Black Dove und den vergangenen Tag kreisen.

Einerseits warnte ihn seine Vernunft, sich auf irgendeine gefühlsmäßige Verstrickung einzulassen. In der Vergangenheit war es ihm immer leichtgefallen, andere Menschen auf Distanz zu halten. Noch nicht einmal Osborne war es gestattet, in den hintersten Winkel seines Herzens zu dringen.

Das Problem war nur, dass Kopf und Vernunft nur einen kleinen Teil seiner Anatomie bildeten. Der übrige Teil kümmerte sich nicht um die mahnende Stimme der Vernunft und genoss Black Doves Gesellschaft. Dieser Teil seines Körpers genoss ihren unbändigen Mut, ihren scharfen Verstand, die körperliche Anmut, die exotische Schönheit – alles an ihr war unbestreitbar einzigartig. Unbestreitbar verführerisch …

Unbestreitbar gefährlich.

Eine gut ausgebildete Kurtisane wusste natürlich, wie man einen Mann halb wahnsinnig machte, sodass sein Urteilsvermögen sich in Rauch auflöste. Beim Militär war es dem Feind nie gelungen, ihn in einen Hinterhalt zu locken, gleichgültig, wie sorgfältig die Falle geplant war. Konnte es wirklich sein, dass er jetzt kurz davor stand, in die älteste Falle der Menschheitsgeschichte zu tappen?

Kirtland streckte das Gesicht der kühlen Brise entgegen. Er hatte Osborne versichert, dass er sich mit offenen Augen auf ihr Spiel einließ. Aber warum sehnte er sich dann danach, ein unschuldiges Glitzern in ihrem Blick zu entdecken, obwohl alle Anzeichen dagegensprachen?

War er ein unverbesserlicher Idealist? Oder nur ein Idiot?

Vielleicht ist der Unterschied in letzter Zeit gar nicht so groß gewesen, dachte er sarkastisch.

Dennoch war er geneigt zu glauben, dass sie nicht mit Orlov zusammenarbeitete. Weil sein Vorwurf sie zu sehr überrascht hatte. Inzwischen – nachdem seine Wut und seine Lust sich verflüchtigt hatten – musste er zugeben, dass er vielleicht übertrieben hatte, als er behauptete, dass sie nun wieder auf Kriegsfuß standen.

Es hatte sich eine zerbrechliche Freundschaft zwischen ihnen gebildet. Merkwürdig, dass er das Gebilde auf keinen Fall gefährden wollte. Jedenfalls noch nicht sofort.

Dabei war es eine ganz andere Frage, wie sie heute Vormittag reagieren würde …

»Ah, da sind Sie ja, Kirtland.« Winthrop trat aus dem Musikzimmer auf die Terrasse hinaus. »Wissen Sie vielleicht, wo Black Doves Schießwettbewerb stattfinden soll?«

Der Earl schob seine Grübeleien beiseite und stellte die Kaffeetasse ab. »Ihr Bursche bringt ein paar Zielscheiben im Ulmenhain an. Unten am See.«

»Verdammt noch mal, diese zweite Prüfung ist wirklich teuflisch gut ausgedacht.« Winthrop setzte sich auf den marmornen Mauersockel und schlug die Hände über dem Kopf zusammen. »Der Brandy des Dukes gestern Abend war viel zu viel. Kein Zweifel, dass ich nachher zwei Ringe anstatt einem sehen werde«, stöhnte er. »Spielt aber keine Rolle. Fitz und Sie sind sowieso die besten Schützen unter uns.«

»Vielleicht hat die Lady verschlafen.« Orlov nutzte die Gelegenheit für eine freche Bemerkung. »Schließlich könnte sie es auch mit einigen Vergnügungen übertrieben haben.«

»Das Glück ist uns nicht vergönnt«, erwiderte Winthrop. »Ich habe sie ins Frühstückszimmer kommen sehen, frisch und munter wie immer.«

»Und die anderen?«, fragte der Earl.

»Werden bald herunterkommen.«

»Nun, ich werde die Gentlemen ihrem Spiel überlassen.« Der Russe stand auf und wischte sich ein Staubkörnchen von seinen makellosen Reithosen aus Rehleder. »Auf welchen Preis kann sich der Sieger dieses Wettstreits freuen?«

»Auf einen Austritt zu einer Jagdhütte mit einem intimen Abendessen bei Wildbret und Port.« Winthrop grimassierte, als er den Port erwähnte. »Offenbar hat sich ein früherer Duke einen Spaß daraus gemacht, den Milchmädchen im Ort nachzustellen. Man erzählt sich, dass die Hütte mit erotischer Kunst aller Art vollgestopft ist.«

»Oh, wie romantisch«, spottete Orlov. »Wenn man Black Dove zu den Delikatessen des Mahls zählen darf.«

»Wäre schön«, entgegnete Winthrop, »aber mit Black Dove ist es fast wie mit den Psaltern. Ihre Gunst liegt verschlossen unter Glas, bis die letzten Gebote eingegangen sind und der Gewinner verkündet wird.«

»Dann glauben Sie also nicht, dass sie die Flügel spreizt, wenn Sie den Blick abgewandt haben?« Zweifelnd zog Orlov die Brauen hoch. »Ich kann die englischen Gentlemen nur bewundern. Ihr Ehrbegriff ist wirklich überaus raffiniert, wenn Sie selbst dem Wort einer Lady noch vertrauen. Slawen wie ich besitzen einen eher einfältigen Blick auf das Leben.«

»Kein Wunder. Die Lust auf Verrat und Intrigen scheint den Menschen aus dem Osten ganz selbstverständlich im Herzen zu nisten.« Die Stimme des Earls übertönte kaum die leichten Windböen.

Falls Orlov die Bemerkung überhaupt verstanden hatte, schenkte er ihr keinerlei Beachtung. Stattdessen schlug er die Hacken seiner Stiefel zusammen und verbeugte sich. In den flirrenden Quasten seines leinenen Überrocks spiegelte sich die Überheblichkeit seiner Verbeugung. »Es klingt aber doch danach, als würde auf jemanden in Ihrem Club eine echte Leckerei warten.«

»Dreckskerl«, murmelte Winthrop, nachdem der Russe sich entfernt hatte. »Jemand sollte ihm die Eier abschneiden. Und sie ihm in den Hals stopfen.«

Der Earl lächelte bei dem Gedanken, dass Black Dove den spöttischen Bariton mit ihrem Degen in einen schrillen Sopran verwandeln könnte. Aber dann mahnte er sich, dass trotz ihrer Leugnung immer noch nicht klar war, auf wessen Seite sie stand.

Was den Russen betraf, so schienen seine Beweggründe klar auf der Hand zu liegen. »Sie sollten sich Mr. Orlov nicht zu sehr zu Herzen nehmen«, erwiderte Kirtland. »Er spielt auch nur ein Spiel. Und so sicher er sich auch ist, dass er den größten Trumpf im Ärmel versteckt … Ich würde keine Wetten darauf abschließen.«

Siena überprüfte ihre Pistole, bevor sie Oban die Waffe in die Hand drückte. »Ist die Bahn vorbereitet?«

»Aye, Ma'am. Es ist alles eingerichtet, wie Sie es befohlen haben. Fünf Stationen sind am Weg aufgestellt worden, mit jeweils hundert Schritten Abstand. Die Zielscheiben sind gemäß Ihrer Anordnung in den Bäumen aufgehängt worden, und diese Waffen werden oben auf ein Fass gelegt. Ich werde die Strecke abgehen, die Waffen nachladen und die Ergebnisse notieren.«

»Ausgezeichnet.« Sie stopfte die Zeichnung zurück in ihr Notizbuch und war froh, dass alles genau nach ihren Planungen eingerichtet worden war. Trotzdem vibrierten ihre Nerven bei der Aussicht, Kirtland bald wiederzusehen.

Dann stehen wir also wieder auf Kriegsfuß? Seine letzten Worte hatten ihr bedeutet, dass es mit der Waffenruhe nun vorbei war. Was vielleicht ebenso gut war. In der vergangenen Nacht hatte sie den Dingen einen zu … persönlichen Lauf gelassen. Indem sie ihren Körper als Waffe einsetzte, schien sie allerdings auch eine kleine Schwäche in der Abwehr des Earls entdeckt zu haben. Wenn sie diese Schwachstelle näher erkundete, durfte sie jedoch ihren Gefühlen keinesfalls freien Lauf lassen.

Oban regte sich kaum merklich.

Siena umklammerte ihr Notizbuch noch fester und blätterte eine neue Seite auf. »Ich werde jeden Mann auf seinem Rundkurs begleiten. Weil ich wissen will, wie lange er braucht.« Und um zu prüfen, wie gut er eine schwierige Aufgabe unter Zeitdruck erledigte.

»Aye, Ma'am«, bestätigte der Bursche. »Es ist alles bereit.«

Nachdem sie einen letzten Blick auf die schattigen Bäume geworfen hatte, musste Siena sich darum kümmern, die wartenden Mitglieder des Gilded Page Clubs über ihre Aufgabe aufzuklären.

»Gentlemen, wie Sie bereits erfahren haben, soll heute geprüft werden, wie gut Sie eine geladene Waffe handhaben.«

Mit unterdrücktem Gelächter versammelten sich die Männer um sie.

»Der Rundkurs folgt dem Fußweg durch den Wald und macht dann einen Schlenker hierher zurück. Sie werden sich beeilen müssen, wenn Sie die fünf Schüsse in der erlaubten Zeit von zehn Minuten abfeuern wollen.« Sie hielt ihre Taschenuhr hoch, um ihre Ankündigung zu bekräftigen. »Wer zu langsam ist, dem werden Punkte abgezogen. Und wer mehr als eine Minute in der Zeit zurückliegt, muss aus dem Wettbewerb ausscheiden. Andererseits werden denjenigen, die vor der Zeit fertig sind, Bonuspunkte zugeschrieben. Noch Fragen, bevor wir anfangen?«

Niemand meldete sich. Vielleicht lag es an den Regenwolken über ihren Köpfen, dass die Männer bedrückter wirkten als sonst. Oder vielleicht hatte sie die Prüfung eine Spur zu früh an diesem Vormittag angesetzt. Ganz besonders Winthrop schien nicht recht auf dem Posten zu sein.

»Wir müssen mit Zündhölzern auslosen, in welcher Reihenfolge wir schießen. Das längste Zündholz fängt an, und so weiter.«

»Machen Sie den Weg frei«, spottete Dunster, »es versteht sich, dass ich das längste habe.« Seit der Auseinandersetzung mit dem Earl hatte seine Angeberei sich ein wenig verflüchtigt, obwohl er sich immer noch den Anschein gab, außerordentlich selbstsicher zu sein.

Der Earl machte keine Anstalten, ein Zündholz zu ziehen.

Es war Jadwin, der schließlich gewann. Kirtland war der letzte.

»Sind Sie bereit, Sir?«, fragte Siena.

Jadwin legte den Schal ab und reichte ihn Leveritt. »Ich bin gleich zurück«, verkündete er beiläufig.

»Ich nehme die Zeit ab hier«, erklärte Siena, »obwohl die erste Zielscheibe erst dort drüben an der Ulme hängt.« Sie zeigte auf den großen Baum geradeaus.

Auf ihr Zeichen hin setzte Jadwin sich in Bewegung, rannte nicht, sondern hatte sich für einen strammen Marsch entschieden. »Pocht das Herz zu schnell, kann das Ziel aus dem Visier geraten«, erklärte er Siena, die mit ihm Schritt hielt.

Mit Absicht hatte Siena sich für einen schwierigen ersten Schuss entschieden. Sie beobachtete, dass er die Pistole sehr sorgfältig handhabte. Jede Einzelheit konnte wichtig sein. Natürlich waren die Männer in der Lage, Ungeschicklichkeit vorzuschützen, aber ein geübter Schütze besaß eine gewisse Würde im Umgang mit der Waffe, die sich nur schwer leugnen ließ. Am meisten achtete sie auf eine ruhige Hand. Der Verräter war schließlich ein Mann, den man nicht leicht aus der Ruhe brachte. Um bei einem Betrugsmanöver die Strippen zu ziehen, musste er Nerven wie Drahtseile haben, musste die Fähigkeit besitzen, schnell und unbeirrt zu arbeiten.

»Eine exzellente Waffe«, bemerkte Jadwin, als die Kugel dicht in der Mitte der Zielscheibe einschlug. »Gehört sie dem Duke?«

»Ja. Stoneleigh hat sie mir aus der Sammlung entliehen«, erwiderte sie. »Gefällt sie Ihnen?«

»Oh, ja, *très jolie*. Sehr hübsch.« Rasch machte er sich auf den Weg zur nächsten Station, wieder im wohldurchdachten Schritt. »Der Schaft aus geknotetem Walnussholz ist zauberhaft, und der silberne Lauf eine großartige Handarbeit. Ich möchte meinen, dass die Pistole aus Purdeys Werkstatt stammt und nicht von Manton.«

Auch der zweite Schuss traf sicher ins Ziel. Genau wie der dritte. Der vierte ging am schwarzen Punkt vorbei, aber nur knapp.

»Von einem Mann der Kunst hätte ich solche Heldentaten niemals erwartet«, murmelte Siena auf dem Weg zur letzten Zielscheibe. Meistens schien es Jadwin nichts auszumachen, im Schatten seines älteren Freundes Leveritt zu stehen. Es war leicht, ihn zu übersehen: Er war nur durchschnittlich groß und von durchschnittlicher Statur, mit hellbraunem Haar und feinen Gesichtszügen, die ihn jünger machten, als er tatsächlich war. Außerdem war er das stillste Mitglied des Clubs. Aber Siena hatte bemerkt, dass er immer wach und aufmerksam um sich blickte.

Sie berührte ihn leicht am Ärmel und sagte: »Welche Talente hüten Sie noch in Ihrem Innern, Sir?«

Jadwin musterte sie aufmerksam und lachte. »Ich glaube, ich bin in manchen Dingen recht gut beschlagen. Es ist wichtig, eine gewisse Freude am Leben zu empfinden, nicht wahr?«

»Selbstverständlich.«

Mit stolzem Schritt eilte er zurück zur Gruppe. »Ich denke, meine Leistung war recht ordentlich.« Zwinkernd nahm er Leveritt den Schal ab und schlang ihn sich über die Schultern. »Wir wollen sehen, ob einer der Gentlemen besser ist als ich.«

Du musst seinen Hintergrund noch mal in allen Einzelheiten überprüfen, dachte Siena, während sie seine Zeit im Notizbuch notierte. War es nur Angeberei, dass er ständig französische

Floskeln im Munde führte? Oder hatte es eine tiefere Bedeutung? Vielleicht eine Geliebte auf der anderen Seite des Kanals. Eine interessante Möglichkeit …

Sie wandte ihre Aufmerksamkeit wieder den anderen zu, als Oban das Signal für den nächsten Schützen gab.

Einer nach dem anderen absolvierten die Clubmitglieder den Rundkurs. Leveritt machte den Eindruck, als könne er kaum Kimme und Korn unterscheiden, während Dunster seine Aufgabe überraschend sanft erledigte. Fitzwilliam traf beim letzten Schuss übel daneben, was ihn aus dem Rennen warf. Aber Winthrop machte seine Sache außerordentlich gut, obwohl er über Kopfschmerzen klagte.

»Gut gemacht, Sir.« Nachdem die letzte Rauchschwade verflogen war, schaute Siena auf ihre Taschenuhr. »Bis jetzt haben Sie die schnellste Runde hingelegt. Und jeder Schuss hat offenbar ins Schwarze getroffen.«

»Ich fürchte, dass mindestens einer nur den äußeren Rand der Scheibe gestreift hat.« Winthrop atmete geräuschvoll aus. »Es ist nicht leicht, unter solchen Bedingungen gute Leistungen zu bringen. Je höher die Anforderungen, desto schwerer ist es, sich zu entspannen.«

»Wenn die Auswertung stimmt, werde ich dafür sorgen, dass Ihnen die Anspannung aus den Gliedern weicht.«

Er schaute zu, wie sie die Röcke über ihren Hüften glatt strich. »Allein der Gedanke könnte mich schon dazu treiben, Kirtlands Pulver nass zu machen.« Mit der Zunge fuhr er sich über die Unterlippe. »Fast«, gestand er ein.

Obwohl Siena ihn bereits von der Liste der Verdächtigen gestrichen hatte, war sie neugierig, wie er über den Earl dachte. »Haben Sie Angst vor Kirtland?«

Winthrops Grinsen verschwand. »Es gibt keinen Mann, vor dem ich Angst habe. Ich respektiere ihn. Und sein Temperament. Das ist ein Unterschied.«

»In der Tat, das stimmt«, meinte sie nachdenklich. »Aber nach meiner Beobachtung neigt der Earl nicht zu unerklärbaren Wutausbrüchen. Eher im Gegenteil.«

Winthrop schien es unbehaglich zu werden. »Es heißt, dass man ihm besser nicht in die Quere kommt.«

Gerüchte. Andeutungen. Was war Lüge, was Wahrheit? Siena hatte keine Gelegenheit, das Thema zu vertiefen, denn sie waren am Ende der Strecke angelangt.

Die anderen Gentlemen hatten sich bereits wieder in das Schloss zurückgezogen. Nur der Earl wartete noch auf der Lichtung. Trotz des bewölkten Himmels und des stürmischen Winds trug er weder Umhang noch Handschuhe. Der Mann machte den Eindruck, als könnten ihm die Elemente nichts anhaben.

Kein Wunder, dass die anderen Clubmitglieder immer ein wenig eingeschüchtert wirken, dachte Siena. Er war kein Mann, der zu Vertraulichkeiten einlud. Und doch …

»Können wir anfangen?«, fragte er brüsk.

»Mein Bursche braucht noch ein paar Minuten, um durchzuladen und die Zielscheiben wieder aufzuhängen, Sir«, erwiderte sie in knappem Tonfall. »Interessiert es Sie, welche Zeit Sie schlagen müssen?«

»Nicht besonders.«

Winthrop stopfte die Hände in die Manteltaschen und verabschiedete sich vom Schlachtfeld. »Ich werde im Schloss auf das Ergebnis warten, wenn Sie nichts dagegen haben«, erklärte er. »Zusammen mit den anderen. Heißer Kaffee ist im Augenblick verführerischer als heißes Blei.«

»Ob wir nun wieder auf Kriegsfuß stehen«, murmelte Kirtland, kaum war der andere Mann außer Hörweite, »oder gleich die Pistolen zücken … Können wir es wirklich wagen, gleich den nächsten Zweikampf auszurufen? Kaum auszudenken, was passiert, wenn wieder die Funken sprühen. Diesmal in unmittelbarer Nähe von echtem Schießpulver.«

Lag es an dem Schatten, den die Äste auf das Gesicht des Earls warfen? Oder hatten seine Lippen wirklich gezuckt?

»Ich habe alles unter Kontrolle«, erwiderte Siena. Außer ihren sündigen Gedanken. Unwillkürlich schob sie ihre Selbstvorwürfe beiseite und dachte unablässig daran, wie der Earl wohl halb nackt im Mondlicht aussehen würde.

»Gestern Nacht sah es nicht danach aus.«

Siena mied seinen Blick, schrieb demonstrativ ein paar Zeilen in ihr Notizbuch und klappte es dann zu. Bei Tageslicht würde es keinen Funkenflug geben, keinerlei unerwartete Explosionen der Leidenschaft. »Brandy ist eine flüchtige Substanz. Sie neigt dazu, die Einbildungskraft eines Mannes zu entflammen. Aber inzwischen ist Ihr Kopf wieder klar, und ich vertraue darauf, dass Sie einen ernsthaften Versuch unternehmen werden, diese Prüfung für sich zu entscheiden.«

Kirtland zog die Brauen hoch. »Wie kommen Sie darauf?«

Siena zögerte. »Weil ich neugierig bin, wie sicher Sie ins Ziel treffen.«

»Ich dachte, ich hätte mein Ziel bisher gut genug ins Visier genommen.«

»Mit einer gewissen Waffe«, entgegnete sie knapp.

Diesmal zweifelte sie nicht daran, dass er die Lippen verzog. »Ich versichere Ihnen, Madam, dass mein Finger am Abzug recht geübt ist. Manche behaupten sogar, er sei weich wie Seide.«

Siena bemerkte, dass sie errötete wie ein Schulmädchen. Sie hob ihre Taschenuhr und nutzte das weiche Gold als Schutzschild vor weiterer Zerstreuung. »Ich glaube, wir sollten jetzt besser anfangen.«

»Ach, wirklich?«

Verdammt. Der Earl überraschte sie immer wieder. Sie hatte mit offener Feindseligkeit gerechnet, nicht mit trockenem Humor. Warum versuchte er, sie aus dem Gleichgewicht zu werfen?

Siena veränderte ihre Haltung und stützte eine Hand auf die Hüfte. »Sir, Sie kennen die Regeln. Sie können von Station zu Station rennen, Sie dürfen aber auch gehen. Ganz wie Sie wünschen. Für Geschwindigkeit gibt es zusätzliche Punkte. Aber die Zielgenauigkeit ist wichtiger.«

Er zuckte die Schultern. »Sie zählen die Treffer, Madam. Das Spiel kann beginnen, wann immer Sie es wünschen.«

»Ich zähle bis drei ...«

Als sie bei drei angekommen war, machte er sich mit ausgreifenden Schritten auf den Rundkurs. Dem Anlass entsprechend trug Siena weit geschnittene Röcke und eine fransige Jacke, sodass sie sich ohne Schwierigkeiten bewegen konnte. Dennoch musste sie sich beeilen, um mit dem Earl Schritt halten zu können. Den ersten Schuss hatte er schon abgefeuert, als sie ihn eingeholt hatte.

An ihrem Standort sah es so aus, als hätte seine Kugel direkt ins Schwarze getroffen. Aber ihr blieb keine Zeit, genauer hinzuschauen. Kirtland hatte sich bereits wieder auf den Weg gemacht.

»Der Winkel ist klug gewählt«, meinte er, während er sich in einen leichten Trab setzte. »Sind Sie mit der Schusswaffe genauso geübt wie mit der Klinge?«

»Ja«, bestätigte sie und achtete darauf, dass sie sich neben ihm hielt.

»Was zum Teufel hat Ihr geheimnisvoller Gönner sich eigentlich dabei gedacht? Wollte er sich eine Privatarmee schaffen?«

Nur sein stützender Griff nach ihrem Arm hinderte sie daran, über die eigenen Füße zu stolpern. »Er war der Meinung, dass eine Lady in der Lage sein sollte, sich selbst zu verteidigen.«

»Für den Fall, dass sie Attila, dem Hunnenkönig, begegnet?«

Es war ihr neu, dass der Earl so launenhaft sein konnte. Siena warf ihm einen Seitenblick zu. »Sie sind offenbar in merkwürdiger Stimmung.«

»Wie ich bereits erwähnt habe, Sie scheinen mich irgendwie zu verzaubern. Sie sind wie ein Falke, in dem magische Kräfte stecken. Rühren die seltsamsten Gefühle in mir an.«

In Wahrheit waren es auch ihre eigenen Nerven, die sich immer noch nicht beruhigt hatten. Sie atmete tief durch und weigerte sich, ihre Schwäche einzugestehen. »Aber vielleicht hat sich der Brandy immer noch nicht ganz verflüchtigt.«

Der Earl lachte sanft, während er anlegte und den Schuss abfeuerte. *Wieder mitten ins Schwarze.* Und noch einmal an der dritten Station. Er missachtete den vorgeschriebenen Rundkurs, duckte sich unter dem tief hängenden Zweig hinweg und marschierte direkt auf die vierte Scheibe zu.

»Wie wäre es, wenn Sie den vierten Schuss abfeuerten?« Abrupt drehte er sich um und bot ihr die Pistole.

»Das ist gegen die Spielregeln.«

»Seit wann interessiert es uns, ob wir die Regeln befolgen oder brechen?«, konterte er.

»Mylord, Sie verschwenden Ihre kostbare Zeit.«

»Ich schenke Ihnen die Sekunden, wenn ich nur sehen darf, ob Sie so gut sind, wie Sie behaupten.« Seine Augen funkelten noch intensiver, und er trat einen Schritt zur Seite. »Kommen Sie schon. Sie scheuen doch nicht etwa vor einer Herausforderung zurück?«

»Es ist nicht fair, dass ...«

Urplötzlich wich ihr die Luft aus den Lungen, als der Earl sie mit der Schulter mitten in der Brust traf. Kaum eine Sekunde später folgte er mit seinem ganzen Gewicht, warf sie seitlich um.

Im selben Augenblick hallte ein lautes Knacken durch das Geäst der Bäume.

Eine Kugel pfiff über ihre Köpfe hinweg, als sie zu Boden stürzte und der Earl auf ihr landete.

»Sir, rollen Sie auf die Seite«, zischte sie im nächsten Atemzug, »Sie befinden sich mitten in der Schusslinie.«

Er hielt sie mit den Armen umschlossen. »Das ist so beabsichtigt.«

Sollte das etwa heißen, dass er sie vor der Gefahr schützen wollte? Noch nie hatte jemand Kopf und Kragen für sie riskiert.

Siena unterdrückte das Bedürfnis, sich weiter schützend in seinen Armen zu wiegen, wehrte sich gegen seine Umklammerung und konnte schließlich unter ihm wegschlüpfen.

»Machen Sie keine Dummheiten«, brummte er und hielt ihr Handgelenk fest. »Wenn Sie wirklich so gut ausgebildet sind, wie Sie behaupten, dann wissen Sie ganz genau, wie dumm es ist, den Feind blindlings zu verfolgen. Woher wollen Sie wissen, wie er bewaffnet ist? Oder wie viele Komplizen unterwegs sind?«

»Ich weiß«, antwortete sie schnippisch. »Ich habe mir nur kurz den Überblick verschafft. Und ich schlage vor, dass wir uns hinter dem Holzstapel in Sicherheit bringen. Dort haben wir auch einen günstigeren Ausgangspunkt.«

Kirtland schaute nach rechts, wälzte sich dann seitwärts und riss sie mit sich. »Sehr aufmerksam.« Er ließ den Blick ebenfalls durch die Gegend schweifen. Nirgendwo schien sich etwas zu rühren, außer den raschelnden Blättern war kein Geräusch zu hören. »Sieht so aus, als hätten Sie mit Ihrem Racheplan einigen Zorn auf sich gezogen. Ich frage noch einmal: Wer?«

Siena verweigerte sich seinem Blick.

»Teufel noch mal.« Er klang ernsthaft böse. »Wie um alles in der Welt kann ich Sie vor weiteren Angriffen schützen, wenn ich nicht weiß, wer der Feind ist?«

Kirtland wollte sie beschützen? Sienas Herz setzte einen Schlag lang aus. Sie war eine gute Kriegerin. Ein Killer, wenn es sein musste. Für weiche Gefühle hatte sie keinen Platz. Auch nicht für einen Freund. So weit ihre Erinnerung zurückreichte, so lange war sie es gewohnt, auf eigenen Beinen zu stehen.

»Ich brauche Ihre Hilfe nicht.«

Er hielt ihr Kinn fest und zwang sie, ihn anzusehen. »Hätten Sie es wirklich vorgezogen, dass Ihr Hirn auf die Eichen spritzt?«

»Es ist eine Frage der Ehre. Ich bin bereit, jedes Risiko auf mich zu nehmen.«

»Am Tod ist nichts Ehrenwertes.«

»Es kommt darauf an, Sir. Ich empfinde es als große Ehre, während eines Einsatzes zu sterben. Ganz besonders Sie sollten das verstehen können.«

Anfangs hatte er ihr überrascht zugehört. »Sie klingen wie ein Soldat«, meinte er dann voller Respekt.

»Und Sie klingen, als wären Sie sehr erstaunt. Glauben Sie wirklich, dass es einer Frau unmöglich ist, sich denselben höheren Werten zu verpflichten wie ein Mann?«

Kirtland lehnte sich so dicht zu ihr, dass sie die Hitze seines Körpers wie tausend kleine Dolchspitzen auf ihrer eigenen Haut spürte. »Madam, was Sie betrifft, so habe ich mir das Staunen abgewöhnt.«

Gerade noch rechtzeitig drang Obans Stimme an ihr Ohr, und Siena war gerettet.

»Ich bin hier!«, rief sie zurück.

»Bitte entschuldigen Sie, Ma'am.« Der Bursche schlug sich durch die Büsche, und sein Atem ging stoßweise. »Ich habe versucht, die Verfolgung aufzunehmen. Aber das Gebüsch ist zu dicht. Ich konnte nicht nahe genug herankommen, um zu erkennen, wer den Schuss abgefeuert hat.«

»Zu spät.« Siena schaute sich in dem stillen Wald um. »Sie können die Pistolen einsammeln und die Zielscheiben wieder in die Scheune bringen.«

Oban nickte.

Sie wandte sich an Kirtland. »Es wäre mir lieb, wenn Sie den anderen gegenüber kein Wort darüber verlieren würden.«

»Ganz recht. Das wäre wohl das Beste.« Er wischte sich den Schmutz vom Ärmel. »Der Duke könnte auf die Idee kommen, die Auktion abzublasen, falls er der Meinung ist, dass sich ein Verrückter auf Marquand Castle herumtreibt.«

Wenn überhaupt noch Fragen danach offen sind, dachte sie trocken, ob der Earl unter Druck kühlen Kopf bewahren konnte – sie sind hiermit beantwortet. »Gut. Dann sollten wir schleunigst zu den anderen zurückkehren. Bevor sie sich fragen, wo wir abgeblieben sind.«

»Stimmt.« Plötzlich drehte Kirtland sich um und zog die ungeladene Pistole aus dem Unterholz hervor. »Nur für den Fall, dass noch jemand mit uns rechnet«, meinte er und feuerte himmelwärts.

Siena biss sich auf die Lippe. Sie hätte selbst daran denken müssen. Gab es sonst noch etwas? Sie schloss die Augen und versuchte, sich auf Da Riminis Regeln der Kriegsführung zu konzentrieren anstatt auf den würzigen Duft des Rasierwassers. Oder auf den sanften Hauch seines Atems auf ihrer Wange …

»So schnell lasse ich mich nicht in die Flucht schlagen, Madam Dove«, murmelte Kirtland und eilte neben ihr zur Lichtung. »Ganz unter uns, die Jagdhütte des Duke verschafft uns eine einmalige Gelegenheit.«

»Mit anderen Worten, Sie schlagen vor, dass ich Sie als Sieger ausrufe?«

»Wen sonst? Sie haben doch gerade verkündet, dass Sie weitermachen wollen, als wäre nichts passiert. Und Sie müssen zugeben, dass ich weit öfter ins Schwarze getroffen habe als die anderen.«

Kirtland hatte recht. Die Bekanntmachung würde niemanden überraschen. Und zusammen mit Dunster, Leveritt und Jadwin ist er immer noch dringend verdächtig, überlegte sie. Aber Vernunft und Logik geboten ihr trotzdem, einen anderen auszusuchen. Schließlich hatte sie dem Earl schon mehr als genug Aufmerksamkeit gewidmet.

Manchmal musst du alles auf eine Karte setzen, Volpina. War es wirklich Il Lupinos Ermahnung, die sie gerade gehört hatte? Oder ihre eigene innere Stimme?

»Einverstanden, Sir. Wir treffen uns um sechs Uhr an den Ställen.«

15. Kapitel

Gefährlich.

Kirtland hallte der Schuss immer noch laut in den Ohren, als er sich das schmutzige Hemd auszog und sich kühles Wasser über Schultern und Oberkörper, über die alten Narben und die angespannten Muskeln spritzte. Sowohl er als Person als auch seine innere Ruhe gerieten in Gefahr, wenn Black Dove in der Nähe war. So leicht sich die Wassertropfen auch abschütteln ließen, es blieb die Tatsache, dass die Ereignisse gerade eine tödliche Wendung hätten nehmen können.

Und es stand mehr auf dem Spiel, als nur ein paar illuminierte Gesangbücher. Es sah so aus, als wüsste jemand Bescheid, dass Black Dove den Racheengel spielen wollte. Un dieser Jemand war offenbar bereit, ihr die Flügel zu stutzen.

Kirtland biss die Zähne zusammen und schnappte sich ein Handtuch. *Na, und?* Schließlich war es nicht seine Angelegenheit, dass sie unter Umständen ihr Leben verlor. Sie hatte sich einen riskanten Beruf ausgesucht. Jedes Mal, wenn eine Kurtisane ihre Gunst einem reichen, mächtigen und skrupellosen Gentleman gewährte, entschied sie sich immer auch für Intrigen und Betrügereien. Sie durfte sich keine Illusionen darüber machen, dass einige dieser Herren sich das Recht herausnahmen, Frauen wie sie zu ihrem Vorteil auszunutzen.

Aber welches Unrecht es auch sein mochte, das sie wiedergutmachen wollte, Black Dove hatte bewiesen, dass sie sehr gut auf sich selbst Acht geben konnte. Er musste sich nur daran erinnern, wie es Bantrock ergangen war.

Ich brauche Ihre Hilfe nicht. Ihre Worte echoten ihm immer noch durch den Kopf. Er sollte sie sich besser zu Herzen nehmen.

Der Earl starrte in den Spiegel und ließ den Blick über die verblassenden Narben der vergangenen Kämpfe schweifen. Sie sollten ihm als Warnung dienen, sich nicht gleich kopfüber in die nächste Schlägerei zu stürzen. Er musste sich Black Dove vom Leib halten, und zwar schnell. Wenn er es zuließ, dass sein Leben sich mit ihrem verband, manövrierte er sich selbst mitten in die Schusslinie. Aus Gründen, die nichts mit ihm zu tun hatten.

Schließlich hatte er seine eigenen Schlachten zu schlagen. Er war nach Marquand Castle gekommen, um die St.-Sebastian-Psalter zu ersteigern. Nichts anderes sollte ihn interessieren. Ganz gewiss keine sündhafte Verführung oder ein geheimnisvoller Falke, der sich weigerte, den wahren Grund für seinen Aufenthalt auf dem Schloss zu offenbaren.

Den Grund, der nichts damit zu tun hatte, ihre Gunst an das höchste Gebot zu verkaufen.

Er mahnte sich, dass sie sich selbst diese gefährlichen Herausforderungen ausgedacht hatte. Es gab ein altes Sprichwort: *Wer mit dem Schwert lebt, muss damit rechnen, auch durch das Schwert zu sterben.*

Aber sogar jetzt noch, als er sich den platten Spruch vorsagte, wollte es dem Earl nicht gelingen, sie vollständig aus seinen Gedanken zu streichen. Irgendwie schien ein Feuer in ihrem Innern zu lodern ... Manchmal flammte eine goldfarbene Glut in ihren Augen auf, Zeichen ihres unglaublichen Muts – und dieses Feuer hatte die Funken in seinem eigenen Innern entfacht. Dass sie all seine Hilfsangebote stets zurückgewiesen hatte, machte es nicht einfacher, die Funken zu ersticken.

Anfangs hatte er sich nur in seinem Stolz herausgefordert gefühlt. Aber längst war etwas ganz anderes daraus geworden, etwas, das viel tiefer reichte. Zuerst war er entschlossen gewesen zu beweisen, dass ihre Anwesenheit auf dem Schloss nur als lästige Schikane gedacht war. Aber irgendwann in den letzten

Tagen hatte sein Entschluss eine unvorhersehbare Wendung genommen. Jetzt kam es ihm darauf an, um jeden Preis zu beweisen, dass sie nur die ehrenwertesten Absichten hegte.

Schuldig oder unschuldig? Wahrheit oder Lüge? Immer wieder lief es auf dasselbe Rätsel hinaus: Wer zum Teufel war diese Frau?

Verdammt viele Fragen. Heute Abend würde er nicht eher zur Ruhe kommen, bis er einige Antworten gefunden hatte.

Siena war zu unruhig, um den Nachmittag in ihrem Zimmer zu verbringen. Rasch zog sie sich die Schützenkleidung aus und eilte zum Central Tower. Sie brauchte Ablenkung, um den Kopf wieder freizubekommen ... für die nächste Auseinandersetzung mit Kirtland.

Gefährlich.

Es bedurfte keiner Kugel, um sich daran zu erinnern, welche Gefahren in der Nähe des Earls auf sie lauerten. Die Grenze zwischen Verführung und Verführtwerden war nur schmal. Sie durfte sich nicht den kleinsten Fehltritt erlauben.

Als sie aufschaute, stellte sie fest, dass ihre Füße sie unwillkürlich in den Ausstellungsraum der St.-Sebastian-Psalter getragen hatten. Abgesehen von den zwei Lakaien an der Tür war der Raum leer, und sie beschloss hineinzugehen. Die Kunst bot zeitweilig Ruhe vor dem Krieg.

Als Siena sich über die Vitrine beugte, spürte sie, wie ihre Anspannung angesichts der wunderbaren Blätter nachließ. Es war unmöglich, sich nicht von ihnen in den Bann schlagen zu lassen. Zwar war sie nicht in der Lage, die feinen Nuancen in Technik und Stil so exakt zu bestimmen wie der Earl, aber schon auf rein anschaulicher Ebene fühlte sie die Macht der Schönheit. Die Reinheit des Blicks, die Klarheit der Farben und die Demut des Ausdrucks waren in jedem Detail zu bewundern.

Siena war so sehr in ihre Betrachtung vertieft, dass sie den zweiten Besucher erst bemerkte, als seine Stimme dicht an ihrem Ohr erklang. »Recht hübsch, nicht wahr?«

Sie schaute nicht auf. »Die Beschreibung wird den Werken wohl kaum gerecht, Mr. Orlov. Hegen Sie wirklich nicht das geringste Interesse an Kunst?«

»Ich bin daran interessiert, meinen Auftrag zu erfüllen. Und was ist mit Ihnen?«

Warum nur bildete sie sich ein, dass seine Worte hintersinnig gemeint waren?

»Ich hatte nur wenig Gelegenheit, mich mit solch exquisiter Kunst vertraut zu machen. Und der Empfindungskraft, die sie inspiriert«, erwidert sie. »Ich glaube, es würde mich sehr freuen, wenn ich noch mehr über Kunst lernen könnte.«

»Wirklich? Dabei hatte ich den Eindruck, dass Sie eine recht pragmatische Person sind.«

Siena fing seinen spöttischen Blick auf, bemerkte blitzschnell die Schmutzkrümel an seinen Hosen und den dünnen Riss im Ärmel seines Mantels. »Wer hat Sie geschickt, Mr. Orlov?«

Lässig stützte er den Ellbogen auf die Vitrine. »Wir haben alle unsere kleinen Geheimnisse.«

»Soll das heißen, dass Sie etwas zu verbergen haben, Sir?« Sie konnte förmlich hören, wie Stahl auf Stahl klirrte, als sie sich gegenseitig in die Parade fuhren.

»Wenn ich Ihnen einen guten Rat geben darf – und auf mich machen Sie tatsächlich den Eindruck einer ausgesprochen klugen Lady –, ich an Ihrer Stelle würde mich nicht in die Nähe des Earls wagen. Die Leute sagen, er sei ein gefährlicher Mann.«

»Das sagen die Leute auch über Sie, Sir.«

»Sehen Sie, in jedem Gerücht steckt ein wahrer Kern.«

Er hatte sich das Haar zurückgebunden. Obwohl ein paar widerspenstige Strähnen aus dem Band gefallen waren, bemerkte Siena, dass er einen goldenen Ohrring trug. Sein Gesicht erinnerte sie an einen Wolf. Grinste er – oder fletschte er die Zähne? Unmöglich zu entscheiden.

Trotz ihres Unbehagens begegnete sie seinem Blick mit der größten Ruhe. Es war nicht zu leugnen, dass er ein ausgesprochen attraktiver Mann war, der eine elegante Würde ausstrahlte und eine zügellose Männlichkeit. Sein Charme ließ sie dennoch kalt. Ganz anders der Earl, der ihr vom ersten Moment, von der ersten Berührung an einen heißen Schauder über den Rücken gejagt hatte.

Kirtland war Feuer. Orlov war Eis. Beides waren elementare Naturkräfte. Beide konnten tödlich sein.

Der Russe hob die Braue. »Sie sehen nachdenklich aus. Ich hoffe, dass ich Sie nicht eingeschüchtert habe.«

»Nein. Ich habe mich nur gefragt …« Siena beschloss, sein Reaktionsvermögen mit einem direkten Vorstoß zu prüfen. »Waren Sie der Mann, der auf mich geschossen hat?«

»Oh, hat heute Vormittag ein Schuss sein Ziel verfehlt?« Er wollte sich schockiert geben, scheiterte aber.

»Die Kugel kam zu dicht an mir vorbei, um belanglos zu sein.«

»Wie kommen Sie darauf, dass sie für Sie bestimmt war?«, bemerkte er mit samtiger Stimme, die vom kalten Glitzern in seinen Augen Lügen gestraft wurde.

Sie ließ den Blick über die illuminierten Seiten schweifen, bevor sie mit einer eigenen Frage konterte. »Ist das bisschen Pigment auf dem Papier es wirklich wert, dass getötet wird?«

»Es kommt darauf an, worum es geht. Finden Sie nicht auch?«

Eine ausgesprochen suggestive Frage.

Falls Orlov wirklich ihr Feind war, dann gab er sich keine Mühe, es zu verbergen. Welches Spiel spielte er? Er war viel zu klug, um sich durch einen Fehler zu verraten. Siena presste die Lippen aufeinander. Zum Teufel mit Lynsley und seiner geheimnisvollen Warnung. Zum Teufel mit ihr selbst, weil sie unfähig war, das Netz der Lügen und Intrigen zu durchtrennen. Wohin sie sich auch wandte, es schien, als würde sie sich mit jeder Drehung nur noch tiefer verstricken.

»Sie glauben also, dass es keinen Sinn macht, etwas für absolut richtig oder falsch zu halten?«, hakte sie schließlich nach.

»Oh, Sie interessieren sich für Philosophie ebenso wie für Kunst? Sie sind wirklich eine faszinierende Frau, mein Täubchen. Aber so sehr ich es auch genießen würde, die Fundamente unserer Moral mit Ihnen zu diskutieren, ich muss leider gehen. Der Duke wartet, ich darf mich zum Gespräch mit ihm nicht verspäten.«

Nachdem der Russe den Raum verlassen hatte, schaute Siena wieder auf die Psalter, die ihr plötzlich weitaus weniger verführerisch schienen. Obwohl sie sich auch auf die brillanten Farben der illuminierten Buchstaben konzentrierte, schwirrte ihr unablässig die Frage durch den Kopf, ob das Gebetbuch die Macht hatte, die Wahrheit über all die Lügen und Verstrickungen zu entlarven.

Sie hatte sich so sehr in ihre Grübeleien verloren, dass Leveritt sich räuspern musste, bevor sie ihn in der Tür bemerkte.

»Darf ich eintreten? Oder würden Sie es vorziehen, allein zu sein?«

»Es wäre mir ein Vergnügen, wenn Sie mir Gesellschaft leisteten. Bisher hatten wir kaum die Gelegenheit, ein wenig Zeit allein miteinander zu verbringen, Sir.«

Er grinste anzüglich. Aber es war weder Lust noch Verlangen in seinem Blick; irgendein tieferes und dunkleres Gefühl lauerte unter seiner Prahlerei und seinem Grinsen. Wovor ängstigte sich der Mann? »Ich gestehe, dass ich sehr neugierig bin, was Sie und die anderen Gentlemen in diesen Manuskripten entdecken«, fügte sie hinzu. »Vielleicht erläutern Sie mir, welche Bedeutung in ihnen steckt.«

Er schien ein wenig heiterer. »Die St.-Sebastian-Psalter sind in einem ganz besonderen Kloster in Burgund gefertigt worden«, erklärte er mit ehrfürchtiger Stimme, die eher zärtlich klang als nach einer schlichten Erklärung. Was auch immer Leveritt sonst zu sein vorgab, er war ein echter Kunstliebhaber.

»Gehen Sie mit anderen Dingen auch so leidenschaftlich um wie mit Büchern und Architektur?«, fragte sie weiter und erinnerte sich an seine genaue Schilderung des Schlosses.

Er strich mit der Handfläche über die ausgesuchte Stickerei auf seiner Weste. »Ich genieße das Leben wie jeder andere Mann auch.«

Eine merkwürdige Antwort, dachte Siena, wusste aber nicht genau, woran es lag. Sie glaubte, einen schrillen Unterton in seiner Stimme gehört zu haben. Es konnte aber auch sein, dass ihre Nerven ihr einfach nur einen Streich spielten.

»Das freut mich sehr. Dann wollen wir überlegen, wie wir es einrichten können, dass Sie die nächste Prüfung für sich entscheiden. Es wäre mir ein großes Vergnügen.«

»Ganz meinerseits.«

Sie strich kaum merklich über seine Leiste und merkte, dass eher das Gegenteil richtig war. Zuerst zuckte er zurück, überspielte seine erste Reaktion aber mit einem leisen Lachen. »Sie können aber beherzt zupacken, Sie kleines Luder! Aber sosehr ich mir auch wünsche, mein bestes Stück in Ihrer Hand zu wissen, so wenig möchte ich riskieren, den Duke mit der Erregung öffentlichen Ärgernisses zu beleidigen.«

Siena gab sich enttäuscht. »Oh, einverstanden.« Sie zog sich zurück. »Können Sie gut Versteck spielen?«

Leveritt befeuchtete seine Lippen. »Ja, ich glaube schon.«

»Ausgezeichnet. Morgen ist ein prüfungsfreier Tag. Aber wenn die Zeit für die nächste Herausforderung gekommen ist, machen Sie sich auf jede Menge Spaß gefasst.«

»Ich kann es kaum erwarten.« Wieder klang seine Stimme traurig. Plötzlich schlug die Uhr im großen Uhrenkasten zur vollen Stunde.

Wenn sie sich noch länger im Central Tower herumtrieb, würde sie sich zu ihrer Verabredung mit dem Earl verspäten. Die Röcke wirbelten ihr um die Knöchel, nachdem sie sich mit einem schüchternen Kuss von Leveritt verabschiedet hatte und über den Teppich davonrauschte. Als sie sich umdrehte und ihm einen letzten verlockenden Blick zuwarf, hatte sie nicht den Eindruck, als würde er es bedauern, dass sie verschwand.

Das Zündholz sprühte Funken, und der Docht flammte auf.

»Sieht so aus, als hätten Sie mit dem Charme dieser Hütte nicht übertrieben.« Kirtland hielt die Öllampe hoch. Das flackernde Licht erhellte das Innere der Jagdhütte. Die Wände waren aus Schindeln gebaut, das Dach aus Stroh. Sie stand mehrere Kilometer vom Schloss entfernt mitten in einem abgelegenen Hain aus Kiefern und Fichten. Aber im Unterschied zu seinem rustikalen Äußeren war das Mobiliar drinnen ausgesprochen üppig. »Das gilt auch für die Kunstsammlung«, meinte er und betrachtete die gerahmten Holzschnitte an der Wand.

»Finden Sie sie interessant?« Black Dove schenkte den Holzschnitten kaum Beachtung, wie er feststellte.

»Meinen Sie die künstlerische Technik oder die Themen?«, fragte er trocken. Die hell kolorierten Drucke zeigten Männer mit unmöglich großem Phallus, die höchst artistische Liebesakte mit jungen Frauen im heiratsfähigen Alter vollführten. »Meiner Ansicht nach ist beides ziemlich geschmacklos.«

»Ich dachte, Männer empfinden solche Darstellungen als anregend.«

»Ach, ist das wirklich Ihre Erfahrung?«, konterte er. »Kitzeln Sie Ihre Kundschaft immer auf solche Art, bevor Sie mit ihr ins Bett gehen?«

Überrascht bemerkte er, dass sie leicht errötete. Trotzdem zuckte sie nur die Schultern und wandte sich ohne Antwort an ihren Kutscher. »Sie können den Korb auf den Tisch stellen, Oban. Das wäre dann alles.«

Der Bursche nickte und verließ die Hütte, nachdem er dem Earl einen scharfen Blick zugeworfen hatte.

»Ein ungewöhnlicher Name«, murmelte Kirtland, während er die Holzscheite im Kamin anzündete.

»Wirklich?« Siena entkorkte eine Flasche Burgunder und packte den Picknickkorb aus.

Er stützte sich mit dem Ellbogen auf den Kaminsims, stieß dabei die Statue eines lüsternen Satyr mit einer monströsen Erektion beiseite. Heute Abend war sie in einer seltsame Stimmung. Jungfräuliche Schüchternheit? Seine Lippen zuckten bei diesen Worten. Das Nebeneinander von Unschuld und Erfahrung gehörte mit Sicherheit zu dem Spiel, mit dem sie ihre Männer verführte.

Es war eine explosive Mischung. Kirtland bemerkte, dass er kaum die Augen von ihr lassen konnte, während sie den Wein einschenkte.

»Wie ist Ihrer?«, fragte er abrupt, nachdem er sein Glas genommen hatte.

»Was meinen Sie?«

»Ihr Name«, erklärte er.

»Warum fragen Sie?« Black Dove musterte ihn über den Rand des Weinglases hinweg. Obwohl das geschliffene Kristall glitzerte, glaubte Kirtland, dass sie überrascht zwinkerte.

»Wenn man bedenkt, dass unsere Bekanntschaft immer intimer wird, kommt es mir lächerlich vor, Sie noch länger Madam zu nennen.« Der Earl nippte an seinem Burgunder. »Außerdem bin ich neugierig.«

Sie schnitt ein Stück Melone ab und legte es auf seinen Teller.

»Mary? Catherine? Elizabeth?«, drängte er.

Obwohl sie sich intensiv mit dem Schinken beschäftigte, um es zu verbergen, färbten ihre Wangen sich in ein betörendes Pink.

Black Dove in der Defensive? Kirtland drängte weiter. »Allegra? Constantina? Hecate?«

»Weit gefehlt.« In aller Ruhe richtete sie die Pilzpasteten auf der Silberplatte an. »Die Pasteten müssen Sie unbedingt probieren. Der Küchenchef des Dukes kommt aus Paris und versteht sich auf die feinsten Saucen.«

Kirtland weigerte sich, die Unterhaltung in ein Gemisch geschäumter Butter und gehackter Morcheln verwirbeln zu lassen. »Kommen Sie schon. Geben Sie mir einen Hinweis.«

Siena konterte mit einem kühlen Lächeln. »Und was bekomme ich zurück?«

Er lehnte sich ein wenig dichter an sie und beobachtete, wie das sanfte Licht über ihre Wangenknochen flackerte. »Was hätten Sie denn gern?«

Siena stellte die Servierplatte auf den Tisch, bevor sie antwortete. »Sie sind das einzige Mitglied des Gilded Page Clubs, das mich nicht mit einem Vortrag über Kunst erfreut hat. Gibt es zufällig irgendein Gedicht, das Sie auswendig können?«

»Oh, sehr viele.« Natürlich wusste er, dass sie versuchte, ihn zu zerstreuen. Aber er beschloss, ihr Spiel zu spielen, dachte kurz nach und traf dann seine Wahl.

Zwei-, dreimal hab ich Dich geliebt,
Bevor ich Gesicht und Namen kannte:
So spricht aus Stimmen, körperlosen Flammen
Ein Engel zu uns, und die Seele kniet.
Noch als wir voreinander standen,
Wars Wunderglanz aus Nichts, was mir erschien.
Doch weil mein Geist, der Liebe zeugt,
Damit er wirkt, selbst Fleischesform annimmt,
Will auch die Liebe einen Leib –
Mehr Zartheit als die Eltern braucht kein Kind.

Nun, da sie prompte Botschaft bringt,
Mir, wer du bist, erzählt,
Erlaub ich, dass sie deinen Leib erwählt,
Und sich bei dir an Lippe, Aug und Braue hält.

Siena schwieg ein paar Sekunden lang. »Es ist wundervoll«, flüsterte sie dann.

»Es ist John Donne.«

Sie zögerte. »Was ist mit Blake?«

Kirtland lehnte sich in dem Ledersofa zurück und genoss den Anblick des Kaminfeuers, dessen Flammen in ihren goldfarbenen Augen tanzten. »Was wissen Sie über William Blake?«

»Nur, dass Sie seine Werke offenbar schätzen.«

Er setzte sich auf. »Und woher wissen Sie das?«

Siena zog den Kopf ein. »Ich weiß sehr viele faszinierende Dinge über Sie.«

»Fahren Sie fort.«

»Sie besitzen einen verzogenen Kater namens Lucifer und einen großen zotteligen Hund. Aber vielleicht handelt es sich auch um ein Pony oder einen Basilisken.«

»Mephisto wäre außer sich, wenn er hören würde, dass Sie seine Ahnentafel in Zweifel ziehen. Er ist ein schottischer Hirschhund, stammt aus einer Zucht in den Highlands und ist berühmt für seine unbedingte Treue, seine Zähigkeit und Stärke. Und selbst wenn er jetzt lauter bellt, als er beißen kann, würde ich es niemals übers Herz bringen, es ihm zu sagen.« Der Earl verlagerte sein Gewicht. »Sonst noch was?«

»Sie schlafen nackt.«

Inzwischen war er alles andere als amüsiert. »Soll das heißen, dass Sie mich ausspioniert haben?«

»Es war nur gerecht. Denn schließlich haben Sie mich ja auch in recht kompromittierender Pose erwischt.«

»Aber nur, weil Sie sich auf dem sprichwörtlichen Präsentierteller gezeigt haben.« Unwillkürlich musste er lächeln. »Sie waren ein Augenschmaus.«

»Sie auch. Aber bilden Sie sich bloß nichts darauf ein, dass ich Sie rein körperlich attraktiv finde. Es war nichts als ... Es war rein geschäftlich. Sie waren nicht der einzige Gentleman, den ich observiert habe. Auch die übrigen fünf Mitglieder des Gilded Page Clubs haben mitternächtlichen Besuch bekommen.«

Zurück zum Geschäft.

Es war ebenso gut. Auf keinen Fall durfte er seine Entschlossenheit aufgeben, nur weil er ständig auf ihre flammenden Lippen starren musste.

»Dann sind Sie neulich am Nachmittag also keineswegs zufällig bei uns erschienen.« Er setzte sich auf die Sofakante und nahm sich fest vor, endlich die Wahrheit aus ihr herauszupressen. »Der Feigling, den Sie suchen, hält sich also unter uns auf?«

»Ich suche immer noch nach dem unumstößlichen Beweis. Aber trotzdem gehe ich fest davon aus. Ja.«

»Welchen Beweis?«

»Das geht Sie nichts an, Sir.«

»Zum Teufel noch mal. Sie können nicht abstreiten, dass ich längst in Ihr gefährliches Spiel verstrickt bin. Ich muss wissen, wer Sie sind und woher Sie kommen.«

»Wir sind nicht hergekommen, um über mich oder meine Vergangenheit zu sprechen.«

»Ich kann mich nicht erinnern, dass wir eine solche Vereinbarung getroffen haben.« Der Earl bemerkte, dass sie sich in der Defensive befand, und feuerte seine Fragen noch schneller auf sie ab. »Wenn ich bedenke, dass mir heute Nachmittag beinahe eine Kugel in den Kopf geschossen worden ist, habe ich wohl ein Recht auf einige Antworten. Für den Anfang würde ich gern den wahren Grund Ihrer Anwesenheit erfahren.«

»Den habe ich Ihnen bereits genannt. Ich bin hier, um einen

Betrug zu rächen. Um sicherzugehen, dass so etwas niemals wieder geschieht.«

Er musterte sie noch eindringlicher. »Warum kümmern Sie sich so leidenschaftlich um die Angelegenheit?«

»Es ist meine Pflicht.«

»Pflicht?« Kirtland klang spöttisch. »Sie haben sich aber einen seltsamen Beruf ausgesucht, wenn Sie solch noble Gefühle hegen.«

Sie biss die Zähne zusammen. »Zum Teufel mit Ihnen.«

»Sie dürfen sich gern auf der langen Liste derer eintragen, die mich ebenfalls zum Teufel wünschen.« Kirtland besänftigte sich. »Aber ob es Sie interessiert oder nicht, ich begreife Ihren Idealismus sehr wohl.«

»Es gibt nicht viele Menschen, die das von sich behaupten können.«

»Nein. Und noch viel weniger haben das Herz, für Ihre Überzeugungen einzustehen und zu kämpfen. Denn manchmal kann es wehtun, und man fragt sich, ob es all den Schmerz überhaupt lohnt.«

Siena ballte die Hände zu Fäusten.

Kirtland spürte, dass er den Nerv getroffen hatte, und griff weiter an. »Auch Sie haben also eine schwache Stelle.«

Abrupt stand Siena auf und wandte sich zur Tür. »Wir haben nichts mehr zu besprechen, Lord Kirtland. Genießen Sie die Früchte Ihres Sieges, solange Sie möchten. Ich dagegen werde jetzt ins Schloss zurückkehren.«

»Nicht so eilig.« Er umklammerte ihr Handgelenk.

Siena wirbelte herum. Eine körperliche Auseinandersetzung? Irgendwie hatte sie es zugelassen, dass der Earl sie im Wortgefecht in die Ecke getrieben hatte. Sie war zerstreut gewesen, seine persönlichen Fragen hatten ihren Scharfsinn umnebelt ... und auch das Licht, das über sein Gesicht gespielt hatte. Es würde nicht wieder passieren.

Die Wut verlieh ihr zusätzliche Kraft, als sie Schulter und Handgelenk aus seiner Umklammerung drehte.

»Verdammt.« Kirtland schaute vom Boden auf zu ihr. »Noch nicht einmal dem ehrenwerten Gentleman Jackson ist es gelungen, mich aufs Kreuz zu legen.«

»Weil Boxen eine recht plumpe Körperertüchtigung ist«, erwiderte sie. »Es gibt viel schlagkräftigere Disziplinen. Es würde mir nicht schwerfallen, Sie gleich wieder aufs Kreuz zu legen.«

Im Bruchteil einer Sekunde war der Earl wieder auf den Beinen. Die Kampfeslust funkelte in seinem Blick. »Glauben Sie wirklich?« Es sah so aus, als könne er einer Herausforderung ebenfalls nicht widerstehen. »Ich kenne auch ein paar Kniffe.«

»Tun Sie sich keinen Zwang an. Nichts ist unmöglich.«

Sein Blick verdunkelte sich ein wenig, als er ihre Röcke und ihre zarte Figur betrachtete. »Ich habe Angst, dass ich Sie verletzen könnte. Falls ich wirklich mit schmutzigen Tricks arbeite, hätte ich durch Größe und Gewicht einen Vorteil.«

Siena erlaubte sich ein unanständiges Geräusch. »Inzwischen sollten Sie es wirklich besser wissen. Am Ende werden Sie es sein, der mit seinem Hintern den Boden putzt. Versuchen Sie doch mal, mich zu überwältigen.«

»Sie haben es nicht anders gewollt.« Aufmerksam umrundete er sie und täuschte mehrere Angriffe an, bevor er tief gebückt und kraftvoll nach ihr packte.

Ihre eigenen Gliedmaßen bewegten sich wie in Trance. *Blockade. Drehung. Überraschende Wendung … Schlag in die Rippen.*

»Wie zum Teufel haben Sie das gemacht?«, fragte der Earl bewundernd und rieb sich den geprellten Ellbogen.

»Mit einer uralten fernöstlichen Kampfkunst namens Tai Chi. Das Prinzip ist sehr einfach. Man nimmt die Kraft des Angreifers auf und wendet sie gegen ihn.«

Kirtland erhob sich, diesmal allerdings etwas behutsamer. »Zeigen Sie es mir.«

»Gut. Greifen Sie mich noch einmal an, aber bitte viel langsamer.« Siena führte die Arbeit mit den Beinen und die Wurftechnik vor, mit der sie ihn zu Boden geschmettert hatte. »Und jetzt attackieren Sie mich mal von hinten.«

Er gehorchte.

»Es ist eine Frage des richtigen Zeitpunkts. Aber wenn ich mein Gewicht erst so und dann anders verlagere, könnte ich Sie mit Leichtigkeit in die Kohlen werfen.«

Er übte ein paar Techniken. »Ich denke, das Prinzip habe ich begriffen«, meinte er schließlich. Plötzlich schoss seine Hand vor, und mit einem raschen Satz nach vorn schubste er sie zurück auf das Sofa.

Verdammt noch mal. Sie hätte sich denken können, dass er ein gelehriger Schüler war. »Das war ein hinterhältiger Trick, Sir.«

»Ein altes Sprichwort behauptet, dass in der Liebe und im Krieg alles erlaubt ist.«

»Hier spielt sich weder das eine noch das andere ab«, entgegnete sie rasch.

»Nicht? Aber trotzdem lassen Sie sich auf einen mörderischen Kampf ein. Vielleicht wird er mit dem Tod enden, wenn man den Vorfall von heute Nachmittag ernst nimmt.«

Sein wirres Haar ließ die harten Gesichtszüge weicher aussehen. Im Kerzenlicht konnte man die Sorge in seinem Blick erkennen. Sie schloss die Augen, war fest entschlossen, nicht auf die Kontur seiner Wangen und seiner Lippen zu achten, als er sich neben sie setzte.

»Dessen bin ich mir bewusst.« Sie versuchte, sich zu befreien. Aber er hielt sie mit einer Hand an der Schulter fest.

»Hören Sie auf, gegen mich zu kämpfen. Wenigstens für einen Moment«, fing Kirtland wieder an.

»Ich habe mein ganzes Leben lang gekämpft«, wisperte sie. »Es ist … es ist ein Teil dessen, was ich jetzt bin. Natürlich erwarte ich nicht, dass Sie mich verstehen.«

Aber an seinem Gesicht konnte Siena ablesen, dass er sie sehr wohl verstanden hatte. »Sie haben es mit einem gefährlichen Kerl aufgenommen.«

»Ich bin bereit, das Risiko einzugehen.«

Kirtland fluchte atemlos. Der Lufthauch kitzelte sie an den Lidern. »Sie sind mutiger, als es Ihnen guttun wird, meine liebe Blackdove.« Plötzlich spürte sie Wärme an ihrer Braue. Seine Lippen so leicht wie der Hauch der Poesie. »Nennen Sie mir Ihren Feind. Lassen Sie mich helfen, ihn zu besiegen.«

Apropos Risiko.

»Bitte«, nur mit Mühe brachte sie das Wort über die Lippen, »Sie haben keine Ahnung, wonach Sie da fragen.«

Sein Mund bewegte sich an ihrem Hals entlang. Ihr Puls raste.

»Vertrauen«, erwiderte er sanft.

Mit Tai Chi konnte sie nichts dagegen ausrichten. Auch nicht mit all den anderen ausgesuchten Kampfkünsten, die man sie gelehrt hatte. Es gab nur eines, was sie jetzt vielleicht noch retten konnte ...

Jemand pochte heftig an die Tür.

Siena nutzte den Augenblick, um sich aus seiner Umarmung zu befreien. »Oban ist zurück.« Sie schüttelte ihre zerzausten Röcke zurecht und griff nach der Kerze. »Es ist Zeit, zu gehen.«

»Vertrauen«, wiederholte Kirtland, als sie forteilte. »Ich bitte nur um Vertrauen, *paloma.* Wie oft muss ich es noch sagen? Von mir haben Sie nichts zu befürchten.«

16. Kapitel

Kirtland half Siena aus der Kutsche. Während der Fahrt zurück zum Schloss hatte kühles Schweigen zwischen ihnen geherrscht. Falls sie seine letzten Worte überhaupt gehört hatte, zog sie es vor, ihnen keine Beachtung zu schenken.

»Danke, Lord Kirtland«, sagte sie, griff nach ihrem Umhang und reichte ihn dem Diener. Ihre Stimme klang so kalt wie der Wind, und der abschätzige Unterton war unverkennbar. »Und gute Nacht.«

Er folgte ihr durch die Eingangshalle. »Es ist noch früh. Vielleicht haben Sie Lust auf einen Spaziergang zum Gewächshaus?« Natürlich kannte er die Antwort. *Nein.* Er zählte sogar darauf. »In der Jagdhütte haben wir uns wirklich interessant unterhalten. Ich hatte gehofft, dass wir dort weitermachen können, wo wir aufgehört haben.«

Spöttisch zog sie die Mundwinkel hoch. »Ich denke, für diesen Abend sind wir uns nahe genug gekommen.« Aus dem Musikzimmer drangen die Klänge einer Klaviersonate zu ihnen herüber. »Ich ziehe es vor, mit den anderen Gästen meinen Tee zu nehmen und der Mozart-Rezitation zu lauschen.« Sie trat einen Schritt vor und hielt dann inne. »Und Sie?«

Der Earl ließ den Blick über die Haupttreppe schweifen und zuckte beiläufig die Schultern. »Wenn das so ist, dann möchte ich mich lieber zu den anderen Gentlemen gesellen, Portwein trinken und Billard spielen.« Ohne einen Blick zurückzuwerfen, eilte er den Korridor entlang und verschwand im Spielzimmer. Aber er tauchte lediglich so lange in den Zigarrenrauch und das männliche Gelächter ein, bis er sicher sein konnte, dass Black Dove genügend Zeit geblieben war, um sich mit einer Tasse Oolong niederzulassen.

Glaubt sie wirklich, dass sie mich so leicht loswerden kann? Er bog die Finger durch und lächelte grimmig. In der Tat, die Lady konnte kämpfen. Aber galt das nicht auch für ihn? Und sie war nicht die Einzige, die ein paar hinterhältige Tricks beherrschte. Auf der Kutschfahrt ins Schloss hatte er beschlossen, dass die Zeit gekommen war, die Skrupel abzustreifen. Wenn sie selbst nicht bereit war, ihm ihre wahre Identität zu offenbaren, dann würde er ihre Unterkunft durchsuchen müssen. Irgendwo musste es doch Hinweise auf ihre wahre Natur geben, irgendein Zeichen, das die echten Gründe ihrer Anwesenheit auf Marquand Castle aufdecken würde.

Aber vielleicht war es auch falsch, dass er sich so leidenschaftlich darum kümmerte. In der Vergangenheit war er oft getrogen und enttäuscht worden. Aber trotzdem konnte er nicht anders, als zu glauben, dass sie ihre Kraft und Stärke an etwas anderes verschwendete als nur an persönliche Gier. Wie sie über den Kampf gesprochen hatte ... Die Worte waren ihr tief aus dem Herzen gekommen, und sie hatten genau zu dem Mut gepasst, mit dem sie ihre Überzeugungen vertrat.

Jedenfalls sehnte Kirtland sich danach, es zu glauben. Trotzdem träufelte seine innere Stimme ihm immer noch Zweifel ins Ohr.

Der Earl verlangsamte seinen Schritt und linste durch einen Türspalt in das Musikzimmer. *So weit, so gut.* Black Dove saß auf dem Sofa und plauderte mit der fülligen schwedischen Gräfin aus Stockholm.

Er eilte die Hintertreppe hinauf in den ersten Stock des Ostflügels. Der Flur war verlassen. Nur eine einzige Kerze brannte auf einem Wandhalter direkt neben der Tür zu ihren Zimmern. Kirtland probierte den Riegel aus, war aber nicht überrascht, dass er fest verschlossen war. Zum Glück handelte es sich um ein vollkommen veraltetes Modell und nicht um den komplizierten militärischen Mechanismus, mit dem sie ihr Anwesen in London schützte. Ein Dreh mit seinem Federmesser reichte, um das Schloss zu entriegeln.

Verbenenduft hing in der Luft und mischte sich unter das erdigere, exotischere Gewürz, das er inzwischen als unverwechselbar erkannte. Nachdem er die Kerzen an der Tür angezündet hatte, betrachtete er den Frisiertisch, entdeckte aber nicht mehr als einen einzigen Parfumflakon, ein paar schlichte hölzerne Haarbürsten, mehrere Kosmetiktöpfe und ein paar Schachteln mit Haarschmuck – alles in exakt gerader Linie arrangiert. Um die Wahrheit zu sagen, jene schrillen weiblichen Utensilien, die man gewöhnlich um Boudoir einer Kurtisane fand, konnte er kaum entdecken.

Kirtland griff nach einer Haarnadel, nestelte mit den Fingern an ihr herum und stellte erstaunt fest, dass der Schaft aus Stahl gearbeitet und schärfer geschliffen war als eine Rasierklinge. Er legte die Nadel beiseite und schlenderte weiter zum Schreibtisch. Tinte, Papier und die Gedichte der ersten Prüfung ... Du liebe Güte, war es wirklich möglich, dass Winthrop solch schmerzlich prosaische Reime verfasst hatte?

Aber es gab keinerlei persönliche Papiere. Keinen Brief, keine Karte aus einem Laden in der Bond Street, keine Schneiderrechnungen. Er kontrollierte die Schubladen und schaute unter dem Löschpapier nach, um sicherzugehen, dass er nichts übersehen hatte. *Vergeblich.* Es war, als hätte sie gar nicht existiert, bevor sie in London aufgetaucht war.

Nachdem er ihr Ankleidezimmer durchsucht hatte, war sein Eindruck nur bestärkt. Sämtliche eleganten Kleider waren neu, wie auch die Unterröcke und Unterwäsche. Nur ein Paar bequemer Reitstiefel, die dunklen Reithosen und das Hemd deuteten darauf hin, dass sie schon getragen worden waren.

Der Earl kehrte ins Schlafzimmer zurück. Anstatt ein Licht auf Black Dove zu werfen, hatte seine Durchsuchung die geheimnisvolle Aura um sie herum nur noch verstärkt. Er lehnte sich an den Bettpfosten und ließ den Blick noch einmal langsam durch den Raum schweifen. Irgendetwas vermisste er. Aber was zum Teufel war es? Sein Blick fiel auf die scharfen Falten der Überdecke auf dem Bett, auf die prallen Kissen. Eher aus Enttäuschung als aus Erwartung, doch noch etwas zu entdecken, schlug er mit der Faust auf die Daunendecke und schlug die Laken auf.

»Verdammt noch mal.« Er hasste es, das Zimmer mit leeren Händen verlassen zu müssen, ließ sich auf Hände und Füße nieder, um einen letzten Blick unter das Bett zu werfen.

Wenn sich das Kerzenlicht nicht auf den Messingbeschlägen gespiegelt hätte, hätte er die schmale schwarze Box vielleicht übersehen. Sie war schwerer, als sie aussah, und er brauchte einen Moment, bis er sie mitten auf den Teppich gezogen hatte. Mehrmals versuchte er vergeblich, den Verschluss zu öffnen. Der Mechanismus war viel schwieriger als bei den alten Türschlössern des Dukes. Aber keinesfalls wollte er an einem Stückchen Metall scheitern.

Plötzlich erinnerte er sich an die stählerne Haarnadel, nahm sie vom Frisiertisch und machte sich an die Arbeit. Wie oft hatte er spanische Partisanen ausgekundschaftet, sodass er sich mit solchen Arbeiten auskannte. Beim dritten Mal wurden seine Anstrengungen belohnt. Es knackte leise, als der Deckel einen kleinen Spalt aufsprang.

Kirtland zog die Kerzen näher und schlug das Samttuch zurück.

Den Kavalleriesäbel und die Pistolen hatte er bereits gesehen. Es war die übrige Bewaffnung, die ihm schier den Atem verschlug. Stilettos dünn wie eine Nadel, halbmondförmige Dolche, Messer mit breiten Klingen – mindestens ein halbes Dutzend verschiedene Stichwaffen in allen Formen und Größen. Ganz zu schweigen von den exotischeren Beigaben: rasiermesserscharfe Wurfsterne, wie Indianer sie benutzten, ein paar gläserne Phiolen mit bunten Pudern. Er wagte nicht, sich vorzustellen, wozu sie wohl gebraucht wurden.

Als Kirtland sich auf die Fersen lehnte, fiel ihm etwas anderes ins Auge. Er hob die Scheide aus dem Koffer und zog den Dolch heraus. Die Waffe war perfekt ausbalanciert, das Heft besaß einen Kreuzschliff, der sich ihm wunderbar in die Handfläche schmiegte.

»Verdammt noch mal«, stöhnte er, nachdem er sie ins Mondlicht gehalten und die zarten Initialen auf dem Blatt entziffert hatte.

Der Earl legte die Scheide zurück in den Koffer und schob ihn verschlossen unter das Bett. Den Dolch behielt er in der Hand.

Dann setzte er sich hin und wartete.

Siena stimmte in den höflichen Applaus ein. Der Duke hatte einen berühmten Pianisten aus Wien engagiert, um vor den Gästen zu spielen, einen wirklich erstklassigen Mann. Trotzdem entschuldigte sie sich leise und schlüpfte auf den Flur, als er eine Pause einlegte, um die Notenblätter für die nächste Sonate aufzulegen.

Der Lärm im Spielzimmer hatte zugenommen. Das Geräusch der knackenden Billardkugeln vermischte sich mit den klirrenden Gläsern und dem rumpelnden Gelächter. Siena kam näher, hoffte, dass sie durch einen Türspalt ins Innere lugen konnte.

Verdammt. Man konnte nur durch eine Ritze linsen und steckte die Nase sofort in eine Rauchwolke. Gerade wollte sie sich abwenden, als Fitzwilliam leicht schwankend, aber offenbar bester Laune, herauskam. »Äh, ich dachte, ich sollte ein wenig frische Luft schnappen«, lallte er undeutlich und tippte die Asche von seinem Zigarrenstumpen. »Die Terrasse …«

Siena zeigte in die richtige Richtung. »Sitzt Lord Kirtland noch am Spieltisch?«, fragte sie beiläufig.

»Kirtland?« Fitzwilliam kniff die Brauen zusammen und lächelte kurz darauf. »Ja. Ja, habe ihn eben noch in der Ecke gesehen.«

Sie schaute zu, wie der Baron in den Garten verschwand, bevor sie sich auf den Weg über den Nebenflur in den Ostflügel machte. Weil ihr klar war, dass Kirtland sich gewöhnlich nicht besonders lange mit den anderen Gentlemen aufzuhalten pflegte, musste sie sich beeilen. Aber selbst dann handelte es sich um ein kalkuliertes Risiko. Sie würde auf ihr Glück vertrauen müssen.

Vertrauen.

Das Wort nagte an ihrem Bewusstsein. Denn im Grunde genommen war es ihr Wunsch, dem Earl zu vertrauen. Von Anfang an hatte sie seine strenge Art geschätzt, die Weigerung, sich auf Kompromisse einzulassen, wenn es um seine Prinzipien ging. All das hatte ein günstiges Licht auf ihn geworfen, anstatt den Schatten eines Verdachts. Aber vielleicht hatte sie ihren Gefühlen auch zu sehr erlaubt, ihre Urteilskraft zu schwächen. Warum setzte sie nicht mehr auf die Tatsachen?

Ein Kardinalfehler bei jedem Soldaten.

Siena verlangsamte den Schritt, verlor ihre Selbstsicherheit. An ihrem Auftrag gab es keine Zweifel. Aber kämpfte sie nicht ebenso gegen ihr eigenes Verlangen wie gegen ihren unbekannten Feind? So sehr ihr Herz sich danach sehnte, Kirtland unschuldig zu glauben, so sehr warnte ihr Verstand, sich auf die nächste Attacke gefasst zu machen.

Im Torbogen blieb sie stehen, presste Rücken und Schultern an die Wand, während sie den Blick an den Türen entlangschweifen ließ. Hinter einer dieser Türen wohnte ein Verräter. Besaß sie den Mut, es mit seiner Kraft und seiner Hinterlist aufzunehmen? Schließlich war er ein Meister der Täuschung.

Aber sie war ein Falke.

Siena straffte das Rückgrat und ging gerade an der Unterkunft des Earls vorbei, als sie Schritte hörte und erstarrte. Die Klänge der Mozartsonate wurden schwächer, die Pfiffe des Gentlemans dagegen immer lauter. Ein Schlüssel klapperte im Schloss. Siena wagte einen kurzen Blick, bemerkte, dass Orlov sein Zimmer betrat und die Tür einen Spalt offen ließ.

Rückzug ist manchmal der beste Angriff, Volpina.

Siena ging auf dem Weg zurück, den sie gekommen war. Es war zu riskant, Kirtlands Quartier zu durchsuchen. Es würde sich eine andere Gelegenheit bieten, bei der sie zweifelsfrei herausfinden konnte, ob er Freund oder Feind war.

Es gab keinen Grund für weitere Heimlichkeiten, nachdem sie erst einmal die Haupttreppe erreicht hatte. Siena grübelte immer noch über den Earl, während sie zum nächsten Stockwerk hastete. Sie hatte es eilig, in ihr Zimmer zu kommen, den sicheren Hafen, wo sie ihre Gedanken würde ordnen können. Nach den jüngsten Ereignissen durfte sie sich keinen Fehltritt mehr erlauben. Ein paar Stunden zuvor war sie sorglos und ungeschickt gewesen. Auf dem Fechtboden würde Da Rimini von ihr verlangen, die Waffe hochzuhalten, das Handgelenk steif ...

Es dauerte nur eine Sekunde, bis sie begriffen hatte, dass die Tür sich viel zu leicht öffnen ließ. Aber es war bereits zu spät. Eine Hand schnappte nach ihr, riss sie ins Innere und schmiss die Tür zu.

Abgesehen vom Mondlicht war es im Zimmer dunkel. Trotzdem wusste sie sofort, wer ihr Handgelenk umklammert hielt. Seine Berührung, sein Duft, seine Kraft waren ihr inzwischen sehr vertraut.

Siena machte keinen Versuch, sich zu befreien.

»Setzen Sie sich, Madame Dove. Das Bett wäre der angemessene Platz, finden Sie nicht auch?«

Langsam drehte Siena sich um. Schockiert stellte sie fest, dass ihr eigener Dolch nur wenige Zentimeter vor ihrem Gesicht schwebte. Sofort beschloss sie, ihre Verwirrung mit Geschwätzigkeit zu parieren. »Falls Sie in verliebter Stimmung sind, Lord

Kirtland, sollten Sie vielleicht versuchen, einen anderen Dolch zu zücken.«

Er lachte, klang aber nicht besonders amüsiert. »Meine gegenwärtige Stimmung würde ich kaum als verliebt bezeichnen.«

»Nein? Dann möchten Sie vielleicht erklären, was Sie hier zu suchen haben.«

»Mit Vergnügen.«

Der Earl wartete, bis sie sich gesetzt hatte, bevor er fortfuhr. »Offenbar spielen Sie gern Spiele. Dann lassen Sie uns noch eins spielen. Jetzt. Ein Ratespiel.« Langsam schritt er auf sie zu und baute sich direkt vor ihr auf. »Hier ist die Frage: Warum taucht eine geheimnisvolle Schönheit plötzlich in London auf und bietet sich einer Versammlung wohlhabender Büchersammler an?«

»Lord Kirtland ...«

Er brachte sie mit einer knappen Handbewegung zum Schweigen. »Lassen Sie mich ausreden. Den wichtigsten Teil haben Sie noch gar nicht gehört. Obwohl sie behauptet, eine Kurtisane zu sein, ist sie im Besitz einer militärischen Ausrüstung, wie sie nur den ausgesuchtesten Kavallerieregimentern geliefert wird. Außerdem geht sie sehr geübt mit den Waffen um. Den Umgang mit dem Degen hat sie von niemand anderem als von Allegretto Da Rimini gelernt, der die Klinge so gut führt wie niemand sonst in Europa.« Der Earl beobachtete, wie ihre Finger sich in die Überdecke krallten. »Ganz zu schweigen davon, dass ihr Haus in London mit einem Schließmechanismus gesichert ist, der den meisten Zivilpersonen nicht zur Verfügung steht.«

Kirtland hielt kurz inne. »Dann ist da noch«, er presste die Dolchspitze auf ihre Brust, »ein perfekt ausbalanciertes Wurfmesser, gefertigt von Artemis Chandler. Soweit ich weiß, kommen nur Angehörige des Militärs in den Genuss seiner Fähigkeiten.« Er lächelte mit bleckenden Zähnen, nachdem er seine Litanei beendet hatte. »Jetzt dürfen Sie sprechen.«

Siena presste die Lippen zu einem dünnen Strich zusammen und starrte ihn an.

»Es kümmert Sie nicht zu antworten? Dann lassen Sie mich raten.« Vorsichtig durchschnitt er mit dem Dolch den Spitzensaum ihres Mieders. »Ihr Waffenarsenal legt den Verdacht nahe, dass Sie für die britische Regierung arbeiten.«

»Das ist absurd.« Ihre Stimme klang einen Hauch brüchiger als sonst.

»Auf den ersten Blick«, stimmte er zu. »Dennoch frage ich mich, wer noch über die geheime militärische Ausrüstung Bescheid weiß?«

Wieder erntete er Schweigen. Siena sah aus, als würde sie es nicht wagen, den Mund zu öffnen.

»Wenn Sie nicht für unsere Seite arbeiten, dann liegt die Vermutung nahe, dass es sich um den französischen Geheimdienst handelt.« Das zweite Seidenband an ihrem Mieder ergab sich dem Dolch. »Vielleicht sind Sie eine Agentin Bonapartes, der Sie geschickt hat, hier jemanden zu ermorden. Nur dass der Gilded Page Club kaum eine Bedrohung für die Franzosen darstellt. Und auf der Gästeliste befinden sich keine Angehörigen der französischen Regierung. Das scheint also unwahrscheinlich.«

Ihr Mieder war tief genug gerutscht, um die schwarze Tätowierung freizugeben. Kirtland starrte sie einen Moment lang an, bevor er weitersprach. »Es wäre auch möglich, dass Sie hierhergekommen sind, um ein bedenkliches Dokument zu stehlen. Den Psalter? Das kann ich mir nicht vorstellen. Damit taucht die Frage auf, ob der Duke noch andere Geheimnisse verbirgt, die für den Kaiser wertvoll sein könnten.«

»Ich bin kein Verräter«, schnappte Siena, »und Sie?«

»Nein.« Er spielte mit dem scharfen Stahl in ihrem Nacken. »Aber es geht hier auch nicht um mich. Sondern um Sie.«

»Sie sind verrückt. Könnte auch sein, dass jemand Ihren Wein mit Opium gewürzt hat«, leugnete sie, aber anders als ihre Hiebe mit dem Degen hatten ihre Worte keine durchschlagende Wirkung.

»Ach, wirklich? Mag sein, dass in meinem Kopf alles durcheinandergeht. Aber nur wegen Ihrer hektischen Lügen. Es ist höchste Zeit, dass Sie mir gestehen, worin Ihre wahre Mission besteht, *paloma*.«

Für den Bruchteil einer Sekunde entdeckte er ein Flackern in ihrem Blick ... War es Verlangen? Dann schlug sie die Augen nieder, senkte das Kinn, sodass die Dolchspitze auf ihrer Haut tanzte. »Stehe ich vor der Inquisition?«

»Ich werde auf Daumenschrauben verzichten.« Drohungen sind der falsche Weg, die Wahrheit von ihr zu erfahren, mahnte er sich selbst. Er zog sich zurück, und unter seinen Zorn mischte sich eine andere Hitze. »Mir stehen andere Mittel zur Verfügung, Ihnen das Geheimnis aus dem Herzen zu reißen.«

»Glühende Zangen?«

Unwillkürlich musste der Earl lächeln. Jede andere Frau würde ihn mit Tränen erpressen, anstatt Ironie als Waffe zu benutzen.

»Sie bringen das Feuer in meinem Innern zum Lodern«, entgegnete er bedächtig. »Ich bin mir nicht ganz sicher, ob ich Sie durchschütteln soll, bis die Zähnen klappern. Oder ...« Er brach ab und kam mit dem Mund so nahe, dass er nur noch einen Hauch von ihr entfernt war. »Oder ob ich Sie küssen soll, bis Sie um Gnade winseln.«

Ihre Lippen teilten sich, sodass ihre rosige Zungenspitze zu sehen war.

»Stünde ich kurz vor der entscheidenden Schlacht gegen den Feind, würde ich es Blutrausch nennen.« Seine Stimme klang heiser. Klirrte wie Metall auf Metall. »Aber jetzt ... keine Ahnung, wie ich es nennen soll.«

»So geht es mir auch«, wisperte Siena. Sie schob den messerscharfen Dolch beiseite, berührte seinen Kragen und lockerte langsam den Knoten seines Krawattentuchs. Dann ließ sie die Hand unter das Hemd gleiten.

Kirtland hatte das Gefühl, als hätte seine Haut Feuer gefangen. Verführung war in der Tat ein gefährliches Spiel. Anfangs hatte er nur die Absicht gehabt, die Wahrheit aus ihr herauszukitzeln. Und jetzt musste er feststellen, dass sie seine eigenen Waffen gegen ihn gerichtet hatte.

Mano a mano? Getrennt marschieren, vereint schlagen? Er befand sich im Krieg mit ihrem starken Willen, und die erotische Spannung heizte den Kampf so sehr an, dass er beinahe zu explodieren drohte.

Er umklammerte ihr Handgelenk. »Meine liebe Taube, Sie verstehen sich ebenso gut darauf, mich in den Wahnsinn zu treiben, wie auf den Zweikampf. Aber diesmal habe ich die Absicht, den Dingen auf den Grund zu gehen.« Es fehlte nicht viel, und seine Stimme hätte versagt. »Bei Gott, ich will keine Lügen mehr! Erzählen Sie mir endlich die Wahrheit. Wonach sind Sie auf der Jagd?«

Sie antwortete genauso erhitzt. »Sie verlangen, dass ich Ihnen vertraue, Lord Kirtland? Nennen Sie mir einen Grund, warum ich das tun sollte.«

»Weil …« Er atmete tief durch und hauchte mit den Lippen federleicht über ihre Wangenknochen. »Weil ich glauben will, dass Sie tief im Herzen keinerlei böse Absichten hegen.«

»Und woher soll ich wissen, dass Sie nicht der Dreckskerl sind, den ich suche? Ich weiß mit Sicherheit, dass er ausgesprochen schlau ist, gerissen und skrupellos. All das, was man auch von Ihnen behauptet. Und Ihre Geschichte lässt mich nicht daran zweifeln.«

Der Earl legte die Hand aufs Herz. »Von mir haben Sie nichts zu befürchten. Ich schwöre bei meiner Ehre.«

Für den Bruchteil einer Sekunde senkte sie die Lider. »Ich kann keinen Betrug riskieren. Und nicht nur um meinetwillen.«

»Ich habe nie jemanden betrogen«, entgegnete er und fragte sich, worauf sie anspielte. »Weder mich noch meine Freunde oder ...«

»Auch nicht Ihr Land?«

Seine Kiefermuskeln zuckten kaum merklich. »Nein. Warum fragen Sie?«

»Die Gerüchte ...«

»Verflucht seien die Gerüchte.« Kirtland legte die Finger unter ihr Kinn und zwang sie, ihn anzusehen.

Das kampfesmutige Funkeln in ihrem Blick wich nicht einen Wimpernschlag. »Sir, Sie sind Soldat. Würden Sie gegen Ihre Pflichten verstoßen, wenn Sie hinter die Linien des Feindes zurückfielen?«

Mit gezücktem Dolch. Er presste das Heft des Dolches in seine Handfläche. Wenn ihr Duell jemals enden sollte, dann musste einer von ihnen als Erstes zurückweichen. Er hatte sie gebeten, seinen Worten zu vertrauen. Aber war er bereit, denselben Sprung zu wagen?

Nur wenige Zentimeter trennten sie ...

Kirtland senkte den Mund auf ihre Lippen, küsste sie lange und leidenschaftlich. Vielleicht hatte sie recht. Vielleicht benahm er sich wie ein Mann, von dem der Wahnsinn Besitz ergriffen hatte. Doch wie aus heiterem Himmel interessierte es ihn nicht mehr. Es schien bedeutungslos, noch länger gegen die eigenen Zweifel zu kämpfen. Sein Kampf hatte nur noch ein Ziel: sie zu bewegen, an seine Ehre zu glauben. Auch wenn er sich selbst dafür verwundbar machen musste.

»Ich bin nicht dein Feind, *paloma.* Aber ich kann dir keinen anderen Beweis bieten als nur mich selbst. Mein Versprechen.«

Siena löste sich aus dem Kuss und fuhr mit der Fingerspitze

über seine Wangen. Ihre kühle Hand auf seiner erhitzten Haut empfand er als Wohltat. »Julian.«

Als er seinen Namen hörte, einen rauchigen, sinnlichen Klang tief aus ihrer Kehle, verflüchtigten sich sämtliche Gedanken an Strategie und Taktik und machten viel ursprünglicheren Bedürfnissen Platz. Endlich hatten seine Finger den letzten Verschluss ihres Mieders gefunden. Die Verschlüsse schnappten auf, die Seide glitt an ihren Brüsten herunter, und ihre Rundungen schmiegten sich perfekt in seine Berührung.

Kirtland stöhnte, als er ihre harten Knospen in seiner Handfläche spürte. *Als ob ihr Stahl auf seinen traf* … Glücklich streifte er den letzten Rest Selbstbeherrschung ab.

Siena schrie auf, als er ihre Knospen zwischen seine Zähne nahm. Ihre Stimme klang rau, beinahe verzweifelt vor weiblichem Verlangen … als ob sie das Spiel der Leidenschaft nicht schon unzählige Male gespielt hätte, mit unzähligen Männern.

Er vertrieb den Gedanken an andere Liebhaber aus seinem Kopf. Die Vergangenheit war nicht mehr wichtig. Nur die Gegenwart zählte, die Ekstase ihres weichen Körpers, der sich an seinen schmiegte. Der Dolch fiel auf den Boden. *Verflucht sei der kalte Stahl* … Er riss sich das Hemd vom Leib, fühlte sich unbeholfen wie ein Schuljunge, und schaffte es irgendwie, sich die Stiefel abzustreifen.

»Heb deine Hüften, *paloma*.«

Siena wölbte den Rücken, gestattete ihm, Kleid und Wäsche bis zu den Knien zu ziehen. Nach einer letzten kleinen Drehung flog die Kleidung zu Boden. Seine feste Absicht, ihr zu widerstehen, schmolz dahin. In seinen Händen war sie nichts als weiches Fleisch und willige Rundungen.

»Julian.« Ihre Stimme klang wie flüssige Glut.

Kirtland stützte sich auf die Ellbogen und rutschte mit seinem harten Schaft höher.

Mit einer Kühnheit, die ihm schier den Atem raubte, griff sie nach seiner Männlichkeit und führte sie vor ihre Öffnung. »Diesmal darfst du nicht aufhören«, flehte sie, »selbst wenn sich draußen vor dem Fenster ein ganzes Regiment russischer Husaren herumtreibt.«

Noch nicht einmal eine ganze Armee hätte ihn hindern können, die letzte Distanz zwischen ihnen zu überbrücken. *So nah ... so nah.* Ihr Duft hatte ihn vollkommen eingehüllt, der süße Verbenenduft, durchmischt mit einem erdigeren Gewürz. Irgendwie hatte er genügend Luft, um laut zu stöhnen.

»Contrapostura«, wisperte sie und liebkoste seine Schultern.

Das Blut in Kirtlands Adern rauschte so heftig, dass er kaum ihre Stimme hörte. Es war einzig und allein der älteste Instinkt, der ihn jetzt regierte.

»Ich sehne mich nach deiner Härte.«

Rasch stieß er nach vorn, tauchte zitternd ein in ihre flüssige Glut.

Das nackte Verlangen. Kirtlands glänzende Augen weckten das Feuer in ihrem Innern. Aber das war nichts gegen das Gefühl seiner Lippen auf ihren Wangen, ihrer Kehle, ihrer Stirn.

Siena schrie auf, fragte sich, was sie so fest im Griff hielt. Irgendwie war ihr die Strategie der Verführung außer Kontrolle geraten. Es war ihr nie schwergefallen, Klingen und Kugeln zu beherrschen. Aber es war eine ganz andere Herausforderung, den geschmeidigen Körper als Waffe einzusetzen. Weil sie sich der Gefahr bewusst war, erstarrte sie einen Moment lang unter seinem Gewicht.

»Habe ich dir wehgetan?«, fragte der Earl rau und heiser, aber trotzdem überrascht. »Du ... du bist so eng. Damit ... habe ich nicht gerechnet.«

»Es liegt Jahre zurück, dass ich ... dass ich einen Mann in mir hatte.«

Er hob sich vorsichtig an.

»Nein!« Siena umklammerte seinen Rücken, genoss das Gefühl seiner harten Muskeln, die Sehnen um seine schmale Taille. »Ich … Gleich habe ich mich daran gewöhnt«, flüsterte sie und glitt mit der Handfläche über seinen straffen Hintern.

Er lachte heiser. »Um dich mache ich mir keine Sorgen, *paloma*. Ich bin auch seit langer Zeit ohne weibliche Gesellschaft. Ich sollte langsam machen und dir dein Vergnügen gönnen.«

Vergnügen. Das Wort konnte nur notdürftig beschreiben, was sie tief im Herzen empfand. Merkwürdig, aber es fühlte sich so an, als hätte sie das fehlende Teil zu ihrem Puzzle endlich gefunden. Stahl traf auf Stahl, seine Kraft ergänzte ihre. Es war ihre Pflicht, ihn von ihrem Auftrag abzulenken, aber sie brachte es nicht länger fertig, sich selbst anzulügen. Die Sache hatte nichts mehr mit Strategie und Taktik zu tun.

Denn sie drehte sich längst nicht mehr um den Auftrag, sondern um eine rein private Angelegenheit. So privat, wie es nur möglich war. Mit den Händen fuhr sie über seine Hüften, seine Rippen, die geschmeidige Furche auf seinem Rücken. Sie wollte jeden Zentimeter erkunden, jede Rundung und jede Kontur. Seinen Duft, sein Haar.

Einfach alles.

»Nicht so schnell, *paloma*«, raunte er atemlos und hatte seine Stimme kaum noch unter Kontrolle. »Ich fürchte, du bewegst dich zu schnell für mein Schwert.«

Siena schlang ein Bein höher um seine Hüften, bog den Körper und überließ sich ihrem Verlangen mit Haut und Haar. »Wenn die Hitze stark genug ist, kann die Klinge neu geschmiedet werden.«

»Es sei denn, sie ist zu einem Klumpen geschmolzen.«

Es konnte in Worten nicht gesagt werden, wie heiß das Feuer in ihrem Innern sie verzehrte. Sie küsste ihn leidenschaftlich, ließ ihre Zunge auf seinen Lippen tanzen, bis er mit ihr verschmolz. Seine Zärtlichkeiten weckten Wellen der Lust in ihr, die sich in ihrem Unterleib einnisteten. So feurig und doch so zart. Wieder wurde sie daran erinnert, dass er ein Krieger war, ein Mann, der Triumph und Schmerz kannte – genau wie sie.

Siena war eigentlich zu dem Schluss gekommen, dass sie sich auf gleicher Höhe in die Augen schauten. Doch plötzlich musste sie feststellen, dass sie sich geirrt hatte. Vom ersten Moment an hatte Kirtland sie in der Hand gehabt, hatte ihre Wachsamkeit überwältigt. Oh, wie sie sich ihm ergeben hatte ... mit fliegenden Fahnen, Hals über Kopf, ohne Sinn und Verstand. Wie sollte sie es nur beschreiben?

Liebe.

Das Wort schälte sich aus ihren wirbelnden Gedanken. All ihre kriegerischen Fähigkeiten und ihre geistige Stärke konnten gegen die elementare Kraft der Liebe nichts ausrichten. Und was das Vertrauen betraf ...

Prinzip oder Leidenschaft? Für welche Seite würde sie sich entscheiden?

In den nächsten Sekunden musste sie eine Wahl treffen.

Anstelle einer Antwort schrie sie auf, und gleich darauf echote Kirtlands Frage durch den Kopf. *Wenn Sie nicht für unsere Seite arbeiten, dann liegt die Vermutung nahe, dass es sich um den französischen Geheimdienst handelt.* In der Hitze des Augenblicks hatte seine Stimme zutiefst zornig geklungen.

Unsere Seite.

Reichten bloße Worte aus, um die Unschuld des Earls zu erweisen? Vielleicht nicht für Lynsley. Aber plötzlich war Siena sich so sicher wie nie zuvor, dass sie ihrer Eingebung trauen konnte. Sogar ihr Leben würde sie dafür aufs Spiel setzen. Kirtland hatte zuerst die Hürde übersprungen und seinem Glauben an ihre Unschuld erlaubt, sämtliche Verdächtigungen zu überwinden. Sie war bereit, ihm auf halbem Wege entgegenzukommen.

Aber was war mit ihrem Auftrag, ihrem Land? Es stand mehr als nur ihr eigenes Leben auf dem Spiel.

Kirtland stöhnte erstickt, als er die letzte Barriere zwischen sich und ihr durchtrennte und tief in ihr Inneres eintauchte. *Keine unnützen Grübeleien.* Das gehörte zu Da Riminis obersten Grundsätzen bei einem Einsatz. *Wenn du dich einmal für eine Strategie entschieden hast, Volpina, dann darfst du den Glauben an dich selbst nicht verlieren.*

Siena wölbte den Rücken unter seinen Stößen. Falls sie sich irrte, würde sie die Konsequenzen tragen müssen.

Rasch fanden ihre Körper im perfekten Rhythmus zueinander, hoben und senkten sich, bewegten sich mit der Anmut und Würde zweier begabter Fechter. Ein Duell des Verlangens. Noch nie hatte sie sich so wundervoll lebendig gefühlt.

Seine Hände trieben ihre Lust höher und höher. Die Hitze schoss ihr in die Gliedmaßen, als ob sie irgendwie flüchten wollte. Zitternd klammerte sie sich an ihn. »Was ist los?«, stieß sie verwundert hervor, »ich fürchte, ich stürze ab ...«

Er erstickte ihre Worte mit einem leidenschaftlichen Kuss. »Vertrau mir, *paloma.* Ich werde dich nicht gehen lassen.«

Vertrauen. Sie schmiegte sich eng an ihn, ihr Begehren verschmolz mit seinem. »Halt mich fest, Julian. Richte mich mit deiner Kraft wieder auf ...«

Ihr drängendes Flüstern trieb ihn noch mehr an, und mit harten und schnellen Stößen brachte er sie beinahe um den Verstand. Als es sie überwältigte, schrie sie laut auf – kleine spitze Schreie wie klirrendes Kristall –, während sie die Augen schloss und in einem prächtigen Feuerwerk aus hunderttausend farbigen Funken versank.

Kirtland schrie mit heiserer Stimme auf, ein Jubelschrei, der ihr noch im Ohr klang, als er sich ein letztes Mal aufbäumte, dann schauderte und weich auf ihre erschöpften Glieder sank.

Obwohl sie auf der weichen Matratze lagen, hatte Siena das

Gefühl, dass sie auf einer sonnigen Wolke dahinschwebten. Sorglos und schwerelos. Leicht wie eine Feder. Sie presste die Lippen auf die Schulter des Earls, schmeckte das Salz seiner süßen Hitze und wünschte sich inständig, für lange, lange Zeit nicht mehr auf der Erde zu landen.

17. Kapitel

»Du zitterst ja.«

Kirtland löste seine Gliedmaßen aus ihren, griff nach der Daunendecke, die zu Boden gefallen war, schüttelte sie aus und hüllte ihren wundervollen Körper in das Federbett. Ihre Augen waren immer noch schwer vor Leidenschaft, glänzten aber im Kerzenlicht. Und als er sich neben ihr ausstreckte, schimmerten ihre nackten Körper rosig in den flackernden Flammen, als ob sie immer noch vor Liebe glühten. Er zog sie näher zu sich, badete förmlich in der seidigen Fülle ihrer wirren Locken, in der unstillbaren Glut ihres goldbraunen Blicks. Betörend und warm. Ein Mann konnte in ihn eintauchen, in ihm ertrinken und sich glücklich fühlen.

»Du bist unendlich schön«, wisperte er, »so lebendig, so geheimnisvoll und magisch. Mir fehlen die Worte …«

»Dafür hast du andere Möglichkeiten, dich auszudrücken, Mylord«, erwiderte Siena, »dir fehlt es an nichts.«

Er lachte, genoss den spöttischen Unterton in ihrer Stimme. »Freut mich zu hören, dass mein Schwert nicht stumpf geworden ist, obwohl ich es lange nicht mehr benutzt habe.«

»Mmhh«, raunte sie ihm ins Ohr, »es scheint geradezu perfekt geschliffen. Aber vielleicht sollte ich die Klinge noch mal ausprobieren. Nur um ganz sicherzugehen.«

Dem Earl stockte der Atem, als sie mit den Fingerspitzen federleicht über seine Männlichkeit strich. »Ich glaube, ich bin nicht darauf eingerichtet, mich schon wieder zu präsentieren.«

»Du musst dir keine Sorgen machen.« Vorsichtig umklammerte sie ihn mit der Hand, übte hauchzarten Druck aus. »Bleib still liegen. Ich muss noch ein paar Maßnahmen ergreifen, um zu gewährleisten, dass bei dir alles bestens eingerichtet ist.«

»Du lieber Himmel. Ich …« Was auch immer er hatte sagen wollen, er verschluckte es in einem heiseren Stöhnen. Lust und Vergnügen – bisher hatte er es für ein Leichtes gehalten, die Worte zu erklären – erhielten in ihrer Hand eine vollkommen neue Bedeutung. Zart glitt sie an ihm hinauf und hinunter, berührte ihn auf eine Weise, die er niemals für möglich gehalten hatte.

»Gefällt es dir?« Sie beugte sich tief über seine Hüfte, sodass ihre Haare seidig über seine Haut strichen. Dann fuhr sie mit den Lippen über die aufragende Erregung, und ihre geschickte Zunge ließ ein funkelndes Feuerwerk auf ihn niederrieseln, als er die Augen schloss. Kirtland befürchtete, jeden Augenblick den Verstand zu verlieren, so sehr trieb sie ihn zur Ekstase.

Er war überzeugt, wie wahnsinnig zu klingen, stöhnte wieder, obwohl es eher klang, als ob er winselte … Mehr konnte er nicht antworten.

»Und jetzt?«

Er war schon erregt. Seine Männlichkeit schien heiß und schwer auf seinem Bauch zu liegen, als sie ihren zärtlichen Griff ein wenig verstärkte. Genau in der Sekunde, als er nicht mehr sicher war, sich noch länger beherrschen zu können, hielt sie inne.

Kirtland biss sich auf die Unterlippe, sehnte sich zitternd nach Erleichterung. »Du bist bezaubernd«, wisperte er, denn es fühlte sich wirklich so an, als hätte sie ihn in den Bann geschlagen. Er gehörte ihr, mit Haut und Haar, und sie konnte mit ihm anstellen, was ihr gefiel.

Er spreizte die Beine, und mit dem Daumen liebkoste sie seine bedeckte Spitze, auf der sich ein Tropfen weißer Milch gebildet hatte. »Julian, du darfst nicht gegen die Leidenschaft kämpfen«, flüsterte sie, »es ist eine Stärke, wenn man erfährt, dass man aus Fleisch und Blut gemacht ist und nicht aus seelenlosem Stahl. Eine Stärke, keine Schwäche.«

Schon bei ihrer ersten Berührung war er ihr hoffnungslos ergeben gewesen. »Selbst wenn ich wollte, könnte ich nicht gegen dich kämpfen. Was auch immer du mir antust.«

Geschickt rieb sie ihn mit der Fingerspitze und trieb ihn zum zweiten Mal in den Wahnsinn. Diesmal war der Earl überzeugt, dass kein Weg mehr zurückführen würde. Sein Unterleib hob sich, streckte ihr entgegen, als er ihre nächste Liebkosung erwartete. Aber wieder einmal überraschte sie ihn. Flink schob sie sich im flackernden Kerzenlicht auf ihn und hieß seine drängenden Stöße willkommen.

Als er in ihre Wärme eingehüllt war, wusste Kirtland nicht, ob er lachen oder weinen sollte. Jubelnd schrie er auf, als er seinen Samen tief in ihr verströmte.

Es klang wie ein bebendes Auf und Ab, als Siena in seinen Jubelschrei einstimmte. Ihr langes Haar schimmerte wie poliertes Ebenholz, verdeckte das Gesicht für einen Moment, aber als sie von ihm rollte und den Kopf in seine Armbeuge schmiegte, erhaschte er einen sekundenschnellen Blick auf ihr süßes Lächeln.

Kirtland lag vollkommen erschöpft auf der Matratze und schnappte nach Luft. Das Herz schlug ihm bis zum Hals, pochte so heftig, dass er befürchtete, es würde seinen Brustkorb sprengen. Der Widerhall in seinen Ohren machte es noch schwieriger, die wild wirbelnden Gedanken wieder in irgendeine Ordnung zu bringen. Eigentlich sollte er sich nicht darüber wundern, dass Black Dove ihn so gekonnt verführte. Trotzdem hätte er vor kurzer Zeit noch schwören können, dass sie noch niemals einen Höhepunkt erlebt hatte. Aber jetzt ... Nein, ausgeschlossen, dass eine unschuldige Frau solche Tricks beherrschte, um einem Mann den Verstand zu rauben.

»Wo hast du das gelernt?«, fragte er, als er wieder sprechen konnte.

»In der Schule.«

»Es ist nicht unbedingt der Stoff, der in Internaten für höhere Töchter vermittelt wird.«

»Oh doch. In der Stunde zwischen Bogenschießen und Tanzen.«

Kirtland lachte sanft. »Vielleicht wirst du eines Tages aufhören, mich mit Lügen zu überhäufen und mir stattdessen die Wahrheit sagen.«

»Ich habe gelernt, niemandem meine Geheimnisse anzuvertrauen.«

Welche Geheimnisse auch immer uns trennen, dachte er, sie sind längst nicht so stark wie das, was uns zueinander hinzieht. Es war eine Erkenntnis, die sich langsam im Laufe der Zeit in ihm gebildet hatte, nach und nach, genau wie ihre merkwürdige Freundschaft. Er konnte nicht den Finger darauf legen, wann genau seine Intuition über die Verdächtigungen gesiegt hatte. Aber als der Augenblick der Wahrheit gekommen war – es war der Moment gewesen, als er ihr die kalte Spitze des Dolchs auf die Kehle gepresst hatte –, hatte er gewusst, dass sie nicht sein Feind war.

Vielleicht lag der Schlüssel der Geschichte darin, dass er gelernt hatte, seinem eigenen Herzen ebenso zu vertrauen wie ihrem. Sie hatten beide ihre unverrückbaren Grundsätze – ganz gleich, was andere Menschen davon hielten. In ihr sah man nichts anderes als eine Hure, und er wurde als Feigling betrachtet. Aber die Äußerlichkeiten hatten keinerlei Einfluss auf ihren wahren Geist. Sie waren sich in vieler Hinsicht ähnlich. Niemals hätte er es für möglich gehalten, eine Frau zu finden, deren Körper und Seele zu ihm passte.

Kirtland rückte noch näher zu ihr. Obwohl ihre Körper nicht mehr verbunden waren, spürte er noch das innere Band zwischen sich und Black Dove, das viel stärker war als nur das Fleisch, das für ein Weile eins gewesen war. Er bewunderte ihren Mut, ihre Überzeugungen, ihren lebendigen Geist.

Einfach alles.

Er atmete tief durch. Die Luft roch stark nach ihrer würzigen Leidenschaft. Zwei in eins. »Vor mir brauchst du dich nicht zu fürchten.«

Siena zuckte zusammen. »Das hast du mir schon mal gesagt. Aber kann ich dir auch wirklich vertrauen?«

»Das musst du allein entscheiden.«

Die Kerzendochte zischten leise und ließen ihr Schweigen noch lauter erscheinen. Kirtland wagte nicht auszuatmen. Bisher hatte er geglaubt, dass es in seinem Leben keine anderen Leidenschaften gab als Bücher und Kunst. Aber jetzt jagte es ihm einen kalten Schauder über den Rücken, sein Leben ausschließlich in Gesellschaft von Papier und Farbpigmenten zu verbringen. Was war nur in ihn gefahren?

Liebe.

Natürlich war er viel zu abgeklärt, um an solche Gefühle zu glauben. Wahre Liebe existierte nur zwischen zwei Buchdeckeln – im Märchen, in Gedichten, im Heldenepos. Das echte Leben war nicht so romantisch.

Es schmerzte Kirtland sehr, dass er für solche Gefühle nichts als Zynismus übrig hatte.

Siena schmiegte sich an ihn und begann schließlich zu sprechen. »Ich … ich bin wirklich zur Schule gegangen.«

Ihre stockenden Worte weckten neue Hoffnung in ihm.

»In eine ganz besondere Schule«, fuhr sie fort, »deren Reihen gefüllt sind mit Waisenkindern, die sich in den Elendsvierteln Londons herumtreiben. Der Mann, den ich als meinen Beschützer bezeichnet habe, sucht nur diejenigen aus, die ihm zäh genug erscheinen, den harten Unterricht durchzustehen. Sie dürfen keine Angst haben und müssen sich der strengen Disziplin fügen.« Sie lächelte verhalten. »Wir lernen, uns wie Ladys zu benehmen. Und wie Männer, denn wir werden auch im Reiten, Fechten und anderen kriegerischen Künsten unterrichtet.«

Der Earl stöhnte leise. »Seltsame Unterrichtsfächer, die dein Beschützer sich da ausgesucht hat«, sagte er und hoffte auf weitere Enthüllungen.

»Ja«, sie brach kurz ab, »aber bevor ich dir mehr erzähle, habe ich noch eine Frage zu Orlov. Hast du irgendeine Idee, für wen er arbeitet?«

Kirtland schüttelte den Kopf. »Das habe ich dich auch schon fragen wollen. Ich weiß nur, dass er behauptet, wegen der Psalter hierhergeschickt worden zu sein.«

»Ich bin gewarnt worden, dass er gefährlich werden könnte.«

»Auf welche Art?«

»Keine Ahnung.« Sie beantwortete sein Lächeln mit einem kleinen Seufzer. »Ehrlich nicht. Meine Vorgesetzten wissen nicht, wonach er auf der Jagd ist.« Sie zögerte einen Moment, bevor sie fortfuhr. »Übrigens, ich glaube, es war Orlov, der auf uns gefeuert hat. Er hat angedeutet, dass die Kugel für dich bestimmt war und nicht für mich.«

»Warum ich und nicht die anderen Mitglieder des Gilded Page Clubs?«

»Das hat er nicht verraten. Ich vermute, dass er in dir die größte Bedrohung sieht.« Wieder zögerte sie. »Ich würde es jedenfalls.«

»Eine Bedrohung? Inwiefern? Für seine Gier nach den Psaltern?« Gewöhnlich war der Earl sehr stolz auf seinen scharfen Verstand. Aber diesmal bereitete es ihm höllische Schwierigkeiten, die Teilchen des Puzzles zusammenzufügen. »Ich finde es schwer zu glauben, dass er mit dem Auftrag hierhergeschickt worden ist, für die Manuskripte zu töten. Und selbst wenn er es getan hätte, was hat das mit dir zu tun? Irgendwie macht das alles keinen Sinn.«

Sie legte ihm die flache Hand auf die Brust. »Julian, vorhin habe ich dich gefragt, ob ich dir vertrauen kann. Und …«

Er spürte, wie sein Herz unter ihrer Handfläche pochte. Wieder einmal herrschte nichts als Schweigen zwischen ihnen. Er schloss die Augen und wartete auf ihre Entscheidung.

»Und ...«

Das Wort hing in der Luft.

Konnte sie wirklich so sehr auf ihre Gefühle vertrauen, dass sie nicht nur sich selbst, sondern auch noch ihr Land in Gefahr brachte? Sein Herz schlug stark und regelmäßig an ihren Fingerspitzen. Es war, als ob sein Herzschlag ihre eigene innere Entschlossenheit spiegelte. Ihre innere Gewissheit.

Julian Henning war kein Verräter; er war ein ehrenwerter, ein ritterlicher Mann, obwohl er es nach Kräften leugnete. Und obwohl ihr Hintergrund vollkommen unterschiedlich war – er stammte aus privilegiertem Haus, sie war in Armut geboren –, glich ihr Geist sich so sehr, wie sie es nie für möglich gehalten hatte. Ja, ihre Körper waren miteinander verschmolzen gewesen ... aber der Liebesakt hatte sie weit tiefer miteinander verbunden, als das Fleisch allein es vermocht hätte.

Vertrauen. Die Intuition stritt noch einen Moment mit der Vernunft, bevor der Kopf sich dem Herzen ergab.

»Und es ist mir gleichgültig, dass Da Rimini Gift und Galle spucken würde. Ich habe beschlossen, dir alles zu erzählen.« Sein warmer Atem strich ihr sanft über das Haar. »Deine Vermutung war richtig. Ich arbeite tatsächlich für die Krone. Ich bin hierhergeschickt worden, um einen Gentleman zu enttarnen, der militärische Geheimnisse an den Feind weitergibt.«

Siena spürte, wie er die Muskeln anspannte. »Wer hat dich geschickt?«

»Jemand aus Whitehall. Sein Name spielt keine Rolle.« Sie zuckte mit den Schultern. »Er würde leugnen, mich überhaupt zu kennen. Wie alle, die mit der Regierung in Verbindung stehen. Wir führen ausschließlich verdeckte Ermittlungen ...«

»Wir?«

»Es war kein Scherz, als ich dir von der Schule erzählt habe.«

»Du lieber Himmel.« Der Earl keuchte atemlos. »Du bist nicht die Einzige?«

Sie berührte ihre Tätowierung. »Zurzeit sind wir sechs, die die Grundausbildung hinter sich gelassen haben und in die Meisterklasse aufgerückt sind. Obwohl wir in allen möglichen Fächern unterrichtet worden sind, besitzt jede von uns ganz besondere Stärke. Damit sind wir in der Lage, uns so gut wie möglich an unsere Aufträge anzupassen.«

Der Mond tauchte Kirtlands Gesicht in ein hartes Licht. Trotz der Schatten konnte man das wilde Flackern in seinen Augen genau erkennen. Kurz darauf ergriff er wieder das Wort. »Die Aufträge ... was passiert, wenn du scheiterst?«, fragte er.

»Wenn der schlimmste Fall eintritt, muss ich sterben.« Sie erlaubte sich ein gespenstisches Lächeln. »Julian, du hast doch genügend Kampferfahrung. Wir sind auch Soldaten, obwohl unsere Existenz ein wohlgehütetes Geheimnis ist. Meine Waffenschwestern und ich verstehen das und nehmen das Risiko in Kauf.«

»Als Offizier würde ich Verstärkung anfordern«, erwiderte der Earl bedächtig, »und du?«

Siena schüttelte den Kopf. »Wir sind auf uns allein gestellt. Das sind die Vorschriften.«

Seine zärtlichen Lippen jagten ihr einen heißen Schauder über den Rücken. »Zum Teufel mit den Vorschriften.«

»Aber ...«

Mit einer sanften Berührung brachte er sie zum Schweigen. »Du weißt doch aus deinen Nachforschungen über meine Vergangenheit, dass ich fest überzeugt bin, richtig zu handeln. Auch wenn ich gegen die Vorschriften verstoße. Wir befinden uns im Krieg, und der ist weitaus gefährlicher als jeder Angriff mit einer konventionellen Armee. Leugne nicht, dass du einen Verbündeten gut gebrauchen könntest.«

So gut wie einen Freund und einen Geliebten?

Sie schluckte ihren sehnsüchtigen Seufzer hinunter und nickte. »Ich glaube auch daran, dass es Zeiten gibt, in denen man mit den Vorschriften brechen muss. Wenn du wirklich helfen willst, dann sollten wir mit vereinten Kräften weiterarbeiten.« Für den Augenblick wollte sie sein Angebot annehmen.

Kirtland regte sich kaum merklich. »Wenn wir Kameraden sind, muss ich deinen richtigen Namen wissen.«

»Ich heiße ... Siena.«

»Siena«, wiederholte er. »Noch ein Grund, weshalb ich von Anfang an diese Verbindung zwischen uns gespürt habe.« Er drehte eine ihrer Locken um seinen Finger und hielt sie ins Kerzenlicht. »Es ist ein schöner Name und passt wunderbar zu dir ... Die geschmeidigen Silben, die wie süßer Honig über die Zunge gleiten. Wie kommt es, dass man dich so genannt hat?«

»Nur wenige von uns haben einen Namen, wenn sie in Mrs. Merlin's Academy aufgenommen werden. Also werden wir zuerst zur Direktorin geführt und vor einen Globus gesetzt. Es ist eine riesige Kugel aus vergoldetem Holz mit wunderlichen Schriftzügen. Die Kugel wird in Bewegung gesetzt, und wir werden gebeten, uns eine Stadt auszusuchen.« Sie lächelte. »Ein neuer Name für die neue Welt, in die wir eintreten.«

»Der Name – unerwartet. Genau wie du. Und einzigartig.« Der Earl hielt inne. »Du bist mutiger als Boudicca. Und stärker als eine mitternächtliche Furie.«

»Oh, ich habe auch meine Schwächen«, murmelte sie.

»Nenne mir eine.«

Siena war sich nicht sicher, ob sie auch diesen Schritt noch gehen wollte. »Nur Legenden sind fehlerlos und ohne Schwäche.«

Er spannte den Kiefer an. »Der Himmel weiß, dass ich dir nur zustimmen kann.«

Unwillkürlich stellte Siena ihm eine Frage. »Hat es dir sehr wehgetan, als das Militär deine Loyalität infrage gestellt hat?«

»Das kann ich nicht abstreiten. Natürlich schmerzt es, wenn man missverstanden wird. Aber ich bereue meine Entscheidung nicht. Ich habe richtig gehandelt.«

»Siehst du.« Sein Spiegelbild auf den dunklen Fensterscheiben betonte die feinen Gesichtszüge. »Du bist und bleibst ein Idealist. Für die richtige Sache nimmst du jedes Risiko auf dich.«

»Genau wie du.« Ein Lächeln huschte über seine Lippen, bevor er wieder eine strenge Miene zog. »Lass uns zum Geschäft zurückkommen, Siena. Ich nehme an, dass du einen Plan hast, wie du den Feind enttarnen willst.«

»Ja. Meine Prüfungen verfolgen alle einen einzigen Zweck. Sie sind so angelegt, dass in jedem Mann ein Charakterzug offenbar wird, der wider Willen den entscheidenden Hinweis geben könnte.«

»Das habe ich mir schon gedacht. Hast du schon einen der sechs Männer auf der Liste gestrichen?« Er sog die Luft tief ein. »Außer mir?«

»Fitzwilliam ist Linkshänder und kann die Schriftprobe nicht verfasst haben, die mir vorliegt. Bei der Durchsuchung von Winthrops Räumen hat sich gezeigt, dass er ein wasserdichtes Alibi besitzt, und zwar genau für die Zeit, als das einschlägige Dokument gestohlen worden ist. Die anderen kann ich nicht ausschließen. Dunster halte ich für schwach, auch wenn er reichlich großmäulig ist.«

»Trotzdem musst du ihn dazurechnen.« Er schürzte die Lippen. »Bleiben also noch drei. Was hast du jetzt vor?«

»So schnell wie möglich die nächste Prüfung ansetzen. Mein Auftrag ist sehr dringlich, weil wir überzeugt sind, dass der Verräter das gestohlene Stück hierhergebracht hat ... Es wird die Allianz Englands mit Russland zerstören, falls es in die falschen Hände gerät. Ich muss um jeden Preis verhindern, dass das geschieht.«

»Das macht den Mann, den du suchst, nur noch gefährlicher. Wie soll dein nächstes Spiel aussehen?«

»Ich habe ...«

Das Klappern des eisernen Riegels war leiser als der Wind. Trotzdem sprang Siena auf und rannte zur Tür, riss sie auf, entdeckte aber nichts als Schatten und die unablässig brennende Kerze auf dem Wandhalter.

»Nichts als ein Luftzug am Fenster«, murmelte Kirtland neben ihr, den Dolch in der Hand.

»Kann sein.« Siena ließ den Blick nochmals den Flur auf und ab schweifen, bevor sie die Tür schloss. »Trotzdem darfst du nicht länger hierbleiben. Wir dürfen auf keinen Fall konspirativ erwischt werden.« Ihre Haut prickelte unangenehm, als sie sich entfernte und das Seidentuch über die Schultern schlang. Konnte es sein, dass ihre Entscheidung, sich dem Earl anzuvertrauen, jetzt schon heimsuchte?

»Der Plan«, begann er wieder.

»Wir haben keine Zeit mehr zu reden. Du musst dich beeilen. Es ist früh am Morgen, und die Diener fangen schon an, sich zu regen.« Sie warf ihm das Hemd zu. »Die Einzelheiten können wir später klären.«

Erleichtert nahm sie zur Kenntnis, dass Kirtland nicht widersprach. Rasch zog er sich an, brauchte einen Moment, bis er ihr den Dolch in die Hand drücken konnte, und küsste sie auf die Stirn.

»Bis später.«

18. Kapitel

Lynsley nahm den Kneifer ab und zwickte sich in die Nasenwurzel. Er war versucht, sich einen Drink aus der Karaffe hinter seinem Tisch einzuschenken. Keinen Burgunder oder Port, sondern einen kräftigen Islay Malt, der stark nach der salzigen See duftete und dem würzigen Torf Schottlands. Nachdem er die Botschaft aus Marquand Castle gelesen hatte, brauchte er irgendetwas Feuriges, um den Eisklumpen abzuschmelzen, der sich in seiner Magengrube zusammenballte.

Er stand auf und hielt das Papier immer noch in der Hand, als er sich neben den Kamin stellte. In der Vergangenheit hatte Oban ihm bei mehreren Aufträgen gut gedient. Der frühere Boxer verfügte über eine scharfe Beobachtungsgabe, besaß Fäuste hart wie Granit und ein treues Herz – ein Mann, wie man ihn in jedem Kampf gebrauchen konnte. Das Gespür für Feinheiten fehlte ihm allerdings. Und er hatte noch nie zuvor für eine Frau gearbeitet.

Es war also durchaus möglich, dass er ein Wort oder eine Geste falsch verstanden hatte. Der Marquis starrte hinaus auf die Themse, während er die Nachricht langsam zerriss und die Fetzen auf die glühenden Kohlen fallen ließ. Er war überzeugt, dass er den Charakter eines anderen Menschen sehr genau einschätzen konnte. Aber die junge Frau namens Siena war ihm immer ein Rätsel geblieben. Sie war eine hinreißende Schönheit, besaß eine dunkle Sinnlichkeit, die ihren glühenden Blick überschattete. Konnte es sein, dass sie insgeheim so abgefeimt und gerissen war wie die berüchtigten Medicis?

Lynsley war nicht bereit, allein auf sein Glück zu vertrauen und betrachtete den Stapel Papiere auf seinem Schreibtisch. Dann schnappte er sich seinen Hut und seinem Übermantel.

In seinem Innern verspürte er eine wachsende Unruhe.

Seine Gedanken schweiften wild in alle Richtungen, während die Kutsche aus der Stadt jagte. Ungeheuer viel hing davon ab, dass seine Mission erfolgreich war. Denn wenn der russische Zar nicht darauf vertrauen konnte, dass die Verhandlungen geheim blieben, und sich aus dem Bündnis zurückzog ...

Er presste die Fingerspitzen an die Stirn. Nein, er wollte nicht über die Konsequenzen eines Misserfolgs nachdenken. Noch nicht.

Aber als die schaumbedeckten Pferde durch den Torbogen der Akademie rasten, musste er sich eingestehen, dass er besser darüber nachdachte, welche anderen Möglichkeiten ihm noch zu Gebote standen.

»Guten Morgen, Thomas.« Mrs. Merlin selbst öffnete die Tür zu ihrem privaten Büro. In den Augenwinkeln hatten sich kleine Fältchen gebildet, als einziges Anzeichen, dass sein unangekündigter Besuch sie überraschte. »Ich nehme an, dass irgendetwas nicht stimmt.«

»Ich bin mir nicht sicher«, gab er zu, »und dachte, ich komme besser zu Ihnen, damit wir die Angelegenheit persönlich besprechen können.«

»Bitte nehmen Sie Platz. Ich läute nach einem Tee.«

»Sämtlicher Tee aus China würde nicht ausreichen, um unser Problem zu ersäufen«, murmelte er, während er sich in die Kissen sinken ließ.

»Stimmt. Aber mit einer Tasse Oolong in der Hand kann ich einfach besser denken.« Sie schlug ihr Notizbuch auf. »Was macht Ihnen Ärger?«

»Siena. Meine Quelle auf Marquand Castle berichtet, dass sie unter Umständen mit dem Feind unter einer Decke steckt.«

»Aber das war doch die Absicht, oder?«

»Ja.« Lynsley erwiderte ihr ironisches Lächeln. »Nur könnte es sein, dass sie die Seiten gewechselt hat.«

In das Geräusch der knackenden Kohlen mischte sich das

knisternde Papier, das sie aus der Schublade zog. »Hmm.« Mrs. Merlin rückte sich die Brille zurecht. »Ihre Zeugnisse sind makellos. Aber das ist Ihnen bekannt. Selbstverständlich hätte ich Siena nicht für den Einsatz vorgeschlagen, falls ich irgendwelche Bedenken gehegt hätte.« Sie kritzelte ein paar Worte auf das Papier. »Sie hat nur eine einzige Schwäche, wenn man es so nennen will. Eine Neigung zur Selbstbespiegelung.«

»Was in unserem Beruf ein zweischneidiges Schwert sein kann. Manchmal kann es gefährlicher sein, zu viel zu denken als überhaupt nicht zu denken.«

»Sie vertrauen ihr nicht?«

»Ich vertraue niemandem.« Die grausame Wahrheit in seinen Worten ließ ihn aufseufzen. »Außer Ihnen natürlich. Weshalb ich gern Ihre aufrichtige Meinung hören möchte.«

Die ältliche Lady tippte sich mit dem Stift ans Kinn. »Wie vertrauenswürdig ist Ihre Quelle?«

Lynsley verzog das Gesicht. »Ich habe keinerlei Zweifel an seinen Beobachtungen. Nur an seiner Deutung. Ein Wort, eine Geste ...« Er fuhr sich mit der Hand durch das Haar. »In den letzten Jahren haben Sie Siena viel öfter beobachten können als ich. Glauben Sie, dass sie in der Lage ist, ihren gesamten Unterricht zu hintergehen?«

Die Direktorin antwortete nicht sofort. Ihr Blick schweifte ab, zunächst auf das Bild von Francis Walsingham, dem Spionagechef Königin Elisabeths I., dann zu der Sammlung türkischer Dolche auf dem Tisch. In ihren Augen lag eine gewisse Traurigkeit, als sie seinen Blick wieder auffing. »Wir lehren die Mädchen zu lügen und zu betrügen. Wir lehren sie zu töten, ohne mit der Wimper zu zucken. Und wir sind überzeugt, zwischen guten und schlechten Absichten genau unterscheiden zu können. Aber wer wollte dafür noch die Hand ins Feuer legen, wenn die Grenzen verschwimmen?«

»Wunderbar ausgedrückt, Charlotte. Wie immer.«

»Leider tragen Sie keinerlei Nutzen davon«, fügte sie hinzu und zwinkerte kaum merklich. »Aber wenn Sie erst einmal mein Alter erreicht haben, dann wird Sie auch gelegentlich der unbezwingbare Drang befallen, hochtrabend zu reden.«

Lynsley seufzte. »Im Moment fühle ich mich so alt wie Methusalem.«

»Mit vierundvierzig Jahren haben Sie noch ein Weilchen, bis Sie seine neunhundertvierundsechzig Winter erreicht haben, Thomas.«

Er gestattete sich ein trockenes Lachen. »Ich werde mich darauf einrichten, auch diese Krise wetterfest durchzustehen.«

Mrs. Merlin lachte kurz, bevor sie bitter ernst wurde. »Dann sollten wir besser die Einzelheiten klären. Warum glaubt Ihre Quelle, dass Siena ihren Auftrag verraten hat?«

»Weil sie dabei belauscht worden ist, als sie unserem Hauptverdächtigen sämtliche Gründe offenbart hat, weshalb sie nach Marquand Castle eingeladen worden ist. Bis in alle Einzelheiten, einschließlich der Existenz dieser Schule.« Er hielt inne. »Das Gespräch ... oder besser, das Geständnis erfolgte nach einem wüsten Liebesakt.«

»Ah. Dann ist also die Frage, wer wen verführt hat ...«

Ein Geräusch an der Tür brachte sie zum Schweigen. Als sie sich rasch umdrehte, bemerkte Lynsley den Dolch, der aus ihrem Ärmel glitt. »Wer auch immer sich dort draußen herumtreibt, geben Sie sich sofort zu erkennen!«

Es war Sienas Zimmergenossin Shannon, die das Arbeitszimmer betrat. Ihre Hände waren grau vom Schießpulver, und die Schweißperlen standen ihr im Gesicht.

»Sollten Sie jetzt nicht beim Schießunterricht sein?«, fragte Mrs. Merlin.

»Ja, Ma'am. Ich ... bin dort gewesen. Aber Mr. Musto hat mich zu Ihnen geschickt, um Sie zu bitten, eine frische Schiffsladung Knallquecksilber zu bestellen.«

»Dann möchten Sie uns vielleicht erklären, was Sie draußen vor der Tür zu suchen hatten.«

Shannon zuckte nicht zusammen. »Ich habe belauscht, was hier über Siena berichtet worden ist.«

Es herrschte kurzes Schweigen. »In diesem Fall setzen Sie sich doch bitte, meine Liebe. Natürlich sind Sie schon mit Lord Lynsley bekannt.«

»Natürlich.« Als sie sich umdrehte, schweifte ihr Blick von dem gemusterten Chintz über ihr schweißnasses Hemd zu den schmutzigen Stiefeln. »Ich glaube, ich bleibe besser stehen.«

»Wie viel haben Sie gehört?«, fragte Mrs. Merlin.

»Genug, um zu wissen, dass Siena in Schwierigkeiten steckt.«

Lynsley dachte kurz nach. »Haben Sie irgendeinen Grund anzunehmen, dass Sie nicht länger an die Ziele der Akademie glaubt?«

»Sie zweifeln an Ihrem Herzen?« Shannon streckte das Kinn hoch. »Erklären Sie mir, warum!«

»Es ist an Lord Lynsley, hier die Fragen zu stellen«, mahnte Mrs. Merlin sanft, aber ohne dass man ihre Autorität anzweifelte.

Die eiserne Faust im Samthandschuh. Trotz ihres Alters, dachte Lynsley, hat die verwitwete Lady den Biss nicht verloren. Er presste die Fingerspitzen aneinander und hoffte inständig, im Umgang mit der Krise genauso geschickt zu wirken. Es durfte nicht passieren, dass ihm der Verräter durch die Maschen schlüpfte.

»Charlotte, es ist ihr gutes Recht, mich zu fragen.« Betont ruhig wandte er sich an Shannon. »Ich habe Hinweise darauf erhalten, dass Siena just von dem Mann verführt worden ist, dem sie das Handwerk legen sollte. Um ganz offen zu sprechen, wir fürchten, dass sie ihren Auftrag aufgegeben hat und auf die feindliche Seite übergewechselt ist.«

»Niemals!« Der Aufschrei klang wie Stahl, der auf Stahl klirrte.

Lynsley presste seine Lippen zu einer dünnen Linie aufeinander. »In unserem Beruf habe ich gelernt, niemals nie zu sagen.«

Shannon errötete leicht, senkte aber nicht den Blick.

Mrs. Merlin brach das angespannte Schweigen. »Können Sie den Verdacht irgendwie entkräften?«

Sie schüttelte den Kopf.

»Dann dürfen Sie jetzt in Ihren Unterricht zurückkehren.«

»Warten Sie!« Shannon wollte sich nicht zurückschicken lassen, ohne ihre Freundin ein letztes Mal verteidigt zu haben. »Ich würde meine rechte Hand dafür verwetten, dass Siena niemals die Akademie oder ihr Vaterland verraten würde. Niemand ist loyaler als Siena.«

»Danke«, entgegnete Lynsley, »Ihre unbedingte Treue zu Siena zeigt deutlich, dass Sie auch die Krone niemals verraten würden.«

Offenbar war Shannon immer noch abgeneigt zu gehen. Aber eine versteckte Geste der Direktorin erstickte jeden weiteren Ausbruch. Sie straffte die Schultern, stieß einen grimmigen Gruß aus und marschierte aus dem Arbeitszimmer.

»Was halten Sie davon?«, fragte Mrs. Merlin, kaum war die Tür ins Schloss gefallen.

Lynsley seufzte. »Ich glaube, es ist wie bei allen unseren Schwierigkeiten. Es gibt keine klare Antwort. Also habe ich die Wahl ... entweder die Mission jetzt zu beenden und zu beten, dass der Earl tatsächlich unser Mann ist ...«

Mrs. Merlin blickte ihn nüchtern an und ließ keinen Zweifel daran, dass sie die volle Bedeutung seiner Worte begriffen hatte. Schwierige und schmutzige Entscheidungen gehörten zu ihrer Welt.

»... oder darauf zu vertrauen, dass Siena weiß, was sie tut.«

»Und? Haben Sie sich entschieden?«

Er schüttelte den Kopf. »Gemessen am Ernst der Lage sollte ich besser sofort nach Marquand Castle reisen anstatt nach London zurückzukehren. Ich muss die Lage selbst in Augenschein nehmen, bevor ich eine Entscheidung treffe.«

Die Klänge der Klaviersuite von Bach ertranken beinahe im Geräusch der schabenden Spielkarten und der Regentropfen, die auf die Fensterscheiben trommelten. Wegen des schlechten Wetters hatten die Vergnügungen an der frischen Luft, die für diesen Nachmittag geplant waren, gestrichen werden müssen. Die Gentlemen waren gezwungen, durch die Ausstellungsräume zu wandern oder sich die Stunden bis zum Abendessen mit einer Partie Whist zu vertreiben.

Wie der Himmel, so war auch die fröhliche Stimmung der Versammlung nach und nach trübe geworden. Die Auktion rückte rasch näher, und überall schienen die Nerven blank zu liegen. Schon mehr als einmal hatte Siena gehört, wie die Gentlemen beim Kartenspielen darüber in Streit geraten waren, welche Punkte zählten und welche nicht.

Sie schaute von ihrem Buch auf und warf einen Blick auf die Türen zum Salon, wartete ungeduldig darauf, dass der Earl von seiner Privataudienz beim Duke zurückkehrte. Dass es unaufhörlich schüttete, hatte auch dazu geführt, dass sie die anberaumte Prüfung hatte ändern müssen. Obwohl sie es kaum abwarten konnte, Kirtland über die Einzelheiten zu informieren, hatten sie noch keine Gelegenheit für einen Kriegsrat gehabt.

Bis jetzt hatte es nur für eine Begegnung ihrer Blicke vom jeweils entgegengesetzten Ende am Frühstückstisch gereicht. Aber selbst aus der Distanz hatte seine Anwesenheit ihr die Röte in die Wangen getrieben. Letzte Nacht …

Siena verschluckte den Seufzer und wandte sich wieder ihrem Buch zu. Tagträume über Kirtland konnte sie sich nicht erlauben. Der Klang seiner Stimme, das Gefühl seines Körpers, der mit dem ihrem verschlungen war …

»Spielen Sie das Pianoforte, Madam? Oder war Ihr Unterricht mehr praktischer Natur?«

Der Schatten auf ihrem Buch erinnerte sie unmissverständlich, dass der Verräter immer noch sein Unwesen trieb. Ihre Verdächtigen waren nurmehr bloße Schatten, und langsam wurde die Zeit knapp, wenn sie ihnen Namen und Gesicht verleihen wollte.

Siena straffte sich innerlich und hob den Blick. »Die meisten Ladys würden Ihre Bemerkung als Unverschämtheit empfinden, Mr. Orlov.«

»Nur die wenigsten Ladys besitzen Ihre einzigartige Charakterstärke oder Ihren Sinn für Humor. Ganz zu schweigen von anderen, eher offensichtlichen Vorzügen.«

»Sir, es scheint Ihnen ein geradezu perverses Vergnügen zu bereiten, mich zu provozieren. Gibt es irgendeinen Grund?«

Orlov spielte die gekränkte Unschuld. »Aber selbstverständlich. Ich will das einzigartige Rosa sehen, das sich auf Ihre Wangen schleicht, wenn Sie verärgert sind.«

Siena starrte ihn mit gleichmäßigem Blick an, ohne zu lächeln.

»Madam, Sie sind in der Tat eine Provokation.«

Es reicht, dachte Siena und legte das Buch zur Seite, höchste Zeit, dass ich ihm eine Lektion erteile. »Ich spiele tatsächlich Pianoforte, Sir. Recht gut, wie man sagt. Würde es Ihnen etwas ausmachen, sich Ihr eigenes Urteil zu bilden?«

Falls es ihn überraschte, dass sie so schnell ihre Taktik wechselte, ließ der Russe es sich nicht anmerken. »Es wäre mir ein großes Vergnügen.«

Die schwedische Gräfin spielte die letzte Stanza der Melodie rasch herunter, als sie merkte, dass Siena sich näherte. Hastig räumte sie die Notenblätter fort. »Ich bin überzeugt, die Gäste werden es begrüßen, einen anderen Stil am Klavier zu hören«, erklärte sie, lächelte dankbar und gab den Platz frei.

Die Gentlemen sind so in ihr Kartenspiel vertieft, dachte Siena, dass sie ein Artilleriefeuer im Zimmer ebenso wenig bemerken würden wie einen Wechsel am Klavier. Was wunderbar in ihren Plan passte. »Möchten Sie ein besonderes Stück hören, Sir?«, fragte sie Orlov und setzte sich auf den Hocker.

»Vielleicht Beethoven. Ich finde seinen Sturm und Drang so unendlich viel interessanter als Bach. Sie nicht auch?«

»Um die Wahrheit zu sagen, Ordnung und Harmonie ziehe ich dem Blitz und dem Donner vor, Sir.« Sie legte die Finger auf die Tasten. *Schwarz und weiß.* Wenn ihr Umgang mit dem Russen doch auch nur so eindeutig wäre!

»Ah.« Orlov stützte sich mit einer Hand auf das Instrument. »Sprechen wir über Musik, Madam? Oder über etwas anderes?«

Siena lächelte zaghaft und deutete mit einem Kopfnicken auf die Gentlemen am Whisttisch. »Anstatt noch länger Blindekuh zu spielen, bin ich dafür, die Karten auf dem Tisch zu legen, Mr. Orlov. Wer weiß, vielleicht können wir sogar zusammenarbeiten anstatt uns gegenseitig zu verwirren, nur um zu verhindern, dass wir den Preis gewinnen, um dessentwillen wir hierhergekommen sind.«

»Ein interessanter Vorschlag.« Der Russe trommelte eine imaginäre Melodie auf das polierte Holz. *Scarlatti.* Mit den Tasten auf dem Klavier kannte er sich also aus. »Wonach suchen Sie?«

»Ich habe kein Geheimnis daraus gemacht. Nach einem reichen Gönner.«

»Wie dem Earl of Kirtland?«

»In der Tat, er ist ausgesprochen wohlhabend.«

»Und ausgesprochen unzuverlässig, wenn man seinen Vorgesetzten in der britischen Armee Glauben schenkt. Die auch Ausdrücke wie ›unberechenbar‹ und ›unstet‹ benutzt haben. Vor allem aber ›nicht vertrauenswürdig‹.«

»Seine Vergangenheit interessiert mich nur am Rande.« Unwillkürlich musste Siena den Earl verteidigen. »Übrigens scheint es mir, als hätten seine Verstöße eher eine Belobigung verdient als eine Strafe.«

Orlov warf ihr einen Seitenblick zu. »Mein Täubchen, haben Sie sich etwa in ihn verliebt? Das könnte eine Komplikation mit sich bringen.«

Plötzlich glitten ihre Finger fahrig über die Tasten, und sie traf falsch. »Weshalb?«

Orlov antwortete ausweichend. »Falls Sie jemanden suchen, der Sie beschützt, wäre der Earl unter Umständen nicht die klügste Wahl«

»Ist das eine Drohung?«

Der Russe spielte einen Moment lang mit seiner Taschenuhr. *Wie ein kaiserlicher Adler, ein vergoldeter Bär, ein Wolf mit funkelnden Augen.* Der Mann schien es zu genießen, abwechselnd die Krallen zu zeigen und die Zähne zu fletschen. »Betrachten Sie es als freundschaftliche Warnung. Wenn Sie Ihren Gefühlen erlauben, sich ins Spiel einzumischen, dann schwächen Sie vielleicht die Fähigkeit, jene Pflichten zu erfüllen, um derentwillen Sie hierhergekommen sind.«

Siena war hin- und hergerissen zwischen Lynsleys verstecktem Befehl, vor Orlov auf der Hut zu sein, und den absichtlich zweideutigen Anspielungen des Russen. Sie wusste, dass sie keinen Fehler machen durfte. »Pflichten? Sie drücken sich recht merkwürdig aus.«

»Ah. Mein Englisch ist nicht immer einwandfrei.«

Obwohl er sich äußerlich lässig gab, spürte Siena seine innere Anspannung. Wie ein Raubtier, das im passenden Moment angreifen würde. »Ganz zu schweigen von den Gründen für Ihre Anwesenheit«, konterte sie. »Ich bin neugierig, Mr. Orlov. Wer um alles in der Welt ist dieser geheimnisvolle Sammler, den Sie vertreten?«

»Ich will es so ausdrücken: jemand, der um den Earl genauso besorgt ist wie um ein bestimmtes Stück Pergament.«

»Ich habe diese ewigen Rätselfragen und Anspielungen langsam satt, Sir. Und werde es nicht zulassen, dass irgendjemand sich zwischen mich und den Grund meiner Anwesenheit auf diesem Schloss schiebt. Wenn wir also nicht offen miteinander sprechen können, dann muss ich annehmen, dass Sie nicht nur Kirtlands Feind sind, sondern auch meiner.«

Der Russe straffte die Schultern, sodass der Wollstoff seiner Kleidung sich spannte. Das betonte Spiel seiner Muskeln strafte seine Sanftheit Lügen. »Für diesen Gedanken sollte ich Sie hassen.«

»Welchen Gewinn erhoffen Sie sich davon, den Earl auszuschalten?«, drängte sie.

»Weniger gefährliche Konkurrenten.«

»Es gibt andere.« Siena ließ sich auf das Risiko ein. »Ich bin ebenfalls gewarnt worden. Einige der Herren könnten vielleicht gefährlicher sein, als Sie glauben.«

Für eine Sekunde schien seine Arroganz zu wanken.

Aufmerksam musterten sie einander, warteten darauf, dass der andere den nächsten Zug machte.

»Darf ich die Musik auch ein wenig genießen?« Dunster gesellte sich mit grimmiger Miene zu ihnen. »Oder ist das hier ein privates Duett?«

Siena wechselte von Beethoven zu Bach und bemühte sich hastig, Dunster mit einem Lächeln willkommen zu heißen. »Nicht im Geringsten. Wenn Sie ein Stück kennen, das Sie gern hören möchten, würde ich mich glücklich schätzen, es spielen zu dürfen.«

»Die Lady ist sehr freigebig mit Ihren Talenten«, spottete der Russe, »aber leider nicht mehr lange, fürchte ich. Übrigens, wie steht es um Ihren privaten Wettstreit, Lord Dunster? Gibt es einen klaren Favoriten?«

Siena antwortete an seiner Stelle. »Noch nicht. Bisher sind noch alle Gentlemen im Rennen.«

»Oh, das wird die letzten Prüfungen sicher besonders aufregend machen.« Orlov musterte den anderen Mann mit einem Lächeln. »Was kommt als Nächstes?«

»Wie Sie selbst gesagt haben, es ist eine Privatangelegenheit.« Der Marquis kippte sich den Rest seines Portweins in die Kehle – nicht das erste Glas, gemessen an den roten Rändern um die Augen. »Ich glaube, ich würde jetzt gern ein wenig echt englische Musik hören.«

Mitten im Spiel wechselte Siena zu einer ländlichen Ballade.

»Ich hätte es niemals für möglich gehalten, dass Ihr Repertoire sogar *The Rose of Shannon* umfasst, Madam.« Der Russe zog die Brauen hoch. »Sentimentale Lieder stehen nicht recht im Einklang mit Ihrer pragmatischen Ader.«

Siena ließ den Refrain mit einem Crescendo ausklingen.

»Mit diesen Klängen möchte ich mich verabschieden.« Würdevoll, aber träge erhob Orlov sich, verbeugte sich theatralisch und ließ seine Lippen einen Moment lang an ihrem Ohr. »Madam, ich bin nicht Ihre größte Sorge. Was das betrifft, sollten Sie besser vor der eigenen Türe kehren.«

»Dreckskerl«, sagte Dunster bissig und setzte sich auf den freigewordenen Platz. Es sah aus, als hätte er zu seinem üblichen Draufgängertum zurückgefunden. Vielleicht war die größtenteils männliche Versammlung nicht mit ihm einverstanden, vielleicht forderte die Anstrengung der Auktion ihren Tribut.

Oder vielleicht lastete auch ein ganz anderer Druck auf ihm.

Siena fragte sich, ob sie ihn zu überstürzt von der Liste der Hauptverdächtigen gestrichen hatte, und beschloss, ihre Unstimmigkeiten zu glätten. »Vielen Dank, dass Sie zu meiner Rettung geeilt sind, Sir. Ich hatte befürchtet, dass Sie mir insgeheim Vorwürfe machen wegen unseres früheren Missverständnisses.«

Er antwortete mit einem mürrischen Brummen, das weder Nein noch Ja bedeutete.

»Sir, wir sollten unsere Feindseligkeiten begraben«, erklärte Siena mit samtweicher Stimme und klimperte mit den Wimpern. »Ein weltgewandter und erfahrener Mann wie Sie wird sicher verstehen, dass ich so früh im Spiel keinen Favoriten benennen kann.«

Dunsters verletzter Stolz war offenbar leicht zu besänftigen. »Sie hätten durchaus ein wenig entgegenkommender sein dürfen.«

»Manchmal kann der Zorn helfen, die Versöhnung noch ein bisschen schmackhafter zu machen.«

»Was haben Sie für heute Abend geplant?«

»Das Wetter zwingt mich, die Reihenfolge der Prüfungen zu ändern. Anstatt uns draußen herumzutreiben, werden wir eine intimere Zusammenkunft im Schloss haben. Alle sechs Clubmitglieder werde ich – einen nach dem anderen – zu einem privaten Treffen bitten. In einem Zimmer, das ich eigens für diese Gelegenheit vorbereitet habe. Wir werden uns unser Schicksal wahrsagen.«

»Werden Sie vorhersagen, dass meine Chancen auf den Sieg sich verbessern werden?«

»Wir werden sehen, was die Kristallkugel uns verraten wird. Ich verspreche Ihnen, dass Sie nicht enttäuscht sein werden.«

Dunster schien die Aussicht zu genießen. Aber sein Grinsen verwandelte sich abrupt zu einer Grimasse. »Dann wollen wir hoffen, dass die Kugel weissagt, Kirtlands Glück sei im Schwinden begriffen. Für jemanden, der sich so strikt gegen Ihren Vorschlag ausgesprochen hat, scheint er mit vollem Einsatz auf Sieg zu spielen.«

»Machen Sie sich um den Earl keine Sorgen.« Siena musste nicht aufschauen, um zu bemerken, dass er das Zimmer betreten hatte. Sogar aus der Entfernung löste seine Anwesenheit Vibrationen in ihr aus, die bis in die Fingerspitzen reichten. »Er hat ein paar gute Schüsse abgefeuert, sodass ich ihm den Sieg im Schießwettbewerb nicht streitig machen konnte. Aber für Sie ist er keine echte Gefahr.«

Mit zwei Drinks in der Hand näherte Kirtland sich dem Pianoforte. »Ihr Glas ist leer«, grüßte er und bot Dunster eines an.

»Nicht lange.« Der Marquis gab sich keine Mühe, das Kichern zu unterdrücken. »Aber in der Zwischenzeit werde ich Ihre Freundlichkeit zu nutzen wissen.« Mit einem Schluck leerte er das Glas Port.

Siena hörte auf zu spielen. »Wenn die Gentlemen mich jetzt bitte entschuldigen wollen, ich muss mich auf das Spiel heute Abend vorbereiten. Der Privatsekretär des Dukes hat mir freundlicherweise gestattet, einen Blumenstrauß aus dem Gewächshaus zu pflücken, und ich möchte den Rest Tageslicht noch ausnutzen.«

Sie hoffte, dass der Earl die Andeutung verstehen würde. Orlovs Worte hatten ihre Mission noch drängender gemacht. Inzwischen hatte sie kaum noch Zweifel, dass er sich in der Nähe ihrer Londoner Residenz herumgetrieben hatte, dass er jener Mann gewesen war, der ihren Verdacht auf Kirtland lenken wollte. Aber für wen arbeitete er? Lynsley musste einen Verdacht hegen ... Wenn seine Hinweise doch nur eindeutiger gewesen wären!

Irgendwie musste es ihr gelingen, das Dunkel zu durchdringen und sich zur Wahrheit durchzukämpfen. Diese Spiegelfechterei zehrte langsam an ihrer Substanz.

»Ich kann es kaum fassen!« Es krachte dumpf, als die Spitze des Messers sich in das Holz grub. »Nicht eine Sekunde.«

Sofia betrachtete die zitternde Klinge. »Zehn Strafpunkte wegen Zerstörung von Schuleigentum, du weißt ja.«

»Verdammtes Schuleigentum.«

»Und zehn Strafpunkte für unpassende Ausdrucksweise.« Sofia musterte Shannon, bemerkte, dass ihre Freundin kurz davor war, einen weiteren Fluch auszustoßen, und fügte rasch hinzu: »Ich nehme die Angelegenheit auch nicht auf die leichte Schulter. Ich bin genauso besorgt um Siena wie du. Aber es nützt nichts, die Wandvertäfelung zu Kleinholz zu machen.«

Shannon biss sich auf die Lippe.

»Und du ... du bist noch starrköpfiger als sie, das kann ich schwören. Ich mache mir Sorgen um euch beide.«

»Weder sie noch ich sind so ruhig und ausgeglichen wie du«, bestätigte Shannon seufzend.

»Falls du damit behaupten willst, dass in meinem Herzen kein Feuer brennt, dann wirst du das Messer in deinem Rücken wiederfinden. Ich brauche stahlharte Nerven und eine ausgeglichene Geisteshaltung, um euch beiden Ärger von Hals zu halten.«

Die Wut wich aus Shannons Gesichtszügen. »Fifi, du bist eine echte Freundin. Ich weiß, dass ich manchmal nicht zu ertragen bin.«

»Ja. Aber hier wäre es ziemlich langweilig ohne deine herausfordernde Art.« Sofia zog das Messer aus der Vertäfelung. »Jetzt erzähl mir erst mal, was los ist.«

»Lord Lynsley befürchtet, dass Siena sich mit dem Feind verbündet hat.«

Sofia verzog das Gesicht. »Mir geht es wie dir. Ich kann es einfach nicht glauben.«

»Siena würde sich niemals vom Bösen verführen lassen.«

»Trotzdem«, gab Sofia leise zu bedenken, »lehrt man uns, niemals nie zu sagen.«

Das behauptet Lynsley auch immer. Shannons Einwand erstarb ihr auf den Lippen. »Hältst du das wirklich für möglich?«, wisperte sie nach einer Weile.

»Ich ... ich kann es nicht sagen.«

»Es gibt nur einen Weg, es mit Sicherheit herauszufinden. Wir müssen sie finden.«

»Ausgeschlossen!«

»Sie steckt in Schwierigkeiten. Es könnte sein, dass sie Hilfe braucht.«

»Das wirst du auch, wenn du es versuchst.« Sofia zog ein Buch mit geknickten Seiten aus der Schreibtischschublade und schlug sich damit in die Handfläche. »Soll ich dir die Aufnahmebedingungen der Akademie vorlesen? Inzwischen sollten wir genau wissen, dass Risiken inbegriffen sind, wenn wir einen Auftrag übernehmen.«

»Stimmt. Aber ich habe beim berühmten Sun Tzu gelesen, dass Krieg ebenso gut eine Kunst wie eine Wissenschaft ist. Manchmal ist man gezwungen, sämtliche bekannten Taktiken außer Acht zu lassen und auf seine Eingebung vertrauen.«

Sofia fühlte sich zwischen zwei Ehrenkodizes hin- und hergerissen und ließ das Buch durch ihre Finger gleiten. »Selbst wenn ich einverstanden bin, ein solches Risiko auf mich zu nehmen«, erwiderte sie bedächtig, »Mrs. Merlin wird sich kaum hinreißen lassen, dir zu verraten, wohin Siena verschwunden ist.«

»Das muss sie auch nicht. Ich habe sie belauscht.« Shannon biss die Zähne zusammen, bevor sie weitersprach. »Marquand Castle.«

»Um Himmels willen, Nonnie! Du hast schon eine Bewährungsstrafe erhalten. Wenn du noch mal gegen die Vorschriften verstößt ...«

»Zum Teufel mit den Vorschriften.« Shannon hatte ihren Waffenschrank bereits weit geöffnet und betrachtete das Sortiment. »Wenn sie mich einem Fußtritt vor die Tür befördern wollen, dann sollen sie doch.« Sie stopfte eine Pistole mit kurzem Lauf in die Satteltasche, gab ein paar eiserne Schlagstöcke dazu, einen dünnen Dolch und mehrere Dietriche. »Ich habe keine Angst, in der Welt da draußen auf mich selbst gestellt zu überleben, wenn es darauf ankommt.«

»Du wirst nicht allein sein. Obwohl es ein Jammer ist, die Jahre unseres strengen Unterrichts einfach aus dem Fenster zu werfen.« Sofia warf ihrer Freundin ein paar Enterhaken und ein aufgewickeltes Seil zu. »Hier. Könnte sein, dass du das gebrauchen kannst.«

»Danke, Fifi. Fällt dir noch etwas ein?«

»Merlins Zauberstab?« Obwohl die Freundin sich um einen albernen Tonfall bemühte, klang sie so, als hätte man ihr gerade die Schlinge um den Hals gelegt.

»Ich werde mich auf mein Excalibur verlassen.« Shannon ließ ihr schmales Schwert aus Damaszener Stahl vorwärts und rückwärts durch die Luft sausen.

»Weil ich dich im Unterricht erlebt habe, bin ich mir sicher, dass unsere Zukunft nicht auf Sand gebaut ist.« Sofia atmete geräuschvoll aus. »Ich nehme an, dass du bis zum Anbruch der Dunkelheit warten willst, bevor du dich zu den Ställen schleichst.«

»Ich werde mich auf den Weg machen, wenn die Burschen beim Abendessen sitzen.« Shannon steckte das Schwert in die Scheide. »Bedauerlicherweise ist Guillermo die diensthabende Lehrkraft. Er schätzt mich in letzter Zeit nicht besonders. Wegen des kleinen Zwischenfalls mit der Rauchbombe.«

»Ich werde dich begleiten. Er schuldet mir einen Gefallen. Einen ziemlich großen sogar. Er wird beide Augen fest zudrücken müssen.«

»Und was Mrs. Merlin und die anderen betrifft ...«

Sofia wischte die Bemerkung mit einer Handbewegung fort. »Mach dir deshalb keine Sorgen. Ich betrachte es als Prüfung meiner rhetorischen Fähigkeiten, sie zu überzeugen, dass deine Abwesenheit das Ergebnis einer dummen Wette ist.« Sie legte den Finger ans Kinn. »Ich bin mir sicher, dass ich mir spätestens morgen früh eine reichlich wilde Geschichte ausgedacht habe.«

»Mit anderen Worten, du wirst ihnen offen ins Gesicht lügen.«

»Das gehört doch zu unserer Ausbildung, nicht wahr? Nur die Anwendung macht uns unschlagbar.«

»Aus dir spricht der Geist der Akademie.« Shannon ergriff die Hand ihrer Freundin und drückte sie fest.

»Eins noch, Nonnie. Falls ich am Ende doch ins Gras beißen muss, dann erwarte ich, dass du mit wehenden Fahnen für mich in die Schlacht ziehst.«

»Niemals werde ich Siena oder dich im Stich lassen. Ganz gleich, welchen Preis ich zu zahlen habe.«

19. Kapitel

»Irgendwo habe ich gelesen, dass es eine besondere Blumensprache gibt«, murmelte Kirtland, während er zuschaute, wie Siena ihrem Strauß ein paar Bougainvillea hinzufügte. Er hatte ihre Anspielung richtig verstanden und war ihr so schnell wie möglich in das Gewächshaus gefolgt. »Obwohl ich dir nicht verraten kann, was solche exotischen Blüten zu bedeuten haben.«

»Ich bin es wirklich leid, verborgene Botschaften zu entziffern.«

In ihrem Tonfall lag eine Schärfe, die gar nicht zu ihrer gewohnten Gelassenheit passte. Als er einen Schritt näher kam, bemerkte er, dass sich eine Haarsträhne aus dem Knoten am Kopf befreit hatte, schwarz wie Ebenholz auf der Blässe ihrer Wangen.

Verflucht sei der Dreckskerl, der eine einsame junge Frau ausschickt, um sich für England die Hände schmutzig zu machen, dachte Kirtland, ganz gleich, wie gut sie ausgebildet ist. In diesem Moment ertappte er sich dabei, dass er den Kerl am liebsten auf dem Schlachtfeld am Galgen aufgeknüpft und den Falken zugeschaut hätte, wie sie ihm die Leber aus dem Leib hackten.

»Immerhin spricht der Stahl eine klare Sprache. Worte hingegen sind ein viel gefährlicherer Gegner.« Siena seufzte, und Zweifel flackerte in ihrem Blick. »Vielleicht bin ich doch nicht ganz so scharfsinnig, wie ich es mir eingebildet habe.«

»Hat Dunster irgendetwas geäußert, das dich beunruhigt?« Auch er war plötzlich alarmiert.

»Nicht wirklich«, gestand sie ein, »es ist eher das Gefühl, dass mir irgendein entscheidender Hinweis entgangen ist. Außerdem scheint mir, dass Orlov viel zu gut über den Grund meiner Anwesenheit hier informiert ist«, fuhr sie fort. »Sieht so aus, als hätte meine Mission von Anfang an unter einem schlechten Stern gestanden.«

Der Earl runzelte die Stirn. »Was soll das heißen?«

»Du warst nicht der Einzige, der sich nachts in der Nähe meiner Residenz in London herumgetrieben hat.«

»Der Russe?«

»Oban kann es nicht mit Sicherheit sagen. Aber nach Größe und Statur könnte Orlov der Eindringling gewesen sein, den er dabei beobachtet hat, wie er die Gartenmauer hochgeklettert ist.« Sie riss sich einen Dorn aus dem Daumen. »Aber wer auch immer es gewesen sein mag, wenn er mir ein Paket überlassen hat, in dem er mit dem Finger auf dich zeigt, gibt er mir gleichzeitig zu verstehen, dass er über die wahre Natur meines Einsatzes Bescheid weiß.«

»Verdammt noch mal, das hast du mir nie erzählt«, stieß er härter hervor, als er beabsichtigt hatte. »Du hättest deinen Vorgesetzten alarmieren müssen …«

»… und die Mission aufgeben?« Genau wie er biss sie die Zähne zusammen. »Kein Zweifel, das hätte dem Feind ganz ausgezeichnet in den Kram gepasst. Es blieb keine Zeit, sich einen anderen Plan auszudenken.«

»Verdammt.« Der Fluch hing in der Luft, und einen Moment lang herrschte ein unangenehmes Schweigen zwischen ihnen. »Das heißt noch lange nicht, dass du unangemessene Risiken eingehen musst. Nichts beweist besser als der Schuss, dass du rasch …«

»Lord Kirtland, ich bin mir meiner Pflichten sehr wohl bewusst«, erwiderte sie schnippisch. Ihre Augen funkelten wieder kämpferisch. »Und ich bin der Herausforderung sehr wohl gewachsen.«

Genau das ist das Problem, dachte er insgeheim, sie ist viel zu tapfer. Die Angst um sie mischte sich in seine Stimme, als er weitersprach. »Musst du dich unbedingt so sturköpfig weigern, Hilfe anzunehmen?«

»Ich bin ausgebildet, allein zu arbeiten.«

Der Regen tropfte auf das gläserne Dach. Der Earl versuchte, im trüben Halbdunkel ihre Gesichtszüge zu lesen. »Selbst die besten Soldaten sind manchmal auf Verstärkung angewiesen.« Er spürte, wie ihm das Herz bis zum Hals schlug. »Was hält dich zurück? Ist es immer noch eine Frage des Vertrauens?«

»Zum Teufel noch mal, nein.« Für den Bruchteil einer Sekunde besänftigte sich ihr harter Blick. »Aber dies ist mein Kampf. Und falls jemand in die Klinge stürzt oder sich eine Kugel einfängt, dann doch wohl ich.«

Die Ironie der Lage zauberte ihm ein gespenstisches Lächeln auf die Lippen. »Siena, bitte gestatte mir . . .«

»Ich habe meine Entscheidung getroffen. Also bitte gestatte mir, gegen den Feind zu kämpfen, anstatt noch länger mit dir herumzustreiten.«

Er konnte ihr nichts mehr erwidern. Als Soldat wusste er, dass sie recht hatte. Trotzdem kostete es ihn die größte Mühe, stillzuhalten.

»Was das rasche Vorangehen betrifft, habe ich mir für die Prüfung heute Abend schon ein neues Spiel ausgedacht. Die plötzliche Wendung könnte den Verräter verleiten, sich zu enttarnen«, fuhr sie fort.

»Was hast du geplant?«, wollte er schließlich wissen.

»Wir spielen Wahrsagerei wie die Zigeuner. Tief unten im Keller habe ich einen geheimnisvollen Platz gefunden, der wunderbar dazu passt.«

»Mit Karten? Oder einer Kristallkugel?«

»Und ein bisschen Handlesekunst.« Siena pflückte die letzte helle Blüte und legte sie in den Korb.

»Sei vorsichtig«, meinte er sanft. »Wenn du zu sehr drängst, könnte dein Mann auch zurückschlagen.«

Siena lächelte. »Ich würde es sogar begrüßen, wenn ich ihm endlich den entscheidenden Schubs verpassen könnte.«

»Erlaube mir wenigstens, mich in der Nähe zu verstecken. Nur für den Fall.«

Siena schüttelte den Kopf. »Es wäre mir lieber, wenn du fortbleibst. Es wäre mir sogar das Liebste, wenn du das Spiel vollkommen ausfallen lässt. Deine Anwesenheit würde nur für Verwirrung sorgen. Ich werde die Prüfung so arrangieren, dass du zuletzt an die Reihe kommst. Auf diese Art wird niemand merken, dass du zur vereinbarten Zeit nicht auftauchst.« Sie wandte den Blick ab. »Ich kann mir keine Fehler mehr erlauben.«

»Sehr gut. Dann will ich sehen, was ich von Orlov erfahren kann.« Er verbot sich, ihr zu erklären, dass er sie in ihrem Zigeunerlager immer im Auge behalten würde – ganz gleich, ob sie es wünschte oder nicht.

Rose verknotete das letzte der hauchdünnen Seidentücher. »Wenn die Wandkerzen angezündet sind, wird es sehr dramatisch wirken.«

Siena war es ein Rätsel, woher ihre Zofe den golddurchwirkten Stoff bekommen hatte. Langsam, aber sicher war sie überzeugt, dass die ältliche Frau genauso mysteriöse Zauberkräfte besaß wie die Falken. »Rose, Sie verfügen über magische Kräfte«, murmelte sie und betrachtete den kunstvollen Fall des Stoffs, der den unwirtlichen Kellerraum in ein schimmerndes Beduinenzelt verwandelt hatte. »Es sieht aus wie in einem Märchen aus Tausendundeiner Nacht.«

»Aye. Noch ein paar Samtkissen auf dem Fußboden und ein Schaffellteppich. Dann reicht es.« Rose schaute auf ihre Notizen. »Auf dem Dachboden habe ich außerdem eine reich verzierte Messingpfanne und einen chinesischen Drachen aus Jade zutage gefördert. Eine wundervolle Schnitzarbeit. Und als besondere Note habe ich ein wenig Rosenessenz in das Lampenöl geträufelt. Es ist ein Jammer, dass wir nicht mehr Zeit haben. Ich könnte ein wenig Haschisch besorgen. Die Droge ist recht nützlich, wenn es darum geht, die Hemmungen bei einem Mann zu lösen und ihn zu bewegen, sich frei zu äußern.«

Siena spielte mit einer grell bemalten Tarotkarte. »Ich muss andere Tricks anwenden, damit sie mir mehr verraten, als sie es sich eigentlich wünschen. Der *Prinz der Leidenschaft*.« Sie zeigte ein Bild der italienischen *Tarocchi* und flüsterte mit heiserer Stimme: »Er wird dir ein schmutziges Geheimnis verraten. Aber du musst den Anfang machen.«

Rose senkte den Kopf. »Sehr gut. Aber treten Sie noch einen Schritt nach rechts, damit das Licht die Hälfte Ihres Gesichts im Schatten lässt.« Nachdem sie die Blumen in der Vase neben dem Drachen aus Jade neu arrangiert hatte, schien sie zufrieden. »Ich werde mich hier um die letzten Details kümmern, dann zu Ihnen hochkommen und Ihnen beim Ankleiden helfen.«

Sienas Kostüm stammte ebenfalls aus dem Bestand, den die Ahnen des Dukes auf dem Dachboden verstaut hatten; es bestand aus äußerst dünner, seidiger Unterwäsche für den Harem, einer ärmellosen Bluse, die um die Taille mit einem purpurroten Gürtel zusammengebunden war, und mehreren Messingketten für den Hals. Ihre Locken waren mit einem blumengemusterten Tuch gebunden und betonten das exotische Aussehen. In ihren Augen sah sie eher aus wie ein Pirat als ein Zigeuner. Aber sie hatte ihre Zweifel, dass die Gentlemen wegen solcher Haarspaltereien in Streit geraten würden. Nicht, wenn ein üppiger Ausschnitt ihre Aufmerksamkeit zerstreute.

Sie lächelte zaghaft, als sie eine der geheimen Spiraltreppen hinaufeilte, die Rose ausfindig gemacht hatte. Zerstreuung ... das war die Gefahr, gegen die sie sich ebenfalls wappnen musste. Sogar ohne persönliche Anwesenheit war Kirtland immer noch eine mächtige Zerstreuung. Die Konturen seines Kiefers, die

Rundungen seiner Wange, die kleine Narbe am Bogen seiner Braue … Sie war mit jedem Detail vertraut, hatte alles berührt, sich alles eingeprägt. *Aus Sehnsucht?*

Siena wagte nicht, solche Gedanken zu denken. Schon bald würde er zu seinen Büchern und zu seiner Kunst zurückkehren. Sie dagegen zu Schießpulver und Stahl. Siena presste die Handballen in die Augen und unterdrückte ihre Enttäuschung. Ihr flüchtiges Zwischenspiel mit verschlungenen Gliedmaßen und überschießender Leidenschaft spielte keine Rolle. Für sie war er nur ein zeitweiliger Verbündeter.

Sie trug ohnehin schon schwer an dem Gewicht, das auf ihren Schultern lastete. Es kam noch dazu, dass sie den Earl in Gefahr gebracht hatte. Lynsleys Erwartungen drückten sie nieder, außerdem die Bürde ihres schlechten Gewissens. Falls ihm etwas zustieß …

Nicht Arroganz, sondern Angst hatte sie vorhin im Gewächshaus zu den scharfen Worten getrieben, hatte sie dazu getrieben, sich aus seiner Berührung zu lösen. Um Kirtland aus der Schusslinie zu manövrieren, musste sie unbedingt ins Herz des Verräters vorstoßen. So schnell wie möglich.

Andiamo, Volpina! Attacke, auch wenn du bis ins Mark erschöpft bist. Die Erinnerung an Da Riminis Ermahnungen beschleunigte ihren Schritt. Sie gehörte zu Merlins Zöglingen, hatte salzigen Schweiß geschmeckt, ungezählte Rückschläge einstecken und sich immer wieder aufrichten müssen.

Die Liebe mochte ein viel gefährlicherer Feind sein als die, denen sie bisher ins Auge gesehen hatte. Aber auch dessen scharfe Klinge würde sie überleben.

»Sehr kunstvoll.« Dunster war das letzte Clubmitglied auf ihrem Plan, und er schien wie gebannt von seinem Spiegelbild in dem polierten Messingrahmen. Die bauschige Seide und das sanfte

Licht verliehen seinem heiteren Blick einen zusätzlichen Glanz. »Ich hoffe sehr, dass Sie ebenso erfinderisch sind, wenn Sie Ihr Liebesnest in der Stadt dekorieren.«

»Darüber müssen Sie sich nicht den Kopf zerbrechen«, flötete Siena. Inmitten der rauschenden Seide erhob sich ein niedriger Marmorsockel. Sie setzte sich in die Kissen rundum und bedeutete ihm mit einer Handbewegung, ebenfalls Platz zu nehmen. Leveritt und Jadwin hatten sich für ihre theatralische Dekoration nicht besonders interessiert, und sie hoffte, dass sie beim Marquis mehr Glück haben würde.

Aus der Nähe konnte Siena erkennen, dass das merkwürdige Funkeln in seinem Blick ebenso von innen wie von außen angefacht wurde. Wie gewöhnlich gab er sich großmäulig, roch stark nach Brandy und hatte eine ungeschickte Art an sich, die sie nicht recht begriff. Andererseits hatte die erwartungsvolle Atmosphäre auf dem Schloss alle in den Bann geschlagen. Sie eingeschlossen.

»Darf ich Ihnen einen Drink anbieten?« Mehrere Karaffen standen unter der heraushängenden Zunge des Drachens aus Jade.

Er überlegte kurz. »Ich nehme einen Whisky. Schmeckt irgendwie feurig.«

Als er zum Glas griff, schnappte sie sich seine andere Hand. »Hm, ich sehe tiefe Linien, die auf einen starken Charakter hindeuten. Und diese kleine Linie hier beweist mir, dass Sie bei den Ladys erfolgreich sind ... Hier sehe ich, dass erhebliche finanzielle Ausgaben auf Sie zukommen.«

Er lachte angespannt und trank einen Schluck Whisky. »Ich brauche keine Zigeunerin, um mir das zu erzählen.«

Sie antwortete mit einem Lächeln. »Kann sein. Aber die Dinge sind ein wenig verworrener geworden.« Ihre lange Pause erlaubte ihm einen kräftigen Schluck. »Die Linie hier genau in der Mitte weist auf ein boshaftes Geheimnis.«

Dunster riss seine Hand zurück und verschüttete die letzten Tropfen Whisky in seinem Schoß. »Verdammte Hure«, stieß er wütend hervor und wischte sich die Hose ab.

Kein Zweifel, dass sie den Nerv getroffen hatte. Jetzt kam es darauf an, ihren Vorstoß abzumildern, um zu erfahren, was er verbarg. »Es gibt keinen Grund zur Aufregung. Schließlich haben wir alle unsere Geheimnisse. Es kann sehr erregend sein, sie auszuplaudern.«

»Langsam reicht es mir mit Ihren verdammten Spielen.« Er versuchte aufzustehen, aber seine Beine drohten zu versagen.

Siena streichelte seine Hand, die er zur Faust geballt hatte. »Ich mag Männer, die sich nicht scheuen, die Regeln zu brechen, um zu bekommen, was sie sich wünschen.«

»Es reicht!«, schrie er wüst.

Die Angst schien seine Wut noch mehr anzuheizen. Siena wollte unbedingt wissen, woran es lag, und beugte sich vor. »Machen Sie sich keine Sorgen. Ich werde ...«

Entsetzt starrte sie auf eine Pistole, als er die zweite Hand aus den Falten seines Mantels zog.

»Du wirst dein verdammtes Maul halten, außer du beantwortest meine Fragen.« Obwohl Dunster sich die Pistole vor das Gesicht hielt und der Finger am Abzug seine Miene verdeckte, erkannte Siena seine Verzweiflung. »Wer hat dich angeheuert?« Er schwitzte stark. »War es Lord Netherton? Ich hätte es mir denken können! Als Hure warst du einfach zu gut.«

Wer zum Teufel war Lord Netherton?

»Ich versichere Ihnen, dass ich niemals einem Gentleman solchen Namens begegnet bin.« Ihre eigene Waffe, die sie unter dem Rand des Kohlenrosts versteckt hatte, befand sich außer Reichweite. Aus Sorglosigkeit hatte sie den Fehler gemacht, den Marquis zu unterschätzen. Jetzt kam es darauf an, sich von der Überraschung zu erholen und nicht mit dem Leben zu bezahlen. »Sir, der Schein trügt nicht. Ich bin genau das, wonach ich aussehe. Eine Kurtisane auf der Suche nach einem reichen Gönner. Meine Spiele haben keinen anderen Zweck. Kann sein, dass sie ein bisschen boshaft sind. Aber viele Männer mögen es, wenn man sie provoziert.«

»Ich glaube Ihnen kein Wort!« Seine Stimme klang wild und schrill. »Er will mich um jeden Preis vernichten!«

»Sicher zu Unrecht, wie ich annehme«, besänftigte sie ihn.

»Es war schließlich nicht mein Fehler.«

»Dennoch gibt es Männer, die ihren Groll einfach nicht vergessen können, stimmt's?« Siena mahnte sich, ihn weiter zum Reden zu bringen. Der Lauf der Pistole befand sich nur wenige Zentimeter von ihrer Stirn entfernt. Aber das konnte sich in Sekundenbruchteilen ändern.

»Ganz genau.« Er klang eine Spur ruhiger. »Anfangs war es seine Frau, die das Liebesgeplänkel unbedingt wollte. Der Baron ist nichts anderes als ein Langweiler vom Lande, interessiert sich mehr für seine Schafe als für Sex. Was kann es schaden, eine scharfe Lady zu befriedigen?«

»Gar nichts, soweit ich sehe«, stimmte Siena zu.

»Und was seine Schwester betrifft – sie hat sich mir förmlich an den Hals geworfen. Ich schwöre.« Er wischte sich über die Stirn. »Das kleine Luder. Woher sollte ich wissen, dass sie noch Jungfrau war? Ich hatte angenommen, dass sie sich schon seit Ewigkeiten mit den Burschen herumtreibt.« Dunster hatte angefangen zu plappern. »Wenn Netherton die Zügel straffer gehalten hätte, wäre es niemals geschehen. Aber das Mädchen war kaum zu bändigen. War es mein Fehler, dass sie in einer stürmischen Regennacht ausgeritten ist, um mir zu folgen? Dabei hatte ich die Kneipe einen Tag zuvor verlassen.«

Es kostete Siena große Mühe, ihren Ekel nicht zu zeigen. Sie hatte sich in dem Marquis nicht getäuscht: Er war nicht nur ein übler Kerl, sondern auch noch ein jämmerlicher Feigling.

Dunsters Stimme begann zu zittern. »Ihr Pferd muss zu nahe

an die Klippen geraten sein ... Der Fels ist abgebrochen. Ihr Tod lastet viel mehr auf seinen Schultern als auf meinen.«

»Ich verstehe Sie sehr gut.«

Plötzlich riss er sich zusammen. »Verdammte Hure! Das kann ich mir bestens vorstellen. Hältst dich wohl für schlau, die Geschichte aus mir rauszukitzeln? Falls du mich erpressen willst, überleg es dir besser zweimal. Ich habe nicht die Absicht, mich von einer dreckigen kleinen Hure ausquetschen zu lassen.«

»Es wäre dumm von mir, würde ich es riskieren, einen berühmten Adligen zu erpressen.« Sie bemerkte, dass sein Finger am Abzug sich straffte, und überlegte fieberhaft, wie sie sein überhitztes Temperament zügeln sollte. »Ich habe nicht die Absicht, in Newgate zu enden.«

Er biss sich auf die Lippe. »Trotzdem kann ich mich kaum auf mein Glück verlassen, dass du den Mund hältst.«

»Aber ein Schuss könnte auch Ihnen das Genick brechen«, betonte sie. »Sogar ein Marquis kann wegen Mordes gehängt werden.«

»Niemand würde den Schuss hören.«

»Stein verstärkt die Geräusche. Höchstwahrscheinlich würde der Knall als Echo durch das ganze Haus hallen.«

»Halt das Maul.« Es gelang ihm, sich zu erheben, und er befahl ihr mit einer Handbewegung, es ihm gleichzutun. »Es gibt noch andere Wege, mich von deiner lästigen Anwesenheit zu befreien. Ich könnte dich in einen der Kerker einsperren. Niemand würde dich jemals entdecken.« Dunster lachte nervös. »Und ich kann mir nicht vorstellen, dass sich irgendjemand über deine Abwesenheit wundern würde. Ich müsste nichts anderes tun als das Gerücht streuen, dass du unserer Gesellschaft überdrüssig geworden bist. Alle wären überzeugt, du seist wegen eines besseren Angebots davongeflogen.«

Siena wechselte die Taktik, weil sie hoffte, ein plötzlicher Tränenausbruch würde ihn vielleicht aus der Bahn werfen. »Ich ...

ich schwöre ...« Während sie hysterisch schluchzte, rutschte sie kaum merklich nach rechts. »Niemals wird ein Sterbenswörtchen über meine Lippen kommen ... Ich werde Sie sogar umsonst bedienen.«

Dunster dachte über das Angebot nach. »Es ist eine Schande, dass du deinen Charme verschwendest. Aber wie Leveritt schon gesagt hat, es gibt unzählige andere Huren.« Er wedelte mit der Pistole. »Los.«

»Warten Sie! Ich könnte Sie bezahlen ...« Das war der älteste Trick auf der Welt, aber einen Versuch allemal wert. Sie riss die Augen auf und starrte über seine Schulter. »Oh, dem Himmel sei Dank, dass Sie endlich da sind!«

Der Marquis wirbelte mit dem Oberkörper herum.

Im selben Moment traf ihre Faust in seinen Nacken und warf ihn nach vorn. Als er sich wieder aufrappeln wollte, sprang sie auf und umklammerte das herabhängende dekorative Seidentuch wie ein Seil. Sie schwang sich nach vorn und platzierte einen stahlharten Tritt in den Unterleib, der ihn bis in die Haarspitzen erröten ließ.

Dunster grunzte laut, knallte mit dem Kopf zuerst gegen die Steinmauer und glitt dann zu Boden.

»Männer«, murmelte sie, ließ sich wieder hinunter und trat mit dem nackten Fuß gegen seinen bewusstlosen Körper.

»Ich hoffe, dass dein Ekel sich nicht auf unser gesamtes Geschlecht bezieht.«

Siena wirbelte herum und entdeckte Kirtland im Türrahmen. Er hatte seine Pistole abgelegt und applaudierte leise. »Kunstvolle Akrobatik«, fügte er beiläufig hinzu. »Aber weniger habe ich auch nicht erwartet.« Er wirkte unglaublich ruhig, wenn man von den zuckenden Mundwinkeln absah. »Ich wäre natürlich früher eingeschritten, aber ich nahm an, dass du lieber seine ganze Geschichte hören wolltest.«

»Du hast leicht reden«, brummte Siena. Dass er so ungezwungen plauderte, obwohl sie beinahe zu Tode gekommen war, verletzte sie mehr, als sie sich selbst eingestehen wollte. »Ein winziger Ruck mit seinem Finger, und er hätte mich erschießen können.«

»Nein, ausgeschlossen. Seine Waffe war nicht geladen.«

»W ... woher weißt du das?«

»Als ich beim Abendessen bemerkt habe, wie aufgeregt er ist, habe ich vorsichtshalber sein Zimmer durchsucht.« Er umrundete den Drachen und trat über Dunsters gespreizte Beine.

Irgendwie lag eine Eindringlichkeit in seinem Blick, die sie bisher noch nicht erlebt hatte. Unwillkürlich trat sie zurück.

»Siena.« Er lächelte zaghaft. »Du musst nicht zurückweichen.«

Sie blieb stehen.

»Der Himmel weiß, dass es mir nicht leichtfällt, mein Herz zu offenbaren. Mag sein, dass ich hundert wundervolle Gedichte vortragen kann. Aber was ich selbst empfinde ... meine eigenen Gefühle kann ich längst nicht so leicht ausdrücken. Meine Zunge ist wie verknotet, und die Worte verhallen ungesagt.«

Sie bemerkte, wie das Licht über sein Gesicht flackerte. »Wie beim Fechten und Boxen muss alles geübt und gelernt werden.« Sienas Stimme klang ein wenig unsicher. »Beim ersten Versuch mag man sich noch tolpatschig fühlen. Aber ich habe gelernt, dass man wieder auf die Beine kommen muss, dass man seinen Wunden keine Beachtung schenken darf, dass man es wieder und wieder versuchen muss ... bis man es richtig macht.«

»Übung«, wiederholte er, »ein ausgezeichneter Vorschlag.« Kirtland zog sie in seine Arme und küsste sie – eine leidenschaftliche Umarmung, die viel zu schnell zu Ende ging. »Siena, wir müssen ...«

Dunster regte sich.

»Verdammt!«, fluchte Siena. »Wir müssen wohl mit Schwierigkeiten rechnen.«

»Ich habe eine Idee. Lass mich nur machen.« Kirtland drückte ihr einen letzten Kuss auf die Stirn, bevor er sich bückte und den Marquis am Kragen packte. »Steh auf, Dunster. Das Spiel ist vorbei.«

Dunster stöhnte. »S… Sie?« Missmutig starrte er den Earl an.

»Ja, ich. Die Lady hat wirklich Glück gehabt, dass ich der letzte Mann auf Ihrem Plan gewesen bin. Ich und nicht Sie.«

Der Marquis betastete seinen Kopf. Anstatt große Töne zu spucken, jammerte er nur noch. »Sie haben mich niedergeschlagen?«

»Wer sonst? Schätzen Sie sich glücklich, dass sie mich daran gehindert hat, Ihnen das letzte Fünkchen Leben aus dem jämmerlichen Leib zu prügeln.«

»Ich hatte keine Wahl! Ich wollte sie nicht verletzen, aber …« Er schwieg, als er Kirtland ins Gesicht sah. »W… was haben Sie vor?«, fragte er. »Ich bitte Sie, wenn auch nur ein einziges Wort nach draußen dringt, bin ich ruiniert!«

»Das sollten Sie auch.«

Der Marquis erblasste. »Kirtland, ich flehe Sie an. Lassen Sie Gnade walten. Wir machen doch alle Fehler in unserem Leben!«

»Wollen Sie sagen, dass Sie Ihre Sünden bereuen?«

»Ja, bei Gott«, plapperte er, »außerordentlich sogar.«

»Dann werden Sie dafür büßen müssen.«

»Alles, was Sie wollen!«

Kirtland riss den Marquis hoch. »Sehr gut. Wenn die Lady einverstanden ist, hätte ich einen Vorschlag.«

Sie nickte zaghaft.

»Sie werden das Geld, das Sie für die Psalter gedacht hatten, für einen anderen Zweck verwenden.« Kirtland überlegte kurz. »Sie werden ein Heim für gefallene Mädchen einrichten. In St. Giles.«

Dunster schnappte nach Luft. »Aber …«

Siena hatte ebenfalls das Gefühl, dass ihr die Luft aus den Lungen wich.

»Kein Aber«, unterbrach Kirtland, »und nicht nur das. Jedes Jahr werden Sie einen beträchtlichen Betrag spenden. Damit immer noch nicht genug … Geld ist nicht der einzige Beitrag, den Sie leisten werden. Sie werden sich persönlich um die Ausbildung der Mädchen kümmern. Sprechen Sie mit ihnen. Lassen Sie sich bei den Versammlungen blicken. Werben Sie andere Wohltäter an. Vielleicht gewinnen Sie mit der Zeit einen anderen Blick auf die Folgen, die es für junge Mädchen haben kann, wenn sie verführt werden … und auf die Grausamkeiten, die Frauen manchmal von Männern zu erdulden haben.«

Dunster befeuchtete sich die Lippen.

»Entweder Sie folgen meinem Vorschlag oder Ihre Verschlagenheit wird in der Öffentlichkeit bekannt. Ich bezweifle, dass man Sie anschließend jemals wieder in der Gesellschaft empfangen wird. Witwen und Ehefrauen sind eine Sache. Aber eine ganz andere Sache sind unschuldige Mädchen. Das ist nicht fair.«

»Einverstanden«, krächzte Dunster, »ich stimme zu.«

»Wenn Sie den Erwartungen nicht gerecht werden, wird ganz London die Wahrheit über Ihren Charakter erfahren. Der Zorn der Gesellschaft wird Ihnen nicht erspart bleiben. Meiner auch nicht. Haben wir uns verstanden?«

Der Marquis nickte.

»Abgemacht. Sie wissen also, was Sie zu tun haben. Und jetzt verschwinden Sie.«

Siena wartete, bis Dunster in die Dunkelheit gewankt war. »Vielleicht kann ich irgendwo hier unten in diesem jahrhundertealten Unrat doch noch eine Rüstung entdecken. Ich müsste zwar ein wenig Rost abschmirgeln, aber der Glanz deiner Ehre schimmert bereits durch, obwohl du stets das Gegenteil bekundest.«

»Siena, ich bin kein Ritter aus einem mittelalterlichen Heldenepos, sondern ein ganz gewöhnlicher Mann. Einer mit viel zu vielen Flecken auf der weißen Weste.«

»Aber das hindert dich nicht daran, eine Lady aus höchster Gefahr zu erretten.«

Er wirkte peinlich berührt.

»Es war ein wirklich nobler Gedanke«, fuhr sie fort. »Es interessiert mich nicht, ob du es abstreitest oder nicht. Du bist und bleibst ein Idealist … ein Mann, der denen unter die Arme greift, die sich nicht selbst helfen können.«

Der Earl kommentierte das Lob mit einem Schulterzucken.

Der Mann muss lernen, seine Gefühle auszudrücken, dachte Siena, aber er muss ebenso lernen, tief empfundene Gefühle zu empfangen. Wenn sie in der Angelegenheit etwas zu sagen hätte, dann müsste der Unterricht recht hart sein.

Rasch wechselte er das Thema. »Hat deine Wahrsagerei neue Erkenntnisse gebracht?«

Siena schüttelte den Kopf. »Nein. Obwohl es erstaunlich ist, wie nervös einige Leute werden, wenn man über Geheimnisse spricht. Ich vermute, dass wir alle unsere kleinen Sünden mit uns herumschleppen, die um keinen Preis ans Tageslicht kommen sollen. Aber außer Dunster hat sich niemand offenbart.«

Sie zwang sich, ihre Aufmerksamkeit nicht auf Kirtlands funkelnde Augen zu richten und fügte hinzu: »Wenn ich einen Verdacht äußern darf, dann möchte ich behaupten, dass Leveritt eine nähere Untersuchung verdient. Die nächste Prüfung wird es mir erlauben, sein Quartier genauer unter die Lupe zu nehmen. Ich möchte gern eine Spur aufnehmen, die er selbst gelegt hat.«

Plötzlich wurde ihr die kalte und feuchte Zugluft im Keller bewusst. Zitternd rieb sich Siena über die Arme. »Lass uns die Lampen ausblasen und nach oben gehen.« Sie drehte sich um und bemerkte, dass Kirtland die Tür blockierte.

»Noch einen Augenblick«, bat er und zog das Seidentuch von ihren Locken fort. »Was ist mit dir, Siena?« Er strich ihr die Strähnen aus der Stirn. »Welches Geheimnis hast du zu verbergen?«

Vor ein paar Sekunden hatte sie noch gefröstelt. Jetzt schoss ihr die heiße Glut durch die Gliedmaßen. Noch nie hatte sie es den Zweifeln im hintersten Winkel ihres Herzens erlaubt, die Stimme zu erheben. Noch nicht einmal gegenüber Shannon und Sofia. Aber nach einem Blick in seine Augen, die sie zuversichtlich und gleichzeitig verletzbar anschauten, fand sie den Mut, fortzufahren.

»Ich ... ich habe Angst, andere Menschen wissen zu lassen, wie oft ich mich unsicher fühle. Obwohl ich mich manchmal frage, ob ich überhaupt genügend Kraft habe ...« Sie atmete tief aus. »Ein echter Krieger darf niemals an sich zweifeln. Es ist ein Zeichen von Schwäche.«

»Das stimmt nicht, meine tapfere Kämpferin. Es ist ein Zeichen von Stärke. Denn es bedeutet, dass du nachdenkst, Fragen stellst und dich selbst herausforderst. Nur Dummköpfe haben niemals Angst.«

Siena fragte sich, wie sie die blassen Narben auf seinen zarten Gesichtszügen nur jemals hatte abstoßend finden können.

»Noch etwas, was dein Herz betrübt?«

Offenbar gelang es ihr nicht, ihre Gefühle zu verbergen. Trotzdem versuchte sie, eine tapfere Miene aufzusetzen. »Eigentlich sollte ich hier die Fragen stellen.«

Kirtland lachte leise. »Deine wahrsagerischen Talente habe ich ganz vergessen. Könnte daran liegen, dass du eher wie ein Korsar aussiehst und nicht wie eine romanische Prinzessin.«

»Wir mussten improvisieren.« Sie lachte trocken. »Vielleicht habe ich wirkliche eine kleine Schwäche für die Handleserei. Denn immerhin habe ich vorausgesagt, dass Dunster demnächst eine große Summe Geld ausgeben wird.«

»Ah.« Sein Lächeln verflüchtigte sich. Kirtland nahm ihre Hände zwischen seine und drehte sie aufwärts. »Sag mir, was siehst du in der Zukunft?«

Siena schaute ihn nicht an. »Im Moment blicke ich nicht über die Mission hinaus.«

Er sah aus, als wollte er das Thema vertiefen, nickte dann aber nur und ließ sie los. »Sehr gut. Wir werden warten und sehen, was auf uns zukommt. Aber nicht mehr lange. In letzter Zeit haben die Ereignisse eine gefährliche Wendung genommen. Ich möchte, dass du die letzten Prüfungen so schnell wie möglich hinter dich bringst.«

20. Kapitel

Kirtland hatte recht. Es gab keine Zeit zu verlieren.

Siena starrte aus dem Fenster ihres Schlafzimmers. Endlich war der Regen strahlendem Sonnenlicht gewichen, und der Nebel hatte sich verzogen. Die Moorlandschaft breitete sich glitzernd vor ihr aus.

Dunster war im Morgengrauen abgereist und hatte den anderen die Nachricht hinterlassen, dass er in der Stadt eine dringende Angelegenheit zu erledigen habe. Niemand hatte ein Wort über seine Erklärung verloren. Aber am Frühstückstisch war die Anspannung zwischen den verbleibenden Clubmitgliedern förmlich greifbar. Winthrop hatte sogar angemerkt, dass die Prüfungen langsam zu sehr von der Auktion ablenkten.

Siena hatte sich einverstanden erklärt, die Regeln zu ändern. Ihre Maskerade war ohnehin leicht durchschaubar. Wie sie wusste, drang Orlovs Blick bereits tief hinter die Fassade der knapp geschnittenen Mieder und dünnen Seidentücher. Ob noch jemand den Verdacht hegte, dass Black Dove nicht die Hure war, die sie zu sein vorgab – es war nicht zu entscheiden.

Rose öffnete den Schrank. »Welches Kleid brauchen Sie für heute Nachmittag?«

»Mein Reitkostüm«, erwiderte Siena und hoffte, dass ein stürmischer Galopp ihr helfen würde, den Kopf für die kommende Herausforderung freizubekommen. Beim Frühstück hatte sie verkündet, dass Fitzwilliam die letzte Prüfung am besten bestanden hatte. Als Preis hatte sie einen Ausritt zu den romantischen Ruinen einer mittelalterlichen Abtei festgelegt. Obwohl sie den Mann nicht länger zu den Verdächtigen zählte, brauchte sie Zeit, um sich zu überlegen, wie sie mit den verbleibenden zwei Männern umgehen wollte.

Leveritt und Jadwin. Einer der beiden musste der Verräter sein. Und sie war sich beinahe sicher, um wen es sich handelte. Eine Bemerkung des älteren Gentlemans während der Wahrsagerei hatte eine neue Frage aufgeworfen. Aber sie brauchte einen präzisen Plan, um ihren Verdacht zu bestätigen.

Oder sie musste den Konsequenzen ins Auge sehen. Wie dem auch sei, dachte sie, am Ende des heutigen Tages wird der Feind enttarnt sein.

»Erwarten Sie Ärger?« Rose schreckte auf, als sie den Verschluss des Waffenkastens klicken hörte.

»Besser, ich bin vorbereitet«, antwortete Siena ausweichend, als sie den Deckel öffnete. Sie war sich nicht sicher, ob ihre Zofe wusste, was in den Spielen passiert war. Oder was Rose erraten konnte. Denn sie selbst hatte nichts über Orlovs Kugel oder über Dunsters Attacke verlauten lassen.

Oder über die Liebesnacht mit Kirtland.

Angespannt schloss Siena die Finger um das Heft ihres Dolchs. Schon der Gedanke an seine Berührung jagte einen Schauder der Erregung durch ihren Körper.

»Eine kluge Vorkehrung, wenn man den Namen des Feindes nicht kennt.« Schwang da ein warnender Unterton in Roses Stimme mit?

Siena stopfte den Dolch in ihren kleinen Stoffbeutel und stellte den Waffenkoffer wieder fort. »Wo wir uns gerade über Strategie und Taktik unterhalten, ich habe beschlossen, den Zeitpunkt für die nächste Prüfung zu verlegen«, entschied sie spontan. »Die Prüfung wird nicht morgen stattfinden, sondern heute Abend.«

»Was haben Sie im Sinn?«

»Eine Schatzsuche. Wir müssen eine Route durch das Schloss einrichten, die die Männer mindestens eine Stunde lang in Schach hält. Vielleicht können Sie die abgelegenen Wege durch das Gebäude erkunden und entscheiden, welcher uns am besten dienen könnte.«

Rose nickte. »Ich habe schon ein paar Ideen.«

»Ich werde in einigen Stunden wieder zurück sein. Dann können wir uns um die Einzelheiten kümmern.« Sie würde den neuen Termin für die Schatzsuche ankündigen, wenn die Gentlemen sich zum Drink vor dem Abendessen versammelt hatten. Selbst ihr Feind konnte nicht genau wissen, welche Rolle sie eigentlich spielte, und der plötzliche Wechsel im Zeitplan könnte ihn aus dem Gleichgewicht werfen. »Achten Sie unbedingt darauf, dass die Herren sich nicht in der Nähe ihrer eigenen Quartiere aufhalten.«

Mit der flachen Hand schützte Kirtland die Augen vor der Sonne. Der Felsvorsprung bot ihm eine klare Sicht auf die Ruinen der Abtei. Siena rechnete zwar nicht mit Fitzwilliam als Verräter, aber er wollte keinerlei Risiko eingehen. Denn kein Mitglied des Gilded Page Clubs hatte er bisher als besonders bedrohlich empfunden. Trotzdem gab es einen üblen Kerl in ihren Reihen.

Von einem Moment auf den anderen war er gezwungen gewesen, die Clubmitglieder mit ganz anderen Augen zu betrachten – sich selbst eingeschlossen.

Als dumpfe Geräusche von Hufen auf dem feuchten Untergrund an seine Ohren drangen, überprüfte er seine Pistole, linste von seinem Adlerhorst nach unten und entdeckte, wie Siena und Fitzwilliam aus den Sätteln stiegen. Sogar aus der Ferne zog sie seine Blicke auf sich. Wie die Motten zum Licht, dachte er unwillkürlich und konnte nicht die Augen von ihr lassen.

Trotz ihrer Unterschiede waren sie sich tief im Herzen sehr ähnlich. Beide hatten schwere Schicksalsschläge zu verkraften gehabt: Die feindlichen Säbel hatten ihm mehrere Narben zugefügt, ihr hatte man eine geheime Tätowierung eingebrannt. Narben und Tätowierung trugen sie als Zeichen der Ehre, als äußerlich sichtbaren Ausdruck ihrer Treue und Pflichtergebenheit. Er war als Adliger geboren, sie dagegen war bitterarm. Dennoch gab es eine unbekannte Verbindung zwischen ihnen, eine Art Magie, die noch nicht einmal die Wissenschaft ergründen konnte und die sie gegen jede Vernunft fest zusammenschweißte.

Wie sollte man einen Blitz erklären? Oder den Donnerschlag?

Oder das Gefühl eines tiefen Friedens, das er in ihren Armen erfahren hatte, obwohl um sie herum ein wütender Sturm tobte?

Kirtland presste den Rücken gegen den schroffen Felsen und spürte, wie Verlangen und Mitleid ihn innerlich zu zerreißen drohten. Jetzt wo er wusste, dass sie keine Kurtisane war, wollte er sie auch nicht länger so behandeln. Es mochte sein, dass sie keine echte Lady war, aber um solche Haarspaltereien wollte er sich nicht kümmern. Sie hatte seinen Respekt verdient.

Und noch weit mehr.

Als es im Sonnenlicht plötzlich metallisch blitzte, konzentrierte er seiner Aufmerksamkeit nicht länger auf Siena und deren Begleiter, sondern auf den Pfad, der vom See heraufführte. Kirtland brauchte einen Moment, bis er den Reiter erkannte.

Orlov.

Sofort beschloss der Earl, dass der Russe weit gefährlicher war als Fitzwilliam, und bestieg eilig sein Pferd. Er nahm die Abkürzung durch das Kiefergehölz, erklomm den Kamm des Hügels und wählte den Weg durch das Stechginstergebüsch, der in die bewaldete Schlucht führte.

»Auch auf der Jagd?« Kirtland wartete, bis der Mann durch das Gebüsch gedrungen war, bevor er zu ihm aufschloss. Der Pfad war schmal und zwang sie, so nahe beieinander zu reiten, dass ihre Stiefel sich berührten.

Der Russe würdige ihn keines Blickes. »Ich dachte, ich könnte ein paar Vögel schießen, wenn die Gelegenheit günstig ist.«

»Ausgeschlossen.« Kirtland legte eine Pause ein, bevor er fortfuhr. »Die Saison ist zu Ende, wie Sie wissen.«

»Dabei haben Sie gar nicht gefragt, welche Spezies ich bevorzuge.«

»Das spielt keine Rolle«, entgegnete der Earl.

»Scheint so, als hätten wir auf dem Kontinent andere Sitten.«

»Sicher. Aber nun befinden Sie sich in England, und Sie sollten nicht riskieren, die Gesetze zu brechen.«

»Dann sollte ich besser nach einer lohnenderen Beute Ausschau halten«, erwiderte der Russe gelangweilt.

Schweigend ritten sie nebeneinander her. Obwohl das Gelände flacher wurde, hing der Earl immer noch wie eine Klette an dem Russen, bis der Pfad sich gabelte. Nach kurzem Zögern lenkte Orlov sein Pferd in südliche Richtung, weg von Siena.

Kirtland war zufrieden, dass der Mann keine unmittelbare Bedrohung mehr für Siena darstellte, und tippte sich an die Hutkrempe. »Waidmanns Heil«, grüßte er, »aber passen Sie auf sich auf. Sieht so aus, als würde das Wetter bald umschlagen. Die Sümpfe rund um Devon können recht gefährlich werden, wenn man sich in der Gegend nicht auskennt.«

Orlov drehte sich in seinem Sattel um. »Seien Sie versichert, Lord Kirtland, dass ich schon in viel gefährlicheren Gegenden gejagt habe.«

Plötzlich war der Earl diese ständigen Anspielungen und Ausflüchte leid. »Welche Beute auch immer Sie erlegen wollen, ich werde es zu verhindern wissen.«

»Dann werde ich wohl Gewalt anwenden müssen.«

»Sie dürfen es gern herausfordern.«

Kirtland und Orlov starrten einander an, und keiner wich zurück, bis der Russe sich mit einem spöttischen Gruß verabschiedete. »Ausgesprochen fair, dass Sie mich warnen, Kirtland. Das hätte ich nicht erwartet. Es soll nicht gerade zu Ihren Stärken zählen, dass Sie manchmal gewisse Skrupel hegen.«

»Dann haben Sie Ihr Ohr vielleicht den falschen Leuten geliehen.«

Für den Bruchteil einer Sekunde flackerte es in den blauen Augen des Russen. Kirtland freute sich, dass er einen Treffer gelandet hatte, und gab seinem Pferd die Sporen. Nicht, dass er bei der Begegnung viel gewonnen hatte; es blieb so geheimnisvoll wie zuvor, warum der Mann Siena beschattete.

Freund oder Feind? Oder irgendetwas dazwischen?

Der Earl verlangsamte das Tempo in einer schwierigen Biegung. Kann es eine Grauzone geben, wenn es um Verrat geht?, fragte er sich. Kirtland hatte den Verdacht, dass Orlovs Schuss auf Siena nicht als Mordversuch, sondern als Warnung gedacht war, hatte seinen Verdacht ihr gegenüber aber nicht geäußert. Seine Analyse des Vorfalls hatte ergeben, dass der Schuss so hoch über ihre Köpfe gepfiffen war, dass er nur absichtlich daneben gegangen sein konnte.

Warum?

Kirtland fluchte atemlos und wünschte sich einmal mehr, dass man ihn gebeten hätte, sein Fachwissen dem militärischen Geheimdienst zur Verfügung zu stellen. Sein Freund hatte ihm zwar ein paar Fakten über Orlov mitgeteilt, aber nachdem er darüber gegrübelt hatte, waren nur noch mehr Fragen über die Absichten des Russen aufgetaucht. Um Antworten zu finden, musste er seine eigenen Ermittlungen anstellen. Es war höchste Zeit, das Quartier des Mannes zu durchsuchen. Aber er musste sehr vorsichtig sein, denn das Objekt seiner Observation war unberechenbar.

Wie alles an dieser merkwürdigen Versammlung auf Marquand Castle.

Zum Teufel mit den Psaltern, dachte der Earl, und wenn das Jüngste Gericht über mich hereinbricht! Ich muss Siena bewegen, die Mauern des Schlosses zu schnell wie möglich zu verlassen. Selbst wenn das bedeutet, dass ich die Dinge selbst in die Hand nehmen muss.

Das Licht im Salon schimmerte ein wenig sanfter als an den vorangegangenen Abenden, genau wie die Farben der Blumenarrangements und die Stimmen der Menschen, die sich unterhielten. Sogar die Kristallgläser klirrten leiser, als die Gäste sich wie jeden Abend zu einem Drink vor dem Essen versammelten. Die Verwandtschaft des Dukes hatte auf dem samtenen Sofa am Kamin Platz genommen, während die übrigen Gäste sich in kleinen Gruppen im Raum verstreut hatten. Die verbliebenen Mitglieder des Gilded Page Clubs standen für sich vor den zweiflügeligen Fenstern.

»Ich habe eine Überraschung für Sie, Gentlemen«, verkündete Siena und kam zu ihnen.

Fitzwilliam hob das Glas. »Dürfen wir die Hoffnung wagen, dass die Taube sich ein Nest gebaut hat? Dass sie ihre Flügel bald für den Besten unter uns ausbreiten wird?«

»Du klingst ja beinahe poetisch«, spottete Winthrop, »aber auch reichlich anzüglich. Ich kann mir nicht vorstellen, dass du mit deinen poetischen Ergüssen eine Chance haben wirst, deine Eier unter ihrer weichen Daunendecke zu wärmen.«

»Als ob du mit deinen Worten auch nur eine alte Krähe ins Bett locken würdest ...«

»Keine voreiligen Schlüsse, bitte«, Siena unterbrach das Geplänkel, bevor es zu hässlich wurde, »ich habe nur ankündigen wollen, dass ich die Regeln verändert habe.«

Die vier Gentlemen wechselten vielsagende Blicke. Nur Kirtland schien sich mehr für die Unterhaltung in einem der Alkoven zu interessieren als für sie.

»Was halten Sie davon, wenn Sie sich einer letzten, alles entscheidenden Prüfung unterziehen?« Siena hatte mit dem Earl noch nicht über ihre Idee gesprochen, und sie hoffte, dass er keine Einwände erheben würde. »Heute Abend soll die Prüfung stattfinden. Der Sieger bekommt alles.«

»Ein ausgezeichneter Vorschlag.« Überrascht nahm sie zur

Kenntnis, dass Kirtland als Erster einverstanden war. »Warum noch länger warten?«

Fitzwilliam stimmte zu. »Aye. Es ist höchste Zeit, auf den Punkt zu kommen.«

Winthrop kicherte, klang aber auch grüblerisch. »Wir sollten uns Ihren Vorschlag anhören, bevor wir unsere Entscheidung treffen.«

»Stimmt.« Siena deutete auf den juwelenbehängten Schmuck zwischen ihren Brüsten. »Sehen Sie diese goldene Taube? Heute um Mitternacht wird sie sich an einem anderen Ort ausruhen. Ich werde Ihnen allen zur gleichen Zeit ein paar Rätsel aufgeben. Jede Lösung wird Sie einen Schritt näher an das Versteck heranführen. Der erste Mann, der mit dem Schatz in das Kartenzimmer zurückkehrt, wird zwei Vögelchen in der Hand halten.«

»Das heißt, dass es diesmal keinen Streit darum geben wird, wer gewonnen hat?«, hakte Leveritt nach.

»Nein«, stimmte Siena zu, »das Ergebnis wird keinen Zweifel daran lassen, wer die anderen ausgestochen hat.«

Bis jetzt hatte Jadwin geschwiegen, zuckte aber mit den Schultern, als er hörte, wie die anderen zustimmten. »Nun, wenn sogar Kirtland diesmal einverstanden ist, wem sollte ich dann widersprechen?«

Siena gab ein Handzeichen, dass den Gentlemen mehr Champagner serviert werden sollte. »Dann sind wir uns alle einig. Wir werden uns um Mitternacht im Jagdzimmer versammeln. Dort werden Sie Ihre Rätsel und letzte Anweisungen erhalten. Ziehen Sie sich so an, als wollten Sie auf die Pirsch gehen, Gentlemen. Obwohl die Spur Sie nicht nach draußen führen wird, werden Sie eine Reihe dorniger Hindernisse überwinden müssen, bevor Sie die Trophäe in der Hand halten können.«

»Und Sie, Madam, sollten sich auf eine stürmische Nacht vorbereiten«, schlug Winthrop augenzwinkernd vor. »Nachdem Sie uns auf den Rundkurs geschickt haben, wird der Sieger keine Zeit verlieren wollen, seinen Preis in Empfang zu nehmen.«

»Gut Ding will Weile haben«, erwiderte Siena.

»So heißt es im Sprichwort. Aber wenn der rechte Augenblick gekommen ist, sollte man beherzt zupacken.« Kirtlands Worte klangen geheimnisvoll, und auch das Lächeln um seine Mundwinkel konnte sie nicht deuten. Gab es eine Botschaft, die er ihr übermitteln wollte – und wenn ja, welche?

Siena blieb nicht lange Zeit, um darüber zu grübeln. Denn als der Lakai kam, um die Gläser zu füllen, flüsterte der Earl ihr ins Ohr: »In der Rüstungskammer. Um elf.«

Schweigend schlug sie die Augen nieder, um ihr Einverständnis zu signalisieren. Seltsam, dass sie wusste, er würde sie genau verstehen. Ein Blick, eine Geste ... sie brauchten keine Worte, um sich zu verständigen. Ihre Körper waren im Einklang. Sogar jetzt konnte sie auf einen Blick verzichten und wusste doch, dass er ein paar Schritte nach rechts gerückt war und sich mit den Schultern an die marmorne Einfassung des Kamins lehnte.

Einen Moment später war er verschwunden, um mit dem Privatsekretär des Dukes am anderen Ende des Zimmers zu plaudern.

Siena drehte sich langsam herum, ließ den Blick zu dem Platz schweifen, den er gerade verlassen hatte, bevor sie die französischen Terrassentüren betrachtete. Auf der Terrasse brannten Fackeln, und einige Gentlemen waren nach draußen getreten, um im Dämmerlicht zu rauchen. Das geschnitzte Geländer schimmerte wie dunkler Honig. Plötzlich empfand Siena ein starkes Bedürfnis nach Einsamkeit.

Sie schlüpfte aus dem Zimmer, fand eine Stelle am Geländer, weit entfernt vom dröhnenden Gelächter der Männer. Wie ein dumpfes Donnergrollen, das einem Sturm voranging, weckte es in ihr das Bewusstsein, dass ihre Mission auf den Höhepunkt zusteuerte. In Erwartung des kommenden Blitzschlages schien die Luft förmlich zu vibrieren. Siena atmete ruhig und tief ein, wollte ihre innere Unruhe besänftigen.

Sie drückte die Hände fest auf den verwitterten Stein. Die Anspannung der Muskeln rann ihr durch die Gliedmaßen, befand sich im perfekten Einklang mit ihrem Gleichgewicht und ihrer Aufmerksamkeit. Sie vertraute auf ihren Körper, auf ihre körperliche Ausbildung. Wenn es um Kraft und Durchhaltevermögen ging, konnte sie es mit jedem Mann aufnehmen.

Und was, wenn es um Willensstärke ging? Siena starrte hinaus auf die Sumpflandschaft. Natürlich war ihr Glaube an die Prinzipien der Akademie ungebrochen. Bis zum letzten Atemzug würde sie dafür kämpfen.

Du darfst niemals zögern, Volpina. Wenn die Zeit gekommen ist für den letzten Stoß, darfst du an nichts anderes mehr denken. Da Rimini hatte sie sehr gut instruiert.

Ihr Arm war stark, ihre Waffen blank poliert. Es gab nur eine einzige mögliche Schwachstelle: ihr Herz. Sie hatte es zugelassen, dass die Gefühle ins Spiel kamen, hatte Gefühle geweckt, für die es in der Welt des Kriegers keinen Platz gab. Jede Ablenkung konnte gefährlich sein.

Und die Liebe war vielleicht die gefährlichste von allen.

Liebe.

Ein zweischneidiges Schwert. Sie liebte ihren Beruf und all die noblen Ideale, die Lord Lynsley vertrat. Aber Julian Henning hatte ihr klargemacht, dass Liebe mehr war als nur ein Begriff. Der Mann verkörperte alles, was ihr wichtig war: Stärke, Ehre, Mitgefühl. Außerdem hatte er elementare Leidenschaften in ihr geweckt, die Lust an der Liebe, der feinen Nuancen der Kunst und der Macht der Poesie.

Als Kind allein in den Slums hatte sie Männer als bedrohliche Bestien kennengelernt. Als Schülerin in der Akademie hatte sie gelernt, sie in einem vorteilhafteren Licht zu sehen. Dort waren die Männer ihre Lehrer gewesen, waren Autoritätspersonen, die ein ehrenwertes Beispiel vorlebten. Diese Menschen hatten ihren Geist und ihren Körper geformt. Trotzdem hatte sie es bisher nicht für möglich gehalten, einem Mann auch ihr Herz zu schenken.

Pflicht und Verlangen. Wenn doch nur …

Siena verscheuchte ihre Grübeleien. Sie hatte immer noch eine Schlacht zu schlagen, bevor sie sich um ihr seelisches Durcheinander kümmern konnte. Außerdem war es nicht so, dass der Earl sie gebeten hatte, sich zwischen ihrer und seiner Welt zu entscheiden. Ihr Bündnis war nur vorübergehend.

»Sie sind viel zu hübsch für solche Sorgenfalten auf der Stirn.« Fitzwilliam kam mit einer frischen Flasche Champagner, lehnte sich mit der Hüfte an die Balustrade und schenkte ihr Glas voll.

Sienas Sentimentalität war verflogen, als sie sich umdrehte und ihn mit einem gefrorenen Lächeln begrüßte.

»Lassen Sie uns auf diesen fantastischen Sonnenuntergang anstoßen. Morgen früh werden Sie sich auf einen neuen Gönner freuen können. Ich kann mir vorstellen, dass die Aussicht Sie heiter stimmt. Denn ganz gleich, für wen Sie sich entscheiden, Sie können nur gewinnen.«

Und ein Herz verlieren …

Sie hob das Glas an die Lippen. »Auf den neuen Tag.«

Vorausgesetzt, dass Kirtland und sie ihn noch erleben würden.

Inmitten der stählernen Waffen in der Rüstungskammer – jahrhundertealte scharfe Klingen, gehämmerte Schilde, spitze Dolche – klang der Glockenschlag noch metallischer als sonst. Sienas Nerven lagen ohnehin schon blank vor Sorge, als sie sich noch tiefer in die Gänge der Ausstellungsschränke schob. Mehrere Reihen römischer Messer lagen auf unberührtem Samt.

Sie zwang ihren Blick zur Seite.

Der Earl trat ein. Sein dunkler Abendanzug glänzte in der

Nacht. Er schaute sich um und kam schweigend zu ihr. Seine Gesichtszüge wirkten noch schärfer als sonst und verrieten seine eigene Anspannung. Er sagte nichts, als er in den schmalen Spalt zu ihr schlüpfte, hatte den Mund zu einer harten Linie zusammengepresst.

Plötzlich presste er seine Lippen auf ihre, wurde weicher, als er sie leidenschaftlich küsste und schließlich von ihr abließ.

»Was willst du mit dieser taktischen Veränderung erreichen?«, fragte er.

»Die Schatzsuche wird es mir zuerst erlauben, Leveritts Quartier zu durchsuchen. Und dann bei Jadwin weiterzumachen, falls es notwendig sein sollte.« Obwohl ihr das Herz bis zum Hals schlug, bewahrte sie rein äußerlich die Fassung. »Rose und ich haben eine Route quer durch das Schloss gelegt, bis in die entferntesten Winkel des Dachbodens. Die Rätsel werden sie hoffentlich für mehr als eine Stunde beschäftigen.«

»Du darfst dich auf keinen Fall länger als eine halbe Stunde in ihren Zimmern aufhalten«, gab er zu Bedenken. »Danach wird das Risiko zu groß.«

»Der Zeitplan sollte überhaupt keine Schwierigkeiten machen.« Sie beschrieb die Vorkehrungen. Kirtland erhob bis zum Schluss keinerlei Einwände, obwohl er nachdenklich dreinschaute.

»Ich kann nicht behaupten, dass mir dein Plan gefällt. Es gibt zu viele Dinge, die schiefgehen könnten.«

»Kein Schlachtplan ist wasserdicht. Wenn es nötig wird, werde ich improvisieren.«

»Ich werde die Schatzsuche unterbrechen und mich an Orlovs Fersen heften. Er ist ebenso gefährlich wie alle anderen.« Er berührte sie am Arm. »Versprich mir, dass du dich von seinem Quartier fernhältst.«

»Ich bin nicht so leichtsinnig, mich direkt in die Höhle des Löwen zu wagen.«

»Ich kenne deinen unerschütterlichen Mut und würde mich nicht wundern, wenn du geradewegs durch das Tor der Hölle marschierst.«

»Wenn es doch nur Lucifer wäre, der zwischen mir und dem Papier stünde, das zu entdecken ich hierhergeschickt worden bin.« Sie wünschte, noch mehr sagen zu können. Aber es schwächte ihre Entschlusskraft, wenn sie jetzt persönliche Dinge ins Spiel brachte.

Kirtland biss die Zähne zusammen und sah einen Augenblick so aus, als wollte er eindringlich protestieren. Aber dann schien sich in seinem Innern die gleiche Entschlossenheit durchzusetzen, die auch sie fest im Griff hatte. »Sei vorsichtig, Siena«, murmelte er leise und strich ihr mit den Lippen vorsichtig über die Stirn, bevor er wieder in der Nacht verschwand.

»Du auch, Julian«, flüsterte sie kaum hörbar.

21. Kapitel

Kirtland machte sich auf den Rückweg durch den langen Korridor des Kellers. Alle paar Meter hielt er an und lauschte auf Schritte hinter sich. Im Jagdzimmer hatte er Verwirrung über Sienas erstes Rätsel vorgetäuscht, war der Letzte gewesen, der das Zimmer verlassen hatte. Von dort aus war es leicht gewesen, sich abzusetzen, als die übrige Gruppe auf den Dachboden eilte.

Er verbarg sich im Bogen des Renaissance-Zimmers und kontrollierte nochmals, ob er verfolgt wurde. Stille. Nicht der kleinste Hinweis auf irgendwelche Bewegungen oder Geräusche, abgesehen vom flackernden Licht der Kerzen im Wandleuchter. Trotzdem sträubten sich ihm die Nackenhaare.

Kirtland zwang sich, langsam auszuatmen. Kein Zweifel, dass seine Nerven dringend Ruhe brauchten. Er war außer Übung – das war alles. Außerdem hatte er sich in der Vergangenheit nur um sich selbst und um seine schlachterprobten Truppen sorgen müssen, nicht um eine einsame junge Frau. Es beruhigte sein pochendes Herz in keinster Weise, dass sie ausgezeichnet ausgebildet war und sehr gut für sich selbst sorgen konnte. Siena befand sich in Gefahr, und sein Instinkt befahl ihm, sie zu retten, gleichgültig, ob ihre Strategie verlangte, die Flanken zu sichern.

Verdammt. Obwohl Osborne ihn immer damit verspottet hatte, hatte er sich nie als tadellosen Kavalier in einem Heldenepos betrachtet. Seine Rüstung hatte viel zu viele Kratzer. Aber selbst wenn er keine andere Waffe hätte als sein Herz, wäre er glücklich, wenn er auf die Jagd nach Drachen und Gespenstern gehen dürfte. Sogar den Teufel persönlich hätte er gejagt, nur um Siena zu schützen.

Noch ein Grund, Orlov ausfindig zu machen, mahnte er sich,

und zwar schnell. Nach der Veränderung ihrer Taktik war es weit wichtiger geworden, den Russen selbst aufzuspüren, als sein Zimmer zu durchsuchen. Kirtland wusste, dass Orlov seine Zeit gern mit Port und Zigarren verschwendete, und beschloss, in dem kleinen Zimmer ein Stockwerk tiefer zu stöbern. Wo auch immer der Mann steckte, er würde in Kürze einen Begleiter bekommen. Einen Schatten, der sich ihm an die Fersen heftete und ihn keine Sekunde aus den Augen ließ.

Der Earl beschleunigte seinen Schritt, eilte die Dienstbotentreppe hinunter und den dekorativen Flur entlang. Die ersten Zimmer waren dunkel und verlassen. Er passierte das Münzzimmer, stellte fest, dass das Feuer erstickt und die Kerzen ausgeblasen waren, und wandte sich zum Ostflügel. Der Weg würde ihn näher zum Quartier des Russen bringen. Und zu Siena.

»Suchen Sie etwas?«

Das plötzliche Geräusch ließ Kirtland abrupt innehalten. »Einen Drink«, erwiderte er.

Orlov zog spöttisch die Brauen hoch und grinste missbilligend. »Hat die Dienerschaft des Grafen alle Karaffen auf einmal leer stehen lassen? In der Tat, entsetzlich nachlässig. Aber ist es in der heutigen Zeit nicht ungemein schwierig, aufmerksames Personal zu bekommen?«

»Mir steht der Sinn nach etwas anderem als nach einem Brandy oder Port.«

»Ach, wirklich? Haben Sie jemals russischen Wodka probiert?«

»Nein.« Der Earl sprach absichtlich klar und nüchtern.

»Ich habe eine Flasche in meinem Zimmer. Was halten Sie von einer Kostprobe?« Sollte es eine Einladung oder eine Herausforderung sein? »Ich warne Sie, es ist nur etwas für Kenner.«

»Wie Sie?«

Orlov lachte leise. »Sie sind nicht der Erste, der mir zu verstehen gibt, dass ich am besten in kleiner Dosierung zu genießen bin.«

Der Mann besitzt wirklich eine gehörige Portion trockenen Humor, musste der Earl zugeben. Zusammen mit seiner unerträglichen Arroganz.

»Das könnte man von Ihnen auch behaupten, Lord Kirtland«, fuhr der Russe fort, »aber trotz unserer offenkundigen Abneigung gegen einander sollten wir unsere Meinungsverschiedenheiten für den Moment begraben und freundlich miteinander plaudern. Wer weiß, vielleicht entdecken wir doch noch eine heimliche Geistesverwandtschaft.«

»Vielleicht.« Kirtland nickte zustimmend. »Sehr gut. Lassen Sie uns einen Toast ausbringen. Nicht zuletzt auf die Hoffnung, dass der gute Wille unserer beiden Länder auch in Zukunft fortdauern möge.« Nicht dass Kirtland der plötzlichen Freundlichkeit des Mannes auch nur eine Sekunde lang traute. Aber die Gelegenheit verschaffte ihm eine perfekte Entschuldigung für die Tatsache, dass er sich in der Nähe von Jadwins und Leveritts Zimmern aufhielt, nur für den Fall, dass Siena in Schwierigkeiten geriet.

»Genau. Auf den Geist der internationalen Zusammenarbeit zwischen St. Petersburg und London.«

Die gestelzte Ausdrucksweise des Russen betrachtete Kirtland als Warnung. Was wollte Orlov wirklich – außer eine hübsche Summe Geld für seine Dienste kassieren? Solange der Earl die Antwort nicht kannte, musste er das Schlimmste annehmen.

Er würde auf der Hut sein, falls der Mann irgendwelche Tricks versuchte.

Schweigend gingen sie nebeneinander. Das Geräusch der samtigen Slipper des Russen passte zum weichen Flüstern der Abendschuhe des Earls. Wie ein Panther und ein Löwe, dachte Kirtland, Raubtiere, die durch einen vergoldeten Dschungel schleichen.

Erst als sie den Ostflügel erreicht hatten, fuhr Orlov mit dem üblichen Geplauder fort. »Seltsam, dass Sie sich entschieden haben, sich nicht am Wettstreit um das Vergnügen zu beteiligen, Black Doves Dienste kaufen zu dürfen. Vielleicht …«, seine Pause dauerte ein paar Schritte, »… vielleicht haben Sie schon andere Arrangements mit ihr getroffen. Vielleicht gewährt sie Ihnen ihre Gunst für umsonst.«

»Mr. Orlov, ich wüsste nicht, warum meine Entscheidungen für Sie interessant sein könnten.«

»Wir stehen doch auch in einem Wettstreit, nicht wahr? Ihre Entscheidungen könnten meine Strategie beeinflussen. Wie auf einem Schlachtfeld.«

Als ob er daran erinnert werden musste, dass er sich auf gefährlichem Terrain bewegte.

Unwillkürlich spannte der Earl die Muskeln an, als sie in den Korridor einbogen. Der Russe fuhr mit seinen schlüpfrigen Anspielungen fort, aber Kirtland hörte nur mit halbem Ohr hin. Seine Aufmerksamkeit richtete sich vielmehr auf die geschlossenen Türen und die Frage, was hinter ihnen wohl vorgehen mochte. Es gibt keinen Grund, so nervös zu sein, mahnte er sich selbst, so schnell werden die Clubmitglieder nicht von der Jagd zurückkehren.

Der Riegel klickte, und Orlov betrat sein Quartier. »Warten Sie einen Moment, ich zünde ein Zündholz für den Kandelaber an.« Als er zurückkam, hielt er in einer Hand eine Flasche und in der anderen ein einzelnes Zündholz. »Die Gläser stehen auf der Anrichte.«

Kirtland machte einen Schritt, zögerte dann.

»Na sdorovje«, verkündete der Russe und hob ungeduldig die Arme. »Es sei denn, Sie zweifeln insgeheim an meiner Gastfreundschaft. Ich versichere Ihnen, dass das Getränk nicht vergiftet ist.«

Kirtland dachte immer noch über Siena und ihre gefährlichen Spiele nach und warf einen letzten Blick auf den Korridor. Bewegte sich dort etwa ein Schatten? Es dauerte keine Sekunde, bis er den Russen wieder fest im Blick hatte.

Genügend Zeit für die schwere Flasche, auf seinen Kopf zu krachen. Als Kirtland in die Dunkelheit sank, hörte er Orlov noch sagen: »Allerdings hat die Flasche ziemlich unangenehme Nachwirkungen.«

Die Tür zu Leveritts Zimmer war verschlossen. Aber damit hatte Siena gerechnet. Das alte Eisen war kein echtes Hindernis für ihre Klinge. Die Tür öffnete und schloss sich so rasch, dass sich außer den Schatten auf dem Korridor nichts rührte. Vorsichtshalber schob sie den Riegel wieder vor, als sie drinnen war.

Sein Zimmer war ungewöhnlich gut aufgeräumt. Die Bürsten lagen ordentlich aufgereiht auf der Frisierkommode, die Fläschchen Macassar-Öl und Kölnisch Wasser standen stramm in einer Reihe, und der Schlafrock war bereits auf dem Bett ausgelegt, die Falten perfekt arrangiert. Siena strich mit der Handfläche über die Paisley-Seide und ging dann zum Ankleidezimmer hinüber. Elegante Mäntel aus weicher, extrafeiner Wolle hingen neben maßgeschneiderten Westen mit kostbarem Brokat. Lange Hosen, Kniehosen und Reitkleidung – aus allem sprach ein ausgesuchter Geschmack.

Ihr Blick fiel auf ein Paar butterweiche Lederstiefel und bestickte Slipper. Offenbar hatte Leveritt weder Kosten noch Mühen gescheut, um solch prächtige Dinge anzuhäufen. Schließlich war er ein Gentleman, der jedem Detail größte Beachtung schenkte.

Als Nächstes überprüfte sie die Schubladen der Kommode. Zart duftende Hemden, gestärkte Krawattentücher, seidene Strümpfe. Alles wohlgeordnet.

Nicht das geringste Durcheinander.

Siena hielt einen Moment lang inne und fragte sich, warum

diese makellose Ordnung ihr einen Schauder über den Rücken jagte. Dann wandte sie sich unwillkürlich dem Schreibtisch zu.

Natürlich, so einfach konnte es nicht sein. Il Lupino hatte sie immer wieder daran erinnert, dass die größte Stärke eines Feindes sich sehr schnell in seine größte Schwäche verwandeln konnte. Siena öffnete die Schachtel mit den Briefen, fand aber nur Unterlagen von Leveritts Bank und die Rechnung eines Antiquitätenhändlers aus der Bond Street. Die Notizen in einem Notizbuch erwiesen sich als ebenso wertlos: Ein paar Kritzeleien über die letzte Kunstausstellung, die Skizze einer silbernen Epergne, ein Hinweis auf eine kommende Auktion italienischer Malerei. Nichts Außergewöhnliches.

Sie kniff die Augen zusammen und rief sich all das ins Gedächtnis, was sie über die Männer gelesen hatte. Und ihren Auftrag. Was war das fehlende Band, das ihre Entdeckungen zusammenhielt?

Die Antwort schien ebenso Offensichtlich wie absurd.

Bücher.

Langsam, sehr langsam wandte sie sich zum Nachttisch. Ironischerweise handelte es sich bei dem Buch um einen dicken Band über russische Ikonen, reich illustriert mit handkolorierten Gravuren. Als sie das Buch aufschlug, entdeckte sie ein gefaltetes Papier, das zwischen einen grimmig dreinblickenden St. Sergius und eine ernste Madonna mit Kind gelegt war.

Herr im Himmel. Siena fuhr mit der Fingerspitze über das erbrochene Siegel aus Wachs und tastete den doppelköpfigen Adler des Zaren … Endlich hatte sie gefunden, wonach sie so lange gesucht hatte.

Ihr blieb nicht viel Zeit für ihre Begeisterung, denn als sie das Fundstück aus seinem Versteck nahm, hörte sie Schritte auf dem Korridor und den Schlüssel im Schloss.

Siena schob sich das Papier in die Bluse und hastete zum offenen Fenster. Der schmale Vorsprung war gefährlich, aber sie balancierte auf nackten Zehenspitzen und arbeitete sich so schnell wie möglich zu dem Zierbogen vor. Noch ein paar Schritte, und sie konnte hinüberklettern, um …

Verdammt. Oben zeigte sich schimmerndes blondes Haar. Der Russe war wie Falschgeld, er tauchte immer genau dort auf, wo man ihn am wenigsten gebrauchen konnte. Eine Rauchwolke erklärte seine Anwesenheit am offenen Fenster. Aber wo steckte Kirtland? Ihr Fuß rutschte ab, als sie die Haltung veränderte. Beruhige dich, mahnte sie sich. Der Earl hat einen brutalen Krieg ohne größere Verletzungen überstanden. Er wusste, wie er sich zu verhalten hatte. Trotzdem fragte sie sich unablässig, ob er sich wohl irgendwo in der Nähe aufhielt. Und ob er in Sicherheit war.

Siena grübelte immer noch, als Orlov seinen Zigarrenstumpen fortwarf und die Schultern straffte. Jeden Augenblick konnte er sich in ihre Richtung drehen.

Vorwärts konnte sie nicht gehen. Rückwärts auch nicht. Es gab nur eine Möglichkeit: das zweiflügelige Fenster neben ihrer Schulter. Jadwins Zimmer. Der Riegel gab dem Druck ihrer Hüfte nach, und sie rollte sich schweigend auf den Teppich.

Einen Moment lang verharrte sie regungslos, schärfte die Sinne für den bevorstehenden Kampf. Der Sieg war so nahe. Um keinen Preis durfte sie zulassen, dass er im letzten Augenblick zunichte gemacht wurde. *Halte Augen und Ohren offen und konzentriere dich auf den Feind, bis er sich vor dir im Staube wälzt, Volpina! Verzweifelte Männer können ihre Kraft urplötzlich verdoppeln.* Da Riminis Worte beruhigten ihre Nerven für den entscheidenden Angriff.

Siena presste die Fingerspitzen auf ihre linke Brust. Sie würde ihre Kraft nicht nur aus dem Falken schöpfen, sondern aus etwas anderem tief in ihrem Innern. Aus Liebe. Sie hatte längst verstanden, dass die Liebe nicht ihre Schwäche, sondern ihre Stärke war.

Ihr Herz raste immer noch, als sie den Blick durch das Zimmer schweifen ließ. Jadwins Reisekoffer war nicht abgeschlossen, sein Handkoffer lag geöffnet auf dem Stuhl und bot einen verführerischen Blick auf einen Haufen Papiere. Aber es schien nicht besonders sinnvoll, seine privaten Dinge zu durchwühlen. Was auch immer er zu verbergen hatte, sie beschloss, dass die Geheimnisse seine Privatsache bleiben sollten. Es war ihre Aufgabe, einen Verräter zu enttarnen, und der Beweis der Untreue befand sich in ihrem Besitz.

Siena hatte die Hand auf die Türklinke gelegt, als plötzlich an ihr gerüttelt wurde.

»Soll doch der Teufel ...«

Siena zuckte zurück. Nur knapp entging sie einem Schlag mit der Tür.

Entsetzt starrte Jadwin auf ihr schwarzes Hemd und ihre schwarzen Hosen. »Was ... was wird hier gespielt?«

Es gab nur einen Weg: Sie musste ihm eine faustdicke Lüge auftischen.

Sie entblößte das Bein und warf ihm einen heißen Blick zu. »Raten Sie mal, Sir.« Sie fummelte an dem Verschluss ihres Hemdes herum. »Ich hatte von Anfang an das Gefühl, dass die Rätsel Ihnen keinerlei Schwierigkeiten bereiten würden.« Es war dumm, dass Leveritt und er früher als erwartet zurückgekommen waren. Aber es mochte sein, dass Rose die sprachliche Begabung der Clubmitglieder unterschätzt hatte. Schließlich konnten sie alle mehr oder weniger geschickt mit Worten umgehen. »Habe ich die Aufgabe zu leicht gemacht?«

»Nein ... das heißt, ich habe mich ein wenig unwohl gefühlt und beschlossen, in mein Zimmer zu gehen.«

Sie ließ ihre Handfläche anzüglich über ihre Brust gleiten. »Ich bin überzeugt, ich kann Ihnen sämtliche Krankheiten aus den Gliedern vertreiben.«

Er griff nach ihrer Hand. »Ich fürchte, ich muss ...«

Seine Finger verhakten sich in der Seide und rissen einen Knopf los. Etwas fiel zu Boden.

Bevor sie reagieren konnte, hatte Jadwin den Gegenstand schon aufgehoben. »Was ist das?«, stammelte er und starrte auf das rote Wachssiegel, als handelte es sich um einen Klumpen getrocknetes Blut.

»Nichts«, versicherte sie ihm, »nur ein kleiner Liebesbeweis, den ich unter meiner Tür gefunden habe.« Sie nahm ihm das gefaltete Dokument aus der Hand und überspielte ihre Sorge mit lautem Gelächter. »Sie werden es gar nicht lesen wollen. Es ist ziemlich ungeschickte Prosa. Ich bin mir sogar sicher, dass der Mann, der das hier zu Papier gebracht hat, seine Dummheiten bereits bedauert.« In ihren Ohren klang das Knistern des Papiers wie ein Echo auf die Warnungen ihrer inneren Stimme, als sie das Dokument in ihre Hosentasche stopfte. *Konzentrier dich, Volpina! Du darfst nicht nachlassen.* Sie hatte ihren Geist schweifen lassen, hatte für den Bruchteil einer Sekunde nicht aufgepasst.

»Schenken Sie uns einen Drink ein.« Sie drehte sich um und achtete darauf, dass sie ihm ihren Ausschnitt präsentierte.

Jadwin erblasste. Mit zitternden Händen drehte er sich zur Karaffe.

Nur ein kleiner Schluck, ein Lächeln, und sie würde eine Entschuldigung vorschieben, um rasch zu verschwinden ...

Plötzlich wirbelte er herum und hielt eine Pistole in der Hand. »Geben Sie her!«

»Was?«

»Jetzt!«, schrie er mit schriller Stimme. »Oder ich werde Ihnen ein Loch ins Herz schießen!«

»Kein Grund, gewalttätig zu werden, Sir«, besänftigte sie, »es muss ein Missverständnis vorliegen.«

Die Türklinke klickte, und Leveritt trat ein. »Es gibt kein Missverständnis«, widersprach er und schloss die Tür hinter sich.

»Ausgezeichnet, Johnny. Du hattest recht, so schnell zu handeln.«

Beide Männer?

Ihr schwirrte der Kopf. Sie hatte alles Mögliche in Erwägung gezogen, nur nicht das.

»Mir ist zwar nicht klar, wie Sie unserem Geheimnis auf die Spur gekommen sind«, fuhr Leveritt fort, »aber falls Sie uns erpressen wollen, dann kommen Sie viel zu spät. Wir sind das Spielchen langsam leid.«

»Ständig diese Lügen und Vorspiegelungen«, brummte Jadwin. Der Schweiß perlte ihm auf der Stirn. »Schon in ein paar Tagen werden wir in Sicherheit sein.«

»Aber warum?«, bohrte Siena. »Gentlemen wie Sie haben doch alles, was man sich nur wünschen kann.«

Lächelnd berührte Jadwin den Arm seines Freundes. »Ich denke, das liegt auf der Hand.«

Plötzlich begriff sie. – »Und *deswegen* betrügen Sie Ihr Vaterland?«

»Warum nicht?«, konterte Leveritt. »Dieses Land verachtet Männer wie uns. Man würde uns am nächsten Galgen aufknüpfen, wenn die Wahrheit ans Licht käme.«

»Diese letzte Lieferung ist unsere Fahrkarte in die Freiheit.« Im Mondlicht schimmerte Jadwins Gesicht so blass wie polierter Marmor. Blutleer. »Unser Verbindungsmann in Frankreich wird ein königliches Lösegeld dafür zahlen, wenn er merkt, dass der Kaiser dadurch in die Lage versetzt würde, Russlands Allianz mit England zu zerstören.«

Nachdem der anfängliche Schock nachgelassen hatte, gewann ihr messerscharfer Verstand wieder Oberhand, und sie versuchte, mehr Informationen zu bekommen. »Wenn es so wertvoll ist, warum haben Sie es dann hierhergeschleppt?«

»Kunst war schon immer unsere Leidenschaft. Die Psalter sind jedes Risiko wert, wenn man sie besitzen will«, erwiderte er.

»Um die Wahrheit zu sagen, die zwei Wochen Verzögerung werden den Preis für das Dokument nur noch in die Höhe treiben. Napoleon kann es kaum erwarten, das Papier endlich in die Finger zu kriegen.« Leveritt wirkte sehr zufrieden mit sich selbst. Endlich hatte er eine Gelegenheit, seine Cleverness zu beweisen. »Und das Schönste daran ist, dass wir die anderen bei der Auktion um die Psalter überbieten können, ohne dass es uns mehr als ein kleines Taschengeld kostet. Denn der Duke wird unserer Bank vertrauen, die Transaktion abzuwickeln, sobald wir wieder in der Stadt sind.«

Jadwin schien ebenso begierig, mit seiner Schlauheit zu protzen. »Aber anstatt nach London zu reisen, werden wir uns auf den Weg zur Küste machen und in einen schnellen Kutter nach Le Havre steigen. Von dort aus geht es nach Sizilien oder Griechenland. Irgendwohin, wo empfindsame männliche Naturen die Kunst und das Leben ohne Zwänge genießen können.«

»Solange man hier verschwiegen bleibt«, begann Siena.

»Was verstehen Sie von Verschwiegenheit!« Beleidigt schürzte Leveritt die leicht weiblichen Lippen. »Eine Frau, die nackt herumtanzt und die Männer einlädt, darum zu kämpfen, sich zwischen ihren Beinen zu wälzen. Der Salon übersieht Ihre Boshaftigkeiten mit einem Augenzwinkern und applaudiert. Sie bieten Ihren Körper für Geld feil, nicht wegen der Liebe. Und verdienen eine hübsche Summe Geld mit Ihrer Unzucht. Es ist verdammt ungerecht.«

»Ungerecht?« In mancher Hinsicht konnte Siena die Ausweglosigkeit der beiden verstehen. Wer wüsste besser als sie, dass die primitivsten Instinkte eine grausame Wendung nehmen konnten? Ganz gleich, ob es sich um Hoch- oder Niedriggeborene handelte, Menschen waren schnell dabei, wenn es darum ging, Schwächere oder Andersartige anzugreifen.

Aber trotzdem wurde ihr übel, wenn reiche und wohlhabende

Männer wie Leveritt und Jadwin sich selbst bemitleideten. »Sie sind es, die nicht wissen, wovon Sie reden. Denn schließlich haben Sie das große Glück gehabt, ein reiches und mit vielen Privilegien ausgestattetes Leben zu führen. Gemessen an Ihren Möglichkeiten hätten Sie sich eine andere Lösung als Verrat ausdenken müssen.«

»Hören Sie auf, so jämmerlich zu plärren!«, schnaubte Leveritt. »Dass Sie es wagen, uns eine Predigt zu halten! Sie haben nicht die geringste Ahnung, was es heißt, anders zu sein.«

Es machte keinen Sinn, seine Überzeugungen zu ändern. Stattdessen musste Siena versuchen, sie als Waffe zu benutzen. Was blieb ihr sonst auch übrig? »Das habe ich auch nicht behauptet.« Siena senkte den Kopf und hoffte, gestraft genug auszusehen. »Es liegt auf der Hand, dass Sie mit Ihrer Klugheit alle anderen überragen. Ich vermute, dass Sie die Bücher mit dem Signum des Gilded Page Clubs benutzt haben, um Ihre Informationen weiterzuleiten. Denn schließlich habe ich das Dokument in einem solchen seltenen Werk gefunden.«

»Sie sind wirklich eine schlaues Ding. Viel zu schlau, wenn Sie mich fragen.«

»Nicht ganz. Ich wäre nie klug genug gewesen, meine Taten vor den anderen Clubmitgliedern zu verbergen.«

»Pah. Das war überhaupt nicht schwer«, antwortete er. »Dunster war viel zu sehr mit seinen weiblichen Eroberungen beschäftigt, um an irgendetwas anderes als nur an sich selbst zu denken. Genau wie der Rest, der nur seine eigenen Interessen im Kopf hatte. Über Kirtland haben wir uns allerdings das Hirn zermartert. Seine Intelligenz und seine Erfahrungen beim Militär haben ihn gefährlich gemacht. Aber wenn man seine Schwierigkeiten mit Autoritäten in Rechnung stellt und die Tatsache, dass er sich immer seltener in London aufhält, haben wir darauf gesetzt, dass er keinen Verdacht schöpfen wird.«

»Und was Sie betrifft …« Jadwin presste den Lauf seiner Pistole auf ihre Brust. »Wie haben Sie die Wahrheit herausgefunden?«

»Purer Zufall«, log sie. »Ich durchsuche immer die Zimmer der Gentlemen, die ich im Visier habe. Gewöhnlich lohnt der Ertrag das Risiko.«

»Dann sind wir also nicht die Ersten, die Sie sich für Ihre Erpressungen ausgesucht haben?« Er lachte harsch. »Aber seien Sie versichert, dass wir die Letzten sein werden.«

Leveritt lächelte grimmig. »Black Dove wird aus unserer Begegnung nicht davonfliegen können. Um genau zu sein, Sie haben es uns sogar außergewöhnlich leicht gemacht, die Sache zu erledigen.«

Das stimmt, dachte Siena und verfluchte sich lautlos, weil sie nicht in der Lage gewesen war, die unterschwelligen Zeichen richtig zu deuten. Sie hatte also recht gehabt, sich in Gegenwart der beiden Männer immer unbehaglich zu fühlen. Nur über die Gründe hatte sie sich täuschen lassen.

»Genau.« Jadwin schien die Situation zu genießen wie einen guten Wein. »Ich habe ein Geräusch gehört. Und dann einen Eindringling in meinem Quartier entdeckt. Bäng.« Er blies sich eine eingebildete Schmauchspur von der Fingerspitze. »Wer wollte es mir vorwerfen, dass ich mich selbst verteidige?«

»Bevor Sie zur Tat schreiten, bin ich wirklich sehr neugierig zu erfahren, wie Sie in den Verrat hineingezogen worden sind.«

Die Gentlemen wechselten Blicke. »Ich glaube, es schadet nicht, wenn wir es erzählen.« Leveritts Tonfall klang nicht die Spur bedauerlich. »Während des Friedens von Amiens sind wir nach Paris gefahren, um an den legendären Vergnügungen teilzunehmen. In St. Germain fand eine Party statt. Champagner. Mädchen. Jungen. Alles, was das Herz begehrt. Unser Gastgeber, es war ein alter Freund von Paul Barras und Josephine de Beauharnais, war sehr freisinnig in solchen Angelegenheiten. *Chacun à son gout*, war seine Devise.«

Jeder nach seinem Geschmack. »Sehr entgegenkommend«, bemerkte Siena.

»Ja, das dachten wir auch«, stimmte Jadwin zu. Die ironische Note in ihrer Bemerkung war ihm nicht entgangen. »Die Vergnügungen dauerten mehrere Tage an. Unser neuer französischer Freund hat uns von einem Grand Hotel ins nächste geführt, und die Partys wurden immer wüster. Als wir uns schließlich verabschieden mussten, hatte sich zwischen uns dreien eine tiefe Verbindung entwickelt. Eine Verbindung, die tiefer reichte als die Liebe zu unserem Vaterland.«

»Das glaubten wir jedenfalls, bis uns letztes Jahr ein Mann vor dem Stadthaus des Gilded Page Clubs angesprochen hat.« Obwohl Leveritt sich lässig gab, war er sehr blass geworden, und Schweißperlen glitzerten auf seiner Stirn. »Anfangs schien es nicht besonders gefährlich, ihm die Informationen zu besorgen, nach denen er verlangte. Er fragte nach Truppenverlegungen, danach, wie groß die Regimenter waren und wer sie kommandierte. Wir mussten nur bei White's vorbeischauen, um ein wenig zu plaudern.«

»Aber dann wurden die Forderungen größer«, fuhr Jadwin fort, »und wir hatten keine Wahl mehr. Wir mussten weitermachen. Der Mann hielt belastende Briefe in der Hand, die uns ruiniert hätten.«

Siena sehnte sich danach, ihm eine Ohrfeige zu verpassen, damit endlich der schmierige Ausdruck aus seinem Gesicht verschwand. Stattdessen sagte sie nur: »Doch, Sie hatten eine Wahl. Sie hätten das tun können, was Sie jetzt auch tun. Wie Sie selbst erwähnten, gibt es viele Länder auf dieser Welt, wo Sitte und Moral nicht so streng sind wie bei uns. Sie hätten sich ein neues Leben aufbauen können. Frei von Angst und Verfolgung.«

»Und das Glitzerleben in London aufgeben? All die Bequemlichkeiten unserer Clubs, unseren Rang und unseren Reichtum?« Leveritt lachte hysterisch. »Nicht, bevor wir genug angehäuft hätten, jenes Leben ganz unverblümt so weiterleben zu können, in das wir hineingeboren worden sind.« Plötzlich schien er es leid, sich noch weiter zu erklären, und täuschte vor, einen Schuss abzugeben. »Genug geredet. Mach schon, John. Drück den Abzug.«

Jadwin krümmte den Hahn, ließ den Blick aber langsam abschweifen. »Warte noch«, murmelte er, »ganz gleich, wie gerechtfertigt der Schuss auch war, es wird ein Untersuchungsrichter eingesetzt werden. Der Kerl wird hier herumschnüffeln, Fragen stellen, uns ins Rampenlicht zerren. Ich habe eine bessere Idee. Wir sollten ihr eine goldene Uhr und ein paar andere wertvolle Dinge in die Taschen stopfen. Diamantene Manschettenknöpfe zum Beispiel oder silberne Uhrenketten. Wir müssen ja nicht zugeben, dass sie uns gehören. Dann werden wir sie auf den Wehrgang führen. Oben auf den Turm. Man fällt lange, bis man unten aufschlägt.«

Mit dem Lauf der Pistole wirbelte er ein paar Kreise in die Luft. »Und das Schönste daran ist: Man wird sie nicht nur für eine Hure, sondern auch noch für eine ganz gewöhnliche Diebin halten. Keine Spur wird zu uns führen.«

Das Grinsen entspannte Leveritts Gesichtszüge. »Das ist einer der Züge, die ich so sehr an dir schätze, Johnny. Du bist so wunderbar diabolisch.«

»Weshalb du dir nicht solche Sorgen machen musst, mein lieber Randall. Habe ich dir nicht gesagt, dass sie viel zu dumm sind, uns zu schnappen?«

Aus den Augenwinkeln bemerkte Siena, wie der Kolben der Pistole sich hob. Sie neigte den Kopf so zur Seite, dass sie die volle Wucht des Schlages abwehren konnte. Trotzdem stöhnte sie leise auf und sank zu Boden. Im Moment war es klüger, Bewusstlosigkeit vorzutäuschen. Die Männer strotzten vor Selbstsicherheit – eine Haltung, die rasch sorglos machte.

Sie würde mit ihren Kräften haushalten und zurückschlagen, wenn der rechte Moment gekommen war.

»Ich habe ein paar Dinge dabei, die dem Anlass angemessen sind«, schlug Jadwin vor, »da drüben, in der Kommode.«

Es kostete Siena große Mühe, mit scheinbar leblosen Gliedmaßen liegen zu bleiben, als Leveritt ihr das kostbare Dokument aus der Tasche zog und das vermeintliche Diebesgut hineinschob. Ein Schauder kroch ihr über den Rücken, als er sie berührte.

»Hol einen Umhang«, fügte Jadwin hinzu, »falls wir unterwegs jemandem begegnen, können wir behaupten, dass Winthrop sternhagelvoll ist und dringend frische Luft schnappen muss, um den Kopf wieder freizubekommen.«

»Sternhagelvoll.« Leveritt lachte. »Das gefällt mir. Wir sollten sie mit geistigen Getränken beträufeln.« Der Duft des Ports schwappte durch den Umhang in ihre wirren Locken.

»Und jetzt heb sie hoch.«

»Frauen sind wirklich die Pest«, schnaubte Leveritt. »Sie ist schwerer, als sie aussieht.«

»Umso tiefer wird sie stürzen«, versicherte Jadwin. »Beeil dich. Wir müssen sie durch den Korridor transportieren, bevor die anderen zurückkehren. Vom Flur aus gibt es eine Abkürzung zum Hauptturm. Wenn wir erst mal die Spiraltreppe zum Wehrgang erreicht haben, sind wir wohl in Sicherheit.«

Steif gefroren und müde nach vielen Stunden im Sattel, stolperte Shannon den kleinen Hügel hinunter, an dem sie ihr Pferd versteckt hatte. Der Stechginster zerrte an ihrem Ärmel und hinterließ Kratzer auf ihrem Arm. Langsam, mahnte sie sich. Denn schließlich war es ihr gelungen, die Strecke ohne Schwierigkeiten zurückzulegen. Aber ab sofort wuchs die Gefahr mit jedem Schritt.

Sie durchschritt den ummauerten Obstgarten und hielt inne, um das Äußere des Schlosses zu betrachten. Die Mauer mit den

Zinnen erhob sich aus dem Nebel, düstere Konturen aus Schiefer und Schatten. Shannon bemerkte, dass das einzige Licht in den Fenstern im ersten Stockwerk des Hauptturms flackerte. Zwei dunkle Türme lagen wie im tiefen Schlaf.

Sie hätte die Einzelheiten gern ein wenig genauer betrachtet, als sie ein gedämpftes Bellen hörte. Sofort versteckte sie sich hinter der Ligusterhecke, die den Wegesrand säumte. Schon vorhin hatte sie den Wächter erspäht, der mit zwei großen Hunden über das abgelegene Gelände patrouillierte. Er schien seine Runden nach einem festgelegten Muster zu drehen, sodass sie die Sicherungsanlagen des Schlosses von der Rückseite aus überwinden müssen würde.

Die ausgedehnte Glasfläche, die sich perlweiß vom dunklen Stein abhob, fesselte ihre Aufmerksamkeit. Gebückt schlich sie näher und kroch um das Gewächshaus herum, bis sie die Messingtüren erreicht hatte. Nach ein paar Sekunden war sie drinnen, ohne dass ihre Klinge auch nur eine Spur hinterlassen hatte.

Rasch eilte sie durch das Grün und verlangsamte ihren Schritt, als sie im dunklen Korridor angekommen war. Wo soll ich jetzt nach Siena suchen?, schoss es ihr durch den Kopf. Das Schloss bot verwirrend viele Möglichkeiten. Aber ein falscher Schritt reichte ...

Als wäre es ein Echo auf die Warnungen ihrer inneren Stimme, schwang eine Tür auf. Eine Zofe wankte unter dem Gewicht des silbernen Teetabletts und eilte weiter quer über den Korridor. Shannon wartete einen Moment und folgte ihr, bis wieder eine Tür, diesmal eine grüne, geschlossen wurde.

Shannon war mit den Kampfkünsten viel vertrauter als mit den Gepflogenheiten der gehobenen Kreise. Angestrengt erinnerte sie sich daran, was sie über die Arbeit in einem adligen Haushalt gelernt hatte. Die Liste der Gäste und die ihnen zugewiesenen Quartiere mussten sich in den Unterlagen der Haushälterin befinden. Die Frau musste – wie auch der Butler – ein eigenes Zimmer haben, irgendwo in der Nähe der Vorratskammern …

Wenig später machte Shannon sich auf die Suche nach Sienas Quartier, ausgestattet mit dem Namen ihrer Suite und einer groben Skizze der Korridore. Weil es schon spät war und die wenigen Lampen nur noch schwach brannten, beschloss sie, das Risiko auf sich zu nehmen, den Hauptkorridor anstelle des umständlichen Wegs durch die Dienstbotenflure zu nehmen. Sie schlich über einen langen Flur, eilte ein paar Treppen hinauf, durchquerte eine achteckige Eingangshalle und betrat den Kleinen Ballsaal, wie es auf der Skizze hieß.

Sie musste sich keine Sorgen machen, dass ihre Schritte in dem großen Raum zu hören waren. Der dicke türkische Teppich fühlte sich weich und samtig unter ihren Füßen an und hätte selbst das Gepolter eines Elefanten verschluckt. Trotzdem musste sie aufpassen, nicht zu stolpern, als sie an die wundervoll geschnitzten Decke und zu den golden gerahmten Ölbildern an den Wänden starrte.

Ein wenig atemlos trat sie durch die Tür am anderen Ende des Saals und eilte die gebogene Haupttreppe hinauf. Ihre Hand berührte kaum die Rokoko-Brüstung.

Noch eine dunkle Halle, noch eine scharfe Kurve, und Shannon linste durch das Portico der Skulpturen-Galerie. Im sanften Licht sah es aus, als hätten die vielen Schatten ein Eigenleben: kopflose römische Antiquitäten im Spiel mit nackten griechischen Göttern, gekrümmte Schlangen der Renaissance bereit zum Angriff auf chinesische Terrakotta-Krieger. Schweigende Wächter der Vergangenheit …

Als Shannon den Raum halb durchschritten hatte, hörte sie ein Wispern. Sie erstarrte, als sie aus den Augenwinkeln eine Bewegung erhaschte. Zwei Männer – kein Zweifel, es waren Menschen aus Fleisch und Blut, die sich aus dem Dickicht der leblosen Statuen lösten. Im Unterschied zu den marmornen

Göttern erblassten ihre Gesichter nicht. *Ein schwarzer und ein weißer Engel? Lucifer und Gabriel?* Sie sahen nicht nur vollkommen unterschiedlich aus, sondern schienen sich auch noch zu streiten. Als sie näher kamen, wurde klar, dass sie sich mitten in einer hitzigen Auseinandersetzung befanden.

»Sie verschwenden Ihre Zeit. Ich kann das nicht.«

»Das behaupten Sie. Aber ich bin nicht überzeugt.«

Shannon bemerkte das aufblitzende Messer, das dem dunkelhaarigen Gentleman an die Kehle gedrückt wurde. Der Mann zuckte nicht. »Bringen Sie mich ruhig um, und nehmen Sie die Strafe auf sich. Aber ich sage Ihnen noch einmal, dass die Lady unschuldig ist. Sie hat keinerlei Betrug begangen. Wenn Sie ihr irgendein Leid antun, werde ich aus dem hintersten Winkel der Hölle zurückkehren und Ihnen das Herz aus dem Leib reißen.«

»Oh, eine sehr ergreifende Rede. Mit anderen Worten, Sie sind in die Lady verliebt? Ich hätte niemals erwartet, dass ein harter Mann wie Sie zu solchen Gefühlen fähig ist. Ein Jammer, dass es zum Schlimmsten kommen wird. Ich glaube nicht an die Liebe. Oder an Rachegeister, ganz gleich, ob sie aus dem Himmel oder aus der Hölle stammen.« Der blonde Gott umklammerte den Arm seines Gefangenen noch fester und drückte ihn ruppig gegen die Wand, an der ein gewölbter Alkoven von der Hauptgalerie abzweigte. »Sparen Sie sich Ihren Atem. Sie werden ihn noch brauchen.«

Obwohl der Streit ein tödliches Ende zu nehmen drohte, griff Shannon nicht ein. Worüber auch immer die Männer stritten, es war rein privat. Sie zog ihr Messer aus der Scheide, versteckte sich hinter einer Venus mit Flügeln und wartete, bis die beiden vorübergegangen waren.

Dennoch regte sich leises Bedauern in ihr, dass der dunkelhaarige Gentleman offenbar zur Hölle fahren sollte. Sogar im Dämmerlicht konnte man noch erkennen, dass ihm eine gewisse

Ernsthaftigkeit in die Gesichtszüge eingemeißelt war – wie eine Aura der Unberührbarkeit, die unbedingten Respekt erheischte. Wie sollte man einen Mann nicht bewundern, der dem Tod ohne die geringste Angst ins Auge zu blicken schien?

Der blonde Gentleman hingegen legte eine Prahlerei an den Tag, die sie die Zähne fletschen ließ. Er benahm sich wie Apollo, zumindest genauso arrogant.

Plötzlich wirbelte er herum, als hätte er gespürt, dass noch jemand anwesend war.

Sie hielt den Atem an, als er den Blick auf die Augen der Marmorstatue über sich richtete. Obwohl er an ihr vorüberschritt, ohne sie bemerkte zu haben, jagte ihr das eisige Blau einen Schauder über den Rücken.

»Kann es sein, dass Ihre Missetaten Sie bereits heimsuchen, Orlov?«, spottete der dunkelhaarige Gentleman mit unüberhörbarer Ironie.

Der andere Mann lachte leise. »Unter anderen Umständen könnten Sie mir direkt sympathisch sein. Aber Geschäft ist Geschäft.«

Shannon beobachtete, wie die beiden im dunklen Alkoven verschwanden. Schlüssel klirrten, rostige Angeln quietschten. Dann herrschte Stille.

Länger als eine Sekunde konnte sie sich kein Mitgefühl für den Fremden erlauben. Nicht, wenn Sienas Leben auf dem Spiel stand. Nachdem sie sich überzeugt hatte, dass die Männer verschwunden waren, verließ sie ihr Versteck und eilte in den Ostflügel.

22. Kapitel

Falls Sie es auf irgendwelche Tricks abgesehen haben, geben Sie sich keine Mühe«, Orlov presste das Messer so hart an den Hals des Earls, dass beinahe das Blut hervorspritzte. »Ich kenne sie alle. Wenn das Kerzenlicht auch nur ein bisschen flackert, werde ich Ihnen die Halsschlagader aufschlitzen. Oder bei der kleinsten Unsicherheit Ihrer Schritte.«

»Ziemlich schmutzige Angelegenheit. Aber es geht schnell vorüber«, spottete Kirtland, obwohl er sich vom Schlag auf den Kopf noch ein wenig benommen fühlte. »Ich sollte es ernsthaft in Erwägung ziehen. Vor allem, wenn ich bedenke, welch schreckliches Schicksal sonst auf mich warten könnte.« Er hatte keine Zweifel, dass der Russe mit anderen tödlichen Waffen ebenso gut umgehen konnte.

»Ich bin kein Barbar. Es macht mir keinen Spaß, Sie zu töten. Wie ich bereits erwähnte, es ist lediglich eine Frage des Geschäfts.«

»Wenn das wirklich der Fall ist, dann kann ich Ihnen auch die Taschen vollstopfen. Mit Gold, und nicht wenig.«

Der Earl spürte, wie Orlov sich versteifte. »Ich bin nicht wie Sie, Kirtland. Ich bin nicht käuflich.«

»Sie wollen, dass ich glaube, Sie handelten aus Prinzip und nicht wegen des Geldes?«, fragte er spöttisch. »Bitte verzeihen Sie, wenn ich Ihren Empfindungen ebenso sehr misstraue wie Sie meinen.«

Es überraschte Kirtland, dass Orlov seine Gefühle offen zeigte. »Denken Sie doch, was Sie wollen. Ja, es stimmt, meine Dienste kann man kaufen. Das mag in vielerlei Hinsicht illegal und unmoralisch sein. Aber bei allem, was heilig ist, ich würde nie so tief sinken und das Land meiner Geburt für ein bisschen

Gold verraten.« Schon beim nächsten Satz hatte der Russe seine übliche Gelassenheit wiedergefunden und lachte grimmig. »Die Ehre ist für einen Mann ungefähr so wichtig wie die Jungfräulichkeit für eine Frau. Wer sie einmal verletzt – sei es aus Leidenschaft oder für Geld –, der hat sie für immer verloren.«

»Danke für die Moralpredigt«, erwiderte der Earl, »und für den Vortrag über die unumstößlichen Tatsachen des Lebens.«

Orlov schubste ihn die letzten Stufen hinunter. Das flackernde Licht erleuchtete eine kleine Kammer, die in den verwitterten Fels im Keller gehauen war. Die Luft war unangenehm feucht, und unter dem Gitter an seinen Füßen gurgelte das Wasser.

»Dann wollen wir sehen, ob die Aussicht auf eine ununterbrochene intime Plauderei Ihren Sarkasmus vielleicht ein wenig dämpfen kann«, meinte Orlov, »denn ich glaube nicht, dass wir hier unten gestört werden. Ich rechne sogar fest damit, dass wir unter uns bleiben.«

»Lassen Sie sich durch mich nicht abhalten, sich einen interessanteren Gesprächspartner zu suchen.«

»Ich an Ihrer Stelle würde meine Zunge hüten.« Orlov nahm die Kerze aus Kirtlands gefesselten Händen und stellte sie in eine Ausbuchtung in der Mauer. Das Wachs zischte leise, als es auf die Wassertropfen im schwitzenden Mauerwerk tropfte. »Wie Sie sehen, muss den Vorfahren des Dukes ein wenig mongolisches Blut durch die Adern pulsieren. Wussten Sie nicht, dass die Wasserfolter zu den bevorzugten Quälereien in China gehört, wenn man Informationen aus einem Verdächtigen herauspressen will?«

»Wie gesagt, Sie verschwenden Ihre Zeit«, erwiderte Kirtland. »Ich habe nichts zu sagen.«

Der Russe ließ eine eiserne Fessel um Kirtlands Handgelenk schnappen, bevor er das Seil durchtrennte. »Kann sein, dass Sie Ihre Meinung bald ändern«, meinte er, ließ die zweite Fessel zuschnappen und trat mit verschränkten Armen zurück.

Kirtland hing mit ausgestreckten Gliedmaßen an der Mauer und konnte sich keinen Widerspruch mehr erlauben. Er schaute sich um und sah keine Möglichkeit, der Trostlosigkeit zu entkommen. Wie der letzte Dummkopf war er blindlings in die Falle getappt. Noch nie hatte er sich so hilflos, so hoffnungslos gefühlt. Er hatte sein Versprechen gebrochen. Siena war allein, musste sich selbst der Gefahr stellen. Es traf ihn nur noch mehr, dass sie es nicht anders gewollt hatte.

Sollte er den Russen um Gnade anflehen? Dabei hatte der Mann bisher vor allem zu erkennen gegeben, dass er keine Gnade kannte. Gefühle spielten keine Rolle. Er musste seine Verzweiflung nach Kräften zügeln, um sich in die bestmögliche Verhandlungsposition zu manövrieren. »Was wollen Sie wissen?«

»Alles über Ihr Netzwerk. Ihre Kontakte, Ihre Schlupfwinkel, Übermittlungswege für geheime Botschaften.« Der Russe lehnte sich gegen die Mauer. »Ich schlage Ihnen einen Handel vor. Sie berichten mir in allen Einzelheiten, und ich werde Gnade vor Recht ergehen lassen. Ganz gleich, ob es meine Befehle kompromittiert.«

»Sie werden mich gehen lassen?« Der Earl glaubte ihm keine Sekunde, wollte aber trotzdem wissen, wie weit der Russe gehen würde.

»Nein. Sie werden sterben. Wie auch immer. Ich werde aber mein Bestes geben, um Lord Lynsleys Zorn von Black Dove abzulenken. Sie können sich vorstellen, dass er mit einem abtrünnigen Agenten kurzen Prozess macht, oder? Keine Regierung kann es sich erlauben, solchen Verrat ungestraft durchgehen zu lassen.«

Lynsley. Sein Magen verkrampfte sich schmerzhaft. Nach Osbornes Einschätzung handelte es sich um einen Ehrenmann, der alles tat, um Schaden von seinem Land abzuwenden. Aber in diesem Moment empfand Kirtland nichts als blinden Hass für ihn. »Dieser kaltblütige Bastard ... schickt eine junge Frau, um die Drecksarbeit zu erledigen.«

Orlov fuhr mit der Fingerspitze über die Klinge seines Messers. »Das könnte man auch von Ihnen behaupten. Sie verführen ein junges Mädchen und weihen es damit dem Untergang, nur um Ihren eigenen Hals zu retten. Den Hals eines Verräters.«

»Ich habe niemals ...« Er schluckte schwer, schmeckte plötzlich einen unangenehmen Geschmack im Mund. Denn es lag ein Körnchen Wahrheit in Orlovs Worten. Ob er es beabsichtigt hatte oder nicht, unter Umständen hatte er in der leidenschaftlichen Liebesnacht Sienas Tod besiegelt.

»Niemals was?« Orlov zog spöttisch die Brauen hoch. »Niemals über die Strafen für Befehlsverweigerung nachgedacht? Ja, ich bin über Sie informiert. Aber leider hat Black Dove weder einen vornehmen Titel noch ein nobles Erbe, um sich vor den Folgen ihres Handelns zu schützen.«

»Dreckskerl.« Kirtland klang wenig nachdrücklich. Was von seinem Zorn geblieben war, richtete sich nach innen, bohrte sich wie ein Messer in seine Eingeweide und hinderte ihn am Sprechen. Seine Muskulatur erschlaffte, sein Kopf sank nach unten, seine Lippen wisperten nur noch. »Und ich will verdammt sein zu ewigen Höllenqualen.« Vor seinen Augen verschwamm alles zu einem grauen Einerlei, als es ihn wie der Blitz durchfuhr, dass es Siena wahrscheinlich das Leben kosten würde.

»Kein Zweifel, dass wir beide mit dem Teufel verabredet sind.« Seltsamerweise hatte Orlovs Stimme seinen Sarkasmus verloren. »Falls Sie auch nur noch ein Fünkchen Ehre in sich haben, dann geben Sie mir einen handfesten Grund, Black Dove zu retten. In unserem schmutzigen Spiel gibt es nichts umsonst.«

»Nur zu gern würde ich Ihnen die Informationen geben, die Sie verlangen«, erklärte Kirtland müde, »wenn ich sie nur hätte. Aber mehr als die Wahrheit habe ich nicht zu bieten.« Im flackernden Licht konzentrierte er seinen Blick auf Orlov und versuchte, seine Miene zu erkennen. Licht und Schatten. Ein Versteckspiel. Offenbar konnte er nicht mehr klar denken. Denn sonst hätte er viel früher bemerkt, dass er den entscheidenden Hinweis übersehen hatte. »Aber zuerst habe ich eine Frage. Warum müssen Sie unbedingt mehr über das französische Netzwerk erfahren, wenn wir doch bei Ihrem anfangen müssten?«

»Sie halten *mich* für einen Agenten Napoleons?« Orlov schien ehrlich überrascht.

»Warum sonst sollten Sie auf der Suche nach dem Dokument sein?«

Der Russe schloss den Abstand zwischen ihnen, stand nur einen Hauch von ihm entfernt. Sein Blick glitzerte wie eine Rasierklinge, wie das Messer, das er Kirtland vor Kurzem an den Hals gehalten hatte. Beide tasteten den Gegner nach einer schwachen Stelle ab.

»Wir haben uns lange genug im Kreis gedreht«, erklärte er plötzlich. »Genug der Spielchen, der immer neuen Spielchen. Wie der Zufall es will, werde ich dafür bezahlt zu verhindern, dass das Dokument in französische Hände fällt. Mein Auftraggeber geht Sie nichts an. Sie sollten sich nur dafür interessieren, dass ich tun werde, was auch immer von mir verlangt wird. Auch wenn es bedeutet, dass ich Ihnen die Kehle aufschlitzen muss. Und die der wundervollen Lady, so sehr mir der Gedanke auch verhasst ist.«

»Dann sollten Sie Ihre Zeit nicht damit verschwenden, hier unten Kleinholz aus mir zu machen. Sie sollten ihr besser helfen, den wahren Verräter zu finden.« Kirtland entschloss sich, alles auf eine Karte zu setzen. Was hatte er schon zu verlieren? »Sie hat niemanden verraten. Und ich auch nicht. Wir haben den Kreis der Verdächtigen auf zwei reduziert.«

Orlovs Miene gab zu erkennen, dass er unschlüssig war. »Wen?«

»Leveritt oder Jadwin. Während wir uns hier unterhalten, ist sie fieberhaft auf der Suche nach Beweisen.«

»Falls Sie die Wahrheit sagen ...«

»Sie müssen meinen Worten keinen Glauben schenken. Warum überzeugen Sie sich nicht mit eigenen Augen?« Der Earl bemerkte, dass in seinem Gegenüber langsam Zweifel wach wurden, und er legte mehr Nachdruck in seine Worte. »*Jetzt*, verdammt noch mal. Worauf warten Sie? Ich kann schließlich nicht mehr fliehen. Falls ich gelogen habe, können Sie zurückkehren und sich einen Spaß daraus machen, mir die Leber aus dem Leib zu schneiden.«

Der scharfe Stahl kratzte über Kirtlands Haut, zog sich dann ein paar Millimeter zurück. »Ausgezeichnet. Und falls Sie doch die Wahrheit sagen, werde ich für Ihre Befreiung sorgen.« Metall klirrte auf Metall, als Orlov den Schlüssel aus einem Bund löste. »Das hier lasse ich zurück. Nehmen Sie es als Zeichen des guten Willens.« Er hängte den Schlüssel an einen Nagel, der aus der Mauer ragte.

»Du lieber Himmel, wie grässlich, dass ich darauf hoffen muss, dass der Feind Sie verschont und Ihnen keine Kugel durch den Kopf schießt.«

»Oder ins Herz.« Orlov klopfte sich auf die Brust und drehte sich weg. »Ja, ich habe eines. Und wie Sie sehen, es ist ein recht empfindsames Organ.«

Ein Schlag landete auf ihrer Wange. »Wach auf.«

Siena wimmerte.

»Schlag sie noch mal.« Leveritt schien Freude daran zu haben, den Befehl auszuführen.

Siena öffnete die Augen. Ein paar Sekunden lang sah sie nichts als graue bemooste Schieferplatten.

Der Lauf der Pistole stieß in ihre Rippen. »Los, die Treppe hoch.« Jadwin drückte ihren Rücken gegen die Brüstung.

»Ich rate dir dringend, dein letztes Gebet zu sprechen«,

schnappte Leveritt. »Es sei denn, Black Dove ist in der Lage, die Flügel zu spreizen und davonzufliegen.« Triumphierend hielt er das Dokument in der Hand und wedelte vor ihrer Nase damit herum. »Du hättest dich damit zufriedengeben sollen, die Beine zu spreizen, du kleine Hure, anstatt zu versuchen, in fremden Revieren zu wildern. Wie du siehst, taugen ein paar kleine Federchen nicht dazu, sich majestätisch wie ein Adler durch die Lüfte zu schwingen.«

Siena schwankte leicht, schätzte aber die ganze Zeit über Entfernungen und Flugbahnen ab. Sie erinnerte sich an ihren ersten Ausflug auf den Turm, wusste, dass es einen schmalen Absatz gab, vielleicht dreieinhalb Meter unter ihr, wo das Mauerwerk mit den Zinnen vorsprang und sich mit der breiteren Mauer des Schlosses verband.

Jedenfalls musste sie darauf vertrauen. Denn noch nie war sie solchen Gefahren ausgesetzt gewesen.

»Spring!«, befahl Jadwin und fuchtelte gefährlich mit seiner Waffe herum. »Sonst werden wir nachhelfen müssen.«

Mögen die Merlins ihre Hände schützend über mich halten.

Als Siena sich tief bückte, riss sie das Dokument blitzschnell aus Leveritts Hand und drehte einen Salto rückwärts. In dem Augenblick, als sie mit dem Kopf die Brüstung streifte, straffte sie den Rücken, um ihre Beine auf die Landung vorzubereiten. Alles um sie herum drehte sich, riss sie in den Strudel aus Steinen und zackigen Schatten auf dem Boden tief unter ihr. Keine Zeit zum Nachdenken, für Vernunft. Sie musste ihrer Intuition vertrauen.

Mit den Zehenspitzen erwischte sie den Mauervorsprung – allerdings nur mit Mühe. Einen Moment lang schwankte sie heftig, fand ihr Gleichgewicht, verlor es wieder und ließ sich ein paar Zentimeter weiter hinunter, um sich irgendwo festklammern zu können. Von dort aus gelang es ihr, um die Ecke zu lugen und sich in die Ausbuchtung im Mauerwerk zu schwingen, die früher einmal für die Wachtposten eingerichtet worden war.

Aber im Lauf der Zeiten und unter dem Einfluss der Witterung war der Granit porös geworden und bröckelte unter ihrem Griff. Siena schlug heftig gegen die ausgestemmte Oberfläche und rutschte am rauen Stein entlang. Panisch ruderte sie mit den Armen, und irgendwie gelang es ihr, eine Bruchstelle zu ergreifen und den Absturz ruckartig zu stoppen. Sie hing praktisch nur an den Fingerspitzen und wagte kaum zu atmen.

Jadwin feuerte. Die Kugel drang nur Zentimeter neben ihrem Kopf ins Mauerwerk, sodass die Splitter um sie herumflogen.

Siena hörte Leveritt schreien. »Sei kein Dummkopf! Sie ist doch sowieso erledigt. Wir müssen den Schaden in Grenzen halten und uns so schnell wie möglich aus dem Staub machen!«

Siena lugte nach unten und musste feststellen, dass der Mann nicht unbedingt unrecht hatte. Ihre Finger glitten langsam von der Bruchstelle. Wenn sie stürzte, dann würde es direkt in die Tiefe gehen, ohne jeden Halt auf einem weiteren Mauervorsprung oder Gesims, die ihren Fall bremsen würden.

»Halt durch!«, schrie eine vertraute Stimme.

Nein, ausgeschlossen. Es ist nur der Wind, der um das Gemäuer pfeift. Der Klammergriff ihrer Finger um die Bruchstelle löste sich noch ein wenig. *Oder ist der Wunsch der Vater des Gedankens?*

»Warte noch einen Augenblick, ich habe ein Seil dabei.«

Shannon?

Siena hob das Kinn kaum merklich, traute ihren Ohren kaum.

Aber sie war es tatsächlich. Der geknotete Strang glitt an der Mauer hinunter. Siena gelang es, mit einer Hand nach dem Seil zu greifen und es sich um das Gelenk zu schlingen. Sie zog sich hoch, stemmte die Füße auf den Vorsprung und schob sich Zentimeter für Zentimeter zur Fensteröffnung.

»Wie zum Teufel ...«, begann sie.

»Du kennst doch die Merlins«, unterbrach Shannon, »wir sind wie Pech und Schwefel!« Shannon griff nach dem Arm ihrer Freundin und zog sie in den geschützten Alkoven. »Du bist verletzt«, stellte sie ohne Umschweife fest.

Siena wischte die Bemerkung ihrer Freundin beiseite. »Das spielt jetzt keine Rolle.« Sie kümmerte sich nicht um ihr blutverschmiertes Gesicht und deutete auf den Torbogen. »Die Verräter ... sie dürfen nicht entkommen. Aber ...« *Wo steckt Kirtland?* Sie brach ab, hin- und hergerissen zwischen ihrer Pflicht und der verzweifelten Angst, dass der Earl in Schwierigkeiten steckte.

Shannons maskenhafter Gesichtsausdruck gab zu erkennen, dass sie Böses ahnte. Sie beugte sich so weit vor, dass die Klinge ihres gezückten Messers Sienas Brust berührte. »Aber was? Warum zögerst du? Du hast dich doch nicht etwa vom Feind verführen lassen, oder?«

»Nein! Bei allem, was mir heilig ist!« Siena war klar, dass ihre Stimme brüchig klang, brach aber trotzdem nicht ab. »Wie kommst du nur auf solche Gedanken?«

»*Ich* überhaupt nicht. Aber Lynsley rechnet mit dem Schlimmsten. Ihm ist zu Ohren gekommen, dass du mit dem Feind im Bett gewesen bist.«

Siena war froh, dass ihre geröteten Wangen in der Dunkelheit nicht zu sehen waren. »Es war nicht das, wonach es aussah. Es hat sich herausgestellt, dass der Earl – unser Hauptverdächtiger – in Wahrheit ein zuverlässiger Verbündeter ist. Ein echter Freund.« Siena sog die Luft zitternd in die Lungen und straffte sich, als sie Schritte hörte. Ihr Herz pochte aufgeregt. »Nach dem Schuss hätte er eigentlich längst hier auftauchen müssen. Ich frage mich, ob ihm irgendetwas zugestoßen ist.«

Shannon versteifte sich. »Ist er groß, stark und schön wie die Sünde?«

»Ja«, flüsterte Siena, und ihre Muskeln spannten sich an.

»Verdammt«, fluchte Shannon. »Ich glaube, ich habe ihn gesehen. Ein blonder Adonis hat ihm die Dolchspitze an die Kehle gedrückt und ihn in den Keller gezwungen ...«

»Wo?« Mühsam versuchte Siena, ihre Angst zu beherrschen.

Rasch beschrieb Shannon die genaue Lage der Tür. »Wenn ich nur eine Ahnung gehabt hätte ...«

Siena verschwendete ihre Zeit nicht mit Vorwürfen, sondern riss sich los. »Zum Teufel mit den anderen. Ich muss Kirtland helfen. Lynsleys kostbares Dokument befindet sich in meinen Händen. Die Kerle sind keine Gefahr mehr für England. Und wenn er meinen Kopf verlangt, weil ich sie habe entkommen lassen, dann soll er ihm auf einem Silbertablett serviert werden.«

»Überlass sie mir.« Shannon zog eine Pistole aus dem Gürtel. »Besser, du nimmst das. Nur für den Fall, dass du dem Teufel direkt in die Arme rennst.«

»Nein, du behältst sie. Ich werde den Teufel mit bloßen Händen erwürgen, falls er Julian auch nur ein Haar gekrümmt hat.« Siena drückte ihrer Kampfgenossin den Arm. »Nonnie, du bist eine echte Freundin. Sei vorsichtig. Diese Männer schrecken nicht davor zurück, tödliche Gewalt anzuwenden. Du solltest auch nicht davor zurückschrecken. Später werde ich dir alles erklären.« Zögernd fügte sie hinzu: »In der Galerie, die du gerade beschrieben hast, befindet sich eine kleine Statue der griechischen Göttin Athena. Ich werde das Dokument unter dieser Statue deponieren.« Mehr war nicht zu sagen.

Schweigend trafen sich ihre Blicke. »Viel Glück«, flüsterte Shannon, »mögen die Flügel des Falken dich sicher durch die Nacht geleiten.«

Nachdem sie ihre Freundin in die Dunkelheit verschwinden sah, drehte Shannon sich um und eilte die kreisförmige Steintreppe des Turms hinunter. Sie wagte nicht, kurz anzuhalten und die Skizze des Schlosses zu betrachten, rief sich aber genügend Einzelheiten in Erinnerung, um den Feind ein Stockwerk tiefer abfangen zu können.

Shannon stieß die Tür zum Stockwerk auf und fand sich in einem lang gestreckten Korridor wieder. Die Flammen der Öllampen, die an den Wänden flackerten, waren für die Nacht heruntergedreht worden und sendeten gerade so viel Licht aus, wie es nötig war, um die Türen an beiden Seiten des mit Teppich ausgelegten Parketts zu erkennen. Sie blieb stehen und lauschte ...

Es war der goldene Schimmer seines Haares, der ihn verriet.

Rasch versteckte sie sich hinter einer glänzenden Rüstung in der Galerie des Mittelalters, während sie sich fragte, wie ein Mann seiner Größe und Statur sich so geräuschlos bewegen konnte. Seine Füße glitten wie Katzenpfoten über den Teppich. Lautlose, pirschende Schritte.

Sie biss die Zähne fest zusammen. Der Jäger wird bald die Beute sein, schwor sie sich und dachte an Sienas panischen Gesichtsausdruck. Noch ein paar Schritte, und sie würde den Russen zwingen, für seine Untaten zu bezahlen. Dann werden wir sehen, dachte sie, wie es ihm gefällt, eine Stahlspitze an der Kehle zu spüren.

Shannon verstaute ihre Pistole im Gürtel und zog das Messer hervor.

Ein wenig verlangsamte er seinen Schritt, als er an ihr vorüberging. Vielleicht lag es an den anschwellenden Geräuschen im Innern des Turmes, die ihn anspornten, seinen Weg fortzusetzen. Ein Mörder ließ sich nur ungern mit blutigen Händen ertappen ...

Sekundenlang stockte ihr der Atem, als sie das Blut an seinem Ärmel entdeckte. Dann nahmen ihre Lungen die Arbeit wieder auf. Genau wie ihre Füße. Mit aller Macht.

Ihr schlug das Herz bis zum Hals, und sie befürchtete, dass das Geräusch ihres pochenden Herzens sie verraten könnte, als sie sich bis auf Armeslänge in seine Nähe schlich. Weiter vorn öffneten sich die Doppeltüren und gaben den Blick auf ein weiteres Labyrinth von Korridoren frei. Er würde stehen bleiben und sich umschauen müssen, bevor er sich zum nächsten Schritt entschloss.

Er hatte verächtlich gelacht, als über Geister und Gespenster gesprochen worden war. *Ha!* Mal sehen, ob ihm das Lachen inzwischen vergangen war. Er würde begreifen müssen, dass es tatsächlich Racheengel gab, die auf der Erde ihr Unwesen trieben. Shannon hob das Messer und bereitete sich auf den Überfall vor.

Noch ein Schritt …

Er wirbelte herum, schnell wie ein Derwisch, schnappte sie beim Handgelenk und drehte es ihr auf den Rücken, sodass die Sehne am Knochen knirschte.

Ihre Klinge glitt in seine Hand.

Shannon unterdrückte einen Schmerzensschrei, drehte sich in Sekundenschnelle aus seinem Griff und rammte ihm die Faust mit voller Wucht in die Nieren.

Nur um mit einem üblen Krachen abzuprallen.

»Ausgezeichnet«, lobte er und drehte die Spitze ihres eigenen Messers so, dass sie auf ihre Brust zeigte. »Perfekter Schwung, gut gezielt. Eigentlich müsste ich Ihnen jetzt zu Füßen liegen und im Todeskampf zucken, wenn ich nicht ein bisschen Glück gehabt hätte.« Jetzt erst bemerkte Shannon die Umrisse des Pakets unter seinem Mantel. »Aber das ist ja nun geklärt. Ich muss Sie bitten, zurückzutreten und die Hände über den Kopf zu heben. Andernfalls sehe ich mich gezwungen, sehr unhöflich zu Ihnen zu sein.«

»Dreckskerl«, presste Shannon hervor, als sich die Stahlspitze noch fester auf ihre Brust drückte.

Orlov lächelte wütend, als er das Seil von ihrem Handgelenk losband. »Ich habe ein dickes Fell, meine Liebe. Ich kann Ihnen nur empfehlen, Ihre scharfe Zunge ein wenig besser im Zaum zu halten.«

»Wie Sie wünschen«, stieß Shannon mit zusammengebissenen Zähnen hervor. »Aber nur, weil Siena geschworen hat, Sie mit bloßen Händen zu erwürgen. Weil Sie den Earl auf dem Gewissen haben. Hoffentlich gestattet sie mir, dass ich dabei zuschaue, wenn Sie Ihr Leben aushauchen.«

»Ich habe Lord Kirtland kein Haar gekrümmt. Andernfalls würde ich mir allerdings vor Angst in die Hose machen.« Orlov grinste. »Aber ich muss gestehen, dass der Gedanke an einen Nahkampf mit Ihrer Genossin recht verlockende Aussichten bietet. Vielleicht sollte ich es darauf ankommen lassen.«

»Es wäre ein tödlicher Zweikampf«, korrigierte Shannon, »und wenig verlockend für Sie. Am Ende wären Sie nämlich tot.«

Er lachte leise und ohne Boshaftigkeit. »Vielleicht«, erwiderte er und ließ den Blick von Kopf bis Fuß über sie schweifen, »tun die Gerüchte Ihnen ja auch unrecht. Lord Lynsleys kleiner Falkenschwarm ist ganz entzückend.«

»Woher wissen Sie Bescheid? Für wen arbeiten Sie?«, wollte Shannon wissen.

»Jemand bezahlt mich dafür, dass ich ein paar Blätter Papier in seinen Besitz bringe. Es steckt ein anderer dahinter, als alle hier vermuten. Ich darf annehmen, dass Ihre Genossin das Dokument an sich gebracht hat?«

»Ja.« Shannon empfand eine gewisse Befriedigung bei der Antwort.

»Wenn ich in dieser Hinsicht auch eine Niederlage eingestehen muss, so könnte mein Gegner doch kaum bezaubernder sein. Bitte richten Sie Kirtland mein Bedauern aus. Wegen der Unannehmlichkeiten, die ich ihm bereitet habe.« Orlov hielt inne. »Ich drücke Ihnen mein größtes Bedauern für die Verletzung an Ihrer Hand aus. Ich hoffe, dass das Gelenk Ihnen nicht allzu große Schmerzen bereitet. Wenn ich geahnt hätte, dass eine junge Lady sich an meine Fersen geheftet hat, hätte ich aus dem ungleichen Kräfteverhältnis natürlich niemals meinen Vorteil gezogen.«

Shannon fixierte ihn mit einem eiskalten Blick.

Orlov schüttelte das Seil aus und schlug den Enterhaken in das lackierte Kabinettschränkchen.

»Ich hoffe, es handelt sich nicht um eine unbezahlbares Kostbarkeit aus der Ming-Dynastie«, murmelte Shannon und schaute zu, wie die Splitter zu Boden fielen. »Ich habe nämlich schon genug Ärger am Hals.«

»Eine späte Nachahmung. Bei Weitem nicht so wertvoll.« Orlov nahm das Messer in die andere Hand. »Bitte richten Sie Ihrer Genossin aus, dass Sie nicht zu böse auf mich sein soll. Um aufrichtig zu sein, ich habe ihr einen großen Gefallen getan. Wie sie schon bald selbst entdecken wird.«

Mit dieser rätselhaften Bemerkung sprang er leichtfüßig auf das Fenstersims, verbeugte sich übertrieben und verschwand in der dunklen Nacht.

»Zum Teufel mit dir.« Shannon rannte zum Kabinettschrank, hoffte, dass sie die eisernen Krallen lockern und ihn zu Boden stürzen lassen konnte. Mit ein bisschen Glück würde er sich sämtliche Knochen brechen.

Aber das Glück war leider nicht auf ihrer Seite. Enttäuscht schlug sie mit den Handflächen auf die Fensterrahmen, als sie sich hinausbeugte und zuschauen musste, wie er im Gebüsch verschwand. Er ist gerissen wie ein Wolf, dachte sie, sogar der glitzernde goldene Ohrring, den sie inmitten seines wirren, hellen Haars entdeckt hatte, passte ins Bild. Er hatte sie nicht nur verletzt, er wollte sie auch noch demütigen, indem er ihr eigenes Seil zu seiner Flucht benutzte. Außerdem hatte er ihr liebstes

Messer – aus andalusischem Silber geschmiedet – als Erinnerung an seinen Triumph bei sich behalten.

Eines Tages, schwor sie sich, wird er dafür bezahlen. Und zwar nicht zu knapp.

Aber die Rache würde warten müssen. Es gab andere Raubtiere, die noch immer auf Beutezug waren.

23. Kapitel

Irgendwo tief unter seinen Füßen krachte es vernehmlich. Dann ertönte ein Gurgeln, das wie ein dämonisches Gelächter klang.

Kirtland warf den Kopf nach hinten. Konnte es sein, dass die klamme Luft noch klammer geworden war? Oder bildete er sich alles nur ein? Lange musste er auf die Antwort nicht warten. Es dauerte nur wenige Minuten, bis die flackernde Kerze die grauenhafte Wahrheit enthüllte.

Das Wasser in der unterirdischen Zisterne stieg plötzlich an, und zwar schnell. Die letzten Regenfälle waren sehr heftig gewesen. Daran musste es liegen, dass Siele überflutet worden waren. Das Wasser leckte ihm bereits um die Stiefel. Er stieß einen leisen Fluch aus, ließ den Blick die spiralförmige Treppe nach oben schweifen. Hinauf in das undurchdringliche Dämmerlicht. Wenn ich schreie, würde ich nur meinen Atem verschwenden, schoss es ihm durch den Kopf. Begraben im Felsen, zwischen Steinen und Mörtel. Kein Laut würde aus dieser Kammer nach draußen dringen.

Es herrschte Grabesstille.

Kirtland konnte nur hoffen und beten, dass der Russe trotz all seiner Fehler ein Mann war, der Wort hielt. Seine eigenen bedauernswerten Anstrengungen waren vollkommen nutzlos. Er riss wieder an den Ketten, aber das rostige Metall hielt sich trotz seines Alters fest im Stein. Seine Handgelenke waren rau und bluteten.

Das kalte und schmutzige Wasser reichte ihm inzwischen bis an die Oberschenkel.

Es zischte leise, als der letzte Docht verglomm und ihn in vollkommener Dunkelheit zurückließ. Ironie des Schicksals, dachte er, dass mein Leben ausgerechnet jetzt ausgelöscht werden soll. Jetzt, als innerlich gerade ein Funke gezündet hat … Sein Bedauern richtete sich weniger auf die Vergangenheit als vielmehr auf die Zukunft.

Aber in diesem Augenblick lag ein einziges Versäumnis wie ein Schatten über allem anderen. Er wünschte sich, er hätte Siena gestanden, dass er sie liebte; er wünschte sich, es ihr laut und deutlich gesagt zu haben, ganz gleich, wie seltsam es sich auch anfühlte. Verdammt noch mal, fluchte er in sich hinein, ich bin in so vielen Sprachen zu Hause, in alten und modernen … aber dieses eine Wort erwies sich als so teuflisch schwer zu beherrschen.

Liebe.

Auf einmal fand Kirtland es gar nicht mehr so schwer.

»Liebe«, flüsterte er, und irgendwie schien das Echo über dem leise gurgelnden Wasser aufzusteigen.

»Amore.« Auf Italienisch hörte es sich sogar noch schöner an.

Verdammt. Er wünschte sich, er hätte es früher über die Lippen gebracht, hätte sich aus der Einsamkeit und der Bitterkeit befreit, die ihn seit Jahren belagerte und ihn zwang, sich auf sich selbst zurückzuziehen.

Es war zu wenig. Und zu spät. Aber für Siena gab es noch einen kleinen Hoffnungsschimmer. Vielleicht konnte Orlov ihr helfen, nach Italien zu fliehen. Dann hätte sie eine Chance, die Stadt zu sehen, nach der sie benannt worden war. Sie könnte das magische Licht der Toskana bewundern, seine monumentale Schönheit, seine großartige Kunst.

Kirtland lächelte. Aber der Gedanke, dass sie all das mit jemand anderem genoss, war wie eine kalte Dusche für ihn.

Auf dem Vorsprung zögerte Siena. Befehl war Befehl. Lynsley hatte klargemacht, dass nichts außer dem Dokument ihn interessierte. Wie hoch auch immer der Preis sein mochte. Ihr Verstand mahnte sie eindringlich zum Rückzug. Aber ihr Herz rebellierte dagegen, einen Kameraden allein auf dem Schlachtfeld zurückzulassen.

Für sie zählte nichts außer ihrem Herzen.

Sie hatte ihren Auftrag nicht verraten. Genauso wenig wie ihr Land. Siena beruhigte sich mit einem tiefen Atemzug. Aber damit sie ihre eigenen Worte und Taten nicht Lügen strafte, durfte sie sich selbst auch nicht verraten.

Lynsley wird verstehen, hoffte sie inständig.

Siena riss die Tür zu einem Nebentreppenhaus auf, nahm zwei Stufen auf einmal, als sie hinunterrannte, durchquerte die Eingangshalle des Schlosses und achtete gleichzeitig darauf, den schlafenden Portier nicht zu wecken. Sie hatte gerade den Korridor erreicht, der den Turm mit dem Ostflügel verband, als ein markerschütternder Schrei die Stille der Nacht zerriss.

»Sie sind fort!«

Sie drückte sich gegen die Wand, sah, wie der Butler, dem die Rockschöße lose über die halb geknöpften Hosen hingen, knüppelschwingend die Treppe hinuntergerannt kam.

Ein halbes Dutzend Lakaien stolperten ihm nach, einige noch im Nachthemd.

»Schwärmt aus!«, schrie er. »Schwärmt aus ins Gebüsch! Ihr müsst sie finden!«

Siena hielt sich nicht mit der Frage auf, wie oder warum so schnell ein Geschrei um die beiden Männer gemacht wurde. Leveritt und Jadwin galt nicht mehr ihre erste Sorge. Im allgemeinen Aufruhr schlüpfte sie durch das Portico an der Seite und nahm zwei Stufen gleichzeitig, als sie die Treppe zum Ostflügel hinaufeilte.

Was aber hatte der rätselhafte Russe letztlich mit der ganzen Geschichte zu tun? Es war diese Frage, die ihr immer wieder einen kalten Schauder über den Rücken jagte. Kein Zweifel, dass es eine Erklärung für all das geben musste, was er getan hatte. Eigentlich sollte sie in der Lage sein, diesen Grund herauszufinden. Aber das pochende Herz brachte ihren Verstand zum Schweigen.

Lass Kirtland am Leben sein, flehte Siena lautlos. Plötzlich rannen ihr die Tränen über die Wangen.

Sie stieß eine getopfte Palme zur Seite, sprang über das Treppengeländer und bog in den Nebenkorridor ein. Ein marmorner Faun wankte, als sie hastig durch die Galerie mit den griechischen Antiquitäten rannte. Siena achtete nicht auf den Krach, duckte sich unter den Locken einer steinernen Medusa durch und stürzte in den Alkoven.

Siena verharrte genauso lange in der Galerie, wie sie brauchte, um das für Lynsley ergatterte Dokument unter der marmornen Athena-Statue zu verbergen, und trat gegen die Tür. Aber das verrostete Schloss gab nicht einen Millimeter nach. *Lass dir etwas einfallen, Volpina!*, hatte Da Rimini ihr immer vorgesungen, als wäre es ein Refrain. Bei einem Blick über die Schulter erblickte sie eine Reihe klassischer Gottheiten. Sie stieß ein lautloses Gebet aus, hob eine Mars-Skulptur an, nahm Anlauf und rammte sie mit dem Kopf zuerst in die getäfelte Tür aus Eichenholz.

Anschließend riss sie den Bolzen aus dem zerbrochenen Schloss und schlüpfte durch die Öffnung. Auf der anderen Seite der Tür herrschte pechschwarze Dunkelheit. Die Treppenstufen waren kalt und glitschig. Siena musste ihren Schritt verlangsamen, obwohl es sie beinahe um den Verstand brachte. Zitternd riss sie ein Streichholz an und hielt es an die Kerze, die sie sich aus dem Wandhalter geschnappt hatte. Das Geräusch sprudelnden Wassers drang aus der Tiefe über die kreisförmige Treppe nach oben. In panischer Angst rief Siena seinen Namen.

»Kirtland!«

Keine Antwort. Stattdessen drang nur das tödliche Pochen an ihr Ohr.

»*Julian!*«

»Hhhssss.« Was war das schwache Echo anderes als eine höhnische Antwort auf ihre Angst?

Das Licht flammte auf, als der Funke auf den Docht übersprang. Und mit dem Licht keimte auch die Hoffnung auf, dass es noch nicht zu spät war. »Halt durch! Ich bin gleich bei dir.«

Das Wasser war so schwarz wie Tinte, als es auf die letzte Stufe schwappte. Im schwachen Lichtschimmer zeigten sich wirbelnde Strudel ... eine Hand, die ins Wasser tauchte ... und noch eine. Zwischen den Händen ein leichenblasses Gesicht.

Siena klemmte die Kerze zwischen zwei Steine und tauchte ein. Die Kälte traf sie wie ein Faustschlag, drängte ihr die Luft aus den Lungen. Entsetzt schnappte sie nach Luft, zwang sich, sich an ihr Yoga-Training zu erinnern, um ihren Atem wieder zu kontrollieren.

Der Geist bezwingt den Körper. Sie schenkte dem Schmerz keinerlei Beachtung, kämpfte sich durch das wilde Wasser. Die Strudel brachten sie vollkommen durcheinander, raubten ihr sogar die Orientierung, aber sie fixierte sich auf einen Punkt an der gegenüberliegenden Wand. Schließlich konnte sie den Kopf des Earls mit ihren tauben Händen umfassen und hob ihn aus dem brackigen Wasser.

»Wer kommt, um mich zu retten?«, stammelte Kirtland mit zusammengebissenen Zähnen. Er war kaum in der Lage, die Lippen zu bewegen. Seine Muskeln fühlten sich in ihren Händen wie Eisklumpen an. »V...viel zu g...gefährlich. Geh fort, bevor die Kälte dir die letzten Kräfte raubt. Es ist deine Pfl... Pflicht ...«

»Zum Teufel mit der Pflicht!« Mit einer Hand hielt Siena seinen Kopf über Wasser, während sie mit der anderen wie wahnsinnig versuchte, das Schloss der Handschellen mit dem Messer zu knacken. Vergeblich.

»Der Schlüssel«, flüsterte er angestrengt, »hängt dort drüben.«

Das Licht war sehr schnell erloschen. Wie tödliche Schatten tanzten ihre Silhouetten auf der Wand, sodass sie kaum die Umrisse des Schlüssels erkennen konnte. »Halt die Luft an!«, schrie sie ihm ins Ohr. »Wag es nicht, jetzt aufzugeben, mein Liebster! Ich schwöre, dass ich dir sonst in die Hölle folgen und mich mit dem Teufel persönlich duellieren werde, um dich zurückzubekommen!«

Siena wartete keine Sekunde länger. Just in dem Moment, als sie sich den Weg über den Felsen zur Wand gebahnt und den Schlüssel vom Haken gerissen hatte, schwappte das Wasser über das Eisen.

Ihre eiskalten Finger zitterten, als sie blindlings an den Fesseln herumfummelte. *Deine Stöße müssen stark und gleichmäßig kommen, Volpina.* Schon früher habe ich meine Angst und meine Müdigkeit niedergekämpft, erinnerte sie sich, du musst einen eisernen Willen haben.

Die erste Handschelle öffnete sich mit einem dumpfen Klicken.

Süß und lieblich klang das Geräusch in ihren Ohren. Siena schossen die Tränen in die Augen. »Nur noch ein paar Sekunden«, schrie sie und attackierte die zweite Fessel mit unbändiger Wut. Der Earl antwortete nicht mehr. Der Kopf war ihm auf die Schulter gesunken, wog tonnenschwer …

Nein, auf keinen Fall durfte sie daran denken, jetzt aufzugeben. Nicht jetzt.

Schmerz schoss ihr durch die Hand, als sie sich die Haut am Metall und am Felsen abschürfte.

»Zwei-, dreimal hab ich dich geliebt, eh ich Gesicht und Namen kannte …« Keuchend rezitierte Siena die Verse des Gedichts, die sie aus seinem Munde gehört hatte. Ihre Kräfte ließen langsam nach.

»Mir, wer du bist, erzählt, erlaub ich, dass sie deinen Leib

erwählt …« Sein Atem war kaum spürbar, hauchte wie ein warmer Südwind über ihre Haut.

Bleib entschlossen. Du wirst ihn erlösen. Endlich fand sie das Schlüsselloch und führte den Schlüssel ein.

Die Fesseln fielen ihm vom Handgelenk.

»Stoß dich ab!«, drängte sie ihn und lenkte ihn in die Richtung, die sie für die richtige hielt. Es herrschte jetzt pechschwarze Dunkelheit, und die reißenden Strudel zerrten aus unterschiedlichen Strömungen an ihnen. Es wurde immer schlimmer. »Stoß dich ab!« Lange war sie nicht mehr in der Lage, sich und gleichzeitig ihn über Wasser halten zu können.

Wie durch ein Wunder fanden ihre Füße die überfluteten Stufen. Mit letzter Kraft zog sie Kirtland auf den untersten Absatz und rettete ihn aus der unmittelbaren Gefahr.

»Julian!« Siena strich ihm die nassen Strähnen aus dem Gesicht und presste ihre Lippen auf seine Stirn. »Verdammt noch mal, du darfst mich nicht verlassen.« Sie küsste die Tropfen von seinen Wimpern, von seinen Wangen, von seinen Bartstoppeln. »Ich fürchte, ich könnte es nicht ertragen, meine Liebe.«

Einzig und allein aus Liebe zu ihm stieß sie ihm die Faust kräftig in die Rippen.

Nur schwach spuckte er das Wasser aus, aber es reichte.

»Julian.«

»Siena, ich bin schon fast ertrunken. Du musst nicht noch mehr Wasser auf meinem Gesicht verteilen.« Seine Lippen verzogen sich unter ihren, und er schmeckte ihr Salz.

»Sieht so aus, als hätte ich mich in eine Gießkanne verwandelt. Wie ein dummes, kleines Schulmädchen.«

»Weinst du wirklich?«

»Ja.« Peinlich berührt zog sie sich fort. »Nein.«

Kirtland griff ihre Hand und drückte sie fest auf sein Herz. Sein durchnässtes Hemd fühlte sich wie Eis zwischen ihren Fingern an, aber es schien, als würden seine Muskeln warm pulsieren. »War ich im Delirium, oder kam dir gerade das Wort ›Liebe‹ über die Lippen?«

Warum sollte sie es abstreiten? »Ja. Der Himmel möge mir helfen, ich habe versucht, dagegen zu kämpfen. Aber ich liebe dich wirklich, Julian. Mehr, als ich sagen kann.« Es lag nicht an der Kälte, dass Siena zitterte. Denn es war die reine Wahrheit, dass ihre Wege sich trennen würden, wenn die Nacht zu Ende ging. Er war ein Lord, aber sie war alles andere als eine Lady. Und sie hegte keinerlei Illusionen darüber, was das zu bedeuten hatte. »Aber es spielt keine Rolle.«

Kirtland flüsterte ein paar Worte, so leise, dass sie sie nicht verstehen konnte.

»Komm schon, du musst dir trockene Kleidung anziehen und dich am Feuer wärmen«, drängte Siena wieder. »Die Kälte kann dich so sicher töten wie ein Hieb mit dem Schwert.«

»Aber du zitterst auch. Ich werde also noch ein bisschen warten müssen, bevor ich dir mein Herz zu Füßen lege, meine tapfere Kriegerin. Ich möchte dir in die wundervollen Augen schauen und dein zauberhaftes Lächeln sehen, wenn ich ... von Gefühlen spreche, die sich sehr lange tief in meinem Innern verborgen habe.«

Die Tür war leicht geöffnet. Shannon glitt durch den Spalt und schlich durch den Schatten des großen Pianoforte. Das Musikzimmer. Langsam und leise schlich sie weiter. Der Mond und die Sterne warfen ihr Licht auf die Saiten der vergoldeten Harfe, deren Schatten wie dunkle Linien in den Teppich gewebt schienen.

Es war dunkel. Aber nicht dunkel genug, um die Gestalt zu verhüllen, die neben den geöffneten Terrassentüren hockte.

Shannons Hand schoss zu ihrem Stiefel und zog das Stiletto heraus. Sie schlich sich noch ein paar Schritte näher heran, hob das Messer ein wenig höher ...

Die Wolkendecke am Himmel riss auf. Für den Bruchteil einer Sekunde war das Gesicht der Gestalt deutlicher zu erkennen.

Ihre Blicke begegneten sich.

»Sir!«, rief sie mit unterdrückter Stimme. »W... was machen Sie denn hier?«

»Das könnte ich genauso gut Sie fragen.« Lynsley wischte sich das Blut von den Fingern und erhob sich. »Ist das Ihr Werk?«

»Nein, Sir.« Shannon wandte den Blick von den zwei Leichen auf der Terrasse ab. Leveritt, dem die Kehle durchgeschnitten worden war, lag ausgestreckt unter einem anderen Clubmitglied. Jadwin war ebenfalls tot; ein Messer steckte bis zum Schaft in seinem Herzen. »Siena hat es ebenfalls nicht getan«, fügte sie hastig hinzu. »Ich bin mir in der Tat recht sicher, dass es sich um das Werk eines anderen Gastes handelt. Das Werk eines Gentlemans mit hellem Haar und zartem ausländischem Akzent.«

»Hmm.« Der Marquis faltete sein ruiniertes Taschentuch sorgfältig zusammen und stopfte es in seine Tasche. »Wo steckt er jetzt?«

»Verschwunden, Sir. Ich fürchte, ich habe ihn entwischen lassen.«

Es herrschte Schweigen, abgesehen von ein paar entfernten Rufen im Garten. »Das bedeutet, dass ich mich nur noch mit Ihnen beschäftigen muss.«

Shannon hob das Kinn. »Ja. Ich bin voll und ganz bereit, die Konsequenzen für mein Handeln zu übernehmen.«

»Sie haben einen Befehl missachtet.«

»Um aufrichtig zu sein, das habe ich nicht. Niemand hat mir ausdrücklich verboten, meiner Kameradin zu Hilfe zu eilen.«

»Das ist Haarspalterei.«

»Ja, Sir. Aber gemessen an der Tatsache, dass Siena in höchster Gefahr schwebte, hielt ich es für das kleinere Übel.« Sie rieb sich das Handgelenk. Es tat fürchterlich weh. Genau wie die

Vorstellung, aus der Akademie geworfen zu werden. Aber selbst dann würde sie nicht bedauern, was sie getan hatte. »Ich habe volles Verständnis, wenn Sie mich vor das Kriegsgericht stellen wollen.«

»Strengste Disziplin ist die höchste Tugend unserer Organisation, Shannon. Ohne Disziplin dürfen wir nicht hoffen, dass unsere Einsätze erfolgreich verlaufen.«

»Das gilt auch für die unbedingte Treue, Sir«, fügte sie sanft hinzu. »Und für die Fähigkeit, in Sekundenschnelle schwierigste Entscheidungen zu treffen.«

Es klopfte an der Tür.

Lynsley seufzte. »Wir werden unsere Unterhaltung später fortsetzen müssen. Meine Kutsche wartet unten am Pförtnerhäuschen auf mich. Ich muss darauf achten, dass ich nicht gesehen werde. Schließlich habe ich genug damit zu tun, die örtlichen Autoritäten zu besänftigen, ohne ihnen zu erklären, warum eine voll bewaffnete Frau sich wie eine wütende Furie auf ihrem Land herumtreibt.«

»Ja, Sir.« Sie zögerte kaum merklich. »Nur, dass Sie es wissen: Sienas Mission war erfolgreich. Sie hat gefunden, wonach Sie gesucht haben – was auch immer es war.«

Lynsley nickte. Er wartete, bis sie über das Terrassengeländer gesprungen war, bevor er mit den Verwaltern sprach, zwei benachbarten Gutsherren, die er durch seinen Boten hatte benachrichtigen lassen.

»Schmutzige Angelegenheit«, murmelte einer der Gentlemen. Rasch löste er den Blick von der Blutlache.

Der zweite Mann nickte und unterdrückte mühsam das Würgen.

»Haben Sie eine Ahnung, was geschehen ist, Mylord?«

»Ich bin nicht früh genug eingetroffen, um Zeuge des Geschehens zu werden. Aber es sah alles danach aus, als wären die zwei Gentlemen in Streit geraten. Irgendwann sind sie gewalttätig geworden«, erklärte Lynsley. »Wenn ich mir den Winkel anschaue, in dem die Leichen hier auf dem Boden liegen, würde ich behaupten, dass der unglückliche Leveritt beim Kampf um das Messer einen Schlag in den Nacken erlitten hat …« Die beiden Körper waren beizeiten so arrangiert worden, dass sie die Vermutung stützten. »Und im Todeskampf ist es ihm gelungen, den fliehenden Lord Jadwin niederzustrecken. Er muss gestürzt und in seine eigene Waffe gefallen sein.«

Wenn die beiden Verwalter es für nötig gehalten hätten, ein wenig genauer nachzusehen, hätten sie eine Reihe von Einzelheiten bemerkt, die einer solchen Darstellung widersprachen. Es war wenig Zeit geblieben, die Morde etwas geschickter zu vertuschen und die vielsagenden Hinweise auf eine dritte Partei zu beseitigen. Lynsley konnte nur hoffen, dass seine Position in der Regierung die beiden Männer auch weiterhin davon abhielt, die Angelegenheit genauer unter die Lupe zu nehmen.

Seine Taktik schien sich auszuzahlen. Einer der Männer hustete laut. »Ich glaube, Sie haben vollkommen recht, Mylord.«

»Aye. Manchmal kann das Temperament überschießen, wenn zwei Gentlemen sich streiten«, meinte der Gentleman mit dem blassen Gesicht. Er ließ den Blick über die Whiskyflaschen schweifen, die der Marquis im Raum drapiert hatte. »In der Tat, ein schmutziges Geschäft.«

»Ich glaube, es wird noch schmutziger werden, wenn man die Identität der verstorbenen Herren in Betracht zieht.« Lynsley schürzte die Lippen. »Es sei denn, wir entscheiden uns, die Angelegenheit schnell und diskret aus der Welt zu schaffen.«

Die Verwalter wechselten unheilvolle Blicke. »Gott möge den Duke und unseren Distrikt vor einem Skandal bewahren.«

»Mit göttlichem Beistand kann ich nicht dienen. Aber ich könnte dafür sorgen, dass die Sache in aller Stille vor sich geht. Aufgrund meiner Position im Ministerium verfüge ich über Erfahrungen, wie man mit solch unangenehmen Situationen umzugehen hat.«

»Hmm.« Die beiden Verwalter steckten für ein paar Minuten die Köpfe zusammen. Ein paar Sekunden später nahmen sie das Angebot umstandslos an.

»Dann dürfen Sie den weiteren Verlauf gern mir überlassen.« Selbstverständlich hatte Lynsley bereits dafür gesorgt, dass Oban die nötigen Vorkehrungen traf, um die Leichen nach London schaffen zu lassen. Er hatte sich vorgenommen, bis zum ersten Sonnenstrahl sämtliche Spuren des Verbrechens zusammen mit allen kompromittierenden Beweisen aus den Zimmern der Ermordeten von Marquand Castle verschwinden zu lassen.

»Es gibt keine Augenzeugen. Ich bin sicher, dass es reichen wird, wenn der Sekretär des Dukes Ihre Aussagen zu Protokoll nimmt. Ich werde dafür sorgen, dass es abgeschrieben und Ihnen schon morgen zugestellt wird.«

»Wir können uns wirklich glücklich schätzen, Mylord, dass Sie sich zufällig in der Nachbarschaft aufgehalten haben.«

»Ja, das war in der Tat ein Glück«, platzte Lynsley heraus. »Nachdem ich mit Freunden im Blue Boar Inn diniert habe, hatte ich plötzlich das Gefühl, ich müsste ausreiten und den Kopf wieder freibekommen. Wie der Zufall so spielt, habe ich ein Geschrei im Gebüsch gehört und wollte ihm auf den Grund gehen.«

»Ja, es war ein großes Glück«, pflichtete der blasse Mann bei. »Was für eine Nacht!« Er presste sich ein Taschentuch auf die Lippen. »Äh, gibt es einen Grund, hier noch länger zu verbleiben? Mir scheint, wir müssen uns noch um einen Diebstahl kümmern. Irgendjemand hat sich mit einem kostbaren Buch aus der Sammlung des Dukes aus dem Staub gemacht.«

»Nein, Sie dürfen gehen.«

Die beiden Verwalter nickten würdevoll, zogen sich rasch zurück und überließen es dem Marquis, den Tatort aufzuräumen.

Das Schlimmste ist überstanden, grübelte Lynsley, trat mit einem großen Schritt über die dunkle Blutlache und setzte sich auf das Fenstersims. Wenn er Shannons Aussage trauen durfte, war die Mission gegen alle Widerstände doch erfolgreich gewesen. Es gab nur noch ein paar letzte Dinge, die geklärt werden mussten.

24. Kapitel

»Vermutlich warten Sie bereits darauf, Sir.« Mit der alten Decke über ihren Schultern erinnerte Siena eher an ein verwahrlostes Kind als an eine Kriegerin, als sie Lynsley das Dokument überreichte. Als sie aus dem Keller aufgetaucht waren, hatte sie das ganze Haus im Aufruhr entdeckt. Sie hatte sich geweigert, Brandy oder Decken anzunehmen, hatte stattdessen verlangt, sofort dem Marquis, dessen Anwesenheit der aufgeregte Butler vermeldet hatte, Bericht zu erstatten.

Mit einem flüchtigen Blick überflog Lynsley das Wachssiegel und stopfte das Dokument in seine Tasche. »Ausgezeichnete Arbeit«, murmelte er.

»Mehr haben Sie nicht zu sagen?«, brummte der Earl.

Blaue Flecken prangten auf Sienas Wange. Außerdem blutete sie. Trotzdem lächelte sie schief. »Julian …«

Kirtland schüttelte ihre Hand ab, die sie ihm zügelnd auf den Arm gelegt hatte. »Mehr nicht? Kein guten Worte, keine markigen Sprüche?«

Der Marquis wahrte vollkommene Ruhe und provozierte Kirtland noch mehr, als jede böse Bemerkung es vermöchte hätte.

»Dann gestatten Sie mir, dass ich meine Gefühle ausdrücke.« Der Faustschlag traf Lynsley direkt auf den Kiefer und streckte ihn zu Boden. »Das ist dafür, dass Sie Siena mutterseelenallein in dieses Schlangennest gesandt haben, obwohl Sie wussten, wie gefährlich es werden kann.«

»Ich kann nicht behaupten, dass ich Ihnen Ihre Aufregung vorwerfen möchte.« Lynsley schien immer noch die Ruhe selbst. »Es gefällt mir genauso wenig wie Ihnen. Aber ich habe getan, was ich tun musste. Es gibt Dinge, die den Kampf lohnen.«

Der Earl warf einen Seitenblick auf Siena und konnte nur zustimmen.

Der Marquis erhob sich schneller, als Kirtland es erwartet hatte. Vielleicht hatte Osborne doch nicht übertrieben, als er die Vorzüge des verfluchten Kameraden geschildert hatte. Seine Bewegungen schienen erheblich flinker als die eines verkalkten Bürokraten, der den ganzen Tag am Schreibtisch hockte. »Es kommt nicht oft vor, dass ich mich freue, einen Irrtum begangen zu haben«, fuhr der Marquis fort, während er sich den Staub von den Hosen klopfte. »Ich bitte um Verzeihung, Kirtland. Vielleicht sollten wir einen Waffenstillstand vereinbaren, bevor die nächsten Schüsse abgefeuert werden.«

»Sie sollten sich besser bei Siena entschuldigen«, murmelte Kirtland. »Sie ist die einzige Heldin in der ganzen Geschichte.«

»In der Tat. Sie hat auf ganzer Linie den Sieg davongetragen. Wie ein echter Merlin.« Lynsley drehte sich leicht zur Seite. »Ich brauche einen umfassenden Bericht. Aber das kann natürlich bis morgen warten.« Er warf einen Blick auf die beiden Leichen. »Wie Sie sehen, gibt es dringendere Angelegenheiten zu klären. Das ... *corpus delicti* muss aus dem Weg geschafft werden. Wir müssen uns entscheiden, welche Erklärungen wir für die Geschichte zu bieten haben. Obwohl ich gestehen muss, dass ich mir immer noch keinen Reim darauf machen kann.«

»Sie könnten behaupten, dass ein Liebespaar sich gestritten hat«, warf Siena ein.

Lynsley kniff die Brauen zusammen. »Ein interessanter Vorschlag. Würde die Gerüchteküche bestimmt ordentlich einheizen. Besonders, wenn ein Körnchen Wahrheit daran ist.«

»Es ist ein Körnchen Wahrheit daran, Sir.«

»Wieder einmal haben Sie mir meine Arbeit ein wenig erleichtert.«

»Wo wir gerade darüber sprechen, Sir.« Siena konnte ihre Neugier kaum zügeln. »Wie sind *Sie* eigentlich hierhergekommen?«

»Mir sind widersprüchliche Berichte über Ihre Arbeit zu Ohren gekommen. Also dachte ich, es wäre das Beste, wenn ich selbst nach dem Rechten sehe. Ein paar Tage lang habe ich in meiner freien Zeit am River Ex geangelt. Nachts haben Oban und ich das Schloss im Auge behalten. Ich habe den Verwaltern berichtet, dass ich bei einem Ausritt spätabends ein Geschrei gehört und meine Hilfe anbieten wollte.«

Lynsley drehte sich um.

»Sir ... eine letzte Frage ... ist Shannon ... ich meine, hat sie ...«

Der Marquis schüttelte den Kopf. »Nein. Ich würde es ihr aber auch nicht ankreiden, wenn sie es getan hätte. Es sieht jedoch vielmehr danach aus, als ob Orlov ihnen den Gnadenstoß versetzt hätte.«

»Orlov?«, rief sie aus. Kirtland bemerkte, dass eine Welle widerstreitender Gefühle sich in ihrem Gesicht spiegelte. Er vermutete, dass sie den Kerl lieber mochte, als sie es sich selbst eingestehen wollte. »Aber warum?«

»Aus den Gründen, die auch für dich gelten«, erklärte der Earl. »Er hat mir gestanden, dass er angeheuert worden ist, die Regierungsunterlagen zu stehlen. Er war bereit, alles dafür zu tun.«

»Aber warum hat er dir dann nicht einfach die Kehle durchgeschnitten und ist mir gefolgt?«

»Ich habe nicht behauptet, dass ich verstanden hätte, welches Spiel er spielt«, entgegnete Kirtland und musterte Lynsley eindringlich. Der Marquis antwortete mit einem Schulterzucken. »Auf jeden Fall hat er behauptet, dass er es getan hat, um zu verhindern, die Papiere in die Hände der Franzosen gelangen zu lassen.«

»Vielleicht. Aber mir drängt sich wieder der Verdacht auf, dass er die Angelegenheit nur benutzt hat, um vom Diebstahl der Psalter abzulenken«, fügte der Marquis als Antwort auf die unausgesprochene Frage hinzu. »Denn die Psalter sind nebenher verschwunden. Genau wie Orlov.«

»Zum Teufel noch mal!« Mischte sich da etwa eine Spur Eifersucht in die Enttäuschung? Kirtland beschloss, dass er sich um solche Feinheiten jetzt nicht kümmern konnte. »Mir scheint, ich habe mehr als eine Rechnung mit diesem Teufelskerl zu begleichen.«

»Ob er nun mit dem Teufel im Bunde ist oder nicht, wir werden die größte Mühe haben, den Kerl aufzuspüren«, knurrte Lynsley grimmig. »Meine Quellen können mir immer noch nicht verraten, für wen er arbeitet. Falls er überhaupt einen Auftraggeber hat. Außerdem habe ich an sämtliche Städte an der Küste einen Alarmruf geschickt. Aber ich bezweifle, dass wir ihn fangen werden.«

Kirtland hatte die Psalter plötzlich vergessen, als er Siena anschaute. Keine Madonna aus Blattgold oder Farbpigmente aus wertvollstem Juwelenstaub waren ihm so kostbar wie ihre dunkel gelockten Strähnen, der Schwung ihrer Lippen. Oder die Kraft ihrer Überzeugungen.

Plötzlich musste der Earl lächeln. »Es spielt keine Rolle.«

Siena riss die Augen auf.

»Soll er mit den verdammten Büchern glücklich werden. Gemessen am Einsatz betrachte ich mich bis jetzt als Sieger.«

Lynsley ließ den Blick nachdenklich zwischen Kirtland und Siena hin- und herschweifen. »Ihr persönlicher Verlust ist ein großer Gewinn für England gewesen.«

»Wir werden sehen«, entgegnete er und erntete ein geheimnisvolles Lächeln des Marquis'. »Die letzte Rechnung ist noch nicht geschrieben.«

»Falls es um eine Bestrafung geht ...« Siena ließ die Stimme sinken. »Ich wäre nicht hier, wenn Shannon nicht eingegriffen hätte. Weder ich noch das Dokument. Ich weiß, dass sie sich manchmal von ihren Leidenschaften überwältigen lässt. Aber sie hat das Herz eines Falken. Bitte stutzen Sie ihr nicht die Flügel.«

»Das behauptet sie auch von Ihnen.« Der Marquis verschränkte die Hände hinter dem Rücken. »Ich werde ihre Unterstützung bedenken, bevor ich eine endgültige Entscheidung treffe.«

»Darf ich hinzufügen ...«

Kirtland berührte sie am Arm. »Die Pflicht kann warten, bis der Morgen dämmert.«

»Aber ...«

Er unterbrach sie, indem er selbst eine Bitte äußerte. »Wenn Sie nichts dagegen haben, Lynsley, würde ich mit Siena gern ein paar Worte wechseln. Unter vier Augen.«

»Natürlich.« Der Marquis hustete. »Aber bevor ich mich zurückziehe, möchte ich noch ein letztes Mal um Entschuldigung bitten, Kirtland. Und Sie nach etwas anderem fragen. Und zwar, ob Sie Ihre beachtlichen Talente in Zukunft zum Wohlergehen unseres Landes einsetzen würden?«

Der Earl stand Lynsleys listiger Intelligenz immer noch misstrauisch gegenüber. »Wie stellen Sie sich das vor?«

Merkwürdig, dass der Marquis nicht ihn, sondern Siena anschaute, als er antwortete. »In diesen Tagen herrscht in Italien immer noch große Unruhe. Ich könnte ein geübtes Auge gebrauchen, das sich ein wenig umschaut und mir über die Lage Bericht erstattet. Es sieht so aus, als würden Sie ausgezeichnet zusammenarbeiten. Ich hoffe, Sie können zustimmen, gemeinsam weiterzuarbeiten. Es wäre eine großartige Täuschung, wenn Sie als reicher Gentleman auf Kavalierstour gingen. In weiblicher Begleitung würde es den Anschein erwecken, als handelte es sich um eine bloße Lustreise.«

»Wollen Sie vorschlagen, dass Siena und ich einen weiteren Auftrag annehmen?«

Anstatt zu antworten, verzog der Marquis keine Miene. Trotzdem bildete Kirtland sich ein, den Schatten eines Lächelns entdeckt zu haben. »Es war nur so ein Gedanke. Nur für den Fall, dass ich Ihren Vorschlag mit einem eher persönlichen Antrag abstimmen muss.«

»Zwei Fliegen mit einer Klappe?« Der Earl zog die Brauen hoch.

»So heißt das Sprichwort.« Jetzt gab es keinen Zweifel mehr, dass Lynsleys Lippen zuckten. »Sie müssen mir nicht sofort antworten. Besser, Sie unterhalten sich erst einmal unter vier Augen darüber.«

Nach einer kurzen Verbeugung war er verschwunden. Außer dem Echo seiner letzten Worte blieb nichts von ihm zurück.

Siena schien ihn schon vergessen zu haben, als sie wenige Augenblicke später über das Schicksal ihrer Kameradin nachdachte, anstatt sich um sich selbst zu kümmern. »Wenn ich es zu verantworten habe, dass Shannon die Akademie verlassen muss ...«

Kirtland erstickte weitere Selbstvorwürfe, indem er sie in die Arme nahm, um sie auf Händen zu tragen. »Genug jetzt, *amore.* Du hast deine Pflicht getan. Und weit mehr.« Nachdem er sich vergewissert hatte, dass sie ihm ihre volle Aufmerksamkeit schenkte, folgte er Lynsley und eilte durch die Tür. »Du hast mir klargemacht, dass deine Freundin sehr wohl in der Lage ist, ihre eigenen Kämpfe auszufechten. Aber jetzt möchte ich nicht länger über Krieg oder über andere Menschen sprechen, sondern über uns.«

Es mochte an der schwindelerregenden Geschwindigkeit liegen, mit der er um die Ecke bog und die Treppe hinaufeilte, dass Siena nur mit einem Stöhnen antwortete. Oder daran, dass er mit den Lippen tausend kleine Küsse in ihrem Nacken verteilte. Er war bereits auf dem ersten Absatz angekommen, als sie ihr inneres Gleichgewicht wiedergefunden hatte und ein paar Worte über die Lippen bringen konnte.

»Hast du gerade … ›Liebe‹ gesagt? Auf Italienisch?«

»Möchtest du es lieber auf Griechisch oder Lateinisch hören? Oder auf Mittelhochdeutsch? Ich kann es sogar auf Russisch: *ljubov.*«

»Mir gefällt es am besten in gutem alten Englisch.« Siena wühlte die Finger in sein Haar, das immer noch feucht war, und zog ihn zu sich heran. Ihre Wangen berührten sich. »Es sei denn, du hast es nur auf Wortspiele abgesehen.«

»Siena, es ist kein Spiel mehr. Und diese mächtige Anziehungskraft, die wir von Anfang an füreinander empfunden haben, ist nie ein Spiel gewesen.«

»Zauber. Es gibt kein anderes Wort.«

»Ja, es ist ein Zauber.« Kirtland wirbelte im Kreis herum. Sein Herz fühlte sich so leicht an wie eine Feder. »Liebe.«

»Julian …«

»Ah, es gibt noch ein Wort, das dir süß und zart über die Lippen kommt. Sag sie beide, Siena. Sag beide Worte. Zusammen, im Konzert, wenn du willst.«

»Ich liebe dich, Julian.«

Die süßesten Klänge in seinen Ohren. Trotz all seiner Schnittwunden und Prellungen, der quälenden Zweifel und schmerzhaften Erinnerungen, war seine Welt plötzlich wunderbar harmonisch. »Und du, mein Mitternachtsfalke, bist das Licht meines Lebens. Ich liebe dich.«

Das Glitzern in seinen Augen. Sein helles Lachen. Siena wusste, dass sie diesen Augenblick nie vergessen würde, ganz gleich, wie flüchtig er auch sein mochte. Niemand hatte die drei Worte je zuvor zu ihr gesagt. Geschweige denn, dass sie selbst sie ausgesprochen hätte. Dabei war es doch nichts anderes als eine schlichte Folge von Buchstaben. Wie war es möglich, dass diese Buchstaben einfach alles veränderten?

Alles und nichts. Sie lebten in verschiedenen Welten. Er lebte im Licht. Sie lebte im Schatten. Jetzt war der Augenblick gekommen, wo ihre Wege sich trennen würden.

Aber dennoch …

Siena erstickte ihre Sehnsucht mit einem Seufzer. Lynsleys Vorschlag, so bestechend er auch sein mochte, würde den Abschied doch nur hinauszögern.

»Nur noch eine kleine Weile.« Kirtland schien zu spüren, dass sie sich innerlich anspannte. »Wir sind beinahe angekommen.«

»Wohin führst du mich?«

»In dein Schlafzimmer. Du brauchst warme Decken und einen Schluck Brandy, damit die Farbe in deine Wangen zurückkehrt.« Er lächelte. Trotz seines ramponierten Zustands sah er sündhaft gut aus. »Und vielleicht eine heiße Liebesnacht, sobald ich deine wundervollen Gliedmaßen in die seidenen Laken und die Daunendecke gehüllt habe.«

Sienas Blick verdunkelte sich. Was konnte er ihr bieten – außer dass sie die Rolle der Kurtisane weiterhin spielte? Genau das war es doch, was der Marquis vorgeschlagen hatte. Eigentlich sollte die Aussicht sie nicht verletzen. Aber trotzdem fühlte sie sich so. »Bittest du mich etwa, deine Geliebte zu werden?«

Kirtland drückte ihr einen Kuss auf die Stirn. »Nein, Siena. Ich bitte dich, meine Frau zu werden.«

»Der Earl und das Straßenkind?« Sie wagte es nicht, Hoffnung zu schöpfen. »Oder noch schlimmer, der Earl und die Hure. Stell dir nur den Skandal vor. Dein Name wäre in kürzester Zeit ruiniert. Du kannst eine viel bessere Partie machen.«

»Ich habe schon viel üblere Gerüchte ertragen müssen. Lass die Leute doch reden. Du weißt doch, dass das Gerede mich nicht die Bohne kümmert.« Er hielt inne, ließ sie zu Boden und nahm ihr Gesicht zwischen die Hände. Sie fühlten sich rau, aber warm an, vernarbt, aber stark. Genau wie sein übriger Körper. »Auf dem Schlachtfeld habe ich gelernt, dass Reichtum und

Titel nichts bedeuten. Es sind das Herz und die Seele, die einen Mann ausmachen ... und eine Frau.«

»Es wird eine große Herausforderung sein.«

»Unter Umständen. Wir sind es beide nicht gewohnt, unsere Maske abzunehmen. Es fällt uns leichter, das Schwert zu zücken, um andere auf Abstand zu halten, als unsere Gefühle zu zeigen. Aber ich bin bereit, es zu versuchen. Was meinst du, Siena? Ich glaube, wir passen gut zueinander. Ich werde dir beibringen, wie man die *rompere di misura* perfekt ausführt. Und du wirst mich lehren, was es mit der Beinarbeit in der Figur des Fliegenden Drachen beim Tai Chi auf sich hat.«

Siena wollte etwas sagen.

»Es gibt nur ein einziges Hindernis.«

Sie hielt inne.

»Wir müssen unsere Hochzeitsreise auf später verschieben. Denn ich würde Lynsleys Angebot der Mission in Italien gern annehmen. Es ist eine große Ehre für mich, dass ich die Gelegenheit bekomme, dem König und dem Land zu dienen. Aber ich habe auch selbstsüchtige Gründe. Ich möchte mit dir durch die Straßen in Siena reiten, möchte über die Piazza in Florenz spazieren, durch die Kanäle in Venedig schippern, während die Arien der Liebe uns in den Ohren klingen.« Auf seinem Gesicht spiegelte sich eine Wärme, die kein Meister der Renaissance mit Farbe auf Leinwand hätte einfangen können. »Was meinst du?«

»Ja.« Am liebsten hätte Siena einen Jubelgesang angestimmt. Aber sie brachte nur ein Flüstern über die Lippen.

»Gilt dein Ja der Reise nach Italien? Oder gilt es mir?«

»Ich glaube«, erklärte Siena mit sanfter Stimme, »beides klingt so wundervoll, dass es mit Worten kaum auszudrücken ist.«

Epilog

Die Kohlen knackten im Kamin und entfachten einen warmen Luftstrom, der nur durch das große graue Fellknäuel vor dem Feuer abgefangen wurde.

»Es freut mich sehr, dass du den Abend mit uns verbringen willst«, murmelte der Earl, ließ sich auf das Sofa sinken und stützte seine Stiefel auf einen Stapel Bücher.

Mephisto hob den zerzausten Kopf und bellte leise.

Kirtland lächelte zufrieden. Er brauchte kein Feuer, das ihm die Knochen von außen wärmte. Denn das Feuer in seinem Herzen brannte unaufhörlich.

Das Feuer in meinem Herzen.

Nicht schlecht für den ersten Vers eines Gedichts. Vielleicht würde er sich dazu hinreißen lassen, eine Ode an seine Braut zu schreiben, obwohl ihr einzigartiger Geist sich allem entzog, was man mit Worten ausdrücken konnte. Es würde, dachte er bei sich, ein Leben lang dauern, bis es mir gelingt, ihre geheimnisvolle Art in gewöhnlichen Worten auszudrücken. Vielleicht sogar zwei Leben …

»Ich warte.« Sienas rabenschwarze Locken kitzelten ihn an der Wange, als sie ihren Kopf an seine Schulter lehnte. »Ein Lehrer sollte seine Schüler nicht warten lassen.«

»Wo waren wir stehen geblieben?«

»William Blake.« Siena reichte ihm das Buch. *»Songs of Innocence and Experience. Lieder von Unschuld und Erfahrung.«*

»Hm. Ich glaube, letzte Nacht waren wir weder unschuldig noch erfahren. Wenn ich mich recht erinnere, nahm die Lektion über Rhythmus und Metrum ein abruptes Ende, als die Schülerin darauf beharrte, am lebenden Objekt eingewiesen zu werden.«

»Du solltest deine Erfahrung nicht schmälern, Mylord. Mir schien, dass du mit der Lektion recht vertraut bist.«

»Aber mit dir bekommt alles eine neue Bedeutung. Wie dem auch sei, wenn es so weitergeht, werden wir eine ganze Weile brauchen, bis wir die Grundlagen der englischen Poesie durchgearbeitet haben.«

»Ich will versuchen, dich nicht wieder abzulenken«, erklärte Siena affektiert. »Langsam begreife ich die Feinheiten des verschlungenen Reims.«

»Verschlungene Reime.« Kirtland lächelte anzüglich.

»Was studieren wir heute Abend?«

»Ich bin mir sicher, dass wir schon ein interessantes Thema finden werden, sobald wir erst einmal begonnen haben.« Kirtland zögerte. »Bist du sicher, dass es dir mit Büchern nicht zu langweilig wird? Lynsley hat zugesagt, dass wir bald in die Lombardei aufbrechen.«

»Julian, mit dir wird es mir nie langweilig werden.« Sie verschränkte ihre Finger mit seinen und hob seine Hand zu den Lippen. »Ich liebe es, noch mehr über Kunst und Literatur zu lernen. Obwohl ich mich schon sehr darauf freue, meine Fähigkeiten in einem neuen Einsatz zu erproben.«

Kirtland umfasste ihr Kinn. »Aber diesmal arbeiten wir von Anfang an zusammen. Niemals wieder werde ich es zulassen, dass du der Gefahr allein ins Auge siehst, Siena. Niemals.«

»Zusammen«, wisperte sie. »Niemals hätte ich es für möglich gehalten, dass ein gewöhnliches Wort so poetisch klingen kann.«

Kirtland küsste sie zärtlich, bevor er das ledergebundene Buch aufschlug. Aber anstelle seines silbernen Lesezeichens fand er ein gefaltetes Pergament.

Er zog die Brauen zusammen und strich es glatt.

Falls Sie immer noch an der Sammlung gewisser Manuskripte interessiert sind, dann wäre ich der Meinung, dass sie in die Bibliothek eines Mannes gehörten, der Schönheit und Klugheit gleichermaßen zu schätzen weiß. Es würden selbstverständlich Kosten entstehen; allerdings nicht mehr, als Sie aufzubringen bereit wären. Wenn Ihnen das Angebot zusagt, bringen Sie einen Handkoffer mit dem Geld zum Hanged Man Tavern an der Wilmot Lane, und zwar morgen Nachmittag pünktlich um vier Uhr. Fragen Sie nach dem Zimmer von Mr. Smythe. Lassen Sie den Koffer dort. Später am Abend werden die Manuskripte in Ihrem Haus in der Stadt eintreffen.

Sie werden ein Risiko eingehen müssen. Die Frage ist nun: Welcher Seite schenken Sie Ihr Vertrauen?

Das Schreiben war mit einem schwungvollen »O« in roter Tinte unterzeichnet. Unten auf der Seite fand sich ein Postskriptum.

Übrigens, meine herzlichsten Glückwünsche zu Ihrer kürzlichen Vermählung. Ihre Braut ist in der Tat eine höchst merkwürdige Lady, und ich hätte mich selbst auf die Suche begeben, hätte ich in Erwägung gezogen, sie in den heiligen Stand der Ehe zu führen – einen Stand, den ich bislang um jeden Preis vermieden habe. Aber wie die Dinge nun einmal liegen, werde ich die Freuden des Junggesellendaseins genießen dürfen, bis die Mühsal alles Irdischen von mir genommen wird.

»Verdammt noch mal«, fluchte Kirtland.

»Ich kann mir keinen Reim darauf machen.« Siena zog die Brauen hoch.

Der Earl reichte ihr den Brief.

»Hm.« Sienas Miene war undurchschaubar.

»Vielleicht kann Lynsley ihn erwischen«, grübelte der Earl.

Sie dachte kurz nach. »Willst du die Manuskripte?«

Er verzog das Gesicht. »Du bist wie immer pragmatisch, meine Liebe. Willst du wirklich vorschlagen, dass ich darauf verzichten soll, den Kerl zu schnappen? Ich soll ihm tatsächlich das Geld übergeben?«

»Warum nicht?« Siena schürzte die Lippen. »Ich kann mir nicht vorstellen, dass Lynsley etwas dagegen einzuwenden hätte. Die Mission ist abgeschlossen. Außerdem hat Orlov uns einen großen Gefallen getan, was auch immer seine Fehler sein mögen.« Sie neigte den Kopf zur Seite und schlug die Wimpern nieder. »Kann es sein, dass du immer noch einen Groll gegen ihn hegst?«

»Kein Zweifel, dass es reichlich kleinlich ist, einen Groll gegen den Mann zu hegen, der Futter für die Fische des Dukes aus mir machen wollte.«

Siena lachte, und ihre Unbeschwertheit wärmte ihm das Herz. »Aber er hat gesagt, dass es ihm leidtut. Und wenn du es nicht übers Herz bringst, deinen Vorteil gegenüber den anderen Bietern der Auktion zu nutzen, dann betrachte die Psalter doch einfach als Geschenk einer dankbaren Regierung. Oder fürchtest du die Kosten?« Sie lächelte verschmitzt. »Vielleicht könnte ich eine Bürgschaft übernehmen.«

Kirtland lachte. »Lynsleys Gesichtsausdruck möchte ich sehen. Unbezahlbar! Trotzdem, nein. Es würde mir nicht einfallen, die Regierung auch nur um einen Penny zu bitten. Ich werde es als Buße für vergangene Fehler betrachten, Orlov den Betrag zu zahlen. Außerdem muss ich mich selbstverständlich mit dem Duke einigen.«

»Bist du sicher, dass der Preis nicht zu hoch ist?«

»Du, mein tapferer und verwegener Racheengel, bist jedes

illuminierte Manuskript in der ganzen Christenheit wert.« Kirtland küsste sie zärtlich. »Selbst wenn das Geld in die Hände dieses Satansbratens gerät – wie könnte ich die Kosten für den Psalter scheuen, wenn es sich erweist, dass du die Antwort auf all mein Flehen bist?«